林小兵从军记

李建林 著

三辰影库音像出版社

图书在版编目（ＣＩＰ）数据

林小兵从军记．1 / 李建林著．－－ 北京 ：三辰影库
电子音像出版社，2017.5
　　ISBN 978-7-83000-232-9

　　Ⅰ．①林… Ⅱ．①李… Ⅲ．①中篇小说－中国－当代
Ⅳ．① I247.5

　　中国版本图书馆 CIP 数据核字（2017）第 087632 号

书　　　名：《林小兵从军记．1》
作　　　者：李建林　著
出版发行：三辰影库音像出版社
地　　　址：北京市朝阳区北苑路媒体村天畅园 2 号楼
出　版　人：王六一
印　　　制：三河市祥达印刷包装有限公司
开　　　本：700 毫米 ×990 毫米　1 / 16
印　　　张：21
版　　　次：2017 年 6 月第 1 版
印　　　次：2017 年 6 月第 1 次印刷
印　　　数：1－5000
书　　　号：ISBN 978-7-83000-232-9
定　　　价：42.00 元

目 录

01　父辈意志

非洲西部辽阔的大草原腹地，有个一穷二白的非洲部落型小国——吉斯尼，原本一直依靠中国的各项人道主义救援度日，但自从在其境内发现储量巨大的希望油田后，这里就成了新的世界焦点。

希望油田北侧八十公里的一片芦苇丛中间，有一片临时搭建起来的营地，规模大概能容纳三百余人，几个提着 AK47 的哨兵站在四周放哨，帐篷中心区域内不时传出一阵哄笑，听声音应该是在赌博。

帐篷区域南侧五百米的地方，两个来自中国的狙击手已埋伏了三天。

十天前，欲强行霸占希望油田不成的当地恐怖分子头目哈尔，率队攻击了吉斯尼与中国合作开发希望油田的签仪式，当场杀死了两国共计十三名签约代表，由吉斯尼官方许可，中国派出全军最顶尖的狙击手冷刺和山鹰，进入该地区执行斩首任务——狙杀哈尔。

根据情报，哈尔近期会出现在这个据点，密谋再夺油田事宜，是个千载难逢的大好机会。

"都三天了，这家伙该不会改变主意了吧？"

"不好说，哈尔异常狡猾，随时都可能改变主意，你先休息一会，如果目标四十八个小时内还不出现我们就撤。"

"收到。"趴在一团乱草下，两人轻声交流。

时间一分分过去，但基地里依然是一片萧然，根本没有老大要来的样子，漫长的两天很快过去，即便强如冷刺和山鹰也已接近身体极限。天色渐渐放暗，就在他们准备撤退时，身下的大地突然颤抖起来，接踵而来的是汽车的轰鸣声。帐篷那边也迅速做出反应，入口处的阻挡物被搬开，两队全副武装的恐怖分子出来站成两排。不用多说，他们等了五天的猎物终于出现。

"这也太夸张了吧？"好不容易才将疲惫的身体重新激活，冷刺和山鹰就瞬间崩溃，十辆一模一样的武装越野车，根本无法分辨目标在哪一辆车上。

"你一定知道目标在哪辆车上对不对？"由于扔硬币失败，山鹰这次只能屈居副狙击手位置。

"你都不知道，我又怎么可能知道？"冷刺无语地道。

"我本以为你天上地下无所不能，可你现在竟然跟我说不知道？"一到关键时刻扔硬币就输，山鹰一直耿耿于怀。

"话是这么说，但凡事总有例外。"车队驶入营区，冷刺装 × 地道，"此乃千古难逢的机会，启动二号方案。"

"得令！"山鹰说着就要转移阵地，冷刺瞪了他一眼道，"干什么？别忘了谁才是主狙击手，你老实在这待着掩护我。"

"凭什么好事都得让你去？真当老子是泥捏的？"山鹰和冷刺都知道，二号方案其实就是参透到敌人营地里去近距离击杀目标，危险系数大到无以复加。

"那就是没得商量啰？"冷刺一脸坏笑地拿出那枚令人发指的硬币道，"既然如此，那就按老规矩办。"

"妈的，老子就不信邪，这次老子来扔。"见冷刺又拿出那枚可恶的硬币，山鹰一下就火冒三丈。

"没问题。"冷刺嘿嘿笑道，"赢的去执行二号方案，输的留下。"

"就这么办。"确定四周无人，山鹰将硬币向上抛起，而后接住，冷刺选人头，山鹰松开手，结果真的就是人头朝上……

"什么？"

山鹰刚想骂人，冷刺已嘿嘿笑着将85式狙击步枪塞给他道："从现在起，你就是主狙击手了，负责在这里掩护我，随时准备撤退。"

"不对，我们再扔一次……"

"闭嘴。"瞪了山鹰一眼，冷刺坚定地道，"我比你熟悉当地的土语，假如我有什么事，你要照顾好我老婆儿子。"

"怎么个照顾法？"两人都很清楚，此去凶险万分，能否活着回来还真不好说。

"我怎么照顾你就怎么照顾。"

"好，哎，不对……"山鹰还没搞清楚这句话的意思，冷刺就已一头扎进预定的芦苇丛中。

此时天已全黑，山鹰利用夜视瞄准镜盯着前方，三十多分钟后，营地里传来一声枪响，接着就是一片混乱的枪声。

整个过程发生得突然且激烈，一直守在外面的山鹰直到第二天早上恐怖分子营地开始撤离都没能见到冷刺突出重围。他也只好无奈地返回安全点等消息，两天后终于得到准确情报：恐怖分子头目哈尔已死，冷刺不知所踪。

没有人知道冷刺是如何在防守严密的恐怖分子营地中干掉哈尔的，只有山鹰知道那家伙留下的硬币两面都是人头。

"爸爸，你怎么了……"二十年前一战犹如梦魇般缠绕在心，冷刺离别时的音容笑貌历历在目，一切就仿佛发生在昨天。

睁开眼，年轻版的冷刺站在床前。

"怎么起那么早？美国不是要倒时差吗？"

"我没那么矫情，你刚刚又在喊冷刺……"年轻版冷刺瞪大眼睛道。

"可能昨晚没睡好……你出去找那几个朋友聚聚吧，我没事。"冷刺"作弊"赴死，山鹰从在服役期满后来到冷刺家，以两年的超人意志力感动他老婆，成功实现代为照顾这对母子的诺言。

"你没事，我有事！"小冷刺坐到床上后大声吼道，"今天我二十岁，已经上了两年哈佛，老妈在客厅等着，出来讨论下我们家最严重的问题。"

"什么问题？"山鹰无语地摇摇头道，"我们家最严重的问题不就是你吗？"

由于生父和养父都是中国最神秘的战略级特种部队王牌狙击手，小冷刺自打五岁起就被山鹰当成小特种兵训练，跑步、散打、搏击、射击等都是必修科目。

也许是遗传了冷刺强大的战斗基因，这小子无论学什么都非常迅速，而且还能推陈出新，自创些莫名其妙的东西，通过十五年坚持不懈的训练，山鹰已经有点控制不住这小子了。

特别是在射击方面，通过他专业的训练，那家民营射击场里已经找不到这小子的对手了，包括市射击队那些专业运动员也只能俯首称臣。

由此引发的问题就是：三天两头就有高年级的学生家长带着鼻青脸肿的孩子找上门来兴师问罪，情况一直到他去美国读书才算缓解。

退役后，山鹰用抚恤金起步，依托老战友的人脉，在生意场上也闯出了一番天地，小冷刺母子倒也没受过什么苦。

四肢发达、头脑简单的定律在小冷刺身上似乎并不灵验，这小子的头脑非但不简单，而且还异常发达，有着过目不忘的能力。

别的同学绞尽脑汁都搞不定的文言文，他用眼随意扫一遍就能完整背诵，而且逻辑思维缜密，经常提出一些莫名其妙的观点来反驳老师，说得老师无言以对当众下不来台。

也幸好各科成绩都相当好，否则以小冷刺凡事用拳头解决的做事风格，恐怕早就被学校劝退了。

高一过托福，高二过STA，加上奥数冠军和文体特长生身份，高三被哈佛商学院提前录取。若非山鹰不同意，小冷刺已经被选拔去参加什么《最强大脑》的综艺节目了。

有子如此，夫复何求？这小子能冲到世界上含金量最高的商学院学习，有朝一日去下面见冷刺时也算有个交代。

"问题大了，赶紧出来，不然我妈一会又跑了。"小冷刺今天决定要把隐忍了这么多年的疑问搞清楚。

"小样儿，就你那点破事用得着这么正儿八经的吗？"嘴上虽这么说，但山鹰还是爬了起来。就算到了美利坚他也不担心小冷刺，因为这小子到了哪里都是个祸害。

"什么事？说吧。"来到客厅，山鹰坐到优雅的老婆旁边，可以看出儿子放假回来她很是高兴。

清了下嗓子，小冷刺正儿八经地道："我叫林小兵……"

"这算什么问题？"

"是呀小兵，难道你不喜欢这个名字？当初我也是反对的，可你爸他硬要坚持……"林小兵说了几个字就打住，两个大人有点跟不上节奏。

"妈……"瞪了老妈一眼，林小兵接着说道："林小兵肯定没问题，问题在于林小兵的老爸姓李，老妈姓邱，这样的三个姓组合成的一家人本身就是天大的问题……"

最可怕的问题终于还是爆发，林妈弱弱地道："假如我说你跟你姥姥姓你信不信？"

"编，接着编……"林小兵死死盯着双亲道，"以前不问是怕提及你们的往事，现在儿子已经到地球另一面读书了，难道你们还不想给我一个答案？"

林小兵智商远超常人，平时他也旁敲侧击地套过这方面的信息，但二老始终躲躲闪闪，久而久之也就不敢过于深入，可现在自己已经成年，他觉得有些事必须搞清楚。

"这个，讲起来是很复杂的……"

"行了。"抬了下手，山鹰止住林妈道，"他已长大，是该告诉他真相了。"

"还是老爸光棍……"

"闭嘴。"瞪了林小兵一眼，山鹰的目光也变得锐利起来，思绪似乎一下就飘回了那个激情燃烧的岁月，"我今天说的每一个字都至关重要，你一定要牢牢记住。"

"是。"封闭的堡垒终于有了松动迹象，林小兵起身来了个标准的军礼。

"从生物学上来说，我并不是你的生父。"林小兵瞪大眼睛没插话，山鹰整理了下思路接着说道，"你的生父叫林建军，武装代号冷刺。我和他同年参军入伍，同年入选战区特勤大队，同年考入中国最神秘的战略级特种部队。"

点上根烟，山鹰的每个细胞都跟着燃烧起来，虽然事隔二十年，但他感觉仿佛就发生在昨天，一切都是那么的清晰明了："二十年前，你还未满月，我们被派去执行紧急任务……"

听山鹰讲完生父的最后时光，林小兵已是满脸泪水，但这是来自灵魂的冲击，无孔不入，防不胜防。

"小兵，当年我本来提议把你改成李姓的，但你爸坚决反对，说是无论何时你都是林建军的儿子，林氏子孙，谁都不准改你的名字和姓氏，所以才出现了我们一家三姓的情况。"想起那段最艰难的日子，林妈也是泪流满面，"你爸本来想全心全意抚养你，是妈妈再三坚持才生下你妹妹，所以你……"

"妈，我懂……"言毕，林小兵噗通一声跪到山鹰面前，"爸，谢谢你在最艰难的时候照顾我妈，给了我一个完整温馨的家，无论什么时候，你都是林小兵的亲老爸。"

睿智如林小兵，肯定能自动脑补出当年的局面有多么不利，要是出现一个有不良嗜好的后爹，那自己的命运绝对和现在有着天壤之别。

"这小子，怎么突然就长大了……"扶起林小兵，山鹰给了这个已高出自己大半个头的儿子胸口一拳，而后从上衣口袋里掏出一枚硬币道，"这就是你爸当年用来骗我的双面硬币，现在交给你了，希望你也能和他一样，成为一个顶天立地的男子汉，做一个对国家有用的人才，最重要的是保护好妹妹。"

"两个老爸都是顶天立地的汉子，我这个儿子当然也不会认熊。"接过这枚带着两个爸爸生命印记的硬币，林小兵感慨万分：原来老爸们都是中国职业军人，怪不得自己这么喜欢军事。

"至于妹妹二老不用担心，有我林小兵在就没有人能欺负她。"

"得了，就李小薇那样，不欺负别人就烧高香了，谁敢欺负她？"纠结了二十年的事如此轻松就解决，林妈感觉一下年轻了好几岁。

"嘿嘿，也对，李小薇女汉子的称号也不是白来的。"心结打开，林小兵立刻缠上山鹰，"老爸，你再给我讲讲我爸的故事吧，比如你们一起执行过的任务，还有那支神秘的特种部队等。"

"不行。"山鹰一口回绝，"根据部队条令，我只能告诉你这么多，而且你也必须严格保密，永远不准外泄。"林小兵身为烈士遗孤，自然有资格知道父亲的死因。

"是。"起身行了个标准的军礼，林小兵抓了只苹果就跑了出去，两个死党已在门外发出呼叫信号。

"小兵哥，又挨揍了？"见林小兵泪眼婆娑地出来，王二宝无语地道，"李叔也太过分了，说好的伸手不打齐头儿呢？何况这都高出他半个头了。"

"就是，我爸现在最多就是骂几句或者不给钱，已经不怎么动手了。"钱胖也愤愤不平地道，"何况小兵哥在哈佛上大学的事已成为十里八乡的活教材，换成在我家，简直可以当大爷了！"

王二宝和钱胖是和林小兵一起长大的兄弟，他们在林小兵的带领下可干过不少"大事"，其中最轰动的一次是暴打本市一个高级领导的纨绔儿子，要不是那领导接着就被纪委带走了，那事还真不好善后。

简单点说，王钱二人就是林小兵指哪打哪的拳头。

"别吵吵了，有事说事，烦着呢。"不知为何，自打得知了自己的身世，林小兵那个沉寂了多年的梦想再次被重新激活，而且来势更加凶猛。

"对对对，说正事……"王二宝拍了下钱胖的脑门道，"孙超那家伙又犯贱了，此刻正带人在校门林荫道那堵四妹。"

"不早说。"王二宝说完，林小兵一个箭步就冲了出去。

"小兵哥，别急呀，以四妹的战斗力是可以撑一会的。"钱胖边跑边道。

"我是怕孙超被她打死！"他们口中的四妹正是林小兵同母异父的妹妹李小薇，两人相差四岁，山鹰训练林小兵时她也会跟着跑上几圈，虽说三天打鱼两天晒网，但长年累月地累积下来，收拾三五个小流氓也是绰绰有余，虽然只有十六岁，但却继承了母亲良好的基因，又高又白，早早出落成亭亭玉立的"超级"美少女。

之所以有超级二字，是因为李小薇除了漂亮外，更著名的是她拳头硬，还有个打遍十里八乡的小霸王哥哥，兄妹俩伙同两个拳头兄弟，着实"教育"了不少当地的不良少年。

"住手！"真是怕什么来什么，冲到校外茂密的林荫道内，林小兵一眼就看到一地的人，最惨的孙超被摁在地上，双手被反剪，老远就听到杀猪般的惨叫声。

"小兵哥，救我……"看到林小兵，孙超忍痛大叫，他非常清楚只有他才能制住自己的女神。

"调戏我妹妹还想让我救你？"看到一地的玫瑰花，林小兵自然就知道是怎么回事了，这小家伙和妹妹是同班同学，仗着家里有钱就明目张胆地追求李小薇，还到处放话说她是他的女神，为此可没少挨揍。

"不是呀小兵哥，我是真心喜欢小薇的……"

"还说……"手上加了一把劲，孙超再次惨叫起来。

"行了行了，再掰就断了。"强行让妹妹住手，林小兵无语地道，"你们两个加起来才三十出头，懂个屁的爱情？还女神呢？你妈喊你回家吃饭了……"对于现在小孩远超常规的发育程度，才早生四年的林小兵也是甘拜下风。

"赶紧滚！"孙超带着一群小弟屁滚尿流地跑了，李小薇揪住林小兵嘻嘻笑道，"哥哥，我的礼物准备好没有？"

一秒前还威武霸气地打人，一秒后就成人畜无害的纯洁少女，看得路人无不冷汗连连。

"闭嘴。"瞪了李小薇一眼，林小兵无语地道，"孙超喜欢你并没什么错，我都离开这个城市两年了，你怎么还不收敛一点？"

"人虽离开，但你余威还在嘛！"

"四妹，你以后不报考电影学院真是浪费人才了。"打起人来威武霸气，装起嫩来纯不可挡，与众人给她封的"恶魔天使"的称谓属性十分相符。

"别闹了，赶紧回家，爸妈正在等你吃饭。"心里装着事，林小兵急着把妹妹赶走。

"哦。"

李小薇嘟着嘴走了，钱胖一脸猥琐地凑近林小兵道："小兵哥，又是一年没见了，今天带哥两个去好好嗨一下？"

"嗨你个头。"敲了钱胖一下，林小兵瞪着两人道，"我想静静，你们两个别跟着。"

话毕，林小兵一溜烟跑掉，钱胖无语地摇头道："静静是谁？小兵哥的女神不是张楚楚吗？"

"你都不知道我怎么会知道？傻瓜。"王二宝有样学样地敲了钱胖一下道，"走着，去酒吧嗨，你请客。"

"为什么是我？"

"因为你是小弟。"

……

林小兵生活的这座城市被誉为春城，虽然近年来被挖得面目全非，但他依然深深爱着这座城市。漫无目的地坐上一辆公交车，看着熙熙攘攘的人群，整个城市在他眼里已完全变了颜色。

这算不算是突然成熟林小兵不知道，他只知道这里是生父出生长大、参军入伍、踏上征程之地，他为自己能和父亲在同一个成长大而自豪，同时也为父亲为国捐躯的英雄事迹而骄傲。

"记住这里，记住每一个父亲到过的角落。"

"小伙子，终点站到了，你要下车吗？"公交司机的声音打断处于深度沉思的林小兵。

"这是什么地方？"林小兵看了下四周懵懂地道。

"陆军学校。"司机不耐烦的要关门，林小兵连忙一个跃起，从对面的窗户蹿了出去。

"是块好料。"心里为这个身手矫捷小伙子点了个赞，司机轰大油门离开。现在不少男孩都是一副病快快的娘娘腔，如此有活力的已不多见了。

"××陆军学院，格调好像很高的样子。"心里暗叹着，林小兵不知不觉就走到了庄严的陆军学院门口。

"站住，这里是陆军学院，闲杂人等不得靠近。"接近校门，林小兵被几个军校学员拦住。

"那啥，我就是随便参观一下，你们就让我进去吧……"林小兵尽量把表情做得纯一些，这种事他们以前也没少干。

"一边儿去，再说一次，这里是陆军学院，不准造次。"随着学员语气的加重，其他几个同伴也端着 95 式自动步枪上来站成一排。

"有话好好说嘛，你们那枪又没子弹，神气个毛……"倔脾气一上来，林小兵说话就开始呛起来。

"没子弹也能收拾你信不信？"值班队长向前走出一步，看样子是有必要教育一下这个不长眼的小子了。

"打住，你们牛，我走还不成吗？"对方人多势众，林小兵不吃眼前亏，瞪了几人一眼后灰溜溜地离开了。

02　力战群雄

"不准进我就不进？我是那么听话的人吗？"远远地对着几个值班学员做了个鬼脸，林小兵顺着陆军学院高大的转墙闲逛起来，他本来就是个天不怕地不怕的主，认准的事就必须弄出个结果来。

"就是这里。"转了半天，林小兵终于找到一棵可依托的绿化树爬上围墙，接着跳进了军校。

郁郁葱葱的树林、庄严宏伟的建筑、时不时飘来的口号，眼睛所能触及的都是一片军绿，林小兵血夜里流淌的那骨子豪气瞬间被彻底激活，吸了几口空气，他知道自己喜欢这种氛围。

确定这片小树林没人，林小兵不动声色地跑到三十米外的一条水泥小道上，这片多半是学院教官的住宿区，管理相对松散一些。

大摇大摆地走在小道上，林小兵一路遇到不少穿着军装的教员，但都被他以标准的军礼和响亮的口号蒙混过关，单纯以军事素质和礼仪来说，林小兵已经在山鹰的指挥棒下转悠了十多年，普通的老兵根本无法与之相比。

"首长好。"成功突围到住宿区门口，林小兵迎头撞上一个中校，于是连忙故技重施地来了个军礼。

"你好。"看到这个精气神十足的学员，中校下意识地给拍了拍他的肩膀，而后满意地道，"很壮实，继续保持。"

陆军学院学员没有训练和活动时都可以穿便服，经常会被教官叫来帮着做点事，所以林小兵出现在这里并没有什么不协调的地方。

"谢谢首长。"

林小兵一溜烟跑掉，中校呆呆地看着他的背影，心里还在纠结这张似曾相识的脸。

离开住宿区，林小兵直接冲到学院训练区域，可能正值午睡时间，训练场里人影全无，他正好可以撒了欢儿地玩。摸摸坦克，瞅瞅高射炮，捣鼓下重机枪，虽然都是些拆了动力和战斗部分的爱国主义教育道具，但也足够他不厌其烦地舞弄起来。

愉快的时间总是过得很快，随着嘹亮的军号，林小兵知道军校学员要出来了，虽然很多东西都没玩到，但他还是不得不收手，并打算原路返回翻墙离开，要是被人抓住玩笑可就开大了。

绕过操场，走过一个拐角，林小兵迎头撞上五个身着迷彩的学员，仔细一看，不是刚才在门口值班的五个是谁？

"好巧呀！你们好……"气氛相当尴尬，林小兵扭头就跑，结果被身手敏捷的学员瞬间团团围住。

"臭小子，竟然敢私闯院校，从哪里进来的？有何目的？老实交代！"刚刚换班下来就遇上先前在门口纠缠不清的小子，五个学员也是哭笑不得。

"就这样走着走着就进来了，其实也没有什么特别的目的，就是想进来遛个弯儿……"林小兵装出一副楚楚可怜的样子，这是他以前对付学校保安的惯用伎俩。

"别跟他啰嗦，先揍一顿，然后扔给保卫处。"在门口第一个拦截林小兵的学员开口说道。

这里虽然也是军事单位，但毕竟是学校，比起导弹基地一类的要害部门安防并不严格，平时也经常有地方上的大中小学生及社会团体进来组织军训和夏令营、体验部队生活等，学员平时也会带些朋友进来参观游玩，所以只要身份清白，林小兵这种并不算什么大事，否则他也不可能如此轻松就能混进来。

"等等。"对方提出要打架，林小兵的眼睛一下就亮了起来，"打可以，但得事先说好是单挑还是群殴。"

"就你小样儿还想群殴？老子一个人搞定你。"把枪交给同伴，小队长脱掉迷彩服，亮出壮实的肌肉站到林小兵面前道，"哥今天高兴，让你先动手。"

"你确定？"林小兵依然是那副人畜无害的样子，要是王二宝和钱胖在场的话一定会连连作呕。

"别啰嗦了，来吧！"军校学员多多少少都有些男子汉气概，既然有人接招，他们自然乐于奉陪。

"那好吧。"三个字才说完，林小兵快如闪电的一拳就打在他肚子上，所有人就惊奇地看到一坨肉滚地而出，直接来到五米开外才躺平不起。

"太弱了。"林小兵唉声叹气地道，"军校学员就这水平？怎么保家卫国？你、你、还有你和你，四个一起上……"

打倒第一个，林小兵已经知道了这些学员的底子。

"臭屁小子，你找死。"这小子的战斗力远远超出想象，剩余的四个学员立刻组成战斗队形向他围攻而来。不得不说这四个学员的战斗力都不错，但比起接受了十余年特种训练的林小兵来明显差了太多，几乎是一拳一倒，招招击中要害，一分钟不到就将四个学员打倒在地。

"还有谁？"人傻不怕事大，四周陆续聚集了大批军校学员，林小兵将五个学员叠成罗汉后吼道，"陆军学院的学员就这点本事吗？"

"臭小子，别这么嚣张，你哪个队的？"通过先前的一战，所有人都已看出这个小子的确有点斤两，普通学员恐怕真不是对手。

"哪个队的都不是，爬墙头进来的！"一时激动，林小兵自己将自己卖了出去。

"爬墙头还这么嚣张？哥来会会你。"说着，一个目测身高接近两米的大个子走出队列，自认为发育良好的林小兵立刻相形见绌了起来。

"个头大就牛吗？有种像他一样让我先出手！"林小兵指着值班队长，表情相当滑稽，惹得所有人嗤之以鼻：明明就是心虚嘛！

"一边儿去，要打就打，怂了就滚，别在这丢人现眼。"大个子全程目睹了这小子与四个学员的一战，自然不会上当。

"既然如此，那就来吧。"诡计无效，林小兵决定硬攻，只见他一记勇猛的正踢踹出，大个子不敢大意，后退两步后一记下蹲扫堂腿，林小兵迅速收腿变招，跳起一记旋风腿，大个子双肘挡住，由于力道太大，整个人噔噔向后退了几步。

林小兵得势不饶人，冲过去跳跃而起，一记重拳自上而下，直接击穿大个子双肘，一拳狠狠地打在了对手脸上，鼻血瞬间喷涌而出。防御完全失陷，大个子肚子上挨了两脚后趴在地上再也无法起来。

"这小子什么来路？连大个张都败了，恐怕要特训中队那群变态才吃得住了。"

"没错，再这样下去丢人就丢大发了。"

"你们好好盯着，我去通知他们过来。"

大个子被打败，学员们七嘴八舌地议论起来，栽在一个爬墙头的小子手里，这根本就是整个学院的耻辱。

"别磨磨唧唧的，叫谁来我都接……"

"够了！"一个洪亮的声音从后方传来，围观人群立刻自动让出一条通道，一个中校怒视着两侧的人群走上前来。

"黄处长，这小子爬墙进来殴打我们的学员。"从一线部队来的学员视此为耻辱，可从地方考进来的普通学员可没这顾虑，见到学院保卫处处长第一件事自然就是告状。

"闭嘴，还嫌不够丢人吗？"瞪了这学员一眼，中校直接走到中央区域吼道，"所有战败的学员，围着操场跑二十圈。"

"首长好，你真是纪律严明呀！"林小兵已看出，眼前这家伙正是离开住宿区时最后遇到的那个中校，这些学员如此怕他，看来是个狠角色。

"林小兵，打架很爽吗？"刚刚在住宿区门口黄大奎就觉得这小子很眼熟，直到他刚才使出特战队员惯用的连环搏击术才幡然醒悟，这不就是小了一号的老班长吗？

二十五年前，黄大奎进入战区特勤大队，当时带他的班长正是林小兵的生父冷刺，两年后黄大奎在一次任务中左眼受伤，立功转入陆军学院任职，而冷刺也在一年后考入中国最神秘的特种作战部队，两人便逐渐失去了联络。

直到三年后听说老班长牺牲，黄大奎去参加了追悼会，后来又听说老班长的遗孀嫁给了另外一个班长，一家人过得很幸福。他除了偶尔去探望一下，只能在心里祝福这个为国捐躯的英雄家庭。

近些年由于职务提升，工作日趋繁忙起来，黄大奎依稀记得最近一次见到林小兵应该是八年前，当时他还是个天不怕地不怕、到处惹是生非的毛头小子，一转眼就长这么高了，真乃物是人非呀。

"首长，你怎么知道我的名字？"中校一语道破天机，气焰嚣张的林小兵像破洞的气球似的瞬间就瘪了下来。

"老实点儿站好。"遣散所有人，黄大奎瞪着林小兵道，"我不但知道你，还知道你的爸爸妈妈，小时候我还抱过你呢！"

"这么说首长是我爸的战友？"林小兵何等聪明，一下就能脑补出很多东西。

"可以这么说。"这小子的家庭结构特殊，黄大奎也不知道该怎么说。

"首长别装了，我说的是我生父林建军，武装代号冷刺的那个。"

"你……"顾虑被点破，不好意思的反倒是黄大奎了，"你都知道了吗？"

"老爸今天把一切都告诉我了。"想到生父，林小兵的心情一下又难过起来。

"既然如此，那就走吧，去见见你两位老爸在这个学院留下的痕迹。"心里为山鹰班长点了个大大的赞，黄大奎搂起林小兵走向一栋大楼。

"他们也在这里深造过？"看着这纯绿色的氛围，林小兵越来越坚定心中所想。

"当然，他们都是学院的神话，至今也无人能超越的存在。"想到林小兵的两个爸爸，总是能让黄大奎热血沸腾，"说说你吧？书读得怎么样了？"

"我呀，还行吧……"遇到喜欢的人，林小兵就关不住话匣子，一下就将自己的近况抖了个精光。

"果然牛×！"听这小子已在哈佛大学读了两年书，黄大奎一脸兴奋地道，"在美国你要悠着点，那些老外可不像这里的学员经得起折腾。"

"别提这个了，快带我去观摩老爸们的光辉岁月吧。"此刻林小兵迫切地想了解生父和养父的人生轨迹。

"别急，先带你去见个人。"说着，黄大奎带着林小兵直接来到了行政楼里的一间办公室，里面明晃晃地坐着个金光闪闪的少将。

"首长好。"黄大奎还没说话，林小兵倒是抢先来了个军礼。

"这小子是谁？看上去很有气势的样子。"被吓了一跳，少将放下手中里的工作。

"首长，他就是冷刺的儿子林小兵。"

"原来是冷刺的儿子呀！"黄大奎说完，少将连忙抓起手边的眼镜戴上道，"果然是一个模子刻出来的，那小子把真像告诉你了吗？"

"嗯。"强势如老爸也被说成那小子，林小兵差点没忍住笑出来，"我已经知道了所有的事情。"

"这小子现在可出息了，已经在哈佛大学上了两年学。"黄大奎迫不及待地向老首长介绍林小兵的事迹，"而且刚才还和几个学员切磋了一下，完胜。"

"虎父无犬子，两个爹都这么牛，无论做出什么成绩都很正常。"少将从抽屉里拿出一发用弹头制成的挂件道，"这是你生父在这所学院深造时做的，毕业小聚时落在我家，一直没机会还给他。现在我正式将此物转交给你，将来无论走到哪里，你都要记住自己身体里流淌着中国军人的血；无论遇上什么事，都要像这枚子弹，洞穿一切艰难险阻。"

"是，谨记首长教诲。"来了个标准的军礼，林小兵接过生父遗物。

握着这枚冰冷的子弹，林小兵的血液开始熊熊燃烧。

"带他去瞻仰一下父辈的风采。"经历了这么多年的军魂洗礼，老首长已经能做到不以物喜的境界，无论见到什么都能保持山崩于前而面不改色的气势。

"是。"行了个军礼，黄大奎带着林小兵离开。

"他就是这所陆军学院的院长呀？"出了办公室，林小兵才注意到门框上的字。

"当然。"黄大奎嘿嘿笑道，"他现在是院长，二十多年前却是你两个爸爸的教官，他们很多基础性技能都是院长亲授的，要是没有在这里深造的经历，他们也不可能双双考入那支神秘的特种部队。要知道那可是我们中国的战略级特种作战部队，每年都只从几百万解放军中挑选两三个人。乃真正的百万里挑一，当时我们战区可是着实风光了一把。"

03　投笔从戎

"牛！"林小兵双手竖起大拇指，两个老爸一人一个。

"去看看更牛的。"说着，黄大奎带着林小兵进入一栋叫校史馆的小楼。

"1253 米狙杀目标成功，全军丛林战场狙杀纪录保持者：冷刺。"

面前是一副大照片，一个穿着作战迷彩服、脸上画着油彩的人站在一座山头上，下面配着一段简短的文字，林小兵的眼泪不由自主地掉了下来。

"别激动，这里还有。"

顺着黄大奎的手看去，林小兵又看到一副在同一地点，以同一造型拍摄的照片，只是配文有所不同："1211 米狙杀目标成功，全军沙漠战场狙杀纪录保持者：山鹰。"

"山鹰是你养父的武装代号。"看着两张非同寻常的照片，黄大奎满脸崇敬地道，"你两个老爸都是我们的楷模、英雄，他们是真正的职业军人。"

面对两张目光坚毅的照片，林小兵突然哈哈大笑起来。

"这孩子，怎么一会儿哭一会儿笑的？难道读书读傻了？"好好的气氛被生生破坏，黄大奎无语地道。

"没有。"林小兵语气坚定地道，"黄叔，谢谢你，让我认清了自己。"

"认清自己？"黄大奎越听越迷糊。

"我该回去了，有机会我还会来看你。"有些事只能自悟，无法与人分享，林小兵此刻是前所未有的坚定。

"这里是你的家，随时欢迎回来，但来之前给我打个电话，不要再爬墙头了。"这小子思维跳跃过快，黄大奎感觉有点儿跟不上。

"是。"接过名片，林小兵一溜烟跑掉，黄大奎连忙跟了出去。没有人带领，他必定又会在门口搞得鸡飞狗跳。

……

离开陆军学院，林小兵返回家中，第一件事就是将哈佛大学的校徽收了起来。

"去陆军学院了？"正在客厅里看报的山鹰抬起头，这小子的身份事关重大，学院方面自然会核实清楚。

"嗯。"林小兵下意识地点头，心里正在琢磨怎么把想法说出来。

"你是不是有什么话要说？"能当上顶尖特种兵，除了体能和技术的硬指标，最关键的是要有一颗睿智的大脑，山鹰已从这小子的动作中悟出很多东西。

"知子莫若父，老爸，为你点个赞。"嘿嘿笑着，林小兵坐到山鹰旁边道，"通过今天的所见所闻，我很认真地做了一个决定。"

"什么？"

"我不去哈佛了，我要参军入伍，继续发扬我们家族的军人传统。"虽然今天才最终下的决心，但这一想法从来没有从林小兵的灵魂里消失过。

"哦。"山鹰喝了口水，哼出了一个字。

"'哦'是什么意思？"林小兵没想到自己如此重大的决定竟然只换来这么一个字。

"就是'哦'的意思呀！"山鹰嘿嘿笑道，"你生父是职业军人，你的身体里先天就被注入了军魂。你养父我自小就把你当成小兵培养，后天又被烙上了军人的烙印，有此想法一点也不奇怪，关键是你可想过如何过你老妈那一关？"

"怕的就是这个。"林小兵也猜到老爸这边好沟通，关键的问题就在老妈那里，"你也知道，这哈佛商学院当初可是老妈钦点的，要是她知道我要投笔从戎一定会暴跳如雷，甚至直接一巴掌拍死我。"

"这种情况放在军事上来说，你妈现在就像一个被敌人控制的阵地，如

018

果你连这个山头都无法拔除，那也没有当军人的必要了，老老实实去美国完成你的学业即可。"把报纸放到茶几上，山鹰不紧不慢地道。

长江后浪推前浪，没有人比山鹰更了解林小兵，这家伙如果真的能投入军队这个大熔炉，未来必定能够成为一柄超越父辈的利剑。

"是，保证完成任务。"下定决心，林小兵从冰箱里拿出两罐啤酒与老爸对饮起来。

"你和我妈生活了这么多年，一定知道她的弱点吧？"老妈原本娴静，但却生生被生意场打造成了女汉子，林小兵非常清楚这个任务一点都不轻松。

"这个弹头吊坠是院长给你的吗？"看到林小兵脖子上挂的东西，山鹰联想到了很多事情。

"是。"林小兵点了点头。

"这玩意儿你爸一共做了两个，其中一个送给了你妈。"山鹰是个很开明的人，他以前支持林小兵去哈佛深造，现在也不会反对他投笔从戎。以他的惊人天赋，只要不走歪门邪道，将来无论做什么都必定有所作为。

"懂了，谢谢老爸。"和聪明人说话就是简单，山鹰简单地提了个头，林小兵已然明了后面该做什么。

"爸爸，哥哥，你们在喝酒呀，我也要喝！"公司的事已全权交给林妈处理，平时家里就他们父女二人在家。

"一边儿去，喝酒是男人的专利。"

"就你也敢自称男人？"斜视了林小兵一眼，李小薇呵呵笑道，"等你找个洋女友回来再说吧。"

"作业写完了吗？怎么这么快就出来了？"职业军人出身，山鹰无论对女儿还是儿子都很严厉。

"做完了，妈妈说要给哥哥买点儿夏天的衣服，叫我去公司找她。"

"不用了，我有事要先跟老妈谈。"说着林小兵推着自行车就离开了家。

"他要和妈妈谈什么？"关于林小兵的事，李小薇还不清楚。

"不知道，估计是受什么刺激了，你去公司看看吧。"知道两母子的谈判必定惊天动地，山鹰特意让李小薇去充当润滑剂。

"收到。"起身行了个像模像样的军礼，李小薇也跟着冲了出去，在山鹰军事化的家庭教育模式下，两兄妹都具备了很高的军人素质。

……

"你说什么？再说一次试试？"正在办公室里处理公务，林小兵就冲进来说要放弃哈佛学业，气得林妈差点一口气没上来。

"我要投笔从戎，参军入伍。"林小兵重复了一遍。

"臭小子，翅膀硬了你！"身为商场女强人及曾经的军嫂，林妈已奉献了一个丈夫，她绝对不希望自己的儿子也走这条路。

"你打吧，就算打死我也要参军。"林小兵很少顶撞老妈，但他这次是铁了心，必须硬撑下去。

"为什么？我们不是说得好好的，等你哈佛商学院毕业后就来接替妈妈的位子，把公司发扬光大吗？"这小子态度坚决，神态和他爸当年一模一样，其中必定是出了什么状况。林妈意识到用强恐怕会适得其反，于是决定上软刀子。

"妈……你是知道的，我一直都不喜欢商场，我喜欢的是战场，我要像我两个爸爸一样，成为顶天立地的男子汉、大英雄。"隐忍了这么多年，林小兵终于勇敢地说出了真实想法。

"这个老李就是不靠谱，我说过就不该教你军队上那些东西，不该告诉你建军的事……"抱怨着，林妈坐到老板椅上抹泪。

"妈你别哭！"林小兵天不怕地不怕，就怕老妈掉眼泪，"儿子是军二代，身体里流的是军人的血液，这是谁都无法改变的事实。从小我就有个军人梦，任何时候都不会改变，今天我去了陆军学院，见到很多震撼人心的东西，这是老院长转交给我的，你应该认识。"

露出脖子上的子弹挂件，林小兵一脸坚毅地看着老妈。

"这是……"看着林小兵脖子上的弹头挂件，加上他和建军当年追自己时一模一样的表情，林妈的眼泪忍不住哗哗地往外流。这次不是装的，而是心里最柔软的地方被直接击中。

"妈妈，你别哭，哥哥要从军，还有我可以继承你的位子呀！"里面的谈判失控，一直躲在门外偷听的李小薇鼓起勇气冲了进来。身为跟林小兵一起打到大的亲妹妹，没有人比她更了解自己这个哥哥。见到和军队有关的东西就迈不动腿，凡出军旅影视剧必追，平时行侠仗义，以兵王自居，揍强扶弱。所以他决定放弃哈佛投笔从戎，她一点儿都不奇怪。

"没错，妹妹成绩虽然差了点，但考个二三本商学院肯定没问题，接管我们这个小小的家庭企业足够了。"抓住李小薇，林小兵就像抓住救命稻草。

"哥，我这是在帮你，你怎么能这样子说我？"

"他这么说已经很给你留面子了。"看着这对儿女，林妈心里又气又喜，特别是林小兵的表情和言语几乎和建军那家伙当初如出一辙，恐怕没有什么能阻止他这一决定了。

"妈，这么说你是答应我了？"老妈停止哭泣，林小兵的眼睛一下就亮了起来。

"哪有那么容易，你们两个先出去，我要一个人静静。"林妈曾经也是个狂热的拥军少女，否则也不会嫁给当时一穷二白的冷刺，只是冷刺牺牲后她就有些害怕，假如儿子再有什么不测，她的世界将彻底崩溃。

"可是……"

"别可是了，走吧。"女孩的心思总是要细腻一些，看出老妈态度有所转变，李小薇揪着林小兵离开。

"小薇你干什么？我的事还没解决呢！"林小兵无语地瞪着这个比自己还拗的妹妹道。

"傻瓜，没看到老妈已经被说动了吗？给她点时间考虑，相信我，你一定能成功。"一起生活了这么多年，李小薇同样是最了解她的人。

"原来如此，还是妹妹对我好。"难得这丫头给力一次，林小兵感激地道，"走，哥请你吃 KFC。"

"吃 KFC 可以，但有些话要说清楚，我并不是因为帮你而帮你，帮你只不过是为了夺取我们的家产……"

"李小薇，你给我去死……"大叫着，两兄妹嘻嘻哈哈地追打而出。

……

　　"老李，小兵的决定你知道吗？"两兄妹离开，林妈立刻拨通了山鹰的电话。嫁给他这么多年，两人从来都没红过脸，但这次她是真的生气了。

　　"知道，但你别急，先听我说。"山鹰自然能从林妈的口气中听出质问的意思，"今天他私自爬进陆军学院打伤了几个学员，遇上黄大奎，还见到了老院长，那枚弹头就是老院长送给小兵的，可见他对小兵是多么器重。"

　　"可你知道我的心思呀，我一直都希望……"

　　"我自然知道你的心思，但我们两个不也一直知道小兵自小的心思吗？军魂是他先天自带的，并不是因为我教了他什么或你要求他做什么就能改变的。"林小兵离开后山鹰就知道老婆会打电话，这是她这么多年来一直无法跨过的坎。

　　"可我真的害怕，我怕我会再次失去他。"找不到反驳点，林妈无奈地哭了起来。

　　"老婆，你什么都没失去，林小兵就是冷刺，他只是换了一种方式和我们生活在一起，不是吗？"

　　"呜呜……"

……

　　"哥，你真的参军吗？"美丽的翠湖湖畔草皮上，李小薇靠在林小兵肩膀上。王二宝和钱胖正在狂吃薯片，得知林小兵要投笔从戎，两个死党无语的同时也没感觉有什么不合理的地方，毕竟这个老大真是太痴迷军事了。

　　"傻丫头，不用担心，就像这里的海鸥，无论从多远的地方飞来，总有一天还是会飞回来。无论哥将来去到哪里，这里永远是我的家，你们永远是我的亲人。只是以后没人罩着，你一个人行事要低调点儿，免得到时候吃亏。"

　　"说得好，无论我们以后飞得多高多远，这里永远是我们的家，我们永远都是最好的兄弟。"林小兵说完，钱胖满嘴唾沫星子横飞地道，"身为唯一在本市上大学的人，小薇以后就交给我了，我一定对她百般呵护、温柔体贴、打不还手、骂不……"

钱胖子还在自顾自地 YY，结果被李小薇冲过去一记柔术压倒在地："本少女今年才满十六岁，还不用承担太多刑事责任，正好现在就废了你，省得你去祸害大好的姑娘！"

"这个可以有。"

"我也没意见。"

各自留下五个字，林小兵和王二宝嘿嘿笑着离开。

……

林妈最终还是在一家三口的攻势下屈服，同意林小兵投笔从戎的要求，但却提了三个条件：第一，做个顶天立地的男子汉，不准给父辈丢脸；第二，常回家看看；最重要的是第三条，严禁动用家里任何形式的关系，特别是山鹰，不准找以前的老战友老首长，一切只能靠林小兵自己实力参加考核，过得了就入伍，过不了就老老实实地回哈佛商学院。

"老妈，你真是天底下最好的妈妈。"老妈终于松口，林小兵冲过去挂在她脖子上笑道，"放心，儿子一定遵从谕旨，光明正大地走正常程序，一切凭实力说话。"

"赶紧放开，我这把老骨头快被你弄散架了。"嗷嗷待哺的小肉团已长成强壮的好少年，林妈知道林小兵终有一天会成为一棵参天大树。

成功攻下最难的山头，林小兵像打了鸡血似的投入参军事宜。他属于在校大学生入伍，而且就读的是国外高校，办起手续来相当麻烦，但以他根正苗红的出身及学霸级的简历，各种政核体检自然是一路绿灯，特别是最后的面试，面试官直接说这小子不去部队真是浪费人才了。

九月注定是火红的，带上大红花，林小兵夹杂在一堆新兵中间，乘坐火车驶向大西南腹地边境的兵城。

列车缓缓驶出站台，上尉连长常军带头唱了两首传唱度很高的军歌，而后开始自我介绍。

由于是省城兵源，这批兵的文化程度相对高一些，一部分是高考失利后参军的，一部分是大学毕业后参军的。

轮到林小兵时，他着实纠结了一把。不是高中生，大学没毕业，像他这种半途参军的人并不多，最后他只好以高中毕业的身份简单介绍了下自己。

　　"从这一刻起，你们就是中国人民解放军准战士了，为什么要用'准'呢？因为你们接下来要经历三个月的新训，等下放到各个连队时才能算是真正的战士。"所有人自我介绍完毕，常军旁边那个一直处于高冷状态的少校开口道，"军队是靠全方位实力说话的地方，不论你们是高中生、大学生还是研究生，到了这里都给我老老实实地服从指挥，认真完成新训任务。"

　　打心坎说，荣金明对这些城市兵是又爱又恨。爱的是他们文化水平高，脑子转得快，对高科技武器装备容易上手；恨的是他们自小生活条件优越，娇生惯养，少了农村兵那种吃苦耐劳的精神，而且胆大不听招呼，经常会干出些让人哭笑不得的事来。

　　"少校同志……"

　　"闭嘴。"怕什么来什么，荣金明话都没说完，一个油头粉面的家伙就相当自来熟地上来递烟，可恶的是递的还是他最喜欢的红塔山，搞得他接也不是不接也不是，"叫我荣副营长，别叫军衔，别扭。另外火车上抽烟不安全，到了部队也必须在规定的时间和地点抽，你小子最好收敛点，千万别被我抓住，否则你会相当倒霉。"

　　"副营长有多大？"油头小子被呵退，另外一个瘦瘦高高的家伙又冒出头来。

　　"副营长和春城的街道办主任差不多……"林小兵以前也问过老爸类似的问题，一时没忍住就脱口而出。

　　"原来是街道办的呀！好大的官！"林小兵才说完，瘦子立马补刀，搞得现场气氛相当尴尬。

　　"那个谁？林小兵是吧？"顶头上司满头黑线，常军上尉来到他座位面前说道，"军队和地方职位没有可比性，何况荣副营长回去就会变成荣营长，这是他最后一次出来带你们这些新兵蛋，你竟然说他是街道办主任？"

　　"营长也和街道办主任差不多，充其量就是乡镇长……"不怕死的年年有，今年似乎特别多，就在林小兵考虑要不要接招时，一个壮壮的小胖子开口抢答，惹得其他人一阵哄笑。

"好小子，你有种……"常军算是看出来了，这群小家伙根本就是闲来无事，故意找茬，"喜欢刷存在感是吧，你、你还有你，都给我起来……"

"算了……"荣金明抬手止住常军道，"虽然军队和地方没什么可比性，但他们的话也不是完全没道理。为了让你们更清楚地意识到营长和乡镇长的区别，我未来三个月都会特别照顾你们三个。"

"荣营长，其实我是随便这么一说，没别的意思……"这家伙刚才的表情和老爸使阴招时一模一样，林小兵立刻警觉起来。

"闭嘴，这群人里就数你最狡猾，我已经记住你了……"瞪了林小兵一眼，荣金明去厕所抽烟冷静。和这点城市兵相处，他随时都有可能发飚。

列车缓缓驶入兵城，这是大西南腹地边缘的最后一座中形城市，中国最后一场战争也在这里结束，城市边缘的烈士陵园里至今安葬着数百位在各种战争中牺牲的英灵，林小兵几乎每隔几年就会被老爸带来一次。

运兵的卡车准时等在火车站，常军瞪着两个排的新兵大声吼道："从现在起禁言，要是谁敢再说一句话，别怪老子不客气。"

出来带一次城市兵，常军感觉比进行一场长途拉练还累。

混迹在大队人马中，林小兵爬上早已候在火车站外的军卡。虽然这与他的兵王梦想还有非常大的距离，但从这一刻起，他已经能自信地呐喊：我是一个兵。

林小兵一行人直接被拉进兵城分战区营房，同时到来的还有两波人，从肤色和行李可以看出是来自基层农村。

现在农村生活已大大改善，成绩好的都去上学，来当兵的大部分都是早早辍学的青年，身上多多少少还带有些乡土气息。

从这一刻起，他们所有人就将被糅合在一起组成新兵连，近而补充到边防线上的各个连队。

"哇！快看，那是坦克……"

"还有飞机耶……"

"那把枪好帅……"新兵们下车，场面再次混乱起来，竟无人注意到旁边一脸横气的中校，更有甚者则拿出手机搞自拍。先前在火车上对林小兵补刀的瘦高个则拿出个拉风的自拍杆搞起了各种造型，可谓相当有时代气息。

"呀，微信为什么发不出去？"

"是哦，刚才外面都还好好的。"

"我的也发不了，太夸张了！"……

各种装 × 造型摆设完毕，照片已准备就绪，最后才终于有人意识到一个非常严重的问题：手机没信号。

"看来效果不错。"看着这群一脸囧样的新兵，中校终于满意地露出了两个虎牙。

新兵私带手机一直是近年来屡禁不止的问题，今天收了他改天出去就又悄悄带回一个，相当不利于部队管理，关键时刻还容易泄密。因此战区专门采购了一套信号屏蔽器，兵城分战区正是第一个示范点。

"还是首长有办法！"荣金明站在团长面前嘿嘿笑道，"魔高一尺，道高一丈。再不下狠手，这群小兔崽子就真要翻天了。"

"今年的新兵很不错，特别是那几根好苗，你小子得交一份漂亮的答卷上来，否则要你好看。"凡是批准入伍的新兵无一不是通过严格的审核，部队领导自然知道每个人的详细情况。

"是，保证完成任务。"团长的话外之音荣金明当然能听得懂，估计这批新兵下连后自己的营长也就到手了。

"林小兵，我倒要看看你有多牛。"

团长离开，荣金明打了个手势，蓄势待发的班长们立刻行动起来，三下五除二就将所有人的手机收缴到了一个背篓里。

"营长，什么意思？为什么要没收我的手机？"家境殷实，自小就调皮捣蛋，长大后更是学会抽烟喝酒，沉迷于网络游戏，家里一咬牙就把其送到部队改造，小胖子柳国良哪里见过如此无理的事，何况那还是他最心爱的爱疯手机。

"意思就是军营里严禁使用手机，新训期间想打电话要申请，从这一刻起，你们将不再是普通老百姓，凡事都要以军人的姿态来要求自己，严格训练，否则终有一天会死在敌人的屠刀之下。"做了个简单的动员，荣金明随意地点了三下，道，"你们三个，围着操场跑十圈。"

"营长，我可什么都没说，也没带手机来，为什么要受罚？"见自己也在三人之内，林小兵"可怜"地道。

"是呀，我也什么都没做，老实得很呀？"瘦高个元寒也无语地道。

"因为我想让你们领悟一下营长和乡镇长的区别。"

"别啰嗦了，听从营副命令，目标操场，齐步跑。"也不知是不是有意为之，林小兵、柳国良及元寒三人都被分到了同一个班，班长陆程正头冒青筋地对着他们三个怒吼。虽然只比这三个被当成鸡杀的家伙大两三岁，但他可实打实的是个老兵了。

"跑就跑，为何这么凶？"营长连长班长都瞪着自己，林小兵嘟囔着开跑，柳国良和元寒无奈地跟了上去。

"兄弟叫啥？"跑在操场上，柳国良继续发扬他孩子王的风范。

"叫啥关你什么事？跑你的吧，小胖子。"

"臭屁小子找抽的吧，再说一句试试？"竟然当众挑战自己权威，柳国良的脸立马就垮了下来。

"小胖子，小胖子……老子说十次都没问题。"大家都是王，关键时候自然谁也不会让步。

"你……"要是换在平时柳国良早就跳上去开练了，可现在各级长都在场外盯着，他也不好发飙，于是将矛头指向林小兵道，"帮我把他撂倒。"

"凭什么听你的？"懒得跟这俩傻蛋搅在一起，林小兵加快脚步。

"就凭老子有钱。"柳国良霸气地道，"撂倒他，给你一百。"

"一百？打发要饭的吗？一边儿去。"

"那你想要多少？"

"至少两百。"林小兵抻出两根手指，节操哗哗地掉了一地。

虽然自小也没缺过什么钱，但身为哈佛商学院高材生，林小兵自然不会放过任何一次赚钱的机会，正所谓你的就是我的、我的还是我的，就是这个道理。

"加你五十。"

收到柳国良塞过来的二百五，林小兵不怀好意地逼进瘦高个。

"小子，你想干什么？动我试试？"面对这个比自己矮了半个头的小子，元寒边跑边瞪着他。

"试试就试试！"说着，林小兵选中一个关键时间点伸出了黑脚。

一只脚被突然踩住，元寒瞬间失去重心，一个狗爬式摔倒在地……

"好家伙，看我不灭了你……"元寒大叫着爬起来，可林小兵已经跑到了前面五六米的地方，无论他如何追都无法追到。

"别跑了，停下，咱们谈谈……"伤到自尊比伤到身体还可恨，憋了一肚子气的元寒决定改变策略。

"谈什么你说，我听得到。"就这小子也想追自己，林小兵也只能呵呵了。

"我也给你二百五，帮我把小胖子也撂倒。"体力已消耗大半，元寒决心拼钱。

"不行，现在物价飞涨，要两个二百五……"

"成交。"

"小胖子，我现在变成别人的雇佣兵，你要倒霉了。"收了元寒的两个二百五，林小兵不紧不慢地跑到小胖子前面。

"墙头草，有种踩我一下试试……看会不会被哥直接撞死……"这家伙吃了庄家吃闲家，一点节操都没有，柳国良最恨的就是这种人。

"踩你就踩你。"话毕，林小兵闪电般出脚，以一个非常诡异的角度钩住柳国良脚掌，这家伙立刻就以与元寒一样的角度趴了下去。

比起林小兵收拾过的不良少年，这俩小子弱得太多了。

"我要灭了你！"紧防慢防，结果还是惨遭算计，柳国良愤怒地爬起来猛追。

"想灭我的前提是先追到我！"哈哈笑着，林小兵加快速度，柳国良拿出吃奶的劲儿也始终都差了一截。

......

"什么情况？"在场边远远地目睹了操场上三个人怪异的一幕，荣金明、常军和陆程三级长一脸的无语。

"看不出来，不过可以肯定三个坏小子都不是善茬，特别是排头那个林小兵，你一定要好好打磨。"林小兵的准确资料只有荣金明清楚，连长常军略知一二，班长陆程则一无所知。

"营长放心，就算是块顽石我也能把他磨成一柄战刀。"分战区今年有两个报考军校的名额，一个直接给了英勇擒贼、左腿粉碎性骨折的战斗英雄，另外一个就成了很多人眼里的香饽饽。陆程为此准备了三年，要是再错过机会他就会失去提干、成为排级军官的唯一机会，进而结束最爱的军旅生涯。

"我知道你小子心里想什么！"陆程言而又止，荣金明无奈地道，"肉就一口，狼却很多，上面也很为难，老哥唯一能确定的是首长们绝对会死死盯着三个月后的新训大比武。"

"谢谢营长，我一定竭尽全力……"

比了下手止住陆程，荣金明嘿嘿笑道："我可什么也没说，一切都得看你今年新兵大比武的成绩。"

"是。"终于得到一些明确性暗示，陆程欣喜若狂地离开。

04 火花四溅

"看我干什么？我真的什么都没说。"陆程离开，见常军怪怪地看着自己，荣金明一脸无辜地道。

"这还叫什么都没说？明显什么都说了嘛。"

"没有，你对我可能有点误会。"陆程农村出生，没权没势，靠的就是一骨子拼劲，荣金明确实想帮他一把，否则也不会把那几枚刺头分给他。

"虚伪。"鄙视了顶头上司一下，常军也语重心长地道，"陆程的确是块好材料，但能否发光发热还得看他自己的本事，你这个营长能做的恐怕也只有这些了。"

"全营就数你眼睛贼，而且还这么年轻，军校科班出身，目测你小子将来要上天。"自己就要调到另外一个团带兵，荣金明自然不会吝啬一些溢美之词。

"哎呀，这是太阳要从西边出来的节奏吗？"

"一边儿去。"

……

各级长和长之间有自己的相处之道，小兵间的关系也发生了戏剧性的变化，原先彼此仇视的两个冤大头，在被林小兵这个半罐水级别的"经济学家"各搞了两轮二百五，一人摔了两次后终于醒悟：这个看似人畜无害的家伙根本就是个吃了原告吃被告的吸血鬼。于是两人瞬间冰释前嫌，结成同盟，决心收拾这混球一顿。

手是联了，但柳元二人的关键问题依然没有解决：无论跑多快，他们始终都无法追上那的该死的吸血鬼，最可恨的是吸血鬼还一个劲儿地加速，直接超圈跑到了两人身后十米的地方。

"你们两个没吃饭吗？都被超圈了，给我加快速度。"陆程并不清楚这三小子间发生了什么，他只看到林小兵不断地提速，看上去实力蛮强的样子。

"那家伙实在太可恶了。"林小兵在后面做鬼脸，柳国良和元寒气得牙痒痒，无奈班长正在外面瞪着，两人也无计可施。

"臭小子，别做缩头乌龟，有种到前面来。"实力比不过，两人改用激将法。

"上去又怎样？你们又不是对手！"

"会怎么样你过来就知道了。"林小兵一副吊儿郎当的样子，两人越看越气。

"那你们可要准备好，哥这就上来。"说着，林小兵还真就开始加速，柳国良和元寒很有默契地向两边让开，林小兵非常配合地从中间穿过。

旁边的两个人同时伸出一只脚，试图将林小兵绊倒，结果目标不但没有倒下，出黑脚的两人反倒四仰八叉地摔倒在地。

"怎么回事？你们两个笨蛋，连跑都跑不稳了吗？"两人莫名其妙地摔倒，陆程再次大吼起来。

"臭小子去死……"

"我要杀了你……"

接二连三地吃亏，柳国良和元寒彻底被激怒了，于是不要命地追来。可无论他们多快，离目标总是还有十来米，全力追了一圈不到，两人的体力完全消耗光，双双倒在草皮上大口喘气。

"你们……"

正想过去收拾他们，结果其他班长已陆续带队离开，见班里其他七个人眼巴巴地望着自己，陆程只好在告诉三人跑不够十圈不准回宿舍后，带着其他人前去参加新兵欢迎会。分战区领导即将入座，去迟了可是要挨批的。

本以为这两个"私自"倒下的傻蛋会挨班长批，无奈那家伙带人去大礼堂，林小兵一个人跑着也没什么意思，溜达了一圈后无趣地坐到了柳元二人旁边。

"别打歪主意，你们两个加起来都不是我对手。"见两个人蠢蠢欲动的样子，林小兵嘿嘿笑道，"看在你们都这么有钱的份上，哥就收下你们两个小弟了，以后在部队上由我罩着，谁敢欺负你们就报我林小兵的名字。"

"林小兵，你不是跑傻了吧，跑得快就能当大哥？那刘翔岂不是可以当美国总统了？"

"就是，从小都是我收小弟，有谁听说过我被人收小弟的？"

嘴上虽不肯服软，但柳元二人还真打消了动手的念头。刚才较量过几次，这小子的脚比铁棍还硬，真干起来恐怕也讨不了好。

"凡事都有第一次嘛，给你们机会千万要珍惜，否则到时候别怪老子加价……表情这么难看干什么？老子说的没道理吗？"见两个傻蛋张大嘴一副见了鬼的模样，林小兵下意识地扭过头，四周竟然多了六个身穿迷彩的家伙，从他们身上的背包和肩章可以看出，这是一伙刚刚训练回来的老兵。

"你们三个新兵蛋在这干什么？为什么不去礼堂参加欢迎会？"正打算回宿舍，突然看到这边趟着三个新兵，已入伍两年的老兵决定过来"教育"一下这些后来者，以弥补当初被别的老兵"教育"时的缺憾。

"我们被营长罚跑操场，累了歇会，这位是我们大哥，几位有事可以跟他谈。"

"没错，大哥的意思就是我们的意思，几位不用客气。"

对方来者不善，柳国良和元寒立刻就将林小兵推了出去，大好的挡箭牌不用更待何时？

"哎哟喂，刚来就想当大哥了？脾气很硬呀！"本来就是来找茬的，老兵不怀好意地将林小兵围了起来。

"好说，我这人无论在地方还是到了部队都喜欢当大哥，几位要是感兴趣的话也可以投入我麾下，以后有事尽可报我名字。"表面看似新兵，但实际上林小兵已在山鹰的指挥棍下转悠了十好几年，这几个老兵他还真不放在眼里。

"哈……"

"哈哈哈……"

林小兵才说完，几个老兵就没忍住哈哈大笑起来，就连暂时跟他一个阵营的柳元二人都是一脸的无奈，其表情分明在说：这孩子脑袋有问题。

"这是自打我生下来后听过最好笑的笑话。"

"还有我。"

"闭嘴。"老兵头目瞪了几个哈哈大笑的兄弟一眼，然后眉开眼笑地对林小兵道，"人人都想当大哥，但大哥的位子只有一个，想收我们可以，但必须要问问我的拳头同不同意。"

"理应如此。"林小兵不怀好意地站起来指着柳国良道，"他收小弟靠钱，我收小弟一向靠的就是这双拳头，既然哥几个感兴趣，那就走上几招。但丑话说在前头，无论结果如何都不准打小报告，否则就是吃稀饭长大的。"

"好，我就喜欢你这样的小兵，来吧，看看谁才是当大哥的材料。"

但凡当兵的都有一骨子血性，既然小树不直溜，老兵们自然乐意出手修理修理。

至于林小兵，从来都是不怕事大的主，何况他心里也想知道自己的实力在部队上是个什么样的水平。

因此方双一拍即合，立刻就火花四溅起来。

看着这个一脸幼稚的新兵，老兵反而有点不好意思动手了。修理新兵倒不算什么大事，但修理一个脑子有问题的新兵，会有会有点太那个了？

"看你这表情是想让我先动手？"对手一脸无奈地看着自己，林小兵继续装嫩……

"当然，你是新兵，肯定让你先动手。来，朝这里打一拳，让哥看看你的实力如何？"让林小兵先动手无疑是最好的开局方式，这样才显得老兵有风度，进而名正言顺地修理新兵。

"既然如此，那我就不客气了。"后退一步，林小兵一记重拳打出，原本抬头挺胸的老兵瞬间就弓下了身子。可林小兵的攻击还没结束，左脸一拳，右脸一拳，下巴一拳，之后老兵已倒地不起，人形不成……

"大家伙一起上，灭了他！"事情发生得太突然，当老兵们反应过来时，他们的大哥已经变成了熊猫，倔脾气上来，五个老兵便群起而攻之。

对于来势汹汹的老兵，林小兵并不惊慌，而是采取游击战术。先是一脚将冲得最凶的排头老兵踹倒，而后闪身突破包围圈，以极快的速度边打边退。被老兵打一下没事，但老兵挨他一下基本就失去一半战斗力，因为他净挑人身体最薄弱的地方搞。

比起被超级特种兵培训出来的小特种兵，这些入伍才两年的老兵明显弱了不少，明面是五个追着一个打，可实际是人多的一方一直在减员，人少的一方却越战越勇。当双方战成一对一时，唯一站着的老兵终于意识到了问题的严重性。

"兄弟，咱们再谈谈……"所有的兄弟都倒地不起，老兵立刻眉开眼笑起来。

"叫大哥。"

"不可能，从来没有老兵叫新兵大哥的先例……"

"既然如此，那就不用谈了……"坏笑着，林小兵一个冲锋上去，左勾拳右勾拳，老兵招架了几下后也被打倒在地。

"欺负新兵很爽，是吧？"

"想教育我，是吧？"

"装 × 是吧？"

……

说一句打一拳，六个前来装 × 的老兵已不成人形，惊得柳国良和元寒的下巴都掉了。此刻两人才意识到这熊孩子不是脑子有问题，刚才他对自己实在是太友好了。在他们眼里，这根本就是开挂也难以做到的事情。

"干什么，住手……"林小兵打得正欢，一支营区巡逻小队已经发现了这边的异样。林小兵下意识地想逃，但双脚却被两个老兵死死抱住。

既然无法逃脱，林小兵唯有继续狠 K。

对于六个被叠成罗汉的老兵来说，今天无疑是最大的倒霉日和耻辱日。

"停手，别打了……"新兵把六个老兵叠成罗汉打，任谁看到都会被惊呆。

扯开林小兵，巡逻队长仔细分辨了六只"大熊猫"后无语地道："谁能告诉我发生了什么事？"

"我。"柳国良终于恢复神志，只见他指了一圈后道，"我们三个被营长罚跑操场，这六个位老兵不明就里地过来要修理我们，结果反被林小兵修理了。"

"林小兵？你是新兵吗？"面对这个一脸呆萌但武力值爆表的家伙，巡逻小队长难以置信地道。

"报告二级士官，我是新兵。"在老爸的影响下，林小兵能认出解放军所有肩章和军衔。

"我看你小子根本不像兵，更像个街头小霸王。"面对如此反比例的战果，巡逻小队长也是无可奈何，"把他们全部带去小会议室，听候首长发落。"

也不知是该批评还是该表扬，巡逻小队长干脆把难题推给领导。

"士官同志，我全程都没有参与，就不用去了吧？"

"还有我，一切都是林小兵干的，不关我事。"关键时刻，柳元二人企图脱身。

"你们是新兵，这种行为可以被原谅一次，要是以后再说出这样的话，我会立刻把你变成他们六个的样子。"巡逻小队长比了个手势，六个老兵逐个被扶起。

"士官同志为什么这么凶？"被一个巡逻老兵瞪着，元寒不解地道。

"因为主动承担，绝不出卖战友是解放军战士的优良品质，推卸责任是我们最为不耻的行为。"

"哦。"老兵说完，柳元二人心里似乎被刺中，看来部队上的确有很多需要学的东西。

……

"什么，这几个小兔崽子……"欢迎会结束，荣金明、常军和陆程步出礼堂就听到一个震撼人心的消息，惊得三人直接合不拢嘴。

"三个打六个，估计这会儿已经送到医院了，那些老兵出手越来越没轻重了。"陆程边往小会议室走边道。

"谁该送医院还说不好呢！那几只小猴子可不是省油的灯。"虽然有点吃惊，但荣金明并不过于担心。另外两个不好说，但有林小兵至少不会输得太惨。

"这有什么不好说的？这是明摆着的事。"陆程不明白荣金明的意思。

"别纠结了，马上不就知道了。"刚来就发生这种事，常军更加确定新世纪的兵越来越不好带了。

"怎么回事？你们到底是谁打谁？"进入小会议室，一眼就看到六只老熊猫和三个好胳膊好腿儿的新兵，三人的表情一下就精彩了起来，与老兵连长孙忠猪肝色的老脸形成鲜明对比。

"他们打我们，我们打他们，然后就成这样了。"林小兵一脸无辜的表情搞得现场气氛更加诡异。

"好了，人都到齐了，你们自己先研究一下该怎么处理吧。"欢迎会出来就听说有新兵和老兵打架，团政委调看了完整的营区监控视频后不动声色地前来处理。

"首长，我看大家也没什么事，要不各自带各自的人回去严加管教，这件事就当洗把脸翻篇了。"现实往往比小说更为精彩，陆程此刻总算明白荣金明一些深层次的用意了。

"你的意思呢？"团政委将目光转向孙忠。

"一切听从首长安排。"修理就修理，打就打了，这在部队上不算什么。

所谓平时多受伤，战时少流血。与其在战场上被敌人弄死，不如平时多被同志操练，说的就是这个意思。

05 一鸣惊人

孙忠气的是手下六个老兵竟然被一个新兵打成了熊猫，这丢人都丢到姥姥家了，他哪里还有脸提出意思。

"既然如此那就照你们说的意思办，各回各家，各找各妈。荣金明和常军跟我来一下，其他人散了。"

很有深意地看了林小兵一眼，团政委带着荣常两人离开。

陆程无奈地与孙忠交换了个眼神后也带着三个新兵离开，反正这个梁子是结大了，此刻说什么都没有意义。

操场上，六个鼻青脸肿的老兵在奋力地奔跑。

不准打架，实在要打的话只准赢不准输，谁输处分谁。这一向是部队教官的行事准则，可现在的结果是不但打了，还输了，输就输了吧，关键是六个老兵打一个新兵都还输得这么惨，这样的结果对于六个老兵所在的连队是无法承受的耻辱。

"连个新兵蛋子都打不过，可想而知你们平时是有多偷懒，今天就要把你们偷的懒都补回来……"

"这也太夸张了吧？"孙忠正在操场上操练六个老兵，荣金明和常军则跟着团政委看了一遍现场视频，虽然没有声音，但视频已经能表述出很多东西。

"一个打六个，这小子果然有来头。"此刻常军终于开始理解荣金明的话了。

"不用关注他的来头，我要你们把他培养成一柄剑，一柄能刺穿敌人心脏的利剑。"看了林小兵的表现，团政委认真阅读了林小兵的资料，最终确定这小子根本就是个天生的军人。

"保证完成任务。"难得眼光挑剔的团政委也看好林小兵，荣金明也感叹这次运气真好。

"我只相信眼睛，不相信耳朵。"团政委嘿嘿笑道，"三个月后的新训大比武非常关键，两个师的首长都会亲临观摩，同时选拔优秀人才去参加四年一度的战区大比武，我希望到时候你们能交出一份完美的答卷。"

"一定让首长的眼睛和耳朵都服。"师首长可是分战区的最高首长，如果能一鸣惊人的话，可就真是露大脸了。

"行了，去吧，我很期待三个月后的新训比武。"

"是。"从政委的办公室离开，荣常二人不约而同地走向林小兵所在的班级，话已撂下，他们必须让林小兵扛起这面大旗。

"班长，殴打战友在部队有多严重？"看着正在跑操场的六个老兵，元寒下意识地问道。

"你觉得严重还是不严重？"了解了林小兵以一对六的能力，陆程终于明白荣金明在暗中帮自己。以这小子的武力值，新训大比武三大项之一的格斗，冠军根本就是囊中之物呀。

"我觉得是被打的一方比较严重。"有了先前的教训，元寒可不敢再落井下石，"既然我方赢了，那就不算太严重，干脆从此翻篇，一切重新开始。"

"你呢？"对元寒的答案基本满意，陆程将矛头对准柳国良。

"报告班长，无论受到什么样的处罚，我们三个都将一律均担。"柳国良可不傻，这种时候自然是要硬撑起来。

"既然如此，那就开跑吧。"

"还跑？"陆程说完，三人的脸立马就垮了下来。

"当然要跑。"陆程嘿嘿笑道，"营长的命令必须不折不扣地执行，刚才你们跑的我也没看到，现在重新开始，十圈，一圈也不能少。"

"不要呀……"

当兵第一天就遇到这么多波折，三人鬼叫着冲上了跑道。

"哥几个好！"靠近六个老兵，林小兵厚颜无耻地打招呼，要是眼神能杀人，他已经血溅当场了。

"小兵哥，差不多算了。"

"是呀，把他们惹得太毛也不好，你干得过也要为兄弟考虑一下呀。"

"算你们识相，以后跟着哥混，保准没人敢欺负你们。"柳元二人俯首称臣，林小兵立刻就牛气起来。

"那是，以后兄弟就靠小兵哥罩着了。"

"没错，小兵哥指哪我们就打哪。"近距离目睹了林小兵的武力值，柳元二人的态度立马来了个三百六十度大转弯。部队是个谁拳头硬谁就声音大的地方，如此强势的靠山可是每个新兵梦寐以求的。

"小兵哥来根烟压压惊。"柳国良才将他的一盒红塔山拿出来，一只黑手就伸过来直接抓走。

"班长……"

"闭嘴，受罚的时候不准抽烟，继续跑。"

发生这种事，陆程还是要硬着头皮过来跟孙忠打招呼，虽然不是隶属连队，但总是一个团的，抬头不见低头见，关系是必须要维护的，柳国良的烟正好派上用场。

"孙连长，来根烟……"来到老兵连长前，陆程眉开眼笑地道。

"小样儿，看把你嘚瑟得。"绕过递来的一根，孙忠直接收走陆程另外一只手上的一整盒，并学着他刚才的口气道，"罚人的时候也不能抽烟！"

"连长教训的是。"陆程连忙收起仅存的一根道，"这几只小猴子实在太不像话了，他们人都在这里了，你想怎么处罚都可以。"

"虚伪。"孙忠厚颜无耻地点上一根烟道，"你小子今年运气不错，用心打磨一下，这真心是可遇不可求的尖兵。"心里虽然郁闷，但他也不得不承认这个新兵很强。

"聊什么呢？这么热闹。"荣金明和常军过来，孙忠下意识地把烟往兜里揣，可已经来不及了，被荣金明一把夺在手里。

"老孙你这就不对了，好东西要一起分享嘛。"分到一根的常军哈哈笑道。

"站着说话不腰疼。"孙忠瞪着三人道，"要分享就先把林小兵分享给我，我给你们一人送一条红塔山如何？"

"切。"孙忠才说完，荣常陆三人神同步地甩了下手后离开，气得孙忠愣在原地干瞪眼。

三个坏小子在场上跑得酣畅淋漓，荣金明和常军轮流给陆程狠狠交代了一番后才依依不舍地离开。

"臭小子，要是拿不出成绩你就死定了。"跑了这么多圈都还没有减速的迹象，陆程对这三人是越看越顺眼。

"那几位长对我们指指点点的是什么意思？"荣金明等人在操场边瞪着，三个坏小子当然得卖力地跑。

"这还用说？肯定是在密谋怎么收拾我们。"元寒嘿嘿笑道，"通过此战，我们已被列入黑名单。"

"你太看得起自己了，进黑名单也是小兵哥一个人的荣誉……"

"不用客气，我的荣誉就是你们的荣誉，兄弟齐心，齐力断金，其他都是浮云。"有王二宝和钱胖两个死党的经验，林小兵自然懂得一些驭人之道。

"靠谱。"同时比出大拇指，三人随即哈哈大笑起来。

"臭小子有种再笑一次试试？"说者无意，听者有心，林小兵三人的笑声于六个老兵来说是如此刺耳。

"笑又怎样，莫非还想再来一次？"趁他病，要他命。林小兵毫不客气地露出獠牙，吓得老兵们纷纷闭嘴，好好的时候都不是对手，这在受伤的情况下根本就是被完虐呀。

"小样儿。"瞪了老兵们一眼，林小兵得意地带着两个傻蛋继续狂奔。

十圈很快跑完，三个坏小子跟着陆程来到宿舍。一进门，一股恶臭扑鼻而来，熏得三人连连作呕，陆程也是无语地皱起眉头。

"谁？谁的脚这么臭？"掐着鼻子扫了四周一圈，林小兵发现六个新兵挤在一个角落，一个个头与他在陆军学院收拾的那个有得一拼的大块头正四仰八叉地倒在床上呼呼大睡，一双臭脚正在哗哗地往下掉不明沉淀物，破了洞的臭袜子半挂在上面，那酸爽真是让人无法直视。

"你们几个是哑巴吗？就这么能忍耐？"鼾声震天，林小兵瞪着墙角的六个室友道。

"他已经抗议过了，结果就成了这个样子。"

细看中间的一个，脸上明显挨过揍，想想这家伙的块头，就也不难理解他们为什么如此低调了。

"班长，这种情况你管不管？"

"是呀，如此没有公德心的人必须跑二十圈。"

"二十圈怎么行，最少五十圈，而且还要剔除出班。"

差点被臭晕，林小兵揪着陆程道。

"这是生活习惯问题，我这个班长虽然也可以管，但都还是新兵，我也还不好说什么重话，要不你们先私下沟通一下？"无论多小的团队都需要队员们自己去适应与磨合，如果事事采取中国妈妈的一站式服务，那必定无法最大限度地挖掘战士们的战斗力。

"好的，既然如此，那就全权交给我处理即可，班长你去忙你的吧，我会和这位战友好沟通的。"林小兵要的就是陆程这句话，和不良室友沟通本来就是他最喜欢干的事。

"注意尺度，态度也要友好。"对于如此浓烈的气味，陆程也是相当无语，要是换成他以前的老班长，恐怕早就暴起八丈高了。

"班长放心，我这个人做事一向都很友好。"示意柳、元二人将班长送出去，林小兵准备弄醒大块头，先礼后兵一向是他的行事准则。

"战友小心，还是让班长回来解决好点儿，这家伙一身蛮力，非常暴躁，而且还说根本就不想待在部队，谁惹灭谁。"先前挨揍的那个新兵出声提醒。

"放心，小兵哥就喜欢这样的角色，我们在一旁看戏就好。"

送走班长，柳国良和元寒关好门后将挨揍的新兵架回角落，林小兵捂着鼻子推了推大块头。

"谁……谁……谁……"本来在小县城里跟着几个地痞混得好好的，正在纹身店里选图案的樊二牛被倔强的老爸强行押到了征兵处，那股闷气到现在都还没消。

来部队前樊二牛就想过当逃兵，但又听说逃兵可能会上军事法庭，严重的还会被判刑，于是他改变策略，决定用拳头打出一条退伍之路。

"很明显，是我弄醒你的。"

林小兵主动承认，樊二牛不由分说地将其扑倒，他不得已四肢连动，一下就将樊二牛弹飞开来。

被弹回自己床上，樊二牛是怒不可遏，流氓脾气上来后竟然从袖子里抽出一柄二十余公分长、明晃晃的匕首，不由分说就向林小兵的心脏捅去。

就在所有人不知所措时，林小兵顺手扯过一只铁盆挡住匕首，接着一记扫堂腿将大块头撂倒，然后一记擒拿将其双手反扣。

陆程此刻也冲了进来，他一直都在窗外注视着里面的情况，当樊二牛掏出匕首时他心里大叫糟糕，也幸好这家伙攻击的是林小兵，换成其他人后果肯定不堪设想。

"真是狗改不了吃屎，走吧，成全你。"拔出捅在脸盆上的匕首，陆程知道樊二牛这是有预谋的行为，如果不是被林小兵及时揪出来，班上迟早都会发生血案。

"成全我什么？"短暂的交手过后，樊二牛终于意识到眼前这个比自己矮了大半个头的小子实力很强。

"离开部队，这不是你一直都想要的吗？"见樊二牛脸上浮现出一丝喜悦，陆程不得不提醒他道，"你私藏管制刀具，图谋杀死战友，已严重违反士兵服役条例，如果不出意外会被除名，甚至是开除军籍处理。"

"除名就除名，开除就开除，老子根本就不想待在这个破地方。"陆程这么说刚好正中樊二牛下怀，他根本就是巴不得如此。

"你还是没搞清楚这件事的严重性。"陆程进一步解释道，"抛开军人身份不说，你已经犯了私藏管制刀具和谋杀未遂之罪，你现在应该担心自己会不会坐牢。"

"你……我……"通过陆程的解释，樊二牛终于领悟到部队可不像地方那般好蒙混过关了。

"不用多说，你的事已经远远超出了我的处理权限。"搜集好匕首等证据，让班里其余九个人一出跟着去做笔录，陆程亲自将樊二牛交给了荣金明。

了解清楚情况，做好所有人的口述笔录，荣金明又将所有证据上交，此事同样超出他的处理权限范围，必须要师首长甚至是分战区军事法庭才能拍板，但有一点可以确定，樊二牛此生已和军队无缘，而且此事还会成为他终生无法抹除的污点。

刚来就发生这种事，荣金明和常军一起到宿舍里陪新兵们聊天，并讲解了解放军是个宽严相接济的地方，只要遵纪守法、认真训练就是好同志、好兄弟，可交托后背的好战友。但只要触碰底线，无论是谁都必定是军法处置，严惩不贷。

林子大了，什么鸟都有。谁也想不到樊二牛这家伙隐藏得如此之深，不但骗过了所有人，还差点闹出人命。也幸好发现得及时，万一让这家伙触碰到枪支的话后果就真是不堪设想。

"好了，你们现在已经是军人，这事说起来夸张，但对于一个合格的解放军战士来说并不算什么，假如有朝一日你们有机会走入战场，遇到的事可要比现在要夸张一万倍。"

"这方面你们要多向林小兵同志学习，只要自身能力过硬，无论敌人多疯狂又能奈我何？"

最后留下几句算是表扬的话，荣金明和常军离开。陆程将樊二牛还带着恶臭的被褥换掉，并组织人手里里外外地拖了一遍后就躺到了他的床上。

"班长，几个意思？"陆程就地安营，林小兵不解地道。

"就是这个意思呀！"陆程不怀好意地阴笑道，"鉴于班里刚来就发生这种事，我决定和大家住在一起了，这样也方便大家有个照应。"虽然按规定班长本来就要和新兵住在一起，但陆程还是弄了个冠冕堂皇的理由。反正闲着也是闲着，多和战士交流也不是坏事。

"其实没那么严重，我们的心理素质强得很。"林小兵笑眯眯地道。

毕竟，要和顶头上司住在一起，那还有什么搞头啊。

"其他人是不严重，但你林小兵是非常严重的。"陆程嘿嘿笑道。

"我有什么好严重的？是班长你言重了吧？"林小兵不解地道。

"你实力不错，但太不了解部队，也太不了解老兵了，你以为老兵是这么好打的吗？"陆程非常清楚，事情发展到这个地步，成龙还是成蛇就只能看他的选择，"通常说来，那六个老兵一定会采取猛烈的手段找回场子，这不是你个人能力强就可以解决的。现在摆在你前面有两条路，第一，去向老兵道歉，该低头就低头，该请吃饭的请吃饭，化解矛盾才是关键……"

"我选第二条……"陆程的话都还没说完，林小兵就直接表明态度。

"好……就凭你这架硬骨头，我同意你做我大哥了。"

"还有我，要是你选择当软蛋，哥们还真看不上你。"林小兵说完，柳国良和元寒两人立刻跳了出来。

"你们两个闭嘴。"心里虽满满都是欣慰，但陆程依然是那副语重心长的样子道，"第二，强硬到底，无论谁来，无论遭到多么强烈的打击，只要还有一口气在都要抵抗到底。"

"你们现在还确定要选第二条路吗？"部队和别的单位不一样，有时候还就需要一些江湖义气，只有战友彼此信任，团队才能发挥出最强的战斗力。

"确定。"林小兵坚定地点头道，"无论局面发展到什么程度我都不会低头。"

"好。那我现在就把首长的口头禅送给你：'我只相信眼睛，不相信耳朵。'"

林小兵选的路坎坷多多，但陆程还是不得不按照新训进度带领新兵投入到训练之中，第一件事自然是就整理内务，教所有人叠出方方正正的被子。

"这些家伙会不会太过分了？两位首长真的确定不会玩出大问题吗？"战区指挥楼的团长指挥室里，荣金明站在团长和团政委的身后，而此时的训练场上已聚集了至少一个排的老兵，很明显是为被打的六个老兵找场子的。

"林小兵可是好苗子，绝对不能折了。"

"如果这点困难都解决不了，那他根本就称不上好苗子。"团长一副高深莫测的表情道，"通知所有营长连长排长班长集体消失，让他们自己解决问题。"

"首长……"

"不必多言，你去下达命令即可。"团政委止住荣金明道，"自打穿上军装的一刻，针对林小兵的考核就已开始，想要成为一柄利剑，他的从军之路注定会与众不同。"

"考核？什么考核？"荣金明越听越糊涂。

"你一个还没转正的副营就想知道什么样的考核？"团长说得冠冕堂皇，事实却是他和政委心里都很无语，两人也搞不清楚这究竟是个什么样考核，因为这是分战区师首长直接下达的命令。

"还不赶紧去传令？"

"是。"确定无法从两位顶头上司处搞到更多干货，荣金明只好退出团首长指挥室。

"人到齐了吗？"操场，林小兵暴打六个老兵的地方，三十多个老兵站成三排，他们都是六个老兵所在连队的战友，聚在一起就是要为兄弟找回面子。

军人什么都可以从简从便，唯独无法接受"输"字，何况还输给个小新兵蛋子，这根本就是整个连队的耻辱。

"差不多就这些了，你们去把林小兵叫来，老子倒要看看他是不是长了三头六臂。"

"就算是三头六臂也要把他打折了。"

"没错，今天必须让他知道什么叫尊重老兵。"

人手差不多到齐，老兵们七嘴八舌地议论起来，加之没有领导出来制止，所有人的情绪就越来越激动。

"是。"

兄弟们如此给力，挨揍的老兵走向新兵宿舍，事态似乎向着越来越有趣的方向发展。

"林小兵，出来。"

窗外传来老兵的叫喊声，林小兵知道该来的已经到来。

"小兵哥，我们跟你一起去。"柳国良和元寒分别拿着拖把和通便器，样子要多搞笑就有多搞笑。

"虽然俺心里很害怕，但也要陪你一起去战斗，因为咱们是一个班的兄弟。"一个听口音来自东北的大个子说道。

"还有我们。"大个子说完，其他五人也站了起来。

陆程刚刚"有事"离开，要是看到此幕必定会非常震撼。

"外面至少三十个老兵，你们确定要跟我一起去吗？"患难见真情，林小兵逐一扫了一圈后道。

"就算有一个师俺也不怕。"

"对，不怕……"

"死也要拉两个垫背的。"

……

看着这几个才第一天见面，甚至还不知道彼此名字的战友，林小兵就知道投笔从戎的选择是正确的。

"兄弟们的好意我心领了，但这事不是你们几个加入就能解决的，你们几个在宿舍待着即可，谁都不准出来。"对方如此嚣张，但却没有人出来制止，林小兵脑补出了很多东西，无论原因和结果是什么，他都必须勇敢面对自己的军旅生涯。

"几个意思？打算一个打三十几个？你不是脑袋坏掉了？"好不容易才将气氛调动起来，可这家伙竟然要逞英雄，柳国良也是醉了。

"意思就是你们几个出去也只是我的负担。"不顾几人愤怒的表情，林小兵推门而出，六个气焰嚣张的老兵已经等在门口。

06　国家利刃

"真的不会出问题吗？"指挥室里，团政委也被就要失控的场面惊到了。

"放心，警卫连的人早就准备好了，情况不对就会出去制止，就当是一场实战演练了。"身为军事主官，团长自然知道战斗力来自实战的道理，"既然大首长想特别考验一下林小兵，做得太虚了也没什么意思。"

"话虽如此，但我还是去警卫连盯着，免得行动不及时搞出问题。"团政委做事一向谨慎，他绝对不容许出任何问题。

"小子，你不是很能打吗？我们的兄弟也想领教一下，走吧！"林小兵出来，六个满脸药酒的老兵迅速堵在他前面。

"好了伤疤忘了疼，看来还得再修理修理。"林小兵突然抬起头，发现情况不对的六个老兵想跑，但为时已晚。

左一拳右一拳，正踢，后踹……新伤加旧伤，林小兵的每一次出手都有一个老兵倒地惨叫，他攻击的虽不是致命位置，但绝对是身体上最痛的地方。

一轮出手完毕，四个原本带伤的老兵倒地，两个反应快的向的大部队跑去，结果被林小兵快速追上后又是一顿狠 K。

发现这边情况不对，老兵们纷纷向这边冲来。林小兵冷冷地看了他们一眼，而后向预选目标跑去：训练场角落里的一棵大槐树。

像猴子般爬到大槐树上，老兵们都还在十米开外，可想而知林小兵的速度是多么惊人。

老兵们在操场上集结时，林小兵就知道这些人肯定是要针对自己，天生不愿吃亏的他随即开始思考对策，并最终选定了这棵离地面最近的树枝有四米来高的大槐树。

站在槐树的最底处的树枝上，林小兵淡定地看着下方陆续赶来的老兵。

"臭小子，识相的下来，你以为爬到树上就没事了吗？"打死这群老兵都想不到林小兵这个时候还敢抢先出手。

"当我是傻子吗？有种上树来单挑。"对方人多势众，林小兵肯定不会硬拼。

"你等着，看哥怎么修理你。"话毕，一个老兵迅速开始爬树，可还不待他触碰到树枝，人就被林小兵一腿踹了下去。

"臭小子，太欺负人了……"从三四米高的地方摔下来对于老兵来说不算什么，但这种灰头土脸的造型真是能把人气死。

被踹连续下三四个，老兵们终于意识到这小子果然不是一般的狡猾。于是采取战术：两个老兵半蹲，十指扣于膝前，另外的老兵踩在他们手上借力向上跃起，果然姿势优美地抓住了树枝。可还不待他们翻身上树，手指头就被林小兵手里的打火机烤得生疼而纷纷掉落。

"混小子，有种下来单挑，别做缩头乌龟……"树就这么点粗，树枝就这么点长，林小兵卡在树的咽喉部位，老兵们想了很多办法都没能成功，全都被气得七窍生烟。

"再不下来老子可要砍树了。"

"想砍你就砍，厨房正缺柴火！"

任凭老兵如何叫嚣，林小兵就是不为所动，只要老兵不上树，他就吊儿郎当地靠在树干上。

柳国良和元寒等人终于相信他们这些人上去果然就是累赘了。

"这样也行？这个小兵果然有点儿意思。"分战区顶楼师首长指挥室里，师长和师政委及一个人高马大、戴着墨镜、手里拿着速记本的家伙全程目睹了下面的一战。

"是有点意思，就是不知是否入得了赵大队长的法眼？"师政委对墨镜男说。

"还行，但能否进我特勤大队还得看他全方位的表现。"虽然军衔比两个分战区首长低了两级，但身为战区特勤大队大队长，手下带着整个大战区最优秀的战士，赵青天生就有一骨子硬气。

"赵大队长能从百忙之中抽出时间来这里考察这小子实属我分区荣幸，但用'还行'这两个字评价林小兵会不会低了点儿？毕竟，一个小新兵就搞得一群老兵龇牙咧嘴了。"师长相当护犊子地说。

"首长所言甚是。"赵青合上速记本道，"如果以普通的特勤队员眼光来要求，这小子的确很强。但在我眼里，林小兵是有实力冲击真正特种兵的种子选手，有机会成为国家利刃的那种。"

"这么说就好理解了，林小兵屡次力战群雄，不但拳头硬，大脑还转得特别快，就像现在这种局面，在不准用武器的情况下，老兵根本就拿他无可奈何。"师政委也满意地道。

一个放弃去哈佛大学上学的机会从军入伍，拳头还特别硬的烈士后代，想不引起各级首长关注都难。

"拳头硬、智商高、信仰坚定，这些都只是成为国家利刃的基础条件。"就算和分战区最大的首长说话，赵青都是这副直来直去的口气，"我给'还行'，是因为林小兵没选南边离他更近的那棵树，那棵树离地面最近的树枝有十米以上，要是老兵从那里摔下来不死也是重伤。一个能为战友考虑的战士才有资格成为真正的国家利刃。"

"连这么小的细节都能看出来，赵大队长真是目光如炬，佩服。"通过赵青的解释，两位首长进一步了解了林小兵思想轨迹。

"两位首长要做的是战略规划，细节方面自然有属下代劳。"

"这个马屁拍得好。"三人哈哈笑着离开了指挥室。

发展到这个局面，针对林小兵第一阶段的考核已经结束，第二阶段得到新训大比武时才能进行。

"这样也行？小兵哥果然是个人才。"目睹了整场战斗，班里的兄弟无一不目瞪口呆。

"人才？你的眼神有问题？"柳国良轻轻将好不容易才压出点雏形的"豆

腐块"移到角落后道，"这能叫人才吗？根本就是天才好不好？"

"天才中的天才，那群老兵压根儿就是一群傻蛋。"

元寒一脸崇敬地补充了一句，所有人都下意识地点了点头。

"过分了，上面实在是过分了，怎么能这样呢？"大会议室里，所有在分战区里的各种长目睹了莫名其妙的一战：一群老兵在树下舞着木棍和板砖，一个小新兵舒服地站在树枝上吃核桃，场面要多滑稽就有多滑稽。

"林小兵，再不下来老子可就真的要扔板砖了。"被连续踹下来十多个人，老兵们学乖了，纷纷就地取材，扬言要把林小兵砸下来。

"扔呀，有种照准老子这里扔，不扔就是吃稀饭长大的。"

林小兵亮出脑门，下面的一群老兵的鼻子一下就被气歪了，手里的板砖虽然乱挥，但却没有一个脱手。

"孙连长，你的脸色怎么这么难看？"下面战况诡异，荣金明拍着孙忠的肩膀道。

"荣副营别得意，我就不信这小子能在树上待一辈子。"那些都是孙忠连里的老兵，上面好不容易集体静默，但这群傻蛋竟然给出这样的答卷，真是丢死人了。

再看看直属营长猪肝色的脸，他知道再拿不出点成绩自己的好日子就过到头了。

"他不能待一辈子，你的人也总不能守一辈子吧？"警卫员刚刚传来团政委的最新指示，"离晚饭时间还有十五分钟，要是十五分钟内还拿不出有效方案，此事就此翻篇，老兵不准再私下找林小兵麻烦。"

"别介呀首长……"一个营长说完，孙忠一下就蒙圈了。

"啥意思？首长的命令你也想违抗吗？"虽然不理解上面为什么对此事会一反常态，但现在总算有个明确的解决方案，荣金明和常军陆程三人都暗暗松了口气。

"没有，首长的命令肯定是要执行的……"见所有人都看着自己，孙忠语无伦次地道，"只是这小子个性太强，必须好好修理一下才行呀。"

"这句话我赞同。"荣金明嘿嘿笑道，"时代在变，战争模式在变，军人的观念也要跟着变。现代化战争已经不需要兢兢业业、呆板保守的老黄牛，只有身体和这里都足够灵活的，才能成为让敌人闻风丧胆的解放军战士。"

指了指自己的脑袋，荣金明离开会议室，不用说上面对林小兵的考核肯定很满意。

"听清楚没有？未来战争拼的不是人多，拼的是脑袋，懂？"同为连长，常军和孙忠说话显得就随意一些，"还不赶紧把你的人带回去好好开开脑洞？"

"急个屁，这不还有十分钟吗？"知道此时说什么都没有意义，孙忠一脸殷勤地搂过常军道，"这事搞到这般田地你小子风头是出大了，但也总该给我条活路吧？否则我营长会弄死我的。"

扭头看了孙忠的营长一眼，果然是寒气逼人，常军无语地道："想让我怎么帮你？"

"把林小兵叫下来。"不能用板砖扔，孙忠知道那群手下已经没辙。

"叫下来好让你的人群殴？是你傻还是你觉着我傻？"常军欲打下肩膀上的手，孙忠却加了一把劲。

"看你说得，我是那样的人吗？"

"你就是这样的人。"

说话间，各级长来到槐树四周，近距离围观老兵围剿林小兵。

"你……"看了眼表，孙忠无奈地道，"既然如此，那我们就来场公平决斗，你让林小兵下来，我从我的人里选一个人出来跟他单挑，无论谁输谁赢此事就此翻篇如何？"

"说得大义凛然的样子，你小子就不觉得臊？"常军瞪了孙忠一眼后道，"团首长都发话了，莫非你还敢再来找茬？"

"话是这么说，但此事不解决他们之间始终会有心结，这样对士气影响很大嘛。"软的硬的都不行，孙忠往大局上扯。

"虽然你的招还是那么烂，但我会把你的意思告诉林小兵，一切全凭他自己选择。"对方说什么也是个上尉连长，常军做事自然会把握尺度。

"很好，我现在也很看好你这个牛兵，想必他不会让我失望。"

"再说吧。"

"营长排长班长们，难道你们都没看到这群老兵在欺负一个弱小的新兵吗？"几脚将三个强攻队员踹下树，林小兵在树枝上张牙舞爪地吼道。

"他们欺负你？怎么我感觉是你在欺负他们呢？"

"就是，明显的扮猪吃老虎！"

"这个新兵非常不错。"

"嗯。"看热闹不怕事大，围观的各种长巴不得比试更激烈一些，好一睹林小兵实力的极限在哪里。

"那是，也不看看是谁带来的兵。"荣金明在一堆营长面前得意地大声吼道，"混小子，还有十分钟这事就解决了，坚持住。"

"什么样的解决？"可能意识到时间紧迫，老兵们的进攻明显加强，无奈树的面积就这么点，无论他们多愤怒都只能上来两三个人，都被林小兵无情地踹了下去。

"彻底解决。"荣金明哈哈笑道，"首长已经发话，只要你能再坚持十分钟，此事就此翻篇，不会再有人来找你麻烦。"

"懂了。"感激地看了荣金明一眼，林小兵双手坠在树枝上，一个漂亮的后空翻将两个试图借力飞上来的老兵踹飞了回去。

"林小兵，常连长有话要对你说！"时间越来越紧迫，孙忠必须尽全力找回场子。

"其实也没什么，就是孙连长想让他连里的一个老兵与你切磋一下，当然，这件事的决定权在你。"胜利在望，常兵其实并不希望林小兵再冒险。

"这么重大的事容我考虑五分钟。"林小兵说完，围观的人群再次哄笑起来，这分明就是拖延战术。

"还以为多牛×，原来也就这副鸟样。"确定林小兵不会应战，被孙忠选中的连队骨干终于开口。

"我是鸟，所以待在树上，想单挑上树来，我保证不踹你。"对方用激将法策略，林小兵当然也要改变策略。

"你确定让我上树？"虽然没达到预期，但总算见到点儿希望，只要这混小子愿意正面交锋，骨干自信无论在什么环境都能轻松搞定他。

"当然，你上来。"

林小兵点头确定，骨干不动声色地开始爬树，可还不待他在树枝上站稳，蓄谋已久的林小兵突然跺了一下脚，树枝瞬间抖动起来，骨干一个重心不稳就生生摔了下去。

"这个……"

呆了一秒，现场所人随即哈哈大笑起来。

"无赖，老子灭了你……"气急败坏的骨干夺过一块板砖就要砸林小兵，但被孙忠死死按住。

开玩笑，上面虽然默许了拳脚切磋，但要是弄出流血事件来他这个老兵连长可是要吃不了兜着走的。

"傻蛋。"林小兵挥舞着拳头道，"你看我像傻瓜吗？现在形势一片大好，我凭什么要跟你硬拼，有种再爬一次，我保证不提前动手……"

林小兵的厚颜无耻已到了令人发指的地步，搞得荣金明常军等人脸上都有点挂不住了。

"老常，你这个兵不错，下连的时候交给我吧，到时候一定让他更牛×。"

"就你那个闲得无聊的连也能培养出尖兵？别闹了，我的边防连才是真正合适这小子发展的地方。"

"一边儿去，你的连布防在县城周边，你想让林小兵去当治安巡逻小队长吗？只有我那里才是真正的边境要道，运气好时还能抓几个毒犯、盗猎份子什么的弄个勋章玩玩。"

场上的争端都还没结束，场外的连长们倒先争起人来。

"我这个新兵连长可无法决定新兵最后去哪里，随缘，一切随缘，嘿嘿！"常军的任务是把新兵连在新训期间训练好，下连的事还真是不好表态。

"还有一分钟。"虽然这次玩得有点儿大，但首长明显很关注林小兵，对他的表现似乎也很满意，陆程的信心自然也随之大增。

"连长，怎么办？"首长规定的时间已进入倒计时，但林小兵铁了心要赖在树上，一群严重丢脸的老兵无可奈何地道。

"怎么办怎么办，你们就知道问怎么办吗？"忍无可忍，老兵营长终于爆发，在所有同级和下级面前丢这么大的脸，营长真是被气疯了，"孙忠带头，每人十圈操场，跑完了才准吃饭。"

"是。"大局已定，老兵们狠狠瞪了树上的林小兵一眼后率队开跑。高调而来，铩羽而归，双方的梁子是越结越大了。

"时间到了，下来吧。"

围观的各路长陆续散去，陆程招了下手，林小兵身手矫健地跳了下来。

"不错。"林小兵稳稳落地，陆程嘿嘿笑道，"其实就算正面迎敌那个老兵，你也能获胜对不对？"

"打得过打不过另说，但只要我下树，孙连长一定会撕毁条约，进而对我群起而攻之。"林小兵虽然说是个新兵，但在打人算计这条路上已经走了很远，自然能从对手的眼神和言语中读出很多东西。

"聪明。"陆程打了个响指后兴奋地道，"部队即战场，拳头硬的兵有很多，打老兵的新兵也时常出现，但事后无一不被修理得服服帖帖的。你是我见过第一个正面对抗老兵还占尽上风的新兵，归其原因有两点，一是拳头足够硬，但最重要的还是你这里足够强大。"

陆程学着首长的样子指了指自己的脑袋，林小兵随即哈哈笑道："无事献殷勤，非奸即盗，说吧，什么事？"

"臭小子，怎么这样说班长？我是那种人吗？"

"你就是那种人！"

"好吧！"被林小兵死死盯着，陆程嘿嘿笑道，"实不相瞒，我要派你去把三个月后的新训大比武格斗冠军收了。"

"新训大比武？"林小兵还是第一次听到这个词。

"新训大比武就是我们分战区今年入伍的五个新兵连、五百余新兵在三个月的新训结束后举行的一次大比拼，比拼项目有很多，比如内务、跑步、拔军姿、部队条例知识竞赛等，这些小项你当然都不用考虑，只要安心把三大项中的格斗冠军给我弄回来就够了。"

"懂了！"林小兵若有所思地道，"格斗冠军而已，小意思，另外两个大项是什么？"

"射击和五公里武装越野，所有项目你在接下来的新训中都会接触到。"见林小兵有点儿得意过头了，陆程不得不打预防针，"千万不要轻敌，这批新兵有几个实力非常强，据说其中一个还获得过全国高中武术冠军，你小子要是被人打倒的话看我怎么收拾你。"

"听起来好猛的样子，是不是打败他就等于达到了全国冠军的水平？"乍听此头衔，林小兵还真有点被唬住。

"这个不好说，交手的时你就知道了。"本意就是泼冷水，陆程心里倒是没把那个武术冠军放在眼里。比起简单有效的军旅搏击，套路众多的武术比赛根本就是一打就散的花架子，林小兵这家伙能一打六，只要正常发挥，就可以直接碾压所有参赛选手。

"没错，到时候就知道了……"射击也是三大项之一，林小兵心里暗暗兴奋，此刻他并不想表露什么，到时候才好一鸣惊人。

在山鹰的调教下，别说是新兵，就算是整个分战区里恐怕都没有几个人打得有林小兵准。

"看好你。"

说话间，两人进入宿舍，柳国良等人已罢放好了各种零食，只为款待他们眼中的英雄。

"安静。"瞪了所有人一眼，陆程恶狠狠地道，"你们现在已经是军人了，地方上的习惯一定要改，这些垃圾食品以后都不准再吃。"

看着一床的辣条等油炸食品，陆程皱着眉头全部锁到了柜子里。

"另外还有件事，从今天起，林小兵就是我们班的副班长，我不在的时候大家都要听他指挥。"

"安静。"

陆程说完，所有人再次欢呼起来。

"把被子铺开，重新叠成豆腐块才准去吃饭。"

"不要呀！"晚饭号就要吹响，新兵们鬼叫着忙碌起来。

好不容易所有人都重新整理好内务，九个饥肠辘辘的新兵跟着陆程冲向食堂，大部分人都已吃好离开，唯有刚刚跑完操场的三十余老兵正在打饭。

"莫非这就是传说中的冤家路窄？"所有老兵都恶狠狠地瞪着这边，新兵们过去也不是，不过去也不是，全程只有林小兵一个人最洒脱。

"管他路宽路窄，先填饱肚子再说。"喊了一声，林小兵大模大样地准备插队，结果被老兵们凶狠的目光"杀"了回来。

可能是面对林小兵无法吃下，老兵们打好饭后纷纷离开食堂，九个新兵倒也落得清静。

"老陆，你当了几年班长了？"林小兵趴在窗户上跟老兵们"打招呼"，元寒轻声问道。

"几个意思？莫非你觉得我资历不够当你的班长。"陆程冷冷地盯着元寒，只要说错一句他就要倒霉了。

"我的意思是班长你带了这么多年兵，有没有见过这么奇葩的？"见陆程表情不善，元寒连忙解释。

"这倒没有。"陆程也是无语地道，"这小子的头脑和身手都非常灵活，只是行事有点高调了，得好好打磨。"

"高调就对了，年轻人就该高调，莫非你喜欢那几头老黄牛？"柳国良说完，其他几个农村兵立刻怒目相视起来。

"老黄牛总比你们两个这种不着调的野猴子强。"美味到手，陆程准备开动，林小兵返回饭桌，他提高声调说，"既然你们三个喜欢高调那就站着吃饭。"

"是。"什么事能有欺负这么多老兵高兴？别说站着，要林小兵蹲着吃都没问题。

第一天就这么轰轰烈烈地过去，看着已经熟睡的新兵们，陆程知道这个兵的军旅生涯注定会与众不同。

第二天一早，新训正式开始。整理完内务后，九个新兵被带到训练场，先开始的项目自然是各种队列和体能。

按理说农村兵源通常都会比城市兵源体能好上很多，毕竟接触过体力活，但一轮体能训练下来，陆程直接就被气疯了，这些农村来的新兵体能真是差到了令人发指的地步，还没跑过一千米，六个农村兵就全部瘫软在地，林小兵、柳国良和元寒三个城市兵反倒在生龙活虎地狂奔。

"怎么回事？你们平时在家都不用干农活的吗？"确定这六个家伙已经力竭，陆程无语地瞪着他们。

"班长真会开玩笑，家人都出去打工，土地荒置，我们上哪去干农活？"

"就是，现在农村都有小汽车，最不济也有摩托车，我们连路都很少走路了。"

"是呀，今天动用双腿的强度已经超过一年的了……"

趴在地上牛喘，六个农村兵七嘴八舌地道。

"这才哪到哪呀，开胃菜都还没上呢……"看了看表，陆程冷冷地道，"既然如此，那你们的地狱时间就要来了，我发誓要把你们残废掉的双腿重新修好。"

"班长，我的腿好好的，没残废呀？"

"已经废了，赶紧起来接着跑，追不上林小兵不准停下。"城市兵体能强势，农村兵体能弱势，这究竟是怎么一回事呀？

"林小兵，跑慢点……"陆程吼完，六个新兵爬起来鬼叫着追了上去。

"慢你个头，你们这种体质怎么跟我一起收拾老兵？都加把劲跑。"虽然还不清楚副班长是干什么的，但念在他们先前都没退缩的份上，林小兵知道必须让这些不像农村孩子的农村兵尽快强大起来。

"站着说话不腰疼，你以为个个都和你一样变态吗？"

"就是，老子都快散架了。"

"背老婆都没这么累。"

"你有老婆？这么早就结婚了吗？"黑黑瘦瘦的贵州小子说完，立刻就吸引了所有人的注意力。

"谁规定没结婚就不能有老婆的？"

"这个倒没有……"新兵们都还带着浓烈的地方气息，陆程无语地道，"不过部队有部队的规矩，士兵在服役期内是不可以结婚的，除非你能立功提干或考上军校成为职业军人。"

"那是必须的呀！我来部队的目的就是要当军官，不是说不想当将军的士兵不是好士兵吗？"。

"有想法是好的，但一切都只能从脚下开始，你现在这个体能别说将军，就算是给将军牵马都不够格。"

"现在的将军都不骑马，改坐军车了。"林小兵远远地插了一句嘴。

"军车也没有你份，副班长林小兵同志多跑五圈。"陆程说完，所有人随即哈哈大笑起来。

早上练各种队列，下午练体能，返回宿舍时所有人无一不是筋疲力尽，林小兵体能虽强，但也架不住陆程额外的加餐小灶。

"地狱呀！我感觉全身都要散架了。"瘫倒在床，柳国良终于领悟陆程这个笑面虎的做人原则：无论有多少体力，都必须以同一个造型回来。

"是呀，感觉就像被大象踩到，每个细胞都是疼的。"元寒也是叫苦连连。

"别说话了，让我好好睡一觉，着火了也不用叫我。"

……

初来乍到，新兵都体验到了一个真理：部队不相信眼泪。

"别忙着叫，这才哪到哪，正餐还没上呢。"虽然总体体质差了点，但不可否认，在林小兵的带头作用下，所有人都非常卖力地在训练，"看看副班长同志，训练量比你们大多了，但从来不叫苦……"

对于林小兵强悍的体能，陆程也是非常惊讶，并明白了这小子果然有嚣张的资本。虽然没有武装负重，但二十一分钟跑十公里和一分钟一百零八个俯卧撑的成绩已达到了战区特勤大队的初选要求，昨天就算真的与孙忠连的骨干老兵 PK 也多半会完胜对手。

"班长，你太抬举我了，我这是不叫苦吗？"林小兵奋力地爬起来道，"我是没力气叫苦好不好？照你这种搞法，我们迟早会被你榨干的！"

"你小子可劲地装，别以为我没看出来，今天根本就没到你的极限，明天还得加大剂量……"

"不要……呀……"

懒得理这个叫苦连天的家伙，陆程让新兵们立刻起来整理好内务，随后将展开各种部队条例的学习。

07　上场杀敌

队列，体能，条例学习。

日子就这样重复了二十天，陆程也从一个温文尔雅的班长形象跌落成了魔鬼的代名词，虽然新兵们的体能都有了长足的发展，但每个人结束一天的训练后依然是筋疲力尽。

通过这么长时间的"出生入死"，林小兵和班里的其余八人也渐渐熟络起来，除了第一天认识的柳国良和元寒外，其他六人分别是：

杨建辉，来自东北，人高马大，本来想当大哥，但见识了林小兵的武力值后只好将此理想深埋。

何天磊，贵州人，有一副高得吓人的嗓子，经常唱些大家听不懂的贵州山歌。

杨涛，河南人，小眼睛，爱占小便宜。

彭伟泽，来自北京，刚开始视所有人为基层人民，后来被陆程点醒。

昊强，四川人，彝族，急起来就用彝话骂人。

张建国，山西人，据说父母都死于矿难，自小就在孤儿院长大。

加上班长陆程，十个来自天南地北的年轻人聚集到这个小小的营房里，无论入伍的原因是什么，但目的只有一个——保家卫国。

"班长，问你个事？"有了前面的经验教训，训练回来后兄弟们都不敢再把被褥弄乱，而是小心翼翼地坐在床缘。

"说。"新训进展神速，陆程早已乐开了花。

抛开早已严重超标的林小兵，其他八人的平均成绩都已超出了新训大纲一成以上，最弱的一个也能完全达标。

全靠林小兵这部马力强劲的火车头，这在陆程这几年的班长生涯里也是从未有过的成绩。

"刚来第一天我连操场两圈都跑不满，现在都能一口气跑十圈了，为什么每天还是会被累成狗？"无论上升到什么程度，但体能始终跟不班长的训练量，杨建辉对此相当无奈。

"十圈很牛吗？"陆程瞪着杨建辉道，"除非达到副班长的水平，否则别跟我讲条件。"

"林小兵根本就是非人类，正常人恐怕从娘胎里开始练都不可能达到他的水平，班长同志，我们还是说点实际的吧。"

"什么实际的？"通过训练，陆程已发觉林小兵在格斗和五公里武装越野两个大项都有超强的冠军实力，心里的巨石缓缓落地。只要拿下这两个大项，他军事大学深造的名额便一准儿没跑，职业军人的梦也将随之实现。

"我们当兵也二十多天了，连枪都没摸过，你不觉得这太不正常了吗？"

"就是，我现在都不好意思跟我那帮兄弟打电话。"

整天看着老兵们外出打靶，这些新兵早就按耐不住了。

"想玩儿枪了？"带了这么多班新兵，陆程自然清楚新兵蛋子们的想法，只是新训计划要按步骤来，枪械方面他只是避而不谈而已。

"必须的呀！当兵不玩儿枪还有个毛的搞头？"

"就是，队列跑得再好，操场跑得再多又能怎样？上阵杀敌还不是得靠钢枪？"

"当兵不玩儿枪还没城管威风！"

……

话题说开，新兵们纷纷叫嚷起来。

"既然如此，那就把这个决定权交给副班长。"反正都已进入射击训练项目，陆程顺手就将这个带刺的绣球抛给了林小兵。

"这个嘛，其实我个人并不怎么爱玩儿枪，那东西太没技术含量……"

"这 × 装得真好!"起身扭了扭脖子,柳国良和元寒不约而同地带着一帮兄弟将林小兵围了起来。

"怎么个说法?皮子痒了吗?"林小兵威胁性地站起来,结果被群起激愤的兄弟们摁倒在地。

"不给点颜色还真以为天下无敌了?"

"吃下俺的铁拳。"

"降龙十八掌。"

"香港脚。"

……

在如此狭小的空间里,林小兵的速度优势完全发挥不出,被八个人死命摁住,神仙都只有俯首挨打的命。

"你们干什么?想造反吗?"在一个老兵排的攻击下尚且游刃有余,可现在竟然被几个新兵制伏,林小兵心里的反差那个大呀。

"小兵哥,不是兄弟不挺你,你也要为兄弟想想,我来部队的目的就是要练枪杀敌,谁挡我就搞谁。"

"没错,再吃俺一招……"一记金刚肘下来,林小兵顿时一阵惨叫。

"河南仔,我记住你了。"

"尝尝咱的铁头功。"肚子上狠狠挨了一记,林小兵感觉胃里一阵翻滚。

"昊强你死定了。"

"小兵哥,你现在是不是很想找他们报仇?"情绪已酝酿得差不多,元寒眉开眼笑地道。

"废话,赶紧放了我,不然你们两个会死得相当惨烈。"不得不说这几个家伙这段时间的训练很有成效,那劲道真是一个比一个强。

"放你当然没问题,不过你得立刻向班长表态,说明天就开始射击训练。"为了明天就能摸到枪,柳国良和元寒今天是豁出去了。

全身上下所有关键部位都被制住,林小兵知道此时不宜硬拼,于是按照他们的要求说了出来。

"很好,既然是你们'友好'协商的结果,那从明天开始,我们班就正式开始射击训练。"宿舍里已经一片狼藉，陆程必须要让林小兵体会一下老兵们欲罢不能的感受，"所有人听我口令，起来整理内务，严禁班内私斗。"

"你们……"所有人松手后就像没事人似的开始整理内务，憋了一肚子气的林小兵东看看西看看，最后也只好在陆程"友善"的目光中着手自己的内务整理。

二十多天的新训对于所有人来说进步都是巨大的，林小兵当然也不例外，除了体能进一步加强外，心态上也发生了变化。最明显的就是他已深刻地认识到刚来就和老兵顶牛是非常不理智的行为，若非自身底子厚，加上有分战区首长罩着，自己恐怕已被修理得体无完肤了。

知道深浅并不代表怯懦，只是懂得了要在能保护自己的大前提下最大限度地打击敌人的道理。

训练如此，上了战场同样要如此。

平时即战时，训练场即战场。自打穿上军装的这一刻，林小兵就时刻做好了上战场杀敌的准备。

可能明天就有机会触碰枪械，除了林小兵外的八个家伙竟然兴奋得睡不着觉，即便陆程已加练了两组俯卧撑也同样无济于事。

"傻蛋们别瞎激动了，明早进行的是枪械理论知识和基础操作练习，想打实弹还早着呢。"为避免影响明天的训练任务，陆程不得不透露一些训练进程。

"切，还以为可以直接上手呢！"

"就是，我弹弓打得准，枪械也至少是十环十环地上呀。"

"别瞎扯了，赶紧睡吧。"这些家伙时不时就发出一声叹息，搞得林小兵怎么着也无法睡熟，"跳过理论直接上实弹的话你们一个个都得被后坐力弄伤。"

"哎哟哎，莫非小兵哥连射击玩得转？"

"这也太变态了吧？"

"那要我们怎么活？"

感情虽然已建立起来，但兄弟们心里都有一个共同的愿望：在射击上能压林小兵一头。假如这小子的射击和格斗一样给力，那几人的军旅生涯恐怕都要处于林小兵的阴影之下了。

"没那么夸张的。"所有人眼巴巴地看着，都希望自己衰，林小兵自然也不好让大家失望，于是连忙改口，"虽然没吃过猪肉，但总见过猪跑吧？没摸过真枪我还没打过 CS？"

"切，就小兵哥这点水平就别跟兄弟提 CS 了，手枪完爆你。"

"赌什么？"

"随便你。"

"停。"就知道不该告诉新兵第二天射击训练的事，每次都是这个样子，陆程相当无语地道，"要是五分钟后你们精力还如此旺盛的话就出去夜跑。"

事实证明，班长的话是非常有效的，一分钟不到，所有人的呼吸就都均匀起来。

……

第二天一大早，陆程就将九个新兵带到枪械训练室。训练室里摆满了各式枪械，林小兵基本都认识，老款的有五六半自动和八一杠；新款的有九五突，零三式自动步枪；另外还有几把手枪，但都没有子弹，只是用来进行室内教学而已。

见到这些真家伙，其他人可没有林小兵这般淡定，要不是陆程强制让所有人听他读枪支使用条例，这些家伙恐怕就要抢先动手了。

条例终于宣读完毕，陆程拿起五六半自动开始讲解，从保险到枪械构造再到击发模式，以及基本的三点一线瞄准，总之都是最初级的东西，听得林小兵是昏昏欲睡。

好不容易挨到下午，一群人却被带到操场上，枪倒是可以打了，但用的却是模拟哑弹，主要是学习枪械的保险、扳机、弹匣等装置。

看着一群新手乐此不疲地装弹、开保险、扣动扳机，林小兵才意识到最痛苦的不是什么都不会，而是明明什么都会却要假装什么都不会。

"我们是陆军，而射击是证明陆军战士优秀与否最重要的指标，所以你一定要认真对待。"林小兵的漫不经心在陆程眼里成了敷衍了事，对于一个种子兵来说，这是绝对不被允许的。

"是。"被神出鬼没的陆程吓了一跳，林小兵连忙装入弹匣、上档、打开保险、扣动扳机……虽然尽量伪装得稚嫩一些，但所有动作还是相当流畅地完成，根本就不是其他人可相提并论的。

"尖兵就是尖兵，无论什么项目都具备相当水准。"心里又为林小兵点了个赞，陆程挺着下巴去教育其他人。

实弹前的各种准备整整进行了三天，九个坏小子终于被军卡拉到射击场，与他们一起的是同排的另外两个班，由于林小兵的抢眼表现，所有人自然都对他"刮目相看"。

"林小兵，你那天的表现我看了，拳头是挺硬的，今天还有没有兴趣比一场？"

"没错，我也早就想领教一下林副班长的射击水平了。"

这家伙风头太劲，同为副班长的两个新兵早就顺不过气了，但综合分析双方数据，他们一致认为只有在射击场才有可能压制林小兵一头。

"比什么？"看着一地的弹壳，林小兵他们肯定不是第一批实弹新兵。

"比今天谁的环数高，输的两百个俯卧撑如何？"

"没兴趣。"无视两个自以为是的副班长，林小兵按照实弹教官的指示进入射击位。

"你……"原本兴致满满，结果吃了闭门羹，两人一时蒙在当场，直到一对一的射击教官吼了一声后才悻悻入位。

卧倒在射击位前，林小兵看到今天的实弹科目是：八一杠，一百米卧姿。

"记住班长平时教你们的方法，五发子弹，三十环及格，三十五环良好，四十环以上优秀，二十五环以下光头，待遇嘛……嘿嘿……"

虽然高高大大的射击总教官没说出"嘿嘿"后面的话，但所有新兵都能脑补出相当恶劣的后果。

五发黄灿灿的子弹扣入弹匣，上膛，林小兵目不转睛地瞪着一百米外的靶标，在这个距离上，他可以玩出很多花样。

"预备，射击……"

随着教官的口令，枪声依次响起，林小兵也按节奏开枪：第一枪十环，第二枪脱靶，第三枪脱靶，第四和第五枪同样脱靶。

当报靶员用旗语报出林小兵的成绩，所有人先是呆了一下，而后就哈哈大笑起来。

"竟然能瞎猫碰上死老鼠打了个十环，真不愧是新兵小霸王，林小兵，牛……"随着另外两个副班长的反讽，所有人都哈哈大笑起来，陆程老脸火辣辣的，感觉有点挂不住。

"你、你、还有你……去那边等着。"及格线以上的一边，为数不多的光头一边，下一轮射击随即开始。

后面几个新兵排战友射击结束，林小兵所在的"光头组"已壮大到二十余人，虽然是第一次射击，但教官可没有放过他们的意思，除了必要的射击要领加餐外，就是将现场所有的靶标和弹壳搜集起来搬运到回收车上。

"你是谁？有何指教？"摇头晃脑地去树林那边收集靶标，林小兵被一个戴着墨镜的高大型男拦住。这家伙穿着迷彩服，但没带肩章，林小兵一时也拿不准对方来路。

"我是谁不重要，重要的是你小子很不错。"说着，型男将一张靶标扔到地上道，"五发子弹从一个弹孔射出，虽然才有一百米，但也难能可贵了。"

"你……"本以为干得天衣无缝，可还是被人看了出来，林小兵一阵心虚后一头扎进树林跑掉。

"真不愧是传奇的后代，强！"型男不是别人，正是秘密考核林小兵的战区特勤大队大队长赵青。这段时间，特勤大队正在兵城分战区边境线上的原始森林里拉练，他时不时地就会来这里看看。

身为×部大战区唯一的特种大队大队长，赵青绝对不会错过任何一个人才。

躲到树丛里观察了一下，确定型男没跟过来，林小兵连忙收起靶标后返回射击点拾弹壳，忙完时已经快到晚饭时间。

返回宿舍，陆程的脸色相当难看，林小兵才进门他就语重心长地道："此次实弹只是个初步测试，新训后期还有两次机会，一次步枪站姿，一次手枪站姿。单论体能和格斗，你是个少见的尖兵，但如果射击不过关，下连时的命运就坎坷了，像你这种空有一身力气的可能会被分去养猪场养猪。"

"养猪？"

"哈……"

"哈哈……"

陆程说完，包括林小兵在内的所有人都哈哈大笑起来："班长你别逗了，就算班上有八个人必须去养猪场，我也会是唯一存活的那个。"

"我就喜欢你的自信，走吧，给你开个小灶。"

"不用了吧？"陆程又要开小灶，林小兵一下就蒙圈了。

"少啰嗦，听我口令，向后转，目标，室内枪械教室。"虽然无法为林小兵争取到额外的实弹机会，但用哑弹巩固一下是完全没有问题的。

"营副好。"刚刚带着林小兵出来，陆程迎头就撞上荣金明。

"少来这套。"给了陆程一拳，荣金明嘿嘿笑道，"干什么去？"

"林小兵射击水平太烂，我正要带他去开个小灶。"说着，陆程给荣金明传了根烟。

"开个屁的小灶，没必要，回去吧，这小子滑着呢！新训大比武三大项都让他参加，你小子就等着戴大红花吧。"

美玉在大师手里会被雕琢成惊世之作，但在普通人手里就极有可能被严重破坏。荣金明就是接到首长的指示前来防止陆程乱刻林小兵的。

抛开入伍年限，单论军事技能，陆程的水平还真是拍马都赶不上林小兵。

"你确定？要知道他今天五枪才打了十环。"正所谓人无完人，林小兵各方面都很优秀，有一方面弱陆程倒可以理解，只是荣金明说的反倒让他有点难以理解。

"多数人看到的未必是真像，真像有时往往就掌握在少数人眼里。回去吧，该干嘛干嘛，以后都不准再为林小兵开小灶。"射击就像游泳或开飞机，都需要一定的天赋，而且一旦形成个人风格就不易再去强行改变，只能由高水平的教官顺着此风格指引，帮助进一步提高水准。假如半道被另外一种低水平风格干扰，很可能会让人走很多冤枉，甚至是迷失方向。

"好吧，我知道了。"荣金明的语气中带有很强的命令味道，陆程肯定不会再说什么，只得敬了个礼后带着林小兵返回宿舍。

"班长，你这么看我是几个意思？"宿舍门口，陆程瞪着林小兵，试图从他的脸上读到信息。

"老实交代，你究竟做了什么？"陆程很清楚，荣金明绝对不会轻易干涉一个新兵的训练计划，这其中必定是林小兵干了件他不知道的大事。

"我能做什么？"林小兵傻傻地道，"被那个黑面教官罚了后我就直接回宿舍了，你都知道的。"

"装，你可劲地装，最好永远别被我发现破绽。"确定这小子不会轻易就范，陆程也不好强行逼问。

顶楼指挥室里，师长和政委依然还在观摩赵青带来的那张靶纸。

"要不仔细看还真看不出这小子竟然能玩出如此花样儿。"师政委啧啧称奇地道。

"是呀，弹道很毒，必须要仔细观察弹孔才能看出后面四发子弹穿过的痕迹。"师长也满意地道，"果然是虎父无犬子，传奇的战绩必然要由他们的儿子来刷新。"

"这小子的确很强。"赵青也严肃地道，"两位首长有没有考虑过林小兵未来的军旅之路？"

"赵队长有话直说，不用兜圈子。"师长和政委已听出赵青话里有话。

"嗯。"整理了下思路，赵青有条不紊地道，"林小兵现在的军事技能和智商都远超预期，兵城分战区里恐怕没有能引领他的伯乐，针对他的培养计划恐怕要有所改变。"

"我明白赵队长的意思，但这么年轻的特勤队员会不会太夸张了？"

"夸张是夸张了点儿，但也正好能体现我军不拘一格广纳人才的方针。"

"赵队长觉得合适就去办吧，我没意见。"就像把绝世高手和初出茅庐的新手放在一起，对两边的发展都不利，师政委心里很清楚这一问题。

"不急，等他新训结束，参加了新训大比武和战区大比武后再行办理。"赵青做事一向严谨，知道什么时候才最佳的时间节点。

"我们自己家的新训大比武我对林小兵倒是有信心，但四年一度的战区大比武可是十九个分战区加战区直属部队，几十万大军里挑选出来的精兵大比武，前三甲有资格直接参加全国军事大比武的，这小子真的能行吗？毕竟他入伍的时间实在太短了。"师长点了根烟道。

"前三甲就别想了，但前十应该没问题，而且这小子还是个新兵，光凭这两点就足够我们俩露个大脸了。"不是师政委对林小兵没有信心，只是战区大比武选手的实力实在太强。

"两位首长所言甚是，待林小兵加入特勤大队，接受我专业的特种训练和实战后，实力就会成几何倍数增长。今年不好说，但四年后我敢保证林小兵会代表我们战区冲入全国军事大比武的战场。"向两位首长行了个军礼，赵青离开指挥室，他此来的目的已经达到，接下来就看林小兵的表现了。

"班长，怎么这么快就回来了？小灶开完了吗？"两人去而复返，元寒一脸媚笑地道。

"闭嘴，柳国良和张建国呢？"随便一扫，陆程便能知道谁在谁不在。

"上厕所。"实在掩盖不住，元寒只得老实交代。

"两个人一起上厕所？感情真好。"走过去拉开厕所门，柳国良和张建国两人正站在里面抽烟，样子要多搞笑就有多搞笑。

"班长，他们两个抽烟为什么要连我一起罚？"和柳张二人一同拿着卫生工具，林小兵无语地道。

"因为你是副班长，要起带头作用的。快去吧，晚饭前必须把整栋宿舍楼的公共卫生搞好。"没收柳国良的烟，陆程一脸"和蔼"地将林小兵塞了进去。

"请副班长同志指示，该从哪里干起？"多一个人就多一份力量，柳国良当然不会放过林小兵。

"列好队形，目标厕所。"三人一排，林小兵带队来到外面的公共厕所，接下来的口号是拔枪瞄准、射击、收枪……所有动作整齐一至，看得正在厕所里的战友目瞪口呆。

除了林小兵这个怪胎外，新训对于所有新兵来说都是艰苦的，从最初的队列到体能，再到后面的射击擒敌战术投弹等，每一个项目都参透着战友们的血汗，虽然大部分人都坚强地完成了从新兵蛋到合格解放军战士的身份转变，但还是有少数几个当了逃兵。

逃兵也许不一定会被追究法律责任，但这在人生档案上却是极不光彩的一笔。

新训虽然只有短短的三个月，但却足以影响军人一辈子的品格。

"好了，恭喜你们全部通过新训考验，成为一名合格的解放军战士。"陆程的班除了开始时的樊二牛外，其余九人都圆满完成新训任务，而且整体考核成绩在分战区整个新兵营中名列前茅。

"新训大比武明天就会拉开序幕，除了林小兵要参加三个大项的比武外，其他人至少要报名参加一个小项，而你们所获得的成绩也将直接关系接下来的下连分配，成绩好就有机会去一线边防连建功立业，差的可能就是炊事班或者养猪场。"

"耶！"

陆程说完，九个新兵兴奋地将军帽抛起。从今天起，他们就是真正的解放军战士了。

"班长，怎么突然让我三个大项全部参加呢？不是格斗和五公里越野吗？"为避免太过高调，林小兵在后面的实弹中一直游离于中上水平。

"我也不知道为什么，这是营副的安排。"陆程拍着林小兵的肩膀语重心长地道，"我不管你有没有隐藏实力，但新训大比武必须全力以赴，这不光关系到你的荣誉，还关系到我的命运。"

"命运？"陆程说得一脸凝重，林小兵顿时语塞，"老陆你可别吓我。"

"吓肯定要吓，记住，全力以赴！"捶了林小兵一拳，陆程嘿嘿笑着离开，他要去重点加强一下其他人的比武技能。

……

新训大比武，顾名思义就是针对所有新兵的技能比拼，由于项目众多，几乎所有新兵都要参与。

为了激发新兵们的热情及提高项目的精彩程度，所有小项目都排在三大项之后，所以此刻的第一个比拼大项格斗的擂台四周已围满了人。除了五百余新兵外，还有很多老兵也来围观，高处的主席台上更是坐着一排首长，可想而和，首长们对此次新训大比武是多么重视。

"那家伙也在，到底是干什么的？"坐在选手席上，林小兵扫了一眼主席台，除了大小首长外，他还看到了那天在射击场遇到的型男。

远远看着型男的中校军衔，林小兵心里咯噔一下，打了个冷战。

由于格斗是大项，各个班长都清楚竞争有多强，加上有林小兵这个怪胎，所以敢报名的都有点实力。

"你就是林小兵吗？"

"我是。"正坐着发呆，一个身板壮实的小白脸站到面前。

"你那天的事迹我听说了，当时正在赶来的路上没见到。所有人都在传格斗大项冠军非你莫属，但我想说，在保证不提前遇到我的前提下，你最多第二名。"

"活久了什么事都能遇到，人生总能遇到几个叫得欢、死得早的臭屁货。"林小兵说完，旁边几个选手都没忍住笑了出来。

"林小兵你才几岁呀？觉得自己活太久了吗？"

"怪不得来当兵，原来是嫌命长了。"

……

知道不是林小兵的对手，有机会过过嘴瘾也是好的。

"闭嘴，小心待会儿把你们一个个扔下擂台。"

"哎呀，好怕怕，我有个提议，不知你是否敢应？"成功引起所有人注意，白脸哥突然想到一个刷存在感的绝好机会。

"说。"林小兵道。

"我们两个第一对上场如何？"

"可以吗？"林小兵看向旁边的裁判。

"虽然改变出场次序会打乱预定计划，但两位如果坚持的话肯定是没问题的。"裁判早就看出了这两个小子的暗战，于是暗中添了一把火。

"我坚持第一个出场。"

白脸哥举手，林小兵若有所思地道："这么臭屁？你就是那个全国武术冠军吧？"

"你听说过我？"被对手报出名号，白脸哥一下就飘了起来。

"没有。"林小兵及时收回。

"臭小子，没胆量单挑就闭嘴，反正迟早都会遇上。"

"不要这么激动，我说不应战了吗？"虽然从没接触过中国传统武术，但自小在一堆光怪陆离的武侠影视剧中长大，林小兵已将这小子自动脑补成武林高手。

全国武术冠军？多么可怕的头衔……

"报告裁判，我也坚持第一个出场。"虽然不确定能坚持多久，但林小兵也绝对不会退缩，就算被打死，也要倒得轰轰烈烈。

"成全你们。"在电脑上修改了几个数据，裁判拿出扩音对全场宣布道，"由于杨博武和林小兵主动要求，第一场比武就由他们两个率先出场。林小兵就不必多介绍了，老兵们的印象非常深刻。杨博武出生于武学世家，高中时期就获得了全国武术比赛冠军。龙争虎斗，这注定是一场精彩的开局。"

真不愧是兼职主持，这个裁判很懂得煽动情绪。

"比武时间到，请杨博武和林小兵上场，淘汰赛制，主动蹲地即认输，被打倒十声起不来判输，掉下擂台判输……"裁判讲了一堆规矩，两个选手已站上擂台，现场气氛也被调到极点。

按国际惯例双方拳手鞠躬致敬，杨博武突然一声大喝，而后摆出一个功夫片里常常出现的经典造型：向后转一圈，左手成拳上抬，右手成掌下移，双膝成弓字形大马。虽然没有黄飞鸿的旗袍前扇，但气势已经惹得新兵们喝彩连连，同时也吓得林小兵下意识地退了一步。

"林小兵，主动蹲下就算是认输哦！"林小兵锐气大减，憋了一肚子气的老兵们开始起哄。

"多听听老兵们的建议是很有道理的，输在我的手里并不丢人。"成功将所有目光引到身上，杨博武继续装 ×。

"我这个人什么都可以认，但唯独不肯认输。"定了定神，林小兵握紧双拳，其松散的架势与杨博武形成鲜明对比。

"既然如此，那就来吧。"

杨博武手掌弯曲，蓄力已久的林小兵直拳试探性进攻，可拳才打到离对方胸口二十公分的地方时，杨博武的装 × 造型突然慢腾腾地动了起来。只见他在一个非常巧妙的节点扣住了林小兵的腕关节和肘关节，接着借力顺移，生生把林小兵过肩扔了出去，要不是最后时刻稳稳抓住擂台边缘的防护杆，第一招他就已输掉比赛。

"哇，同志们看清楚没有？林小兵第一招就被扔飞了出去，这就是古老的中国杨氏太极拳。"裁判煽情地吼，场下立时响起雷鸣般的掌声，也算是对林小兵这朵奇葩的一点回敬。

"果然有点蛮力，但于我来说还是小儿科。再来，这次同样是一招放倒你。"初战告捷，杨博武更加得意忘形，"杨氏太极拳专治各种不服，特别是你这种空有一身蛮力的不服，来吧。"

杨博武继续摆出装 × 造型，最令观众无语的是林小兵竟然也没改变战术，而是继续采取了先前的那招直拳。

"这小子怎么加事？使来使去就这么一招？老陆你不行呀！"林小兵第二次出手，台下一片议论纷纷。

"闭嘴，谁笑到最后还不知道呢。"嘴上虽硬，但陆程心里已严重地纠结起来。

"林小兵想干什么？程咬金都会三招呢，莫非他只会一招？"面对如此场面，主席台上的首长们也开始无奈地摇头。

"不是只会一招，而是他觉得这招就足以拿下对手。"赵青不动声色地道。

说时迟，来时快，就在所有人都莫名其妙地瞪着林小兵"拙劣"的表现时，双方再次交手。

对手没变招，杨博武自然也不变，可当他这次扣住林小兵的腕关节和肘关节，准备发动四两拨千斤巧劲时，他突然发现同样的那只手突然强硬如铁，任他如何拨动都没有丝毫改变方向的迹象。

当杨博武的第二次拨动失败，林小兵全力一击的铁拳已准确地打在了他的脸上，中拳的杨博武像断了线的风筝一样在空中来了个三百六十度自由转体，而后重重地摔在擂台上，掉下擂台后又滚了三四米才被观众挡停下来。

"医生快上……"牙齿横飞，人已昏迷，赵青第一个反应过来，还处于懵懂状态的两个军医立刻围过去，初步检查了下后立刻示意将杨博武弄到分战区医院。

"啊……这也太夸张了吧？"两次同样的出手方式，但结果却有天壤之别，现场静得连根针掉下来都能听到。

"好吧，结果已经出来，事实证明，在绝对的力量面前，任何花哨都是浮云，兵城分战区新训大比武格斗大项第一场胜出者是林小兵。"真不愧是分战区第一段子手，无论出现什么状况，这个兼职主持的教官都能迅速搞出一套说辞。

"哈哈，小兵哥就是牛。"

"横扫千军。"

"万夫莫敌。"

"勇夺三大项冠军。"

主持说完，林小兵班上的几个兄弟便大声欢呼起来，观战的战友随即也爆发出热烈的掌声，这其中也包括被他欺负过的老兵。

实力至上，这在军队是永远不变的法则。

"请获胜者去选手席就座，稍后是第二轮比武。"虽然发生了流血事件，但中国军人天生就不是个矫情的职业，就算天上下刀子，该完成的任务都必须完成。

"小兵哥辛苦了，来喝口水。"入座选手区，其他选手立刻变得殷勤起来。军人可以输，但绝不可以认输。这是上台前班长们交代过的底线，可实力摆在那，现在唯一的出路就是遇到这瘟神时希望他能下手轻点。

"哥几个不用客气，我保证一定会进行一场公平的格斗切磋。"接过矿泉水，林小兵"友好"地道，说得选手们背脊发凉。

与杨博武第一轮交手时林小兵只是试探性进攻，没想遭到太极拳的强大反弹，还差点输掉。第二次时他孤注一掷全力出击，结果用力过猛，一下就将杨博武打倒在地了。

两次强弱交手，林小兵已感觉出来，杨博武最多能承受自己七分左右气劲。

正如主持所说，一力降十会，在绝对力量和直来直去的特种必杀技面前，无论对手的拳招有多精妙都无济于事。

若非林小兵选择的地方不致命，杨博武遭此一击恐怕会有生命危险。现在好了，可以提前帮他准备几颗假牙。

比起第一场的惊天动地，后面的格斗就平淡多了，虽然没有人提，但所有获胜者心里都祈祷不要那么快遇上林小兵。

理想是美好的，但现实中总是会有一些倒霉蛋。第二轮开始后，林小兵的对手挣扎了几下后肚子上挨了一拳蹲地不起，直接被裁判判了个自动认输。

虽然后面的格斗比武已没有什么悬念，但当裁判宣布林小兵获得新训大比武格斗冠军、看着他从首长手中接过冠军奖杯和荣誉证书时，陆程、荣金明和常军等人无不激动地站起来鼓掌。

有兵如此，夫复何求。

08 最高境界

　　林小兵顺利夺冠，最高兴的自然是陆程。从擂台回来时还被团政委拍着肩膀说：小伙子好样的，带兵很有一套。

　　虽然首长没明说什么，但陆程也知道去军校深造的机会已赢面大增，假如林小兵能把武装越野的冠军也拿下，这基本就是铁板上钉钉子的事了。

　　直到现在，陆程依然没有对林小兵在射击大项上的表现抱有任何希望。

　　早上格斗比武，下午射击比武，部队做事一向都是如此利索。被兄弟们高高抛起后直接摔到地上，林小兵只能在心里默默送他们一句臭小子们。

　　林小兵都还没握热，冠军奖杯就被柳国良等人放到公用的桌子上，还美其名曰这是整个二班的集体荣誉，不属于个人。

　　本来想收拾下这群家伙的，但看在他们比自己还高兴的份上，林小兵只得再次把这口气咽了下去。

　　"副班长同志，虽然我到现在都还没搞清楚上面为什么强行要你参加射击大比武，但既然参加，那就尽力而为，只要能把明天的五公里武装越野冠军拿下就可以了。"开局大胜，陆程心情大好。

　　"没错，射击这种事就交给兄弟了，小兵哥只管打好架跑好步就可。"事实证明，打弹弓和枪械射击是有共性的，除了林小兵外，其他人都是来了部队后才第一次接触到枪械，九个人虽然都能保持及格线，但却只有彭伟泽这个弹弓玩得溜的家伙能达到优秀，虽然也只是刚好达到四十环的优秀基准线，但这也算难能可贵了。

"小样儿。"为了下午把所有人的下巴惊掉，林小兵决定继续低调。

"没错，彭伟泽虽然没有夺冠军的实力，但前十肯定没问题。"为避免林小兵有心理负担，陆程决定给他吃个定心丸，"先前说可能分配你去养猪是吓唬你的，就凭你格冠军的头衔，肯定是哪都抢着要。当然，如果能把五公里越野的冠军也收了，说不定就会被大首长直接调去当警卫员了，那前途，普通人根本想都不敢想。"

"那要是把新训大比武三大项冠军都收入囊中呢？"林小兵下意识地来了一句。

"哈……"

"哈哈……"

"哈哈哈……"

林小兵说完，所有人呆了一秒后全部哈哈大笑起来。

"小兵哥，认识你也有三个月了，头一回发现你竟然如此幽默。"

"是呀，这可是要上天的节奏哦。"

"人有理想总是好的，万一实现了呢？"见林小兵要发飚，陆程连忙插道，"新训三料冠军的纪录也不是没有，每隔几年就能出一个，我们分战区历史上还只出现过一个。这样的人后来无疑都成了军中骄子，有的甚至被送到军事学院深造，毕业后就直接成了年轻军官。"

"哇……"陆程说完，元寒开始第一个起哄，"这么说我倒是希望小兵哥能勇夺三料冠军了，到时候当了军官回来领导老陆。"

"能被自己的学员领导，何尝不是一件幸事？"陆程嘿嘿笑着继续说道，"虽然你夺三料冠军不现实，但双料冠军已经足够震撼了，至少是我们分战区近三年来唯一的新训大比武双料冠军。"

"班长，言时尚早吧？小兵哥都还没比呢！"

"一点不早，双料冠军基本是铁板钉钉的事，五百个新兵里就没有比林小兵跑得快的，就算是武装负重也没有。"陆程亲自为林小兵测试过，只要稳定发挥，越野冠军妥妥的。

"这点我同意。"

"还有我。"说到林小兵跑得快的问题，恐怕没有人比柳国良和元寒更有发言权了。

林小兵强势夺冠，彻底激起了其他新兵的斗志，内行人都知道，杨博武败北，已经没有人能阻挡他继续夺取五公里越野的桂冠了。

现在唯一能压制林小兵恐怕就只有即将展开的射击项目了。

为了让射击项目更具有观赏性，组委会特意将操场改造成了临时射击场，通过组委会的大力宣传，所有人都已知道射击项目一共分为三个部分：一是八一杠两百米卧姿；二是手枪二十米站姿；三是八一杠一百米站姿。

"竟然这么近，真是太没意思了。"得知竞赛项目，林小兵失望地道。

"吹牛皮不可笑，可笑的是明明就是只蝼蚁，却还一个劲儿地想把牛皮吹破。"坐在林小兵旁边的高个子说完，所有人随即哈哈大笑起来，毕竟林小兵第一次的十环光头早已深入人心。

"蝼蚁？你是在说自己吧？"对于无知者的冷嘲热讽，林小兵早就习以为常，对于这种装 × 货，最好的方式就是用实力将其彻底打败。

"争一时的口舌之利有什么用？你早上和杨博武两人抢先出场出尽了风头，现在有没有兴趣再来一次？"身为射击大项的种子选手，新训期间射击项目唯一的满分，陈子骞和杨博武一样，绝对不会放过此次踩着林小兵刷存在感的大好机会。

"听这口气你的射击相当牛 × ？"别人约架，林小兵从来就没有退缩的习惯。

"那是，陈哥的射击从一开始到新训结束都是满分，一发子弹都没浪费过，不像谋些人，打十环也好意思来参加射击比赛，真是羞死人了。"陈子骞都还没开口，旁边的小弟倒是先叫嚷起来。

"原来是满分兄，失敬，敢问你想怎么个来法？"所有人都觉得能轻易碾压自己，林小兵越发冷静下来。

"和早上的格斗项目一样，你我二人先上场，在所有人的见证下比试谁的枪法准。"

"这样可以吗？"陈子骞说完，林小兵再次看向兼职主持人。

再次见到林小兵这种人畜无害的表情，主持一下就想到了魔鬼二字："你们这么有兴致，我们自然是支持的。"

"很好，既然你想挑战，那我们就玩点高难度的，把三个射击小项目的距离都加大一倍如何？"林小兵说完，在场所有人瞬间石化。

射击大比武原本就比平时训练远了一倍，要是再加一倍，这已经完全超出了新兵的极限，就算是老兵上也是够呛。

"你一定是在开玩笑对不对？"

不光是四周的射击比武参赛者，就连主持教官早上对他积累起来的一点好感也荡然无存。

自信是好事，但自大就成浮夸了。

"教官看我的样子像是在开玩笑吗？"

"你……"

"如果照你所说把射击距离提高一倍，我至少还可以碰到靶标，而你百分百脱靶，这样有意思吗？"林小兵一副高深莫测的样子，反而搞得陈子骞凌乱起来。如果以底环数取胜，那绝对不能取到预期效果。

自己讨不了好也要让对手难堪，陈子骞此刻终于感受到林小兵这家伙果然是无比狡猾。

"要比就比，不比就滚，哥可没空跟你玩过家家。"

林小兵说着就要转身离开，陈子骞不得不点头同意。既然双方都想玩大的，主持教官自然乐意奉陪，经他一通声情并茂的讲解，现场气氛果然被推向制高点，所有人都知道林小兵又要PK射击大项的种子选手，而且还主动将射击距离提升一倍。

"疯了，林小兵这家伙已经疯掉了。"

"是呀，就算把标靶再加大一倍他的子弹也摸不着北呀。"

"你们懂个屁，这是战术，就算是输也不能让对手赢得太好看。"

……

比赛都还没开始，观众就开始议论纷纷起来，只有主席台上的首长们无奈地摇摇头，不是为林小兵，而是为不知天高地厚的陈子骞。

"好了，组委会已同意你们两个的请求，第一个比赛项目是八一杠卧姿，距离四百米。"得到组委会的确定，主持教官示意林小兵和陈子骞进入调整好的射击位，看着四百米外小得可怜的标靶，陈子骞小脸扭曲地道："瞎了吧，光头兵？"

"傻蛋。"两个射击辅助教官已经就位，并为两把八一杠装入子弹，林小兵静下心来开始瞄准，懒得理旁边的家伙。

看着林小兵专业的瞄准姿势，站在他旁边监督的辅助教官瞬间产生了不一样的感觉：这还是那天只打十环，被自己处罚的小霸王吗？

"距离四百米，风向东南，风速 0.6，弹道修正 0.3……"

陈子骞还在使用三点一线的基础瞄准法，林小兵已经用上了高级的射击理论，此刻他已死死锁定目标，只待击发命令。

"时间到，比赛开始。"

主持人的声音刚落，林小兵的枪声随即响起，而且是一发接着一发，速度之快令人咋舌。

"臭小子，怎么打这么快？子弹不要钱吗？"

林小兵的十发子弹很快打完，教官的脚已高高抬起，他准备踹这个败家子两脚，可当前方的环数报出，所有人都被当场石化：九十九环。

"啊，怎么会有一枪九环呢？"林小兵摇头晃脑，对自己的表现相当不满意，教官高高抬起的脚又尴尬地缩了回去。

主持人此刻才明白，这才是装 × 的最高境界。

"别看了，该你了。"现场一片死寂，陈子骞旁边的辅助教官催促道。

"我……"感觉所有人的目光都射在自己身上，陈子骞此刻才知道自己的言行是多么幼稚，分明就是一个三岁小孩拿着根棍子在一个成年大汉面前叫嚣的任性。

"现在你有两个选择。第一，认输退出比赛；第二，坚决对抗到底。"

赵青不动声色地来到射击位前，他已看出陈子骞的意识已陷入混乱，但往往就是这种时候才是最考验人的时候，将来能走多远，全凭他自己的选择。

再次近距离见到这个型男，林小兵似乎感觉到了老爸身上那种气质，若隐若现，无形中就能给人一种巨大压力。

闭上眼睛，深呼吸三次，陈子骞开始瞄准，虽然每开一枪都很不靠谱，但赵青知道，这小子还行。

"四十三环。"十枪过后，陈子骞如约实践了他至少可以碰到标靶的预言。

"哇……"

随着柳国良和元寒的欢呼，现场立时爆发出热烈的呼喊，陆程虽然没开口，但眼里已溢满泪水。此刻他终于明白上面为什么执意要林小兵参加射击比武，并且也知道了荣金明和常军的良苦用心，下意识地回过头，他发现荣常两人正咧着嘴朝自己笑。

此时无声胜有声，一切尽在不言中。

"第二轮，手枪站姿，四十米。"自己约的架，无论多么痛苦都必须打完，主持教官此刻怎么看林小兵就怎么顺眼。

站上射击位，林小兵心若止水，手枪射击看似简单，实则是最考验真功夫的，特别是到了战场上与敌对垒时，根本就没有瞄准的时间。见到敌人就必须第一时间开枪，歼敌全凭感觉，否则倒下的就是自己。

手枪上手，两人的差别立刻就显现出来，林小兵双眼大睁，死死盯着四十米外的标靶，内行人都知道这是很厉害的双眼瞄准。而陈子骞却还停留在睁一只眼、闭一只眼的单眼瞄准状态，要是上了战场，这一眨眼功夫就足以葬送他的小命。

主持教官下达射击命令，两人的枪声随即响起，林小兵单手托枪，四十米，十发子弹九十六环。陈子骞双手托枪，四十米，十发子弹三十九环，差距可不是一点半点。

"真他娘的牛兵。"观摩了林小兵的射击比武，包括老兵在内的所有人都被惊掉了下巴，别说是新兵，这个成绩就算是分战区尖刀营的老兵也无法望其项背呀。

"是呀，虽然我和他的梁子依然存在，但也不得不承认这小子是个天生的军人。"

"嗯，现在想想败在他手下似乎也没那么丢人了。"比武进行到这个程度，林小兵已经用实力征服了所有人。

"射击涉及到瞄准线、弹道高和风力风速测算等问题，你没接触过这方面的知识，输了并不奇怪。正如你所说，这么远的距离，你用基础性的三点一线射击法能碰到标靶已经算是不错了。"见陈子骞一脸的沮丧，林小兵开口说道。

"你……"林小兵表情自然没有半点做作的意思，陈子骞反而有点尴尬起来。

"别啰嗦了，比赛继续。"骄而不躁，林小兵尊重对手的表现让所有教官都很满意，但无论如何比武都要出个结果。

第三场两百米八一杠站姿，林小兵继续强势发挥，九十八环的成绩已能证明他的优秀。

"通过这件事你学到了什么？"比赛结束，赵青站到陈子骞旁边道。

"低调。"陈子骞目光坚毅地看着成绩差得一塌糊涂的标靶道，"以前我以为天下无敌，现在才知道天外有天，自己其实什么都不是，军队永远都是一个卧虎藏龙之地。林小兵很优秀，但我绝对不会因为今天的遭遇而气馁。"

"说得倒蛮有气势，但军队从来都只相信眼睛，不信耳朵。"指了指陈子骞，教官又转向林小兵道，"表现还可以，但还不够完美，继续努力，我一直会关注你。"

"请问首长是谁？"面对这个神秘的型男，林小兵心里充满了各种疑问。

"总有一天你会知道，拿下三料冠军才是你现在该做的事。"

型男离开，林小兵的表情还有点恍惚，主持人倒是抢先开口："林小兵以超出比武规定一倍的射击距离取得优异成绩，后面的参赛选手想挑战冠军的请主动要求加大射击距离，否则只能争夺第二名。"

其实不用主持人说明，所有人都已确定射击比武冠军非林小兵莫属。

射击比武的结果很快出来，别说加长射击距离，就算是正常的距离也没有人能打到林小兵的环数。

"原来他一直都在扮猪吃老虎，我们所有人都被骗了。"

林小兵第二次从首长手里接过大项目冠军奖杯，荣金明常军和陆程三人的脸都笑成了烂柿子，主持人更是在台上煽情地说道："林小兵不但是格斗高手，还是射击天才，这么远的距离，就算是老兵也够呛。而且他还是明天的五公里越野大项种子选手，事隔这么多年，我们兵城分战区又要再次出现三料冠军吗？让我们拭目以待……"

林小兵的奖杯自然又成了班集体荣誉，而且人也被再次摔到地面，陆程捶了他胸口一拳后嘿嘿笑道："好小子，你是我带过最优秀的兵。"

"谢谢班长。"林小兵正儿八经地来了个军礼，惹得所有人哈哈大笑。

"小兵哥，从今天起，装 × 界我只服你。"

"还有我。"

林小兵以强悍的实力一鸣惊人，在兵城分战区疯狂圈粉，假如真的如愿能将明天的五公里越野拿下，那就真成了名副其实的装 × 之王了。

"营长，找我什么事？"兄弟们打算带林小兵去食堂庆祝一下，结果被荣金明半道劫走。

"别叫营长，我现在还是营副呢！"

"迟早的事，嘿嘿。"

"就你嘴甜。"示意林小兵往操场上走，荣金明嘿嘿笑道，"你小子可真够能装的，今天着实惊掉了不少下巴。"

"要的就是这种效果。"林小兵也嘿嘿笑道，"营长叫我来不光是表扬的吧？"

"聪明。"和陆程的心思一般，荣金明知道自己的营长肯定是没跑了，一高兴就夺了常军的差事，亲自越级来通知林小兵，"你新训大比武的成绩相当好，分战区大首长决定派你代表我们分战区去参加四年一度的战区军事大比武。"

"战区大比武？意思是整个战区的新兵都参与的吗？"虽然已得了两个冠军奖杯，最后一个大项也信心十足，但林小兵却觉得没有什么值得骄傲的，毕竟自己已经在老爸的指挥棒下转悠了十多年，其他人都是实打实的新兵而已。

"新兵？你太天真了。"荣金明无语地道，"战区大比武是我们战区最隆重的比拼赛事，由战区最高司令长官直接负责，四年举办一届，参赛者则是从战区隶属的十六个分战区选派的精兵强将，而且有很多都是战区特勤大队队员，也就是传说中的特种兵。你小子虽然能在我们分战区新训大比武里称王称霸，但放到整个战区就不好使了，上面的意思恐怕只是让你去提前锻炼一下而已，毕竟战区大比武还很少有新兵参赛的纪录，获奖则更是前所未有。"

"懂了，既然大首长想让我见世面，我肯定不会推脱，就这么定了，我同意参加战区军事大比武。"惊掉一个分战区新兵蛋子们的下巴不算什么，林小兵觉得只有把整个战区的下巴都惊掉才算痛快。

"那就这么说定了，你去和兄弟们吃饭吧，具体事宜陆程会及时通知你。"林小兵一身本领，但毕竟人还年轻，又刚入伍，难免有些心浮气燥，这即是年轻人的资本，同时也是他们的累赘，只有在未来的军旅生涯中慢慢打磨，过度教条只会适得其反。

"是。"林小兵来了个军礼后离开，荣金明也赶紧去跟团政委报告此事，顺便讨论一下林小兵的下连问题。就在刚刚这一小会儿，他已经被不下十个连长堵过，目的无二，全部都要林小兵。

"这事你直接说做不了主就可以了。"听了荣金明的苦水，团政委头也不抬地道，"盯着林小兵准备好战区军事大比武即可，下连的事暂且不议。"

"我说了，可他们要么不信，要么让我来找首长你……"

"我也做不了主……"一时情急，团政委竟然说了真话。

"首长也做不了主？没这么夸张吧？林小兵再怎么牛也就是一新兵而已呀？"荣金明一脸质疑，分明再说：借口也不会找个好点的吗？

"总之你爱咋说就咋说，别来烦我。"强行把荣金明轰出去，团政委暗道：小样儿，难道我会告诉你林小兵已被战区猎豹特勤大队看上了吗？这可是在全国几大战区都能排上前三名的特种作战部队，虽然比不上那支神秘的战略级特种部队，但已经是整个分战区的荣誉了，何况林小兵还这么年轻，将来也不是没有机会。

09　一起养猪

　　来到食堂，兄弟们早已安排好一切，这次他们还算厚道，为林小兵准备了很多好吃的，都是他平时最爱吃的东西。

　　"林小兵，加油，我很看好你，这只鸡蛋是特别为你准备的，拿下五公里越野，成为我们分战区有史以来第二个三料冠军。"林小兵去拿碗筷，炊事班的战友都对他刮目相看，可想而知他的名声此刻是有多么的响亮。

　　"谢谢兄弟，一定不会辜负你这只鸡蛋。"

　　林小兵上桌，九个新兵立刻就嗨了起来，但却没有谁觉得喧闹，毕竟这的确是件非常值得庆祝的事。

　　虽然已经得了两个冠军，但该有的训练和任务同样不能少，参军虽然只有三个月，但林小兵却系统地学习了各种基础性的军事理论和技能。

　　以前虽然也是个铁杆军迷，但很多基础性的东西都还停留在业余层次，直到坚苦的新训结束，林小兵才真正了解了军人所必须要掌控的实质性技能，更重要的是明白了什么是军人。

　　第二天一早，万众期待的五公里越野大比武如约开始。比起前两个大项的逐一淘汰制，这个项目就简单得多了，所有参赛选手集中到起点，带上十公斤的负重后开始奔跑。林小兵的速度虽然不是他的最高水平，但却同样处于领头羊的位置。

　　"林小兵，你敢跑快一点吗？"林小兵不紧不慢地领头，所有人都看出他并未尽全力。

"就是，一直压在我们前面相当碍眼。"

"赶紧滚，别妨碍老子夺亚军。"

无论其他参赛者拿出多快的速度，林小兵就是保持不让，后面的人鼻子已被气歪，纷纷取下帽子砸过来，但林小兵就是不为所动，时不时地还来个倒跑，要多装 × 就有多装 ×。

二十分钟后，林小兵第一个跑过终点，虽然这明显不是他的最好成绩，但已经足够取得五公里越野冠军。

换句话说，事隔二十年，兵城分战区再次出现新训三料冠军。

当分战区最高首长亲自为林小兵颁发第三个冠军奖杯时，全场爆发出热烈的掌声。

正如同班的几个兄弟所说，这不光是林小兵一个人的荣誉，也不光是他们班的荣誉，更是整个兵城分战区的集体荣誉。

看着桌子上三个金光闪闪的冠军奖杯，兄弟们的脸上满满的都是自豪，九个性格各异、来自天南海北的年轻人，为了心中的男儿梦汇集这间小小的绿色军舍，永夺佳绩，所有人心里无一不是感动，陆程更是不知从哪里弄来台相机为大家逐一拍照，最后还叫别班的人过来弄了个大合照。

"老陆，你一定有什么事情要宣布吧？"身为拍照环节的绝对主角，林小兵几乎存在于每张照片上。可部队就是部队，无论三料冠军的震撼力有多强，都不可能影响到其的安排进程。

"就你小子眼毒。"陆程嘿嘿笑着拿出一个文件夹道，"经过三个月的严酷考验你们已经不再是新兵，而是一名合格的解放军战士了，我手里这个就是各位的下连名单，是去一线边防连队建功立业，还是去炊事班烧烤人生，全都在里面了。"

"不是吧班长？我们这么优秀的尖刀班也会有人去炊事班？"陆程说完，彭伟泽一下就叫嚷起来，虽然所有考核成绩都在合格线以上，但综合到整个班，他的成绩就成了倒数第一，如果真的有人要去炊事班，那就真是非他莫属了。虽然去炊事班并没有什么丢人的，甚至会非常清闲，但这与他冲锋陷阵的初衷严重不符。

"当然，每个班都有一个去养猪场或者炊事班的指标，我们班自然也不例外。"陆程表面一本正经，内心实则却在狂笑。

"彭伟泽同志，军人就像一块砖，哪里需要哪里搬，炊事班怎么了？把我们伺候好了同样是为人民服务。"

元寒的话惹得所有人一阵哄笑，只有彭伟泽苦着脸骂站着说话不腰疼，是兄弟就跟他换，结果无人答应。

"见死不救的家伙。"一群人看着自己，彭伟泽只好蹲到墙角独自舔伤，如果真如陆程所说，那几乎已经确定自己就是去炊事班的最佳人选。

"别纠结了，都仔细听好啰。"

"等一下。"气氛酝酿得差不多，陆程准备公布答案，结果柳国良跳出来吼了一声。

"干什么？"陆程相当不满意地瞪着柳国良道。

"报告班长，我请求和副班长林小兵同志去同一连队。"

"还有我。"元寒也不甘示弱地跳了出来。

"你们确定？"

"确定。"

"好吧，那我先宣布其他人的去向。"陆程卖了个关子后打开文件夹道，"杨建辉，边防二连。"

"何天磊，兵城边检站。"

"昊强，分战区警卫营。"

……

当陆程念到彭伟泽时，所有人的耳朵都竖直起来。

"兵城区军犬训练连……"

"哇……"呆了一秒彭伟泽哈哈大笑起来。

"等等。"只剩下最后三个人，柳国良和元寒一下子就不淡定起来，林小兵是新科三料冠军，肯定是最佳岗位的最佳人选，如果真的有一个人要去喂猪的话就必定是他们两个中的一个了，"老陆，你真的确定有一个人要去炊事班或养猪场吗？"

"当然确定，是不是非常想知道自己的去向？"陆程继续吊人胃口。

"嗯嗯……"

两个坏小子拼命点头，陆程接着说道："柳国良元寒两人原本是分配去分战区第二野战团……"

"耶……"

陆程话都还没说完，柳元二人随即哈哈大笑起来，但却被林小兵及时叫住："等一下，难道你们没听清楚吗？老陆说的是原本。"

"几个意思？"林小兵一脸奸笑，柳元二人本能地感觉情况不妙。

"意思非常明显呀！老陆说我们班必须要有一个人去炊事班，而你们八个都有了好归宿，那个去养猪场的人自然就是我了。而你们两个刚才已经主动要求与我同进退，所以老陆才用了原本二字，因为两位现在要跟我一起养猪了。"

"不会是玩儿真的吧？"林小兵说完，两个坏小子眼巴巴地看向陆程，"小兵哥可是冠军，老陆你好意思让他去养猪？"

"有什么不好意思的？又没有规定冠军就不可以去养猪……"陆程阴着脸，柳、元二人越来越急。

"可问题的关键是林小兵是三料冠军呀？二十年才出了这么一个的。"

"三料冠军就更该去养猪了，没准还能培养出冠军猪呢？"刚才被吓了个半死，此刻正是报仇的好时机，彭伟泽当然不会放过。

"说得好像也对，反正你们三个都是城市兵，到了养猪场后一定要发挥都市精神，把猪舍建设得和你们的大街一样漂亮。"

"有道理。"

……

虽然都知道林小兵不可能去养猪，但作为在一起的最后一天，兄弟们都格外珍惜。去到各自的新岗位后见面的机会将越来越少，有了新训的经历，这九个人注定就是一辈子的好兄弟。

"别闹了。"示意所有人安静，林小兵认真地道，"老陆你的事怎么样了？"

"有你们这九个牛兵，我的事当然是水到渠成。"陆程嘿嘿笑着将以前没收来的东西物归原主后道，"你们下连后，我也将去军事大学深造，开启全新的军旅篇章。在这里我要感谢班里的每一个人，要是你们觉得我平时太严厉，心里憋着气现在就过来向我发泄，不管你们做什么我都笑脸迎人。"

"算啦，看在你还算厚道的份上我们都原谅你了。"依次过来给陆程胸口一拳，所有人眼里都溢满了泪水。

新训期间受的苦全部都将转化成精神力量，鞭策着这些年轻的军人。

"算你们还有点良心。"陆程还了柳国良和元寒一拳后道，"明天准时去野战团报到，迟到了可没人能救得了你们。"

"野战团？不是说好了和小兵哥一起去养猪的吗？"元寒说完，所有人都哈哈大笑起来，还有什么比和兄弟们斗法更开心的事呢？

"想得美。"陆程瞪了他一眼后道，"副班长林小兵同志接下来将代表我们兵城分战区，去参加四年一度的战区大比武，将在更大的战场上与十六个分战区及战区直属单位的精英一决高下，这可是军人的至高荣耀，你们两个坏小子暂时还不够格。"

"哇……"陆程说完，八个人随即又兴奋地围了过来，幸好林小兵反应迅速，否则又被砸到地上了。

下连对于新兵营来说本来就是几家欢乐几家愁，虽然陆程的二班都有了不错的地方，但其他班注定会有一些真的要去炊事班或养猪场的兄弟，毕竟无论多平凡的岗位都要有人去接手，只有这样才能保证军队这个庞大的国家机器能正常运转，所以荣金明和常军等基层领导此刻正在各排各班做战士们的思想工作。

"老陆，你叫我出来是传达战区大比武的事吗？"安顿好其他人，陆程带着林小兵来到操场。

"当然，不过该说的营长都说过了，我跟你讲的都是细节方面的东西。"陆程身手矫健地坐到单杠上道，"这次去参加战区大比武的兵城分战区代表队加上你一共有二十一人，将参加所有项目的比拼。以前我们兵城分战区取得的最好成绩是个人第九和团体第十一，在十六个分战区中属于中下水平，所以这次你一定要放平心态，抱着学习的态度，不要太勉强自己，毕竟你这次面临的对手实在太强大了。"

"我知道了，多谢班长提醒。"虽然不知道对手强到什么程度，但林小兵知道自己会全力以赴。

和陆程谈了些关于未来理想之类的话题，林小兵返回宿舍。第二天一早，所有新兵都被集中到操场上，奔赴他们全新的战场。

其他人陆续离开，林小兵也被塞进一辆军用小客车后离开兵城分战区，比起其他兄弟的军卡，他们已经算得上是高级待遇了。

"那个谁？过来这里。"林小兵刚上小客车，一股肃杀之气立刻弥漫开来，除了他外车上全部是老兵，加上其的斑斑劣迹，可想而知人们的表情是多么精彩。

"你是叫我吗？骨干兄弟？"林小兵一眼就看出叫他的正是那天提出要和自己单挑，结果被骗上树来一脚踹下去的骨干老兵。

"好说。"骨干抱了个拳道，"你的所有比赛我都看了，是有点儿意思，但势力离加入这个代表队明显不足，上面估计就是想让你提前见一下世面而已，说直接点就是打酱油的。"

"我本来就喜欢打酱油，而且特别喜欢在树上打酱油，一脚一个，倍儿爽……"林小兵天生就是个不怕事的主，对方主动挑衅他肯定是照着疼处戳。

"臭小子，信不信现在就让你知道一下什么叫尊重老兵？"

伤疤再次被揭开，骨干一下就火冒三丈，结果被带队的营长瞪了回去："有本事别冲自己人来，在大比武战场上打倒对手才是真英雄。"

"林小兵，坐这里，别理那个头脑简单的家伙。"一个个头小得可怜的家伙开口，林小兵奇怪地坐到了他旁边。

"我懂你这个眼神的意思，认为我这种体格根本不像军人对不对？"

"是有点儿奇怪。"林小兵无语地道，"我甚至怀疑你的身高根本达不到参军入伍的标准。"

"有点儿眼力，实不相瞒，我也就差了三厘米而已。"

"你就是个后门兵。"竟然敢明着支持自己的死对头，骨干必须是要有所打压的。

"卢锦锋你有完没完？"忍无可忍的营长跳起来劈头盖脸地骂道，"伊云龙是复旦大学计算机系研究生，军队特招的高级程序员、电子战专家，是我们兵城分战区今年电子战大比武项的种子选手，你小子要是再拿他的身高说事儿我就把你打得跟他一样高。"

"营长，对于这种人骂是没有效果的，必须要直接动手才有效果。"落井下石一向是林小兵的强项。

"你林小兵也不是省油的灯，这次要是进不了前十看我怎么收拾你。"林小兵虽然是新兵，但表现出来的战力已经超越了很多老兵，实是兵城分战区代表队的第一梯队成员。

"是，保证完成任务。"打死林小兵也想不到，眼前这个不起眼的小个子竟然是个黑客。

懒得理那个自以为是的家伙，林小兵开始阅读大比武的资料。从比武项目中就可以看出，这绝对是一次高大上的军事大比拼，陆海空三军齐上阵，各种各样的项目令人目不暇接。

海空军的项目林小兵自然是直接跳过，陆军大比武又被分为个人和团体两个大项，其中个人项目包括格斗、射击、武装越野、排雷、军犬技能、铁人三项等，总之是琳琅满目，一应俱全。

而在所有的项目中，最神秘的恐怕要数旁边这个小个子伊云龙所参加的电子战大比武了，毕竟现代化战争中，谁掌控了高科技就等于掌控了战场的主动权。

"兄弟入伍多久了？"伊云龙给人的感觉不错，林小兵也自来熟地道。

"三年。"伊云龙无奈地道，"我可没你这么好的运气，刚入伍就赶上四年一度的战区大比武，否则我同样能在新训结束就加入分战区代表队，×格同样和你一样高。"

"这个我信。"林小兵嘿嘿笑道，"大凡牛人的×格都有点儿与众不同，要么太帅，要么太猥琐，很明显，你我就是这两个极端。"

"现在我终于知道你为什么如此遭人讨厌了，不过我还就喜欢这种性格。"伊云龙伸出手，林小兵也伸手跟他握了握，凡是不做作的人他都喜欢。

"伊云龙，我要是你就一脚把他踹下车。"

"你来踹一个试试？"

"停，别闹了……"林小兵正要和后排的家伙"理论理论"，但被营长及时叫停，"你们都知道了，陆军大比武分为个人战和团体战，个人战又被细分为很多项目，除了伊云龙只参加电子战大比武，其他人都必须参加三个以上的项目，具体的都在这份文件里了，务必认真阅读。"

又发了一份文件，营长接着说道："在这里我要特别强调的是最后的团体项目，顾名思义就是团体作战，所有参赛队选出十人小部队，用最新的激光演习装备进行实战对抗，实行逐一淘汰制。"

"团体对抗战占团体项目分值的百分之五十，另外的百分之五十则从你们在个人项目中取得的成绩换算而来，所以说团体项目和你们的个人项目息息相关，每个人都必须全力以赴。"

营长说完，林小兵也看完了新文件，他要参加的项目有三个，分别是格斗、射击和铁人三项。

"林小兵，你的格斗和铁人三项都很有机会，好好发挥，争取进前十。"营长不动声色来到林小兵面前说道。

"营长，我最拿手的是射击好不好？"营长没说到重点，林小兵当场抗议。

"呵呵，你的射击水平是不错，但想在战区大比武中崭露头角还是太嫩，要知道射击历来都是陆军大比武中竞争最为惨烈的项目，能进入前三甲的无一不是猎豹特勤大队的王牌狙击手，正常人根本达不到的那种水平。"

"射击大比武中有一个项目就是狙击步枪射击，你小子基本就是去打酱油的命。"卢锦锋再次开口，这次倒是引起了所有人的共鸣，包括带队营长。

"就算是打酱油我也要去树上打。"回敬了卢锦锋一句，林小兵心里暗暗较起劲来。在山鹰的指挥棍下转悠了十数年，他早已学成精度射击的各种参数测算、空气阻力和弹道修正等狙击要领，新训大比武时之所以不打满环只不过是他不想过于高调而已。

"你……"

林小兵说完，车厢里又是一阵哄笑，卢锦锋这瓶树上酱油恐怕是要坐实了。

一路与卢锦锋斗法，傍晚时分，小客车终于缓缓驶入本次战区大比武的场所，中国规模最大的军事训练场所——利剑基地。

这里有亚洲运算速度最快的超级计算机，还有各种各样的实战模拟场地及训练装备，整个基地战地面积近两平方千米，可容纳数万人同时展开各种真实的模拟训练。

通过各种安检，兵城分战区的小客车终于进入基地。看着各种各样的训练设施，林小兵和伊云龙办好入住手续后就开始撒欢地闲逛起来，从射击场到障碍场，再到军事电竞中心、直升机训练场等，无一不深深吸引着两个年轻人。

"这是什么？好像很高大上的样子。"钻进一个建筑，林小兵看到一池蓝色的液体。

"零重力训练池，正好要开机，两位要不要体验一下太空的感觉？"

"不要了，谢谢……"一个上尉眉开眼笑地过来，吓得两个坏小子夺路狂奔。

开玩笑，好好的地球不待，鬼才愿意去太空。

才转了利剑基地的一个小角落，太阳就逐渐偏西，赶回去吃过晚饭，林小兵打算回宿舍休息，可伊云龙却不依不饶地将他揪到了军事电竞中心。这里已密密麻麻地齐满了人，两人等了十多分钟才等到两台计算机坐了下来。

"营长说你是高级程序员？是不是就相当于传说中的黑客？"伊云龙熟练地操作着计算机，林小兵好奇地道。

"可以这么说。"伊云龙嘿嘿笑道，"利剑在侠客手里就是济世救人的利刃，但到了丧心病狂的人的手里就成了杀人凶器，很多时候黑客和红客之间其实就差着一个信仰。"

"那你都会些什么？"看了很多黑客大片，林小兵对这个行业相当向往。

"应该是你觉得我该会什么？"难得混世魔王对自己的领域感兴趣，伊云龙也很乐意赐教。

"帮我偷个QQ号，5201314，我的女神很喜欢。"林小兵此刻依然记得表白时遭到委婉拒绝时的场景。

"不会。"伊云龙皱起川字眉。

"那帮我破开女神的邮箱，我想知道她究竟有没有看到我发给她的邮件。"

"不会。"伊云龙开始冒冷汗。

"那帮我黑一个手机，我想找女神的新号码……"

"不会，不会……"伊云龙眼前一黑，感觉自己随时都可能晕倒。

"这不会，那也不会，你也好意思称自己是黑客？"伊云龙忍气吞声，林小兵反而爆发了。

"你个傻蛋，偷QQ号、盗邮箱密码这种下三滥的行为根本就是不入流的小流氓所为，老子是程序员，高级红客，你叫我干这种鸡鸣狗盗的事根本就是污辱我。"身为一个有职业操守的电子战专家，伊云龙非常不耻林小兵提出的要求。

"不会就不会，这么激动干嘛？"似乎踩到了这家伙的尾巴，林小兵感觉相当无语。

"说这么大声，好像很牛×的样子。"林小兵消停，旁边的家伙反倒不爽了。

"少尉兄，难道你没看出来我们姓牛名×吗？"扭过头，一个戴着眼镜的少尉很有深意地看着两人，林小兵一脸的不爽。

"牛兵我见多了，这么牛的还是头一次见到，相见就是有缘，比一场如何？"

"少尉同志想怎么比？"论军衔伊云龙可是中尉，只是他做人一向低调，没事很少穿正装而已。

"阁下眼皮疏松，带着黑眼圈，且身高不足，很明显是军队特招的电子战高手，既然如此，我们就比比谁能更快地控制这间机房如何？"身为另外一个分战区的电子战选手，少尉很容易就能分辨出同道中人。

"这个不会引起骚乱吗？"第一次来参加电子战大比武，伊云龙多少还是有些顾忌。

"你想多了，这个机房本来就是给大家操练的，而且现在里面坐的大部分都是各个分战区或直属单位的电子战高手，想控制他们的计算机谈何容易，弄不好还会被人反制沦为'肉鸡'。"

"啥鸡？"林小兵已被两人莫名其妙的对话带到了沟里。

"肉鸡。"伊云龙无奈地解释道，"就是被人控制的计算机的意思。"

"懂了。"林小兵若有所思地点头，"既然要比，那就该有点彩头，大食堂下面有间可以夜宵的小食堂，输的请客。"

"可以。"

少尉爽快地点头，伊云龙却一脸为难地看向自己，林小兵只得硬着头皮说输了算他的，双方才最终达成协议。

"准备好就开始，我倒是要看看被人肉机是个什么样子。"高高地坐到椅背上，林小兵瞪大眼睛看着一排排的计算机。刚开始还没什么不对劲，可当越来越多的人发现键盘鼠标失去控制时，机房里一片混乱，特别是那两队正在打 CS 的全盘挂机后，才有人反应过来开始大声叫嚷。

"管理员，怎么回事？电脑坏了……"毕竟还是些林小兵之流的业余人员，第一时间想到的就是电脑硬件问题。

"计算机没有问题，是有人发起了攻击，哥几个准备反击。"机房管理员笑而不语，几个电子战高手终于看出了端倪。

一台接一台的计算机被攻陷，屏幕上连续出现大写的壹或贰，无论按什么键都无效，机房里瞬间鬼哭狼嚎。

"小样，搞我，去死吧。"

"看老子如何反制你。"

"陪你玩玩。"

……

正如少尉所说，机房里大部分都是前来参加电子战比武的专家，回过神来后纷纷开始还击。两个家伙刚开始时进展还很顺利,可当多数的人开始反击后,小日子明显就开始不好过起来。

十数个电子战高手共同发起反击,大量数据包光速同时传输,超级机房强劲的带宽里很快热闹起来。

通过集体性大规模反攻,伊云龙和少尉先机控制的"肉机"群被逐渐抽丝剥茧,当最后的始作俑者暴露时,林小兵所在的位置立刻围满了败下阵来的战友。

"两个臭小子不是很牛吗?继续呀?"这个机房是独立于大千网络世界的军用空间,专门用来给电子战部队训练所用的,也是此次电子战大比武的主战场,所以无论在里面斗得多么凶猛都不会对外界造成影响。

"闭嘴,这么多人打两个人,还要不要脸?"电子战和人体战有些地方是相通的,无论个人实力多强,一旦暴露就绝对敌不过群起而攻之的局面。

当然了,中国武小说或坑日神剧以一杀百的场景不在此列。

苦苦支撑了五分钟,少尉的计算机彻底沦陷,显示器上大大的"傻蛋"两字显得格外扎眼。

扭过头,少尉发现伊云龙的抵抗还在继续,虽然运算速度慢了下来,但他的主机依然隐藏得很好,被他控制的"肉鸡"也还剩四台,由此可见这家伙的实力要强过自己很多。

"有点儿意思。"近距离地观摩了这场小规模的电子对抗,林小兵对于这个神秘的领域也有了一点认识。简单说来就是,伊云龙和少尉这类电子战专家利用自己的计算机去控制别的计算机,也就是他们所说的"肉鸡",然后控制"肉鸡"去攻击干扰敌人,最终达到保护自己、摧毁敌人电子设备进而失去先机的目的。

"这小子不错,可以留意一下。"机房里的战斗刚打响就引起了超级计算机防火系统的注意,正在召开网络安全会议的几位相关首长全程目睹了整场战斗,当伊云龙被围殴还苦苦挣扎了十五分钟才败下阵来,大首长满意地点了点头道。

"是。"警卫员接令,会议继续,接下来要讨论的正是电子战大比武的细节问题。

"原来是你小子，技术不错嘛！"

"是呀，费了老大劲才抓住，差点就被你蒙混过关。"

……

"肉鸡"损失殆尽，伊云龙摇身一变伪装成敌人，无奈对方预留了一个人专门镇守身份识别的端口，诡计失败后最终败下阵来。

"你是我遇到过的最强劲的对手之一，为什么以前的大比武从来没见过你？"组织这次反击战的瘦高个走到伊云龙面前道。

林小兵算是看出来了，电子战高手都是一副营养不良病歪歪的样子，而且每个人的军衔都至少是尉官。

"我入伍三年，这是第一次赶上战区军事大比武。"伊云龙已猜出，此人恐怕就是这场反击战的领头羊。

"原来如此。"瘦高个点了点头道，"每次都是那几个人在斗，今年终于有新鲜血液了，好好发挥，我很看好你。"

指了指伊云龙，瘦高个带着几个战友离开，看上去很有号召力的样子。

10　好运降临

　　"愿赌服输，走吧，我请你们。"虽然最终都败下阵来，但少尉已看出，自己与眼前这小个子根本就不在同一层次上。

　　"我叫牛劲松，很高兴认识你们。"

　　"伊云龙，这位是林小兵，我们兵城分战区今年的新兵。"

　　"新兵？"牛劲松无语地瞪着林小兵道，"不要告诉我你也是电子战高手？"天色已彻底暗了下来，三人边说边走向小食堂。

　　"新兵怎么了？莫非不懂计算机就不能来参加大比武？"林小兵无语地道。

　　"倒没这个规定，只是概率小到无以复加而已。因为电子战以外，诸如格斗射击等项目都是要靠时间积累出来的。"通过刚才的表现，牛劲松早已看出林小兵对电子战根本就一窍不通。

　　"他是个怪胎，不能以正常人的逻辑来理解，赶紧走吧，我还真有点饿了。"林小兵可是兵城分战区的暗箭，绝对不能提前暴露。

　　有了一饭之缘，三人也算是交了个朋友，伊云龙从牛劲松处打听到了不少电子战比武的干货。刚才那个瘦高个叫苏书，是上届电子战大比武的第三名，并于三年前代表战区参加了全国军事大比武电子战项目，实力之强可见一斑。

　　"什么情况？看你小子的样子很有信心呀？"由于两人要熟一些，营长特意将林伊两人分在了同一房间。

"苏书的实力是我们战区前三，通过刚才的较量，我心里确实有了些底气。"电子战可是实打实的知识与技术的较量，行家一出手就知有没有，根本就没有战略欺骗一说，伊云龙已从刚才的一战对战区的电子战实力有了个较为清晰的定位。

"有道理。"林小兵点头道，"总之加油，一定要让所有人都知道我们的厉害。"

"是知道我们兵城分战区的厉害。"说笑着，两人整理好个人卫生倒头就睡。

第二天一早，所有参赛者都被集中到广场召开比武誓师大会，战区二号首长出席，看着其肩膀上的橄榄绿和两棵金光闪闪的将星，所有参赛选手的血液都开始燃烧起来。

老将军讲的那堆鼓舞人心的话林小兵没记全，他唯一记住的是战区一号首长将亲自为此次军事大比武的最佳个人和最佳团体颁奖。

能和传说中的军中元老近距离接触，想想都让人睡不着觉。

誓师大会结束，战区军事大比武正式拉开序幕，首选进行的项目当然一如既往的是格斗，由于地盘够大，三十六个格斗选手被分成十八组同时进行比拼。

由于是由系统随机配对，其结果就会是有些来自同一代表队的两个人被分配到一组。

"幸好。"看到大屏幕上分配的名字，林小兵感慨没早点儿遇上卢锦锋，否则后面的计划还真不好开展。

按照编号，林小兵很快找到指定格斗场，一个身形魁梧的大汉已经站在了擂台上。

"林小兵加油！"营长也带着其他几个兵城分战区的选手占据有利位置为他呐喊助威。

考虑到很多人都是报名参加了多个项目，所以大比武组委会特地制定了三大军种一天都只开展一个项目的比拼赛制，所以没有参加格斗大比武的战友都可以和其他观众一样尽情地围观比赛。

"今年运气不错，竟然第一场就遇上个软的，看来是有机会进四强了。"看到对手是林小兵，擂台上的大个子眼前一亮。

"就这么确定？"

"百分百自信呀！"大个子嘿嘿笑道，"四年前强者林立我都打进了八强，今年第一场可以省下百分之九十的气力，难道还不是进四强的节奏？"

裁判教官都还在宣读格斗规则，参赛选手双方的暗战早已展开，心理震慑在擂台上往往能取到意想不到的效果。

"大个强，别跟他啰唆了，让我们见识下你一拳打倒对手的神技。"心理战很快就从场上蔓延至场外，大块头外围的战友也开始在无形中震慑林小兵。

"林小兵，不要着急，你还是新兵，不必硬拼。"兵城分战区的营长大声喊了几句，全场一片萧然，包括同一阵营的战友都很奇怪领队为什么会自暴家短。

"谢谢营长，我知道，大不了蹲地认输。"整个场上只有林小兵一个人悟出营长的良苦用心。

"哈哈哈……"林小兵再次拿出他那人畜无害的表情，现场包括裁判在内的所有人都忍不住笑了出来。新兵来参加战区大比武就足够诡异，可连要认输都说得如此理直气壮，这家伙还真是奇葩一朵。

"小兄弟，我发觉越来越喜欢你了，要不你直接认输得了，也免伤和气。"一来遇到这么朵大奇葩，大个强也是醉了。

"直接认输太丢人，说什么都要挣扎几下的嘛！"林小兵一脸无辜地道，"不过说好，不要打脸……"

在一片哄笑中，林小兵与大个强的格斗开始。有了先前的铺垫，林小兵处处表现得畏手畏脚，大个强调戏了几番后就决定快速结束战斗，于是一记擒拿手使出，直击林小兵杂乱无章的基础军旅套路拳。

由于想一次性撂倒小新兵，大个强的防御露出严重破绽，手才触碰到林小兵右腕关节，肚子上就重重挨了一膝盖。

感觉胃里翻江倒海，大个强奋力回访，结果背部再次遭到一记重肘。

剧痛传遍全身，一口气自下而上窜起，一大口异物喷涌而出，大个张才知道先前有多么幼稚，但一切都已经为时已晚……

"这样还不倒，果然强悍……"担心把人打坏，林小兵的组合拳出了两招就停了下来，他没想到裁判数到七后，大个强竟然又颤颤巍巍地站了起来。

"是你自己蹲下还是我把你打倒？"这个时候，林小兵才终于亮出了獠牙。

"你这种状态其实已经没有了继续打下去的必要。"虽说猜中了战略欺骗，但裁判已感觉到了林小兵的强大力量，普通选手根本就无法承受他那致命的一膝，就更别说脊背上沉重的一肘了。

此刻大个强虽然站了起来，但全身都在颤抖，别说打，可能连稍大点的风都无法承受。

"我可以战死，但绝对不会认输。"遭到重创的大个强一步步逼近林小兵，场面要多震撼就有多震撼。

"既然如此，那就只有成全你。"林小兵握紧拳头道，"通过这今天的比赛你应该明白一道理，不要轻视任何敌人，否则失败的永远是自己。"

胸口再次遭到一拳，大个强倒地，裁判数到十后也没能再挣扎起来。

擂台即战场，想要战时不流血，平时就要多流汗。优胜劣汰，弱肉强食一向就是不变的战场法则，也只有不断地强大自己，才能保证不被敌人吞食。

"本场胜利者是兵城分战区选手，林小兵。"

裁判宣布战果，现场爆发出热烈的欢呼。兵者，诡道也。不论采取什么样的策略，掌声永远都只属于胜利者。

"不愧是兵城小霸王，一如既往的牛……"搂起林小兵，伊云龙哈哈大笑起来。在他的概念里，那个大个子一拳就能把自己打扁。

"还得感谢营长的策略高明。"林小兵轻轻给了伊云龙一拳，痛得他连连惨叫。

"无论多高明的策略都只是辅助，取胜的关键还得靠你的实力，假如你是个花架子，就算打大个强十次也无济于事，而他只要一下就能把你放倒。"旗开得胜，营长满意地笑道，"走吧，去看看卢锦锋那边战果如何。"

卢锦锋的格斗擂台离林小兵近五百米，众人赶到时，战斗差不多也接近尾声，擂台上瘫躺着两只鼻青脸肿的"大熊猫"，根本无法分辨出谁输谁赢。

"什么情况？"营长询问在这边观战的几个队员。

两人打得太猛，最后双双倒地，裁判正在数数，谁能先爬起来就算谁赢，如果一个都没起来就两个一起淘汰。

裁判已经数到六，地上的两个选手依然没有爬起来的迹象，眼看就要惨遭双双淘汰的命运。

"卢锦锋，我是林小兵，想报仇就赶紧起来，不然你就算拍马也赶不上我了。"最后两秒，林小兵一通巨吼，躺在地上的卢锦锋竟然真的颤巍巍地挣扎着站了起来。

"想超越我，你太天真了……"龇牙咧嘴地笑着站起来，所有人都被卢锦锋的精神深深地震撼了。

"我宣布，本场比赛的获胜者是兵城分战区选手，卢锦锋。"

裁判宣布完毕，现场同样爆发出热烈掌声，谁也想不到会发生如此戏剧性的场面。

"现在你们知道他和我的梁子结得有多深了吧？"一吼奏效，林小兵无语地道。

"是够深的，不过这种梁子值得结……"营长说完，所有人都若有所思地点了点头。

"林小兵，你不会是直接认输了吧？"被扶下擂台喝了些水，休息了三十来分钟，卢锦锋才看到林小兵神脱脱的造型，与伤痕累累的自己形成鲜明对比。

"怎么可能，林小兵三招就把大个强打倒了。"

"谁？"

营长说完，卢锦锋差点再次晕倒，别人他还能勉强接受，但大个强的实力他是再清楚不过了，因为上次自己在十六强时就是败在那家伙手里的，如果林小兵能一拳打倒大个强，也就能一拳打倒自己。

"大个强。"

"不可能。"

所有人一脸认真，卢锦锋彻底不淡定起来。

"管你可能不可能，第二轮比赛已经开始，赶紧去吧，无论如何你都要全力以赴。"军队就是军队，无论伤得多重都必须立刻投入战斗。用领导的话说就是，上了战场，敌人可不会给你休养时间。

通过一轮的淘汰，进入第二轮格斗大比武的还剩十八个人，因为有一对选手同时倒地，并且两个都没能站起来而双双淘汰。

"虽然你不爱听，但我还是要说，第二轮谁抽到你都非常幸运。"站在大屏幕前等待分配结果，林小兵对卢锦锋说道。

"如果是你我一组，我一定一拳打爆你的脑袋……"

卢锦锋的话才说完，所有人一下就安静了下来，因为此刻大屏幕上已经跳出了最新的分配数据，其中一栏上赫然写着：第五擂台，林小兵对阵卢锦锋。

"哈哈哈……"呆了一秒，所有人随即哈哈大笑起来。

"你刚才说什么？再说一次……"林小兵双手握拳，耸起肩瞪着卢锦锋道。

"啊……我说什么了吗？没有吧？"先不论林小兵是不是真的打倒了大个强，但卢锦锋非常清楚，以自己此刻的"半残之躯"根本就不可能是林小兵的对手。假如他黑起心搞的话估计一拳就能打倒自己，"我的意思是大家都是兵城分战区的选手，既然有缘遇上了就要珍惜，好好谋划一番才能利益最大化嘛。"

"是该好好谋划，因为从某种意义上来说，运气也是一种实力。"以卢锦锋此刻半死不活的状态，无论遇上谁都是送人头的命，好运既然落到了自己人头上，那自然要好好利用一番，毕竟多保持一分实力就有机会走得更远。

"你想怎么谋划？"

被林小兵单手搭上肩膀，卢锦锋立刻惨叫起来。那里全是淤伤，不疼才怪。

"滚一边儿去。"甩开林小兵，卢锦锋龇牙咧嘴地道，"上了擂台后你假装与我僵持不下，时间差不多时才出手，轻轻把我打倒获胜。"

"懂了，就是要让别人认为我赢得很艰辛，你输得很壮烈嘛！"林小兵一眼就看穿这家伙的小心思。

"聪明，就是这个意思。"林小兵突然一脸诡笑，卢锦锋一下阴沉起来，"莫非你想一拳打倒我？"

"怎么可能！在树上时已经对阵了一回，这次我一定会为你留足面子的。"再次搂起卢锦锋，这家伙立刻发出杀猪般的惨叫。

格斗大战第二轮刚刚拉开序幕，一个震撼人心的消息就已经传遍了整个基地：兵城分战区派来的一个小新兵瞬间打倒了曾经的格斗八强选手大个强。

由于消息已散播开来，第二场来观看林小兵比拼的人似乎特别多，以至于营长等人都挤不进去，只得爬到另外一个空闲的擂台上观看。

"来者何人？"

裁判宣读完格斗规则，所有人都猜想林小兵会强力对阵那个半死不活的对手，可两人的对话却惊掉了一地下巴。

"好说，在下就是江湖人称铁拳无敌手——卢锦锋，敢问阁下江湖人称什么？"

"失敬，我就是拳打南山敬老院，脚踢北海幼儿园，一米以下全部放倒，太平间里吼一声'不服的站起来'无人敢应，江湖人称玉树临风胜潘安，一树梨花压海棠的兵城分战区混世魔王——林小兵。"林小兵说了一堆废话后摆出玉树临风造型，气得台下的人纷纷要上去踹他。

林小兵自报完"家门"，现场一片死寂。旁边擂台上的营长和队友也是一头冷汗，纷纷装出不认识那两个人的样子。

"你们两个到底打不打？"不光是观众，就连台上的裁判也实在是看不下去了。

"打肯定打，但得先搞清楚状况。"

"不错，这叫知己知彼，百战不殆……"

就这样，林小兵和卢锦锋用他们的三寸不烂之舌成功将围观人群驱走大半，裁判百无聊赖，不停地看表，直到离最后一个回合的比赛时间结束还差一分钟时，林小兵才一拳将卢锦锋击倒。

"不是说好不打脸的吗？"眼睛遭到一拳，卢锦锋连鼻子几乎都气歪了。

"不好意思，我忘了，要不你重新起来，这次保证不打你的脸……"

"当我傻子吗？"卢锦锋怒目吼道，"这次就便宜你了，要是进不了四强，老子跟你没完。"

"什么意思？他们是一个代表队的吗？"卢锦锋说完，观众总算看出些端倪。

"他们两个都是来自兵城分战区代表队的。"裁判说完，原本就为数不多的观众嘘了几声后无语地离开。

难怪两个家伙如此淡定，这根本就是保存实力嘛！

"第一场是因为大个强过于轻敌被偷袭，第二场竟然遇上同队的半残队友，这小子运气真好。"

"没有实力就算偷袭成功也是枉然，而且他第二场没费吹灰之力就晋级第三轮，这个林小兵的势头不容小视。"

"没错，其他选手经过两轮苦战身上多多少少都挂了彩，而他却处于完好无损的状态，运气果然也是一种实力。"

观众逐渐离开，林小兵气势十足地跳下擂台。顺利通过第二轮，他成功晋级八强。

原本十八个人是会产生九强的，结果又有两个家伙斗得太狠被双双淘汰。

时间已近正午，根据赛制，八强将于午饭后两两配对决出四强，接着得出冠亚季军及第四名。

为避免观众错过精彩的格斗比武，八强的比拼将一场一场地在同一擂台依次进行。

为了体现军民鱼水情，巩固民众对军队战队力的信任，增强凝聚力，大比武组委会特地要请了五所高校两百余名大学生代表进入基地，观看相应项目的比拼，除了严禁拍照外，这些地方大学生着实大饱了一次眼福。

随便扫了一眼八强选手，其他人果然都带有伤痕，不过他可不会幼稚到像大个强那般轻视对手，毕竟能进八强的无一不是强悍至极的高手，后面能走多远就得全凭实力了。

"大家都看到了，他们就是本战区格斗大比武八强，大部分都是上届大比武名列前茅的老面孔，只有两三个新晋战友。"事实证明，无论在哪里都有非常善于调动气氛主持人，"在这里我要特别强调的是最左边那位，他叫林小兵，是兵城分战区今年入伍的新兵，要知道他可是一个星期前才结束的新训。"

"真的假的？"

"不可能的，这不科学！"

"新训刚结束就能参加战区大比武，这也太夸张了吧！"

主持人介绍完毕，台下便纷纷议论起来，先前只认为林小兵运气好，此刻所有人才真正意识到这家伙根本就是一朵奇葩。

新兵来参加战区大比武倒也不是没有，特别是电子战大项就很常见，但以新兵身份打到格斗大项八强的就是前所未有了。

不光是台下观众，就连台上的其他七名选手都对林小兵刮目相看，见他身上果然没有明显的瘀伤，挨他站的一人板起脸道："林小兵，你一定是高干子弟吧？"

"最讨厌这种做什么都靠关系的家伙！"

"莫非待会领队就会来暗中通知我们要注意放水！"

"这还有什么搞头，直接把所有冠军都给他得了！"

观众还在评头论足，台上则开起了批斗大会，选手们全都一副打土豪分土地的架势，誓要把林小兵架到火上烤。

"一群傻蛋，老子是根正苗红的农家子弟，进八强靠的就是实力，待会儿绝对不会有人通知任何人什么，假如要自愿放水的话我绝对会毫不客气地打爆你们的脑袋。"林小兵做事一向都有自己的底线，平生最讨厌的就是被别人冤枉，七个选手刚才的话根本就是对他的侮辱。

"看上去很大义凛然的样子，该不会在这里把你打倒，回去后就会挨小鞋穿吧？"

"穿小鞋还算轻的，多半直接禁闭室报道。"

"也有可能卷铺盖滚蛋。"

"你们几个是白痴吗？再说一次，老子不是关系兵，谁再冤枉我就揍扁谁。"

"哎呀！好有气势的样子，有本事现在就过来揍我一个试试！"

"差不多得了。"实在看不惯这些老家伙欺负一个新兵，董建东瞪了所有人一眼后对林小兵道，"这些都老油条，目的就是要激怒你，让你在接下来的比赛中发挥失常，所以说激动你就中计了。"

"啊……"毕竟还是太年轻，林小兵智商虽高，但也难免有头脑发热的时候，识破诡计，他却瞪起帮着解围的董建东道，"别以为说了几句好话就不打你，要是不幸遇到我，照打不误。"

11　军人气节

林小兵目测此人身高一米七九，和自己差不多，应该不难对付才对。

"没错，他是我们这八个人中实力最弱的，遇到他你一定要可劲地打。"身为久经沙场的老兵，他们对每个对手的情况都了如指掌，林小兵怎么进八强的他们心里跟明镜似的，说先前那些话还真就是为了乱他心智。

"哈哈，我喜欢你这种性格，很期待你接下来的表现。"

主持人宣布随机配对开始，所有人的目光都集中到了大屏幕上，当看到自己和林小兵同台竞技且第一对出场时，尚国华忍不哈哈大笑起来。

"来的时候给灶王爷上了一炷香，果然灵验，竟然让我捡了这么大的便宜。"林小兵第一场胜是因为大个强轻敌，第二场胜是因为同队选手，除了运气好外，这个新兵并没有表现出多强的战斗力。

现在到了第三场，凭一对硬拳打过来的尚国华还不是想怎么样就怎么样？

"灶王爷管善恶不管打架，你拜错神，今天注定要倒大霉。"只要冷静下来，就没有人能在心理战上占林小兵的便宜。

"大比武格斗项目决赛圈比拼开始，第一对出场的选手是林小兵和尚国华，其他选手暂且离开擂台。"

主持人话音刚落，裁判随即上台，所说的第一句话却是："你小子要是敢再说一句废话我就先废了你。"

很明显，这位正是先前林小兵和卢锦锋那场格斗的裁判。

"放心，这次一定是天崩地裂。"瞪着对手，林小兵的心态从未如此平静过。

"说那么多废话有用？军队从来都是只相信眼睛的地方。"示意双方击了个掌，裁判宣布格斗开始。

二话不说，尚国华左手护胸，右手直拳攻出。他之所以能打入八强，凭的就是强硬的拳头，很多人都是栽在他的这对铁拳之下。

"来得好。"

所有人都以为林小兵会避其锋芒，不与尚国华的铁拳交锋，但谁又能想到他竟然以同样的姿势出招，右拳直接攻向来势凶凶的铁拳。

"这白痴……"

林小兵能进格斗八强就已经完成了前十任务，本以为能多坚持一会，可谁想他竟然采用硬碰硬的战术，看来是要被人一招打倒了。

领队营长及所有队友都已对这场格斗绝望了。

无论人们如何嘲笑，但战斗依然在继续，当双方拳头撞到一起时，尚国华才知道世界上果真有拳头比自己还硬的人。

"疼。"右拳传来剧痛，林小兵发觉眼前这家伙果然很强，自己自小苦练的铁拳竟然没占到多少上风。

感觉像打在石头上，尚国华才呆滞了一秒，林小兵的右扫堂腿便已攻到。尚国华随即跃起，但林小林的连环击还没结束，右腿扫空后，身体借力弹起，蓄势待发的左脚横扫，一记凶猛的旋风腿已经送出。

原本就失了先机，而且人还立于空中，前门大开的尚国华哪里还躲得过？肚子上重重挨了一脚后就如断线风筝般撞在擂台边缘的防护栏上。

原本林小兵的连环击还有一招旋风压腿必杀，但却生生被裁判制止，要是击中的话尚国华至少要在医院躺一个礼拜。

肚子遭到重击，尚国华感觉胃里翻江倒海，接着一口秽物喷出，直到裁判数到九时才勉强挣扎着站了起来。

军旅搏击就是这样，一招制敌，根本就不需要多余的花架子。

倒下的是尚国华，里三层外三层的观众席一片死寂，预想中的画面屡次出现超级大翻转，每个人都感觉坐在了过山车上，刺激得让人无所是从。

"好。"还是主席台上的赵青反应快，虽然才见过数面，但他才是最了解林小兵实力的人。

"哇，好强的新兵……关键还那么帅，谁能告诉他的微信号是多少？"

"竟然连上届大比武格斗第五名的尚国华都败在其手上，真是太刺激了。"

"我早就知道这个新兵能赢。"

"马后炮，事后诸葛亮……"

平静下来后，观众们开始议论纷纷，大学生代表一个比一个激动，有几个女生甚至主动向旁边穿着军装的人打听擂台上那小子的情况。

"好强。"目睹了林小兵的武力值，其余六个决赛选手无一不一脸惊愕。

"这他娘真的是新兵吗？怎么会强到这般地步？"原本的小猫突然变成老虎，选手们的心理反差相当巨大。

"主持人的公开信息肯定不会假，想必这家伙的战力源于家传。"除了入伍前就已是高手，似乎没有更好的解释。

"未必。"董建东对场上的局面也很是意外，"林小兵使用的是正宗的特种连环技，假如真是入伍前自带的话，他必定出生于军人家庭。"

"能跟尚国华硬碰硬地干，恐怕今年的三甲名单要有所变动了。"一个壮得不像话的大个子开口，立刻就引起了其他人共鸣。

"不用这么看着我，林小兵今年的成绩绝对第四名。"上一届的第三名巨金瞪着林小兵，眼里满满都是战意。

"小样儿，今年你绝对连四强都进不了，第三名非我莫属。"由于接下来是上届第四名和第三的比拼，两人还没上场就先斗了起来。

"傻蛋，你我交锋的次数不少了吧？自己算一下胜率就知道结果了。"

虽然都是桀骜不驯之人，但所有人都只想着争第三名，因为冠亚军只可能在董建东和铁牛两人之间产生。

"你确定还要打吗？我可不会手下留情。"说时迟来时快，奋力爬起来，尚国华很快顺过气来，但内行人都知道他此刻已是强弩之末，根本无法承受林小兵的任何一击。

"你果然很强，我输得心服口服。"尚国华此战已全力以赴，虽然战败，但心里并没有什么遗憾，顶多就是技不如人而已，"大个强在倒下前说过，可以战死，但绝对不会认输。这就是中国军人的气节，来吧，让我们再战三百回合。"

身负重伤的尚国华攻向林小兵，被一拳打倒后又爬起来，又被打倒一次后没再起来，才被判输。

场下很多人眼里都蓄满了泪水，这已不光是一场单纯的格斗比拼，而是向世人完好地展现了解放军战士保留了数十年的宁死不屈的精神气节。

本场比武获胜方是兵城分战区选手，林小兵。

裁判宣布完毕，场上立时爆发经久不息的掌声，就连在主席台观战的几位首长也连连点头。

气节归气节，但战场只论输赢，只有赢家才能享受胜利果实，所以林小兵此刻在所有人眼里就是顶着光环的胜利者。

甩着生疼的手来到四强席位休息，林小兵看了一眼剩余的六个人，此刻他们的眼神已经没有了先前的轻视，取而代之的是一脸凝重。

从这一刻起，林小兵在他们心里已经成了一个强有力的竞争对手。

有了林小兵和尚国华的精彩开局，后面的格斗将气氛一次又一次地推向高潮。一个小时后，剩余的三场格斗结束，留下来的四强分别是上届冠军铁牛，亚军董建军，另外一个是上届第四裴镇川。

战前叫嚣最猛的上届第三败给了裴镇川止步八强，但裴镇川赢得一点也不轻松，鼻青脸肿不说，左腿扭伤明显还没恢复，战斗力最多剩下全盛时的三分之一，也就是说四强里无论谁对上他都能稳稳进入二强。

"大块头，你这么看我几个意思？"对面那个拳头能坐人，肩膀可以跑汽车的超级壮汉看着自己笑，林小兵感觉浑身不自在。

"没什么意思！"铁牛嘿嘿笑道，"听说你运气很好，假如现在你能抽中半死不活的裴镇川就可以获得本届格斗大项冠军。"

"何以见得？"全程观看了先前的八进四比拼，铁牛和董建东几乎都是秒杀对手而来，林小兵知道自己虽不会败得那么惨烈，但也绝对撑不过五招。

"因为假如我和铁牛直接在半决赛对上，无论谁输谁赢都是两败俱伤的局面。而你就可以轻松搞定裴镇川，打败我们两个中的获胜方，最终问鼎格斗冠军。"

董建东说完，主持人便将他的话播了出去，所有观战者瞬间就明白了此时战局的微妙。谁也不会想到，一个初出茅庐的新兵竟然莫名其妙就有了三分之一的夺冠机会。

为了体现比武的直观性，半决赛配队将由四强选手自己抽取，一号对三号，二号对四号。

"你是新兵，你先来。"

在所有人的注视下，林小兵从抽号箱中将一号球拿了出来。

"你是不是特别希望我抽中三号？"第二个抽号的裴镇川走到林小兵面前嘿嘿笑道。

"无所谓，无论对手是谁我都不会让他好过。"到了这种局面，输赢已不重要，林小兵会让对手永远记住自己。

"有道理。"林小兵没有丝毫做作，裴镇川伸手拿了一只小球，上面赤然标着：四号。

"很遗憾，你没机会当冠军了。"退到和林小兵站在一起，原本已经绝望的裴镇川又开始无限遐想起来。

"看来好运已经转嫁到我们头上了。"最糟糕的情况没有出现，两位卫冕冠亚军暗暗松了一口气，"你先还是我先？"

"一起吧，谁抽到林小兵谁就稍微倒霉一点。"到了决赛阶段，多一分力气就多一分胜算。两人都是服役多年的老猎豹队员，再有一年不到就该退位了，虽然不必退役，但也会转职，成为军官或同级教官，这次已经是他们最后一次参加战区军事大比武，所以两人都格外珍惜这个最后的冠军。

"看来这次幸运女神站到了我这边。"拿出二号球，董建东知道自己捡到了四强中最软的柿子，"裴镇川，过来聊聊……"

"我跟你有什么好聊的吗？"嘴上虽这么说，但裴镇川的腿可是很利索地走了过去。

"你知道他们在聊什么吗？"铁牛拿着一号球来到林小兵面前道。

"知道。"林小兵目光坚定地道，"裴镇川可能会与董建东谈主动认输，只有这样他才能保持最好的状态，然后等你把我打伤，最终实现他争夺第三名的机会。"

"聪明。"铁牛比出大拇指道，"拳头硬的人有很多，但拳头硬脑子又好使的人却很少，年纪轻轻就能达到如此境界，你的军旅生涯将前途无量。"

"选手就位，半决赛开始。第一场，兵城分战区选手林小兵，对阵战区隶属选手铁牛。"

裁判宣布比拼开始，场外已是一片欢呼，但擂台上的两个人却不为所动。

"我的军旅生涯会如何还是个未知数，现在最重要的是你我此刻必须决出个高下。"退到擂台一边，林小兵拿出进攻姿态。

"刚刚才说你脑子好使，怎么这么会就糊涂了呢？"林小兵真的要动手，铁牛无语地道，"裴镇川希望我把你打伤，而董建东同样希望你能尽可能地消耗我的力气，以方便他夺取最后的冠军。难道你没想过有个方案对你我都是最有利的吗？"

"想过，我主动认输，然后以全盛体能打败裴镇川，轻松拿下第三名。"

"还以为你脑袋短路了呢！"林小兵一直都能清晰地分析出场上形式，铁牛总算松了一口气，"只要获得战区大比武第三名，两年后你就可以代表我们战区去北京参加全国军事大比武格斗大项，那是多么巨大的荣誉不用我多说了吧？如若你是计划打败我的话就太天真了。你在我面前就像一个十来岁的半大娃站在你面前一样，根本没有半点机会。"

"这话我信，但老爸自小就告诉我大丈夫有所为有所不为，今天我可以用计，但有朝一日上了战场，面对的是强大的死敌又该用什么计？"

"那你想怎样？"

"投机取巧的胜利我宁愿不要，所以，接招吧。"

林小兵冲向铁牛的一刻，主席台上的赵青和几个首长都满意地点了点头。

要是林小兵真的投机取巧避而不战，那他辛苦建立起来的牛兵形象将完全崩塌，以后能在军路上走多远还真不好说。

"既然如此，那就战吧。"林小兵来势汹汹，铁牛只得迎战。

第一轮交锋，林小兵终于体会到打在铁板上的滋味。

拳头剧痛未消，敌人已经攻向肚子。虽然左手及时回防，但强大的打击力还是将林小兵高高弹起，接着胸口中了一记横腿，这次轮到他变成断线的风筝了。

感觉胸口被什么东西堵住，林小兵奋力咳出一团浊气，在裁判数到五的时候站了起来。

用力甩了甩头，林小兵稳住下盘，双眼死死地盯着铁牛，准备发起下一轮进攻。

"现在你该明白我的良苦用心了吧？就算打倒你，对我也没有多少影响。"铁男非常赞赏林小兵的气质，但赛场即战场，对手不愿主动投降就要将其彻底打败。

"别把话说得这么满，我还好好的呢！"铁牛就像一座横着的大山，现在的林小兵根本无法撼动，但只要有一口气在，他就绝对不会投降。

"没用的。"正踢攻来，铁牛灵活地转了下庞大的身躯，而后反手扣住林小兵的脚，接着就准备送他一记倒拔杨柳，可才拔到一半，这家伙竟然揪住了铁牛的衣服，而后双手借力，死死勒住了"牛腰"。

"放开"

"不放。"

"放开。"

"不放。"

……

林小兵每说一句不放，背脊就会遭到一肘，痛得他几乎要背过气。

三肘过后，林小兵的脊背已是一片淤青，口吐白沫，眼看就要昏过去。

承受了第四记击过后，林小兵眼前一片漆黑，人已处于半昏迷状态，走投无路的他莫名其妙地就张开了嘴，而后更加莫名其妙地咬向了铁牛的大腿……

腿上一阵剧痛，铁牛惨叫几声后不得不往林小兵的脖子轻轻砍了一下，这家伙才心不甘情不愿地昏了过去。

林小兵昏迷倒地，铁牛捂着大腿惨叫，不明就里的主持人冲上台了解情况，顺便就把铁牛的声音通过麦克风传遍了全场："痛，好痛，这家伙竟然咬人……"

"咬人！"

"哈！"

"哈哈！林小兵竟然咬人，太搞笑了吧……"

台下一片爆笑，场上一片混乱，两支蓄势待发的军医小分队冲上台来，一支把林小兵抬下擂台，另一支就地为铁牛处理伤口。

"哈哈哈……笑死我了，这家伙果然是朵奇葩，幸好不是我抽到他。"目睹了这场疯狂战斗，董建东已经笑得四仰八叉，"铁牛，没被咬到关键部位吧？"

"我一条腿同样赢你。"虽然没伤什么元气，但林小兵这口咬得他真心痛到了心坎，而且已造成外伤，对接下来的决赛肯定会有致命影响。

想到这些，铁牛巴不得把林小兵大卸八块。

"我信，我完全相信，你慢慢包扎，该哥们儿上场了。"现实往往比小说精彩，战果远远好过预想，董建东似乎看到了冠军正向自己招手。

"半决赛出了点状况，组委会正在讨论，五分钟后出结果，各位稍安勿躁。"接到组委会通知，主持人开始安抚激动的人群。

"这个林小兵太不像话了，竟然咬人，必须取消他此次大比武资格，取得的成绩也全部作废。"擂台后方一间训练用途的建筑里，此刻成了大比武组委会的临时会议室，主持会议的是刚好在观战的战区四号首长，参会者则是组委会的六个正式成员。

"黄副主任的话过激了，被咬的是我的人，我都还没说话你怎么就急着要做决定呢？"身为大比武组委会正式成员，赵青虽然也很无语，但此时他一定会站出来保林小兵。

"我是就事论事，不管被咬的是谁的人，咬人者就必须受到处分。"身为政治工作部的人，黄副主任最喜欢干的就是揪小辫子。

"话可不能这么说，我想问各位大比武章程里有没有明确规定不能咬人？"为了保护林小兵这个怪胎，赵青不得不钻个空子。

"这个倒真没有。"

所有人迅速翻看了一遍章程，还真没找到不能咬人一说。

"没有并就能动口吗？禁止咬人是常识好不好？"想收拾一个小新兵都被人顶牛，黄副主任觉得很没面子。

"这个恐怕要首长亲自定夺了。"一个要搞，一个要保，其他组委会成员都不想得罪人纷纷闭口不言，赵青只好把难题抛给四号首长。

"正所谓法不禁止即可为，既然章程里没有明确规定，那就没必要上纲上线了。但咬人就是不对，绝对不能提倡，现在立刻在往大比武章程里加入相关条目。林小兵虽然犯事在前，但也要严厉批评，要是再敢咬人就按新章程处理，严惩不贷。"真不愧是和稀泥的高手，四号首长分析了所有情况后给了一个看似谁也不偏袒的定论。

当主持人说出组委会决定增加禁止咬人条款并严厉批评林小兵的恶劣行为后，现场再次爆笑起来。谁也想不到，好好的格斗大比武竟然会闹出如此笑话。

……

"发生了什么？为什么都这么看着我？"经军医的专业处理，昏迷中的林小兵缓缓醒来，看着他背上几条触目惊心的淤痕，同队的战友是又好气又好笑。

"也没什么，另外一场半决赛也结束了，裴镇川直接认输，此刻他正在擂台上等你进行第三名争夺战。"帮林小兵穿好上衣，领队营长坚定地道，"你已经打进四强，超额完成了任务，为兵城分战区赢得了前所未有的荣誉，无论你接下来做什么决定我们都会以你为荣。"

领队非常清楚，林小兵遭到的创伤远远超过裴镇川，而且那家伙已经休整了好大一会儿，半决赛又直接认输，现在的状态已远远好于林小兵，己方夺取第三名的机会已相当渺茫。

"我明白营长的意思，放心吧，第三名是属于我们兵城分战区的。"深呼吸，调整好身体状态，林小兵奋力起身，在所有人的注视下走上擂台。

对于这个勇敢而滑稽的新兵，所有观众都无法表达此刻的心情。明明可以轻松拿下第三名的，可为什么非要把自己搞到这般田地？

无论别人抱着什么目光，林小兵就这样颤颤巍巍地走上了擂台，与另一边的裴镇川隔空对视。

"你确定要打吗？"裴镇川问道。局面好到无以复加，格斗大项第三名唾手可得，两年后就能代表战区参加全国军事大比武，接踵而来的就是军校深造、提干转职。

联想到这些，裴镇川心里就有一股无法用言语表达的畅快。

"不打那我上来干什么？倍你玩过家家吗？"背脊火辣辣地痛，五脏六腑还没完全归位，右拳头也还生疼，林小兵整个人都是虚的，而裴镇川看上去似乎恢复了不少。

"铁牛哥，你没事吧？刚才发生了什么？恭喜你挺进总决赛……"瞪了裴镇川一眼就看到铁牛阴着脸看自己，林小兵连忙打哈哈。

那一口确实过分了一点点，但事情已经发生，林小兵也只好选择性地忘记一些东西。

"拉紧我。"

"为什么？"正在为铁牛注射破伤风疫苗的军医不解地道。

"我怕忍不住冲上去把这小子踩扁。"林小兵又出那副人畜无害的表情，铁牛越看越气。

这点伤倒不算什么，但问题是接下来要跟董建东PK，争夺冠军，那家伙表面一本正经，实则是个阴险狡诈之辈。

"该死的混小子……"

"铁牛哥别生气，兄弟这就帮你料理他。"铁牛气得七窍生烟，擂台上的裴镇川大声说道。

阴差阳错之下形式突然一片大好，此刻他心里满满都是阳光。

"白痴，你还是祈祷自己能多坚持会吧。"虽然杀人的心都有了，但铁牛心底对林小兵还是有几分敬佩。

首先是他知难而上，遇敌必亮剑的勇者精神。

其次是铁牛非常清楚自己的攻击力，如果是普通选手遭到开头时的一拳一脚，就算不昏也绝对不可能爬得起来。但这小子不但站起来了，还能拼命勒住自己，生生承受了四记重肘。这样的攻击力度别说是个人，就算是只老虎都得失去意识。可这小家伙竟还能张口咬人，无法想象其身体是有多么的强硬。

再次是林小兵先前才被强行敲昏，就这么会儿竟然又上了擂台，如此凶悍的抗打击能力加上不俗的攻击力，完爆裴镇川这个怂货根本不在话下。

在铁牛眼里，林裴二人根本就有着美玉与瓦砾的区别。

"谢谢铁牛哥，我明白你的意思。"回头重新瞪了对面一眼，裴镇川正儿八经地道，"林小兵，刚刚首长们特别为你加了一条规则，严禁在大比武各类赛事中咬人，否则开除参赛资格，取消所有成绩。"这家伙明显误解了铁牛的意思。

"你不是董建东，没有让我开口的资格，别啰嗦了，我赶时间……"

"啊……那我真是太荣幸了……"听了林小兵的话，台下的董建东下意识地来了个全身大激灵。

和铁牛的想法一般，董建东知道第三名的比拼很快就会出结果。

"既然如此，那就让你早点回家。"嘿嘿笑着，裴镇川直拳攻向目标。

林小兵虽然看上去摇摇欲坠，可裴镇川并没有半点轻敌的意思。一拳攻，一拳守，既犀利又稳妥。

"找死。"

裴镇川也出直拳，林小兵一下就火大了。丫的，斗不过铁牛老子还斗不过你？

倔脾气上来，林小兵也是硬碰硬地直拳出击，双方拳头碰撞的一刻，裴镇川终于领悟了铁牛的话的意思。

感觉被一坨铁撞到，裴镇川的整条手臂瞬间麻痹，钻心的刺痛传遍全身，原本就有伤的下盘一个不稳后坐倒在地，而此时林小兵的第二波次攻击也已到位。

胸口挨了一记旋风腿，裴镇川向后翻滚，直接从防护绳下方的缝隙里飞出擂台……

第三名争夺战随即结束。

"呃……这也太快了点吧？"主席台上，战区四号首长都还没搞清楚状况战斗便已结束。

"正常水平而已。"赵青殷勤地为四号首长传了根烟道,"这个林小兵可还是个新兵,刚刚结束新训就取得战区级格斗大比武季军,由我好好打磨打磨,必定能在两年后的全国军事大比武上大放异彩,为我战区争光。"

"你那里?"林小兵表现得一如既往的强势,四号首长非常满意他的表现。

"没错,我已和兵城分战区首长商量好,等这次大比武结束后就安排林小兵来参加我队考核。"赵青心里非常清楚,若非四号首长暗中帮忙,林小兵今天恐怕要倒大霉了。

"这么年轻的猎豹队员,听上去是有那么点儿意思!"四号首长点了点头道,"好好打磨,我觉得这小子很有国家利刃的潜质。"

"是。"

主持人宣布比赛最新战果,但所有人都知道接下来的冠军争夺战才是整个格斗大比武的精华部分。

"哇,各位都看到了,重伤归来的林小兵直接秒杀对手,虽然其先前的行为相当不光彩,但谁都无法否定他是凭实力坐上季军的宝座的。"

煽情完毕,主持人示意林小兵下台后接着说道:"下面就是万众期待的冠军争夺战,两位选手分别是铁牛和董建东,他们同时也是上届战区大比武格斗大项总决赛的老对手,上届是铁牛捧走了冠军奖杯,今年两人又如约会师。"

"到底是铁牛卫冕还是董建东新晋,下面就让我们拭目以待。"

主持人啰啰嗦嗦地说完,两位决赛选手上台。

铁牛从身边走过,林小兵下意识地将头扭向另一边,当着这么多人的面下口,人已丢到姥姥家了。

"牛牛,你的腿没事吧?"虽说上了擂台就是对手,但私下里两人可是在同一猎豹中队混了很多年的好战友,可以托付后背的好兄弟,一起执行过很多危险的任务。

"肯定没事呀!你看我像有事的人吗?"用伤腿在擂台上蹦跶了几下,

铁牛一脸轻松地道。

"别装了，你我兄弟一场，痛就说嘛，难道我会趁你之危？我是那样的人吗？"身为特种兵，董建东当然知道咬伤短时间内绝对不可能恢复。

"你就是这样的人，甚至比这样的人更无耻一百倍……"裁判宣布比赛开始，铁牛立刻拿出防御姿态。

兄弟归兄弟，但在冠军的路上两人谁也不会让步。

"知我者，铁牛也……"哈哈笑着，董建东一记凶猛的正踢送出，攻击的地方正是铁牛腿上的伤口。

"董建东，你敢再无耻点吗？"铁牛的整体节奏明显受到影响，对阵普通人可能没什么，但对付实力均等的高手就容易露出破绽。

而这个局面正是自己一口造成的，林小兵此刻心里相当愧疚。

"这能叫无耻吗？"董建东边攻边笑，"这叫趁他病要他命……学着点儿吧……小子……"

"你……"

"算了，高手有高手的行为准则，等你到达他们这个程度自然就能理解。"林小兵一举拿下战区大比武格斗大项季军，创造兵城分战区有史以来最好成绩，领队营长刚刚已经被师首长狠狠地表扬了一番，心里倍儿爽。

"我也能达到他们的高度吗？"看着台上两个你来我往的高手，林小兵一脸的羡慕。

"把'吗'字去掉。"营长嘿嘿道，"别看他们现在牛得二五八万似的，可新训结束那会他们拍马都赶不上现在的你。"

"有道理！"营长说完，林小兵若有所思地点了点头，先前的动口自责也已烟消云散。

说时迟，来时快，台上的决战已进行了十多个回合，双方互有攻守，但总体来说董建东略占上风，越往后优势越明显，毕竟铁牛要刻意保护伤口，整体的协调性就会有所滞后。而且时有时无的疼痛感也会影响他的判断力，时间一长自然就会处于弱势。

又游斗了十来多个回合，两人身上都挂了彩，董建东脸上挨了两拳后变成熊猫脸，铁牛肚子和脊背各挨一腿，速度下滑得很厉害。

场上战斗震撼而精彩，场外却没有一个人发出一丝声响，因为怕影响选手们的发挥。

十分钟后，总决赛结束，铁牛不甘地喘着粗气倒在地上，感觉全身都已散架。

冠军董建东也不怎么好受，鼻青脸肿是必须的，身上几个最疼的地方都被铁牛的铁指功戳过，痛得他四肢发软。

虽然赢了比赛，但董建东心里非常清楚，如果这是一场生死搏斗，那死的人是谁还真不好说。因为铁牛的指力实在是太猛，他曾经亲眼见过他双指戳穿一个向中国境内非法运毒品的雇佣兵的脖子。

"起来吧，我的冠军就是你的冠军。"

"痛快。"

董建东伸出手，铁牛扯住后顺势就爬了起来，这种棋逢对手的痛快之感除了当事人，旁人永远无法体会得到。对于两人来说，输赢真的没有那么重要。

"全新的格斗大项冠亚季军都已决出，请首长为三甲颁奖。"

主持人说完，四号首长笑眯眯地上台，至于战区一号首长那种超级大BOSS，肯定要等所有比武项目结束，凭出最佳个人和最佳团队时才会出现。

"林小兵是吧？我记住你了，很不错，但以后不准再咬人了。"将季军奖杯颁发给林小兵，四号首长语重心长地道。

"是。"林小兵来了个标准的军礼后道，"林小兵向首长保证，以后绝对不再咬自己人。"

"啊……好吧，咬敌人是允许的，但要注意卫生！"虽然是第一次接触，但四号首长已经感觉自己变年轻了。

回了三甲一个正式的军礼，四号首长离开颁奖台。战区军事大比武格斗大项圆满落幕，其中涌现的黑马和奇葩自然都非林小兵莫属。

明天要进行的是射击大比武，实属林小兵的最爱，他打算回宿舍好好休整一番，准备明天再次一鸣惊人。

"哥俩几个意思？"刚将季军奖杯交给营长拿着，林小兵转身就被冠亚军堵住，其小脸一下就惨白起来。

"你猜。"刚刚从顶头上司赵青处得到最新消息，大比武后林小兵就要接受猎豹大队的入队考核，董建东和铁牛决定先逗逗这个会咬人的奇葩。

"今天是个误会，我真不是有意要咬铁牛哥的，纯属是被打急了之后的无意识举动。"正主找上门来，林小兵硬着头皮打哈哈，待会儿就算被打一顿也只能认栽。

"是呀，小兵哥背脊上全是瘀伤，两位大哥大人有大量，就饶了他这次吧。"伊云龙扯开林小兵的衣服，背脊上果然是紫青杠黑的一片。

"果然耐打。"董建东看了林小兵的脊背一眼后满意地道，"基本摸到了一级沙包的门坎。"

"啥玩意？"林小兵对董建东这个新名词很感兴趣。

"没什么，该知道的时候自然就会知道了。"铁牛冷冷地瞪了林小兵一眼后道，"听说你枪法也不错，明天的射击大比武如果能进前十，咬我这口就算了。"

"还有这等好事？"春天来得太突然，林小兵笑得相当不自然。

毕竟对方实在太强，随便一个都能秒杀自己，两个一起上的话基本就是大象踩蚂蚁的游戏。

"我铁牛说话算话，但要是进不了前十，嘿嘿，你懂的……"戳了一下林小兵的瘀伤，二位高手冷笑着离开。

大比武结束之时，就是收拾林小兵之日。

"我会尽力而为。"林小兵何等聪明，自然能从两人的话语中读出有隐藏信息。

自己与他们只有"一口"之缘，他们到底想暗示什么呢？

百思不得其解，林小兵索性就返回宿舍，伊云龙自然是紧随其后。

全程观摩了林小兵的真正战力，伊云龙已认定以后就跟着他混了，看兵城分战区那些家伙谁还敢欺负老子个头小？

12　枪王之王

"都是些不靠谱的傻蛋。"运起老爸传授的睡觉大法，林小兵很快进入梦乡。

把脚趾头想成鼻子，跟着节奏一呼一吸，久而久之大脑就真的会认为脚趾头就是鼻子，于是把血液调往脚部供应"鼻子"的呼吸工作，脑部供血相应减少后人就能快速睡去。

刚开始练时林小兵也感觉相当莫名其妙，但时间一长他才发现这的确是个非常有效的睡觉方法，就算身处嘈杂的车厢或教室，他都能快速进入深度睡眠状态，短短的课间十分钟也能小睡一觉，下节课开始后必定又是脑清目明的状态。

林小兵甚至怀疑自己强悍的记忆力可能与这个自小修炼的睡觉方法有着密不可分的关系。

一睡觉到大天亮，林小兵醒来时背脊已经不再那般火辣辣地痛了。

不得不说铁牛是个非常有经验的拳手，完美地避开了林小兵身上的要害器官，除了当时很痛，表面看去有点恐怖外，其实并没受到什么实质性伤害。

"你们干什么？"睁开眼，营长和其他几个人全部挤在自己床边，林小兵着实被吓了一跳。

"没什么，带你去吃早点，然后去射击场把所有人的下巴惊掉。"营长一声令下，林小兵便直接被架了起来。

林小兵无语地道："你们这样，万一我把射击搞臭了怎么办？"

122

"你是格斗季军，射击搞臭我肯定也不会为难你呀，最多就是离开基地时的最后一次宿舍卫生全都交给你。"兵城分战区在此次战区大比武中大放异彩，领队营长早已笑得合不拢嘴。

"那还等什么？还不快点帮朕沐浴更衣？"既然逃不过这帮家伙的魔掌，林小兵索性就安心享受起来。

"去死。"

折磨了队友们一个早晨，林小兵来到基地西北角的大型射击场。正前方是一千米长的射击区，后方是可容纳两千余人的斜坡形看台，整体看去这里就像是个被切掉了三面观众席的足球场。

由于是陆军系列，参加射击大比武的选手非常多，十六个分战区加三个战区直属单位总共有近二百余人报名参加。参赛选手被分成十个组，每组二十人上下，林小兵非常悲催地被分到了第一组。

顺手拿了张项目流程，林小兵快速阅读起来。

简单点说，射击大比武一共分为三个部分，即初赛、复赛和决赛。

初赛就是十组选手分别用五四手枪和八一杠自动步枪射击，手枪射程五十米，自动步枪射程四百米，标准全身靶，综合两项成绩后的前十六名进入复赛。

比拼的射击距离已是相应枪械的最大有效射程，而且一次性就要淘汰九成以上，可想而知竞争是多么的激烈，难怪铁牛对自己进不了十强如此有信心。

"哈，这小子不是昨天在擂台上咬人的那个吗？竟然还好意思来参加射击比武？"林小兵正在用研究流程，一个参赛选手把他认了出来。

"一边儿去，忙着呢。"初赛、复赛和决赛一个比一个复杂，难度呈几何倍数增长，第一次参赛的林小兵必须尽快弄清楚整个比武模式。

"打酱油就好好打酱油吧，这么认真干什么？"对于这个摘走了格斗大项季军的新兵，老兵们明显都很感兴趣。

"你们才是打酱油的，赶紧滚蛋。"熟悉的声音传来，林小兵抬头就看到了董建东和铁牛。

"哎呀，这不是铁牛哥吗？腿伤好了吗？这么快就忘了是谁咬你的了？"

"再多一句废话就打断你舌头。"

董冠军开口，围观的老兵们纷纷撤离。他们倒不是真想讽刺林小兵，因为正常人的精力都是有限的，专长注定也只能是单方面的。林小兵的格斗已经这么猛，其他方面肯定不会特别突出，就好比这两百余名参加射击项目的选手中很大一部分都是擅长其他项目的，报名参加射击只不过是代表所在单位凑个人数，刷下存在感而已。

毕竟像董建东和铁牛这种全科人才并不多见，猎豹特勤大队即使拥有在整个战区长年不定期招人的特权，但也只能勉强保持三百人上下的战斗编制，正是因为他们自打组建以来都是秉持宁缺毋滥的精兵原则。简单点说，就是只要铁牛和董建东这种非正常人类。

"两位大哥这么巧？"

"别套近乎，记住前十，否则你就死定了。"戳了戳林小兵的胸口，高手兄弟步入选手通道。

"这家伙练的是大力金钢指吗？为什么这么喜欢戳人？"摸着生疼的胸口，林小兵无语地跟着众选手步入通道。广播已发出第一组选手到射击位入口准备的通知，关于复赛和决赛的规则恐怕只有过了初赛再看了。

通过安检区，林小兵步入十七号射击位，一对一的安全教官已经等在这里，台上摆着一把五四式手枪和一把八一杠，虽然都是老枪，但都是经过战场洗礼的，稳定性和准确度深受广大官兵称赞。

"枪在这里，靶在前方，手枪十发，八一杠十发，顺序和射姿不限，准备好就可以开始。"安全教官把细节告诉林小兵后就站上安全位，以便及时处理选手出现的任何状况。

"还有件事要告诉你，射击大比武环数优先，环数相同的情况下时间短的胜出。"

"为什么不早说？"正在观察标靶的林小兵拿起手枪，旁边已陆续响起了枪声。

"因为我怕你咬我。"

懒得和教官玩黑色幽默，林小兵举枪便射。

五四式手枪的有效射程就是五十米，但这个距离上的弹道基线已经相当难驾驭。

幸好林小兵自小就跟着老爸山鹰混迹于全国各大营业性射击场，各种枪械和射击模式都有所涉猎。

用老妈的话说就是公司赚的钱大部分都被他们爷俩砸到了子弹上。

"臭小子，时间只是附加条件，没有准确度，你第一个打完也没有用。"林小兵几乎是一秒一发的节奏，这么远的距离根本就是在开玩笑，以至于安全教官认为这小子纯粹就是来浪费子弹的。

"99环？"

林小兵十发手枪击发完毕，安全教官习惯性地看了一眼身后的显示屏后立马就把嘴闭了起来。

这个射击场的标靶背后带有感应器，能实时统计选手的射击环数。

"是不是我眼花了？"

没空理这个自言自语的教官，林小兵放下手枪后立刻将八一杠自动步枪架上了射击位，四百米距离，如果站着打的话在后坐力的影响下恐怕连标靶都摸不到。

之所以会掉了一环，主要是林小兵对这把手枪还不熟悉，开第一枪时出了点儿纰漏，但第二枪稍微做弹道调整后立马就得心应手起来。

"距离四百米，风向东南，风力2，机械瞄准，弹道修正0.1……"

虽然这不是狙击步枪，但射击原理是相通的，测算好所有射击参数，林小兵扣动扳机。这回安全教官学乖了，再也不敢随便开口。

第一发子弹出膛，8.5环，林小兵立马就算出这把八一杠的理论弹道和实际弹道相差1.5个自编度，于是马上把新的数据代入方程，瞬间就得出了最新的弹道修正数据。

所谓自编度，其实是林小兵根据自己的射击习惯总结出来的弹道方程式中的关键性恒定参数。纯属独家秘方，别人无从复制。

对于扫一眼就能算出10个十位数字相加的结果，七秒就能算出七位数乘七位数答案的林小兵来说，心算一个弹道方程推演式也就是一两个呼吸间的事。

"第二枪十环，第三枪十环，第四枪十环……"脑力和体力的结合，林小兵果然将所有人的下巴惊得掉了下来。

选手林小兵，手枪99环，用时10.2秒；步枪98.5环，用时13.1秒；综合成绩98.75环，平均用时11.65秒，目前排名小组第一。

细看显示屏上的成绩统计，林小兵才明白射击时间指的是从开第一枪到第十枪的用时，并不是谁先开枪谁就有时间优势。

"教官，你太顽皮了。"成绩已出，林小兵嘿嘿笑道。

"主要是想给你点儿压力。"安全教官不好意思地道。

"让你失望了吧？"林小兵把枪回原位，四周的枪声还在继续。

"不是失望，是被你惊到了。"安全教官无语地道，"格斗强，枪法也这么牛，你小子是从娘胎里就开始练了吗？"

"差不多吧，对于我来说很多东西都是遗传……"说起这个话题，林小兵很自然就联想到生父，心里最柔软的地方随即被触动，最原始的力量密布全身，他非常清楚，从军之路从来都不止自己一个人。

"教官觉得我的成绩可否进入前十？"枪声逐渐平息，林小兵的小组排名依然坚挺，于是下意识地问道。

"初赛前十吗？"

"决赛。"

"小组赛结束了，你排名小组赛第一，进复赛应该没问题。"林小兵一脸的认真，安全教官却顾左右而言其他，射击位处的绿灯亮起后就把他踹了出去。

"我问错什么了吗？"莫名其妙地从射击区域走出，领队营长和伊云龙等战友趴在观众席最前方的栏杆上挥手，样子好似打了鸡血。

双方隔了三四十米，林小兵根本听不清他们吼些什么，只好给了个有病的表情后进入选手等候区。

如果说那些傻蛋队友有病就算了，可才走进等候区，林小兵就发现所有的参赛选手也都怪怪地看着自己，先前说他来打酱油的老兵则将脸扭向一边，表情相当不自然。

"小子，枪法还可以，但能否进前十还不好说，祝你好运。"由于被分配到第二组，董建军和铁牛步入射击区域，走之前林小兵又被戳了一下。

"等一下，我怎么感觉所有人看我的眼神都有点怪？"

"自己看呀！"

顺着董建东的手，林小兵看到射击场左侧有个巨大的电子显示屏，上面正显示着十六个人的名字和成绩，林小兵三个字赫然名列第一，其成绩要高出第二名整整 11.5 环，时间上的差距更是到了让人脸红的地步。

"原来如此。"林小兵瞬间明白这些人为何如此奇怪了。

"现在大屏幕上的这十六个人就是第一组的前十六名，如果成绩被后面的选手超过就会被刷下去，只有在屏幕上坚持到初赛结束的人才有资格进入复赛，不过以你这个成绩进入复赛应该问题不大。"

"好像很懂行的样子，老兵？"林小兵看了一眼身后这个自来熟道。

"好说，你下面那个就是我……"

"乔平原，不错……"看了眼第二名的成绩，林小后下意识地点头。

"不错？"这家伙说差了自己十多环的第二名成绩不错，分明就有自夸的嫌疑，"你这是在间接夸自己牛吗？"

"我不是这个意思，这么远的距离打近九十环的确不错了，看看第三名与你的差距知道了。"只是一句礼貌性的话，林小兵真没别的意思。

"随便吧，反正我最多可以在榜上待三轮，但你也别高兴得太早，过了初赛也很难过复赛，因为射击大比武八强决赛圈都是至少参加过两届大比武的老油条，换句话说已连续三届十二年没有新面孔进入八强了，要是你能通过复赛闯入决赛的话，就真是创造历史了。"

"你这就要走了吗？万一通过了呢？"这个乔平原说了一堆话后就要离开，林小兵不解地道。

"就算通过了也要等下午才能开始复赛，认真看大比武流程吧，牛兵……"乔平原挥了挥手后离开，最强的射击项目都才打出这点成绩，他知道今年注定又是打酱油的命了。

"还真是下午。"拿出流程看了一眼，林小兵也离开等候区，所有人都怪怪地看自己，这种感觉很是压抑。

本来想直接返回宿舍休息，可营长等人在观众席位上拼命挥手，林小兵只好硬着头皮上去与他们汇合。

步入拥挤的观众席，林小兵同样成了焦点。格斗大项季军，射击小组赛强势第一，最让人受不了的是这家伙还是个刚刚接受完新训的新兵。

大家都是一副肩膀扛一个脑袋，一双脚一双手，一样的绿军装，可当兵的差距咋就这么大呢？

好不容易才挤到营长他们的位置，林小兵自然又收到了兄弟们友好的拳头。

"林小兵，你太过分了。"

"为什么？"

好不容易挤进位子坐下，林小兵就被伊云龙抓住。

"你明明就挺厉害的嘛，为什么这么低调呢？"

"傻蛋，我这种成绩能冲进复赛就算烧高香了。"

林小兵话都还没落地，第二组射击已经结束，大屏幕上的榜单也有了戏剧性变化。董建东和铁牛明晃晃窜到了第二和第三的位置，最可怕的是第一名那个叫猎鹰的家伙，竟然得了满分。而最搞笑的要数林小兵，一下子就从第一掉到了第七。

第一组的选手除了第二和第三勉强吊住了第十五和第十六的车尾外，其他人已经被刷得无影无踪。

"乌鸦嘴。"领队营长无语地道，"才第二轮就掉这么多，看来最多三轮你就没影儿了，这战区射击大比武的水果然是深不可测呀！"

"我就说让你们别瞎激动。"嘴上虽这么说，但林小兵也相当无语。他想不到参赛选手的实力竟然强到如此程度，要知道他刚才已经发挥了自己的最佳水平。

"你其实是可以稍稍激动一下的。"林小兵一脸沮丧，坐在他侧面的一名上尉开口说道，"我们战区的顶尖高手今年全部被集中到了第二组，而且从第一名猎鹰到第七名林小兵你之间只差了 1.25 环，上下两名之间的环数差距更是在毫厘之间。最为有趣的地方是除了第一名猎鹰所用的射击时间超过你两秒外，其他人的都比你多出三秒以上，你知道这意味着什么吗？"

"我的射击速度比他们快？"毕竟还是新兵，林小兵还无法解更多深层次的东西。

"表面上看似乎是这样，但你要这么想。"上尉一脸神秘地道，"假如你们前七名现在正是战场上的死敌，那么可能只有猎鹰是你的对手，毕竟 1.25 环的差距无非就是击中鼻子或眼睛的区别，但三秒的优势已经足够你把敌人撂倒好几次。

"似乎有点儿道理。"林小兵嘿嘿笑道，"谢谢上尉同志，让你这么一说我心里好受多了。"

"不客气，你只是不清楚自己真正的实力而已。你是我见过最有天赋的射手，有朝一日必定能打败猎鹰，登顶枪王之王。"

"阁下就别夸他了，否则他会连自己叫什么都忘记的。"上尉不但点了一下林小兵，对同队战友也相当震撼，所有人此刻又对林小兵充满了信心。

"听上尉同志的口气应该对这个猎鹰比较熟悉吧？"还有什么比了解最强对手更有趣的事呢？

"只要肯努力，我相信你一定有机会认识他。"

"哦！那……"

可能是该说的都已说完，对于林小兵接下来的问题上尉都闭口不答，但他有一点说得很对，高手果然都被分到了第二组，后面接着比拼了四个组，但却没有一个人能再挤到前七，直到最后一组结束时才有一个与林小兵打了个平手，但射击用时却整整是他的两倍。

当最后一个选手射击完毕，初赛终于结束，林小兵以初赛第七的成绩进入复赛，一时间又引起了不小轰动。

"通过了个初赛而已，没什么了不起的，新兵进射击复赛的又不是没有发生过。"林小兵表现再次亮瞎很多人的眼，四号首长当着陆军大比武组委会特别表扬了他几句，那天提出要取消他成绩的副主任相当无所谓地道。

"新兵拿下格斗大比武季军是算不了什么，闯进射击复赛圈自然也没什么，但要是闯入了射击决赛圈呢？"赵青最看不惯的就是这种见不得别人好的家伙。

"不可能……"

"哎……"副主任又要顶牛，四号首长及时打断他道，"前十名中有九个是赵青的猎豹队员，林小兵能抢占一席之地已经相当不错，对于年轻人要以教育为主，不要老是扯着小辫子不放。"

"首长，我不是那个意思……"正常人都能听得出来，四号首长这句话说得很重。

"我也没说你是什么意思呀？就这样吧，下午二号首长要新自来观摩我们陆军的射击大比武的复赛和决赛，一定要注意比赛秩序，绝不允许出现任何纰漏。"

"是。"

四号首长离开，赵青也兴奋地赶往住宿区。林小兵的表现远超预期，他必须交代队员们好好准备其的入队考核。

返回宿舍，伊云龙被直接叫到了别的宿舍和其他人挤，说是要给林小兵一个舒适的休息空间，就连热水和饭食都有人搞定，林小兵就这样在利剑基地心安理得地过了回大爷生活。

虽然并不怎么困，但林小兵还是用牛 × 睡觉法美美地睡了一个小时，醒来时人已处于最佳状态。

此刻离复赛开始还有三十分钟，林小兵静静地躺在床上思考早上那个上尉的话。按他的话分析，假如这是一场生死之战，那除了猎鹰外，其他没有一个人是自己对手。

但林小兵知道这只是理论上说得通，因为自己缺乏一个至关重要的东西，那就是战场经验。换句话说，假如今天要面对的真是你死我活的敌人，自己真的有勇气扣动扳机吗？

"小兵哥，起来了吗？"正在用强劲的"CPU"推演到底是该对敌人脑袋开枪好还是对心脏开枪好的问题，门外已传来伊云龙的声音。

"你都这么老了，叫我哥不合适吧？"打开门，林小兵看到所有人都已等在楼道里。

与林小兵一起报名参加射击大比武的同队战友连大屏幕都没机会上就惨遭淘汰，今天下午所有人都会去看林小兵的比赛。

"没关系，假如你能闯入射击大比武决赛圈，我们所有人都叫小兵哥都没问题。"兵城分战区首长非常重视林小兵的射击大比武，虽不敢奢望进入三甲，但只要能打入决赛圈，就能在十六位分战区首长前扬眉吐气露回大脸了。

"既然如此，那就这么说定了。"处理了下个人卫生，一行人簇拥着林小兵走向射击场，路上还被一个漂亮的美女大学生代表抓住做了个简单采访，羡慕得同行战友流了一脸的口水。

再次来到选手等候区，早上嘈杂的大厅现在只是熙熙攘攘地坐了十多个人，而且看上去彼此都很熟悉，形单影只的林小兵只好硬着头皮坐到了董建东和铁牛旁边。

"两位大哥，来根烟……"为了搞好与董建东和铁牛的关系，平时不怎么抽烟的林小兵特地从营长那里搞来了一盒。

"恩。"接过林小兵的一整盒，董建东打了一圈后便已见底。

"拳头够硬，会咬人，枪法牛，关键是会拍马屁，这小子有潜力哦……"

"是不错，所以要防着他点……"

"为什么要防我？"林小兵脑力惊人，自然能听出他们都在讨论自己。

"我的意思是防止你冲入决赛。"差点说漏嘴，该猎豹队员连连打嘴。

历来的射击大比武决赛都是猎豹大队的队内表演项目，这次突然强势闯进一个小新兵，所有人新奇的同时又感觉压力倍增。

"这个很难。"看得出这里面的人都很直爽，林小兵也不想做作。

"这么有信心？"铁牛也不抽烟，只见他瞪了林小兵一眼后拨开一只橘子，威胁的意思相当明显。

"铁牛你也别这么生气，你们这叫一吻定情！"一个猎豹队员完美补刀，所有人随即哈哈大笑起来。

"先前是没多少信心，但自从看了复赛流程后就信心十足了。"细看复赛规则，林小兵才发现好运原来一直都在。因为大比武复赛除了加大难度的手枪和自动步枪射击外，还加入了一项诡异的项目——飞碟射击。

　　所谓的飞蝶射击，其实就是由机器向天空随意发射一个或两个直径为十厘米的小飞碟，射手利用双管猎枪射击天空高速飞旋的两只飞碟，击中就成功，没击中就失败。这原是奥运会射击项目中的一个，想不到部队也将此引了进来，还真是有点儿与国际接轨的高大上的感觉。

　　这次采用的是双定向飞碟射击，简单来说，就是抛靶机向天空固定方向抛射高低不同的两只碟靶，选手两枪击中双碟为射击成功。

　　射击静止目标易，射击移动目标难，射击高速飞旋中的小目标更是难上加难。假如不能在半秒内完成运枪、瞄准、击发一系列动作，碟靶就会飞到四十米以外，而散弹枪的有效射程只有三十五米左右，超过就任谁都无力回天了。

　　所以说飞碟项目是一个难度系数非常大的项目，必须要求射手有极强的综合素质。迅速出枪、锁定目标、击发命中必须一气呵成，这种能力到了战场上后就会转化成赢取制敌先机的保命本领，特别是在特种兵与特种兵的对决中，迟一秒出枪就意味着倒下。

　　"听口气，你小子对飞碟射击很在行？"飞碟射击是今年才引进的射击大比武项目，董建东和铁牛等猎豹队员也只是在年初才接触过，成绩普遍都没达到其他射击方式的层次。

　　"好说，这是我最喜欢的运动。"林小兵之所以觉得运气好，就是因为这个飞碟项目。自小他就特别喜欢用弹弓打蜻蜓和蝴蝶等，有机会接触到实弹后他就一直对飞碟射击情有独钟，每到一个射击场都必须是首玩项目。

　　最有趣的是在北京一家射击场那次，一个自称射击队教练的人死活要拉林小兵入队。当时林小兵刚刚拿到哈佛大学的录取通知书，所以婉拒他的好意。想不到今天在这里又能玩儿飞碟射击，他心里早就爽翻了。

　　"看出来了，要不是家族传统，你小子根本不可能这么牛×。"

　　"董哥过奖了。"

"我说的是咬人，过奖你什么？"

董建东说完，所有人都哈哈大笑起来，林小兵只得小脸红红地跟着打哈哈。

气氛虽然轻松，但所有人都明显地感觉到了林小兵带来的压力。如果他不是吹牛，那复赛结果就真是无法预料了。

"走吧，看看你小子是不是吹牛。"

广播里通知选手就位，大比武复赛随即开始。由于只有十六个人，复赛只需一轮就可结束，其评分规则与初赛一样，综合三个项目的平均得分，命中率优先，命中率相同的情况下时间短者获胜。

射击区域里一片冷肃，观众席上已人满为患。先前偏向于观看海空军大比武的观众纷纷集中到这里，主席台上更是金光闪闪地坐了一排前来观战的将军，先前还可待在边缘地带的组委会成员赵青等人早已不知被挤到了什么地方。

由此可见，陆军射击大比武是多么的吸引人。

"又是你？"进入射击区，林小兵一眼就看到了初赛时的安全教官。

"没错，又是我，而且我是主动提出要来盯你的。"教官一脸诡异地笑道。

"为什么？莫非你对我有意思？"

"一边儿去，老子不好这口。"绿灯亮起，安全教官边为林小兵的五四式手枪和八一杠装子弹边道，"来盯你主要就是想知道你小子的极限。"

"不用纠结了，我的极限就是初赛的水平，早上你都看到了。"林小兵这次可不是谦虚，而是真的已经拼尽了全力。

"当局者迷，总有一天你会发现你的潜力远不止这些。"作为全程目睹了林小兵初赛的人，这个安全教官非常清楚他的失误都是源于第一枪，究其原因就是由于对枪械弹道的不熟悉。

这个问题在所有人的身上都会存在，但这小子竟然能根据第一枪的着弹点瞬息就重新计算出正确的弹道，这种实力已经不仅仅局限于射击技术，而是他有一颗计算能力超强的大脑，试问在未来战争中还有什么能比这个更为重要？

"整天神神叨叨的，真搞不懂你是如何当上教官的。"感觉牛人都有些莫名其妙，林小兵无语地拿起两把枪揣摩起来。

"别多想了，所有人的枪都不可能是初赛时那把，只有人去适应环境，不可能让环境来适应人。"安全教官突然收起笑脸道，"复赛的手枪射击距离是 55 米，自动步枪射击距离是 440 米，分别增加百分之十，第三项飞碟射击地点在另外一处，十六个人打完前两轮后统一过去。"

"懂了。"小心思被看穿，林小兵只好集中精神观看标靶。初赛是全身靶，复赛是半身靶，到了决赛估计就要变成头靶了。

"懂了就开始，让那些目中无人的家伙见识一下新兵的厉害。"枪声四起，安全教官示意林小兵可以开始射击。

"早上先打的是手枪，现在就先用自动步枪吧。"嘿嘿笑着，林小兵架好八一杠后开始射击。

虽然只是增加了百分之十的射击距离，但由于超出了有效射程，射击难度已成倍增长，加上第一枪属于试枪，所以林小兵通过最大努力的双项总成绩也只有 96.5 环，时间也延长了两秒，达到 13 秒多。

"这回看清楚了吧？这就是我的真正实力。"超出枪械的有效射程，弹道就会变成一条诡异的弧线，林小兵终于体会到了极限状态。

"已经很了不起了，96.5 环与满环的区别无非是左胸或右胸，大部分人当一辈子兵可能都达不到你这种状态，而且你的射速很快，如果不来当兵还真是浪费了。"

"不瞒你说，我真就差点没当成兵！"将枪支放回原处，林小兵认真回想刚才的射击情况。除了第一枪的试弹道外，还出现了风力变化过快的情况，好好的弹道硬是被一场突如其来的风把子弹吹离轨道。

"教官，老实交代，这个射击场是不是可以人为制造风速流向？"那阵风起得太过诡异，林小兵相当无语。

"看出来了？"安全教官嘿嘿笑道，"这个射击场看似普通，但却有全套的战实模拟设备，吹点儿小风只是开胃菜，需要的话来点雨夹雪都没问题。"

说话间，枪声已逐渐停歇，外面大屏幕上也实时显示着选手们前两项的成绩。除了后十名名次稍有前后变化外，前面几个人的名字都丝毫未动，猎鹰依然稳稳地排在第一位，紧随其后的是董建东和铁牛，林小兵依然钉在第七名，相差的分值都不是很大。毕竟枪法都是长时间训练出来的，谁都不可能在瞬间突破。

"林小兵，不错呀！继续保持，扛过飞碟射击你就创造历史了。"

"是呀，一直窝里斗也没多少意思，真希望你能闯进八强。"

"加油，你的'好日子'就要来了。"

飞碟射击靶场设立在射击场西北角，背后的观众可以全程观看整场比拼，老猎豹们纷纷用自己的方式"鼓励"林小兵。

能以新兵的身份打入高手林立的射击场，凭这点他就能支撑得起所有的掌声和赞誉。

"小子，这个飞碟项目所有人都是第一次参加，大家都在同一起跑线上，不用紧张。"一路看着林小兵闯到这里，董建东是越来越喜欢这小子了。

"嗯。"虽说信心十足，但所有对手都人高马大，无形中就给人一种压力，强如林小兵也难免有点儿紧张。

安全教官抬上只箱子，十六个复赛选手依次上去抽取出场顺序，林小兵抽到的是2号球，意味着他要第二个出场。

随着教官的吼声，抽到一号球的老兵提着散弹枪步入射击区。十组，二十只碟靶，每组击中两只才算有效。

第一组碟靶飞出，一号选手举枪射击，也不知是不是过于紧张，竟然只命中一只。新装好子弹，第二组碟靶飞出，这次状况就稍微正常了一点，双靶全中。接着是第三组，第四组……直到第十组结束，一号选手一共命中五组，失败五组。

"勉强及格。"安全教官为一号选手输入成绩，二号选手林小兵接着进入射击位。

"你是新兵，可能从来没接触过这个项目，打不到不要紧，只要别把枪弄反对准我们就可以了。"一个新兵莫名其妙就闯到了这里，安全教官自然要特别关照一番。

"是。"拿到枪的一刻，林小兵突然平静下来。这是属于我的战场，绝对不会给敌手留下任何机会。

林小兵一声大吼，第一组碟靶飞旋而出，他迅速举起枪，扣动扳机。子弹破膛而出，两只快如闪电的碟靶瞬间爆出绚丽的色彩，看得现场选手和安全教官目瞪口呆。

"好吧，当我刚才什么都没说。"目睹了林小兵行云流水般的动作，安全教官知道这家伙根本就是此道高手。

说时迟，来时快，第二组碟靶已飞出，林小兵犀利的眼光扫过，子弹再次完美击中目标。

"好。"这次不光是现场的选手，观看台上的观众们也热烈起来，特别是领队营长等队友，已经激动得满脸泪花。他们几乎可以肯定，这个叫林小兵的新兵即将刷新兵城分战区的大比武历史纪录。

第三组成功，第四组成功，第五组成功……

当成功拿下第十组碟靶时，林小兵的总成绩已然跃到了第一位。虽然后面还有十四个选手没有进行飞碟射击，但所有人几乎可以肯定，已经没有人能阻止他强势杀入射击大比武八强决赛圈的步伐了。

"有点儿意思。"通过秘书递来的平版电脑，战区二号首长已通过内部系统完全掌握了林小兵的情况，"兵城分战区今年的表现很抢眼，让他们继续保持。"

"是。"秘书记下首长的话，第一时间传达给兵城分战区。

观众席为林小兵的满堂彩已变成了欢呼的海洋，但飞碟射击还得继续。三号选手击中八组，自然没能超过林小兵，他就这样莫名其妙地在第一名的位置上坚持了十一个人，直到铁牛上场。这家伙虽然失误了一组，但依然以0.2分的总成绩优势强行把林小兵挤到了第二。

接下来几个选手过后，董建东上场。这家伙竟然前两组就出现失误，虽然后面逐渐找回状态，但最终还是以八组成功、两组失误的战绩屈居第三，虽然与林小兵差了0.1分，但这已经是复赛的总成绩。

"什么情况？怎么被这小子踩到脚下了？这不科学。"看到总成绩，董建东鼻子一下就歪了。

"想开点儿，他上面还有我呢。"

"死一边儿去。"

没有人关注这两个家伙的感叹，强势的林小兵给了所有人太大的压力，特别是游离在八强门槛线附近的人，都在焦急地等待最后的结果，把命运寄托于别人身上的感觉相当不爽。

第十六号选手上场，所有人的表情一片肃然，林小兵知道此人多半就是射击霸主猎鹰。

果不其然，第一组碟靶成功，第二组成功，第三组成功……第十组成功！射击复赛三大项强势满分，试问谁敢与其争锋？

一脸冷静，个头和自己差不多的强大对手走向自己，林小兵感觉整个人都开始紧张起来。

"你很不错，如果能获得射击大项前三，我就把'猎鹰'这个武装代号送给你。"

"送给我？"猎鹰的声音和他的脸一样冷，但所说的话却听得林小兵全身的血液都开始燃烧起来，"给我了那你叫什么？"

"别乱问，打进三甲，否则'猎鹰'这个满是传奇色彩的武装代号就是我的了。"铁牛在旁说道。

"不可能。"林小兵瞪了铁牛一眼道，"这个代号必须是我的。"

"这个样子是又要咬人了？"

"型男，为什么到哪里都能见到你？"说话间，那个型男再次出现，林小兵一时语塞。

"型男？我喜欢这个叫法……"哈哈笑着，赵青满意地道，"竟然以第三名的成绩进入决赛，这不但创造了兵城分战区的历史，同样刷新了战区军事大比武的纪录。我是代表首长过来祝贺你的，另外'猎鹰'这个武装代号非比寻常，如果你能得到，那就真有机会秉承父辈意志了。"

"我……"

"别说了，总决赛马上开始，我看好你。"给了林小兵一拳，赵青带着被淘汰的八名选手离场，剩下的八强又得到一张流程表。

根据比武规程，复赛的手枪及自动步枪成绩即为选手决赛区间的成绩，因为组委会觉得在射击方法和枪械不变的情况下，八强高手的水平不可能突然提升或下降，所以五四式手枪和八一杠将复赛成绩计入决赛是有道理的。

省略了前两项的比试，八进四决赛就只剩下飞碟射击一个项目。与十六进八复赛时有所不同，八进四决赛的飞碟项目又叫双多向飞碟。顾名思义，就是由多台抛靶机同时抛出两个距离、高度和方向均不相同的碟靶，选手必须在开枪前先解决碟靶往哪里飞、飞多高的问题。

比起同向飞碟，双多向飞碟的难度增加可不止一点半点。

抛靶、找靶、运枪、瞄准、射击，所有动作均需在半秒内完成，否则碟靶就会飞到"天南地北"，难度加大的情况下，更加考验选手的全方位能力。而对于林小兵来说，双多向飞碟射击同样能完美驾驭，十组全中的纪录依然使他独占鳌头。

林小兵强势，猎鹰也不甘示弱，以同样十组全中的成绩稳居第一。

看着这个个头和体型都跟自己差不多的家伙，林小兵感觉他就像另外一座横在自己面前的大山，至少目前还无法攀越。

"那家伙视枪为命，根本不能以正常人的逻辑来理解，你现在比不上他一点儿也不奇怪。"

八进四决赛很快结束，由于董建东和铁牛双双出现失误，林小兵竟然一下就爬到了第二，虽然彼此之间差距只有 0.1 分，但他确实是爬到了董建东和铁牛头上。

后面的四进二半决赛比八进四决赛又灵活了一些，除了第一部分的手枪和自动步枪继续沿用复赛成绩外，选手可以自由决定是否使用八进四时双多向飞碟的成绩，也就是说他们可以自主选择是否重新进行一次双多向飞碟射击。

猎鹰和林小兵两个满分选手自然是没必要重来，董建东和铁牛双双选择了重来一次。结果很快出来，事实再次证明实力就是实力，两人最后的成绩都没有发生任何变化。

"第二名了，是不是觉得猎鹰这个代号已非你莫属？"又有四名猎豹队员心不甘情不愿地离开，四强选手诞生，分别是猎鹰、林小兵、铁牛和董建东。

"莫非你们两个还想翻身？"现在已是半决赛，除了实力外还要比拼心理素质，气势一旦软下来，信心就会遭到打击，进而影响比赛时的发挥。

"气势是足了，但你只可能是第四，自己看吧。"把半决赛的流程传给林小兵，三个人都在注视着他的表情。如果他连半决赛新加项目都能驾驭，那"猎鹰"这个武装代号传给他就当之无愧了。

战区大比武陆军射击项目，半决赛新加的第四个项目——狙击步枪远程精度射击。

看到这一排字，林小兵眼皮狂跳，一个被超级狙击手在射击场带大的孩子，可能不会玩狙击步枪吗？

"这个表情是什么意思？"林小兵一副似笑非笑的样子，董建东和铁牛似乎有种不祥的预感。

"就是你们死定了的意思。"猎鹰的话虽然不多，但每一句都能切中要害，身为一流狙击手，他自然能从林小兵的自动步枪环数和时间上脑补出很多东西。

"不可能，除非这小子真的从娘胎里就开始练。"

"虽然看你相当不顺眼，但这次我支持你。"狙击步枪远程度精度射击可以说是所有射击项目中最拉风、难度最大的一种。与狙击步枪对应的职业就是狙击手，不但可以掩护突击队员，还能对敌人实施远程火力压制，万军之中击杀重要目标等。这种职业可不是刻苦就能练得出来的，不但需要很强的天赋和对弹道的精准的驾驭，还要有超强的忍耐力和控制力，毕竟一动不动地趴在某个地方两三天只为开一枪，可不是正常人可以做到的。"

"事实胜于雄辩，小新兵，我看好你。"决赛圈的安全执行官都是校级，目睹了林小兵的表现，所有人都非常震撼，毕竟好多年没出现过这种情况了。

半决赛前几轮的分值都已确定，猎鹰依然名列第一，林小兵三个字挂在第二的位置，要多扎眼就有多扎眼。

"值了，无论结果如何，林小兵已经创造了兵城分战区有史以来的最好成绩。"

"是呀，小兵哥根本就是我的偶像。"

"回去我要告诉那些老兄弟，败在这小子手里一点儿都不丢人。"

半决赛打开序幕，兵城分战区代表队注定无法平静，人虽在利剑基地，但他们似乎听到了回去后兄弟们的掌声。

由于前三个项目的成绩都已定下，半决赛将直接上第四个项目——85式狙击步枪射击。虽然用的仍然是老枪，但胜在性能稳定，还经过了战争的洗礼，是为战场利器。

"第一组射击目标600米，调枪时间一分钟。"

随着执行官的吼声，四个选手进入狙击步枪射击位，四把85式狙击步枪一字排开。董建东嘿嘿笑林小兵道："小子，傻眼了吧？"

"不会就说吧，我们是不会肤浅到嘲笑一个小新兵的。"说过进决赛就不会找林小兵麻烦，铁牛肯定会遵守承诺。

"小意思。"趴到射击位前，林小兵熟练地打开85狙光学精度瞄准镜护罩。

这可是老爸无时无刻不挂在嘴边的最爱，他们曾经在一个商业射击场就接触过该枪及该枪的仿制品——苏制SVD狙击步枪，而且往后的一整年里，两人几乎天天都是背着这两把枪度过的，林小兵也就是在那会儿系统地学习了狙击步枪的各种射击要领。

正如林小兵所想，决赛果然变成了头靶。一个和脑袋大小一致的东西矗立在六百米外的地方，即便是在这八倍高精度光学瞄准镜下也只有一个拳头大小。

"狙击步枪比拼不记环数，击中即视为成功，六百米单发，七百米双发，八百米以上三发，只要有一发命中目标计为成功。"林小兵动作如行云流水般顺畅，猎鹰对他倒是满怀信心。他即将荣升进入更为强大的特种兵部队，猎豹大队的狙击阵容必然会受到影响，如果林小兵能接替自己扛起猎鹰的角色，倒是件两全其美的大好事。

"小子，是不是找不到目标呀？"

"要不要老哥教你一点儿基础的狙击常识？"决赛在即，董建东和铁牛继续调侃。

懒得理这俩家伙，林小兵计算出理论弹道后就扣动了扳机。85狙强大的子弹破膛而出，两秒多钟后目标就爆起一团绚丽的彩砂。

事实证明，组委会不会在决赛阶段人为制造干扰因素，每一把狙击步枪都调得非常到位，关键就看选手能否根据各种自然指标计算出正确的弹道罢了。

"好！"林小兵用调试弹一枪击中目标，包括执行官在内的所有人都高声喝彩。牛兵他们见多了，但这么新这么牛的他们还是头一次见到。

"这他娘的也太夸张了吧？"又被林小兵刷新了一次认知，铁牛无语地道，"你小子这身本领是跟谁学的？到底谁才是新兵？"

"格斗强，手枪和自动步枪、散弹枪都强，现在连狙击步枪都这么强，这还叫哪门子的新兵？明明就是准标的特种兵配备啊！"

"多谢两位大哥夸奖。"林小兵嘿嘿笑道，"实不相瞒，先前说农家孩子主要是反驳大家说我是关系户，其实小弟父辈都是军人，真正的职业军人。"

"猜到了，普通军人家庭也培养不出你这种怪胎，身负的各种强悍技能根本就是专门为特种部队量身打造的。"猎鹰很少夸人，但林小兵却用实力生生撬开了他的金口。

"是呀，你小子不来当兵真是浪费了。"决赛总执行官感慨了一句后道，"四分之一决赛其实已经算是总决赛了，你们四个依次从600米打起，一次增加100米，失败即淘汰，坚持到最后的就是本届射击大比武的冠军，你们三个还要不要试枪？"

每人都有一次试枪机会，执行官肯定要问清楚。

"当然。"震惊并不代表会放水，越到最后，所有人就越是小心谨慎起来，不是为了那座冠军奖杯，仅仅是单纯的对对手的尊重。

600米于四人来说都没有多少压力，无论是试枪还是正式比赛都全部通过。接下来的700米允许两发连发，猎鹰、铁牛和林小兵三人都是第一发命中目标，董建东第一发失败、第二发命中，四人再次同时晋级。

800米已经是85狙的最大有效射程，在这个距离上，人头大小的目标在狙击镜中已经变成了一个黑点，要打中目标，除了精湛的射击技术外，还要求狙击手对子弹的后续飞行轨迹有个准确的预判，有时甚至需要猜测。

选手可以射三发子弹的原因就在于此，一发子弹走一条预定弹道，总有一发能够命中目标。而且枪声飞越 800 米，被目标听到也需要近三秒，这已足够狙击手射出三发子弹，而后转移阵位。

通常来说来能命中 800 米目标的就已经算是优秀狙击手了，各种特种兵题材的影视剧和小说里，狙击手随随便便就能击毙两三千米外的目标的情节根本就是骗人的。

"狙击步枪比拼第三轮，800 米射击开始。"

随着执行官的命令，林小兵深吸一口气后开始计算狙击参数："距离 800 米，风向西南，风力 3，弹道修正三个自编度，自上而下，三发连击。"

由于目标是个细长的人头形，林小兵决定让子弹成"1"字形竖飞。

"锁定目标，射击……"用自创的弹道方程算出三条最佳弹道，林小兵扣动扳机，每隔半秒击发一次，三发子弹呼啸而出，奔向目标。

虽然扣动扳机前就已经有人开枪，但这并没有对林小兵造成影响，第一发没中，第二发击中目标中部。

800 米外再次爆出绚丽的彩砂，林小兵随即高兴得哈哈大笑，跳了起来。

"什么情况？"突然发现董建东冷冷地盯着自己，林小兵无语地道。

"没什么，他已经被淘汰了，现在只剩下猎鹰、我和你三个人了。"铁牛双眼炙热地道。

"也就是说你至少已经是射击大比武第三名了，'猎鹰'这个武装代号你已经预定成功。"

林小兵越来越强势，此刻的观众大部分成了他的粉丝。

连续卫冕了两届射击冠军，猎鹰无论取得多好的成绩都是应该的，但一个小新兵能死死地咬住他不放，那才叫牛 ×。

13　终极狙击

"猎鹰第一枪击中目标，林小兵第二枪击中目标，而铁牛第三枪才击中目标，虽然没有什么科学依据，但还是能从视觉感官上列出你们的实力不等式，林小兵加油，我看好你。"执行了这么多届射击大比武决赛，这位中校执行官也是第一次见识到如此牛气的新兵。

"接下来是狙击步枪射击第四轮900米比拼，三连发，请选手就位。"

在一浪高过一浪的欢呼声中，林小兵进入二号射击位。900米已经超越了85狙的有效射程，这种情况下的弹道本身就有多种可能，而且目标还是一个小小的头靶，如果能击中的话就就算是一流狙击手了。

无论有多困难，林小兵依然沉着应对，逆水行舟不进则退，他决定破釜沉舟猛拼一回。

"距离900米，风向东北，风力3.5，弹道修正三个半自编度，从上到下，三发连击。"一会西风一会东风，这个射击场果然是神鬼莫测。

综合所有射击参数，林小兵决定采用最有可能的三条弹道，同样以"1"字形走向，同样的击发节奏。

锁定目标，扣动扳机。子弹呼啸而出，林小兵目不转睛地盯着目标，第一发不中，第二发不中，第三发命中。虽然电脑显示只命中目标底部边缘，但不可否认他成功了。

"哇……"这次不光是林小兵，就连董建东和刚刚被淘汰的铁牛及中校执行官都一起欢呼起来。

"好吧，我承认射击你比我们都强……"走到林小兵面前，董建东和铁牛毫不吝啬地给了林小兵一拳。

"谢谢。"面对前辈们真挚的"问候"，林小兵突然有点想流泪的冲动，真是他娘的太疼了……

"虽然有点不敢相信，但我还是要说，这是最近三届战区大比武射击决赛中狙击步枪射击项目十二年来首次拼到 1000 米。"还有什么比目睹一个狙击天才的诞生更为开心的事呢？

"确实牛。"骄傲如猎鹰都不得不为林小兵竖起大拇指，"接下来是 1000 米，无论我有没有击中目标，只要你能击中目标，你就是本届射击大比武冠军。"

"这样不好吧？"林小兵有点儿受宠若惊。

"没什么不好的，1000 米也已接近我的极限，如果你现在就能击中的话，我甘愿让贤。"能击中 1000 米以外的目标就已经可以称之为超级狙击手了，假如这小子现在就能做到的话，就真是太逆天了。

"既然如此，那就开始吧。林小兵，我依然看好你，希望你能成为战区第一个新兵射击冠军。"

"加油，干掉猎鹰，你能行的。"

虽然承载了所有人的期望，但 900 米已经属于超常发挥，1000 米的距离根本就是林小兵现在的水平无法企及的。

猎鹰第三发子弹命中目标，林小兵三发子弹均不知飞到了哪里，战区大比武射击大项随即结束。

虽然没能如愿得到冠军，但二号首长还是破例为林小兵颁奖，语重心长地说军队为能有他这样的人才而骄傲。

一天的激烈比拼总算热热闹闹地结束，林小兵回到宿舍时自然又成了焦点。营长和战友们自掏腰包专门在小食堂为他开了个小小的庆功会，虽然没有酒，但林小兵已被浓烈的战友情所灌醉。

第二天一早，新的项目铁人三项拉开序幕，执行的是奥运标准，即 1.5 公里游泳、40 公里自行车和 10 公里跑步。参加的人那叫一个多，几乎是全员参与，凡是会游泳、会骑自行车而且能跑的人几乎都报了名，呼啦啦四五百人，起点处人声鼎沸，所有人都是一副志在必得的样子。

准备工作完毕，一队接一队的选手跳进训练场西侧的人工湖里，虽然没有 1.5 公里长，但按指定线路多游几个来回肯定是没有问题的。

事实证明，看别人吃豆腐总觉得自己牙齿快。跳下水后，一部分选手才游几百米就不行了，最后游到终点的只有一半。自行车骑到终点时又被刷掉三分之二，能最终来到跑步起点的人已不足十五个。

"林小兵，要是铁人三项你也能进前三的话，我就让铁牛再给你咬一次。"

"滚一边去，要咬也是咬你这个傻蛋。"

到了最后的冲刺阶段，剩下的大部分依然是猎豹队员，林小兵以前虽然没有完整地参加过这个项目，但体能底子摆在那，完成整个项目肯定没问题。

"滚一边儿去，小心老子两个一起咬……"看着这群龙精虎猛的汉子，林小兵知道自己不可能进得了前三。铁人三项考验的不光是体能，更是要注重整个赛程的力量分配，他没经过专业训练，在前两个项目中用力过猛，现在隐隐感觉后劲不足，虽然能跑完全程，但想拿名次已经是没有可能的了。

随着董建东第一个冲过终点，喘着粗气的林小兵也跟在第二梯队的最末一个圆满地完成了整个赛程，虽然只得了个第五名的成绩，但总算坚持到了最后。

"小子，你报名参加的所有项目都完成了，感觉如何？"刚刚缓过气来，型男和兵城分战区的团首长突然出现，林小兵直接被吓了一跳。

"首长好，你们……"

"你是想问我为什么会和型男在一起？"

"嘿嘿，那是我胡乱取的，首长别当真。"

"这怎么行，我已经当真了，我非常喜欢你取的这个名字，以后这就是我的代号了。"赵青哈哈笑道，"你的首长是专门送你的私人物品过来的，待遇够高吧？"

"为什么要送我的东西过来？"三人向空旷地带走去，林小兵不解地道。

"由于你在战区大比武中表现实在太好，所以兵城分战区决定开除你！"

"噗……"团首长的话才说完，林小兵刚刚才喝进去的水直接就喷了出来："首长你说什么？"

"他说你被兵城分战区开除了，但却被我看中了。"林小兵圆满完成战区大比武任务，招他入猎人大队的进程也正式开始。

"录取我？如此说来首长终于舍得向我公开身份了？"就像玩过山车，林小兵感觉小心脏扑通扑通地狂跳。

"当然，这是你用实力争取到的。"给了林小兵一拳，赵青认真地道，"郑重介绍一下，我叫赵青，战区猎豹特勤大队大队长，你已经符合猎豹大队的录取资质，大比武结束后即可参加入队考核。"

"你这个表情是什么意思？"林小兵脸上没有丝毫反应，赵青无语地道，"莫非不想加入我的大队？"

"林小兵你可别开玩笑，猎豹大队可是全国有名的特种作战部队，我们战区的战士无一不想削尖脑袋往里钻的……"

"两位首长误会我的意思了。"林小兵强压兴奋，一脸得意地道，"我的意思是我这么优秀的人才，还需要入队考核？"

"滚！"

林小兵被踹了一脚，哈哈笑着离开。此时此刻，林小兵终于明白那些老猎豹队员说的会好好"招呼"自己是什么意思了。

返回宿舍，营长等人依然在，但这次的主角已经变成伊云龙。电子战大比武下午即将展开，他这个种子选手已取代林小兵成了新的焦点。

"林小兵，刚才首长的警卫员提了一包东西给你，几个意思？"刚进门，林小兵就被营长抓住。

"都是些私人物品，说是我被兵城分战区开除了。"

"哈！"

"哈哈！"

"哈哈哈！"

所有人随即哈哈大笑起来，伊云龙无语地道："小兵哥，想不到你还有这等幽默细胞呀？"

"就是，你现在可是兵成分战区的英雄，开除营长都不可能开除你。"

……

"都闭嘴！"领队营长无语地瞪了林小兵一眼后道，"别打哈哈，好好讲，到底怎么一回事？"

"其实也没什么，就是被猎豹大队看上了，大比武结束后就去参加入队考核……"

"哇！"林小兵说完，整个宿舍里再次沸腾起来。猎豹大队每年都只会从战区几十万人中挑选几个人，是真正的万里挑一，在普通战士们眼里，这就好比农家孩子考上了清华北大一般让人振奋。

"停，先别瞎激动，都说了是考核，能不能进还没个准呢。"来之前林小兵就听老爸提起过猎豹大队，这可是在全国都能挂得上号的特种作战部队，他实在想不到自己这么快就能一窥究竟。

"猎豹大队决定考核你，就已证明你有了加入他们的资格，考核只是个形式，你只要正常发挥即可。"毕竟是营长，他对猎豹大队了解明显要多一些。

"但愿如此，无论我林小兵以后去到什么地方，永远都是兵城分战区的人。"跳下床来，林小兵郑重地给所有人敬了个礼。

"无论什么时候，你都是我们兵城分战区的骄傲。"回了个礼，营长嘿嘿笑道，"今天下午的电子战大比武结束后，你们两个的任务就算完成了，好好休息几天，等所有个人项目结束后即投入团体项目，有你们两个在，我对今年的团队作战很有信心。"

"有我倒是不难理解，可伊小子能帮上什么忙？"林小兵实在不了解伊云龙能在战场上起什么作用。

"小样儿，竟敢瞧不起我，到时候就知道小爷的厉害了。"

"你们好好休息，其他人都走吧。"有些事营长也不便多说，只能靠他们上了战场后慢慢磨合。

说是休息，但伊云龙这家伙一直在向林小兵讨教格斗和射击方面的问题，一直搞到集合号响都没能闭眼。

"你这种状态还能参加电子战比武？"通过逼问伊云龙，林小兵终于对他在战场上能取到的作用有了一点了解，简单点说，就是除了开枪杀敌和排雷格斗以外，其他的都会。

"放心吧，我会像你一样，让他们知道兵城分战区的厉害。"像模像样地捶了林小兵一拳，伊云龙坚定地走进机房。

电子战大比武是个非常抽象的项目，普通人根本无法看懂，营长及林小兵等人只能在外面瞎等。两个小时后，屏幕上终于出现了最终名次，第一名是个叫网灵的人，第二名正是伊云龙三个字，他与网灵的成绩相差3分，而那天在机房里非常牛的苏书虽然排到了第三，但成绩却差了伊云龙十多分。

虽然不知道他们比了些什么，但不难看出，这两个人根本就不在一个层次。

"你们兵城分战区今年真有意思！"看了电子战大比武的成绩，赵青嘿嘿笑道，"竟然几乎与网灵打成了平手，看来林小兵有伴了。"

"你小子什么意思？"赵青盯着伊云龙的名字双眼放光，团首长一下就傻眼了，"挖一个林小兵就算了，要是连伊云龙也弄走的话，我们师长会枪毙我的。"

"放心，师长那边我去协调，不会让你为难。"就在这电光火石之间，赵青做了个小小的决定，厚积薄发的伊云龙的命运也随之改变。

能死咬着猎豹大队电子战小队队长网灵不放，其意义完全可媲美林小兵在射击项目上死咬猎鹰，足以成为他打开这扇大门的敲门砖。

"好吧，你自己看着办，反正我什么都不知道。"

"你小子别纠结了，无论他们能走多远都是兵城分战区的人，都是最优秀的解放军战士，不是吗？"

"就你嘴巴利索，反正我是说不过你。"两人曾经是一个班的兄弟，说起话来自然要随意很多。

电子战场成绩一出，自然是又引起了所有人的热烈讨论。

"兵城分战区今年这是要上天的节奏呀。"先是林小兵，现在又是伊云龙，势力强横的兵城分战区想不引人瞩目都难。

"是呀，这么牛的成绩看来是有机会和猎豹大队争夺最佳团体奖杯了。"

"能不能争不好说，但肯定是争不到的，猎豹大队已经包揽了格斗、射击、铁人三项和电子战四个大项冠军，试问谁还能与之争锋？"

"这倒也是。"

"但不管怎么说，他们今年算是出尽了风头。"

14　腹背受敌

　　格斗、射击、铁人三项和电子战四个大项目比拼结束，林小兵和伊云龙的所有个人项目都已完成，接下来的排雷爆破、越野障碍和坦克战车等项目已经没他们什么事。

　　观摩了一天的坦克模拟对抗，伊云龙无趣地道："真没意思，除了地面被压得四分五裂似乎没什么看头。"

　　"那你想怎样？直接真枪实弹地炸烂几辆战车？"这些坦克开来开去，时不时地放出几发哑弹，林小兵着实也觉得没几个意思。

　　"爱咋咋地，反正任务已经完成，听说这蓉城的麻辣烫和火锅相当爽，要不我们……"

　　"有见地！"正所谓英雄所见略同，伊云龙的话立刻引起了林小兵的共鸣，"现在晚上查房还有十个小时，足够我们撒欢了吃。"

　　"那还等什么？走吧。"

　　"别急，这个基地防守严密，得想个万全之策才能混出去。"确定目标，两人随即开始侦查。

　　好不容易摸到墙角边，林小兵发现这个基地的城墙建得相当之高，在没有工具的情况下根本就不可能徒手爬出去。

　　顺着墙角走了几百米，两人终于找到一棵长在墙边的桉树，确定四周无人后伊云龙放哨，林小兵灵巧地爬了上去。

　　一个惊险的跳跃，林小兵借力飞出，稳稳地抓住了墙头边缘，而后一个翻身跃了上去。

"没事，上来吧。"

确定四周无人，伊云龙笨手笨脚地爬到树上，可当看到树与墙之间近一米的空隙，他的小腿已经开始软了下来。

"真的要跳吗？"桉树晃来晃去，伊云龙感觉自己随时都有可能摔到地上。

"放心跳吧，我会拉住你的。"伊云龙一副文弱书生样，林小兵看着就来气，"想想蓉城的麻辣烫和火锅你就有动力了。"

"可为了嘴摔断脚是不是太不划算了？"面对如此高难度的动作，伊云龙哪里还有半点儿食欲。

"那你就想想蓉城闻名全国的美女，个子高挑，皮肤嫩得能掐出水……"林小兵的形容词都还没说完，伊云龙就不顾一切地跳了过去。

"我还没准备好……"

也幸好林小兵反应快及时抓住了他的手，否则伊云龙就真是悲剧了。

"听到美女就有动力了？你的节操呢？"手臂拽得生疼，林小兵无语地道，"要是老子的反应慢上半拍儿，你小子恐怕这辈子都不用想美女了。"

"嘿嘿，我就知道你靠得住。走吧，前面外墙也有棵树。"经林小兵开导，伊云龙似乎一下就充满了力量。

"跟紧我，千万别掉下去。"

"走着。"

说话间，两人快步来到前方十米处，这里的墙外刚好又有一棵桉树，两个坏小子扯过一根树枝就幸福地成功突破城围。

"美女，火锅，我来了……"踩到基地外的土地，林伊心情大爽，可还没等他们表达出来，四周就突然窜出了六个身着迷彩、手提钢枪的战士。

"阿哈哈！早！"

"好巧呀几位！"见此情况，两个坏小子只得一个劲儿地傻乐。

"严肃点。"死死盯着两人，一个上士出来一脸严肃地道，"我们是利剑基地流动哨，表明你们的身份。"

"自己人，嘿嘿。"拿出士兵证给流动哨看，伊云龙顺手还递了盒烟。

"少来这套……"

"行个方便吧！"

"念在你们是初犯的份上上就不作其他处罚了，原路返回基地吧。"扭扭捏捏地收下烟，上士终于松口。

"谢谢，谢谢！"

本以为这支流动小队是好人，可当原路爬回基地时，两个坏小子才知道自己还是太天真了，因为此时桉树上明晃晃地多了两个暗哨……

牺牲了最后一盒烟，林伊二人总算安全脱身，离开时林小兵隐隐听到暗哨在身后哈哈大笑，说这已经是他们抓到的第六批翻墙兵了。

"真是一群阴险的家伙，这次真是损失惨重了。"程序员多半都是烟鬼，身上的存货一下被榨干，伊云龙欲哭无泪。

"利剑基地是他们的地盘，他们肯定知道哪里能抓住人，没什么了不起的。"首战失利，林小兵倒是蛮想得开。

"那现在怎么办？我的麻辣烫和蓉城美女怎么办？"赔了夫人又折兵，伊云龙欲哭无泪。

"这才哪到哪呀，我林小兵是那么容易屈服的人吗？"返回来又被暗哨抓住，林小兵就知道这些家伙是故意的，估计才上树就已经被盯上了。

"这次得想个靠谱的方法，我可再也没什么存货了。"林小兵不放弃，伊云龙自然乐意奉陪。

"走着。"

此刻正值早上九点，没有比赛的选手都跑去看海空军的各种比武，唯有一些地方大学生代表在坦克和装甲车模拟对抗场地里惊声尖叫，突然看到他们胸口上挂着的学生代表证，林小兵心生一计。

"真是太给力了，我还从来没有见过如此震撼的表演。"

"是呀，可惜不让拍照，否则宿舍那几个家伙还不得羡慕死？"

"就是，回到学校我得好好吹嘘一番……"

"我们先统一下口径……"

在厕所外面守了十分钟，终于有两个男生走了过来，林小兵一个眼神后，伊云龙立刻走进厕所，非常浮夸地捂着胸口倒地哀嚎。

"同志，你怎么了？"

"你没事吧？"

一个穿着军装的战士倒地，好像是什么突发疾病，两个大学生代表瞬间紧张起来，无奈手里没手机，两人也不知该如何是好。

"是心脏病，按住他……"

关键时刻，救世主林小兵上场，在两个大学生代表的"帮忙"下，三下五除二地就将病人救活了。

"我没事了，谢谢你们，你们是优秀的大学生代表，我会给你们的学校写感谢信的。"

莫名其妙出现的士兵又莫名其妙地消失，两个大学生代表更加莫名其妙地愣在当场，丝毫没注意他们胸前挂着的学生代表证早已不翼而飞。

成功搞到学生代表挂牌，林伊二人火速来到宿舍更换便装。团首长带来的物品中几套林小兵平时穿的衣服，他入伍前本身就是大学生，衣服上身之后自然也没什么违和感。

"干什么？"一脸呆萌地来到基地门口，林小兵和伊云龙立刻被严厉的"掌门人"挡住。

"喜欢的项目都看完了，准备出去转转……"林小兵沉着应对，伊云龙负责在旁边卖萌。

"你们是参加大比武的士兵选手，弄了两张学生代表证想混出去玩儿对不对？"身为优秀的"掌门人"，该警卫队长熟悉所有选手们的惯用伎俩。

"绝不可能，我真是 K 大外国语学院的学生。"林小兵根据代表证上的名字自报家门。

"巧了，今天的大学生值班代表也是你们学院的，把代表叫出来。"

话随人至，一个端着碗早餐的靓丽少女从值班室里出来，看得林小兵和伊云龙双眼发直。

"潇同学，这两个人是你们学院的吗？"

"他们呀！"

"我们……"

"他们就是我们学院的学生呀，挂牌上不都写着吗？"

就在林小兵打算缴械投降时，美女代表竟突然打起了掩护，眼睛还瞪着林小兵眨巴眨巴地怪笑，简直美艳不可方物。

"真的是？"

"当然是真的，莫非我还会骗你吗？"按潇蔷薇的性格通常都是直接识破赶人，可当再次看到这个和爸爸年轻时相当神似的家伙，她突然改变了主意，随后心生一计。

"潇同学肯定不会骗人，只是我觉得这俩小子的精气神怎么看怎么像是当兵的。"不得不承认，这个"掌门人"的眼睛很毒，一眼就能看出军人与老百姓的区别。

"这简单，既然都是外国语学院的，就让他们跟潇同学对几句英语吧。"

"有道理。"经另一个值班战士提点，"掌门人"恍然大悟，"两位请吧？"

"Yes……"

"掌门人"说完，伊云龙上前一步就噼里啪啦地讲了一大堆英语，美女学生涨红着脸跟他对了几句。

身为复旦大学计算机学院高材生，说英语当然难不住伊云龙。

"不错，到你了。"虽然一句都没听懂，但"掌门人"能感觉到他们非常专业。

"他就不用了吧！"

"必须要。"

"掌门人"手指林小兵，一副吃定他的样子。

"Ok……"

应了一声，林小兵突然讲出一口纯正的美式英语，就连打掩护的美女学生都被惊呆了，现在当兵的文化水平都这么高了吗？

"怎么样？还有问题吗？"本以为林小兵会露馅，伊云龙此时才发现这家伙虽然四肢发达，但头脑一点儿都不简单。

"没问题了，走吧！"面对两个精壮版的大学生代表，"掌门人"已经找不到任何破绽。

"对了，我也要回学校拿换洗的衣服，晚点回来。"林小兵和伊云龙成功逃离，美女学生随即跟了出去。

"你走了要是再有大学生要出去怎么办？"女神说走就走，几个"掌门人"男子汉一下就急眼了。

"后面出来的全部是冒牌货，赶回去就对了。"留下一阵香风，女神已不见踪影。

"林小兵，给我站住，再跑我就回去举报你。"见那两个忘恩负义的家伙想甩掉自己，潇蔷薇边追边吼。

"呃……你怎么知道我的名字？"被美女代表喊出名字，林小兵只得硬着头皮停了下来。

"我是我们学院学生会主席，那天有幸近距离参观你的咬人比赛。跟我玩心机，小样儿。"今天轮到自己值班，想不到会遇上林小兵冒充自己同学想混出去，面对这个有点儿小帅还神似父亲的家伙，潇蔷薇立刻就打起了他的主意。

"哈楼，美女主席，你好，我叫伊云龙，谢谢你刚才为我们打掩护……"

"还好意思说？你确定你刚才讲的是英语吗？为什么我一句都没听明白？"潇蔷薇瞪大眼睛看着伊云龙，样子要多可爱有多可爱。

"嘿嘿，计算机英语也算英语的嘛，只是你不懂而已。"

"好吧，你赢了。"潇蔷薇站到林小兵面前道，"你的发音非常标准，出去过？"

"没有，怎么可能。"这丫头不但人漂亮，眼睛也贼毒，林小兵连忙转移话题，"刚才谢谢你为我们打掩护，不过你跟着来是为何意？"

"先说你们要去干什么？"手里攥着小辫子，潇蔷薇今天是讹上他了，一直想找个人陪自己去完成爸爸的遗愿，这个林小兵无疑就是最佳人选。

"吃火锅，看蓉城美女。"伊云龙这家伙遇到美女就犯晕，竟然不假思索地将目的抖了出来。

"哈哈，你好老实啊。"潇蔷薇突然蹦出一句标准的荣城话道，"蓉城最美、最地道的美女已经站在你们面前了，至于火锅嘛，我倒是可以为你们做个向导。"

"有这么好的事？"

"当然没有，向导期间，我个人的所有开销都得由你们负责。"欲速而不达，潇蔷薇要一步一步将林小兵带到目的地。

"成交。"看了看钱包，确定负担得起三个人的开销后，林小兵点头答应。毕竟时间有限，自己和伊云龙人生地不熟，如果有个当地向导倒还真可以省不少事。

当然，最关键的是有这姑娘在，回去时似乎会好糊弄些。

"聪明。"计谋得逞，潇蔷薇格格笑道，"我叫潇蔷薇，很高兴认识你们。"

"我也很高兴认识你。"有美女同行，伊云龙心里那个乐。

"这么殷勤干什么？退后点儿，我对比我矮的男生不感兴趣！"

"哈哈哈……"潇蔷薇说完，林小兵直接笑岔了气，现在的女孩子真的是太直接了。

"你们严重地伤害了我的自尊。"

"要的就是这种效果……"

三个年轻人就这样莫名其妙地认识了。不得承认潇蔷薇是个不折不扣的蓉城通，无论是地铁公交还是特色美食，无一不选得精准恰到，各种麻辣小吃爽得林小兵和伊云龙大呼过瘾。

"刺激吗？爽吗？"林小兵和伊云龙蹲在地上用冰水和冰糖去辣，潇蔷薇站在一边狂笑。对于她这标准的蓉城辣妹来说，这点辣根本不算什么。

"刺激！爽！还有更刺激、更爽的吗？"

"当然有……"鱼儿主动上钩，潇蔷薇立刻拦了辆出租车直奔终极目的地。

"天哪，这是什么地方？"

太空遨游、海盗船、超级秋千、流行锤、超级过山车、恐怖的蹦极台……看着这些正在各种设备里疯狂翻滚、惊声尖叫的人，伊云龙还没靠近腿就软了。

"这里就是蓉城最为刺激的地方，我喜欢玩超级过山车，你去买票。"虽然这里已经找不到当初的半点痕迹，但潇蔷薇心里那根弦还是被深深地触动了。

"没问题。"林小兵已看出，这座过山车的长度和弯度足足是春城最大那座的三倍以上，恐怕要十分钟才会跑完全程，他还真不信这丫头敢上去。

"搞定，三张票，两个人坐一排……"

"给我……"林小兵的话都还没说完，伊云龙一把就将两张票抢了过去，"蔷薇，我和你坐一排。"

"一边儿去，说了对比我矮的男生不感兴趣。"抢过伊云龙的票，潇蔷薇拉起林小兵就爬上了过山车，一对俊男美女，那画面要多美就有多美。

"该死的林小兵，我恨你……"叫嚷着，伊云龙不得不坐到了两人身后。

"缩什么呀？有点男子汉气概行吗？我是女孩儿，害怕！"处熟了，潇蔷薇外柔内刚的女汉子性格暴露无遗。

"不敢坐就到后面来，我的手借给小薇，任咬任掐，全都不是问题。"美女芳心不由人，伊云龙只有干瞪眼的命。

"想得美，我就要林小兵的手……"现代女孩已不似曾经那般含蓄，做事随心所欲，爱恨分明，以至于家教甚严的林小兵都有点儿无所是从，要知道除了妹妹李小薇外，这还是他第一次和女孩儿拉手。

高中毕业时林小兵向班花表白，被死党唆着去拉班花的手，果被赏了一巴掌。

"好吧，借给你握一下也可以，但不能咬……"看着潇蔷薇青葱般的玉指，林小兵心里一阵凌乱，运行速度超快的CPU也瞬间当机……

"放心，我和你不一样，不咬人。"

"好……"

"天哪，杀了我吧，世界上怎么会有这样的白痴……"过山车启动，伊云龙却有种想跳车的冲动。

过山车缓缓驶到第一个波段的最高点，当伊云龙发现不对时，车子已经掉了下去……

"啊……"

虽然当了三年兵，伊云龙一向都是埋头苦干的电子战专家，何曾玩过如此疯狂的游戏，刚才一门心思地争夺美女，根本就没注意自己上的是什么，现在感觉整个身子都在飘，灵魂出窍，但一切都已然来不及后悔。

　　"说好的不怕呢？"这种级别的游戏于林小兵来说并不算什么，反而以女汉子自居的潇蔷薇才开始就惊声尖叫起来，刺得林小兵鼓膜生疼，原本只是拉着的两只手也变成了十指相扣。

　　也只有林小兵这个心理素质强大的家伙，还能在如此丧心病狂的超级过山车中如此理智地观察周围发生的一切。

　　身后的伊云龙已经一把鼻涕一把泪，样子要多可怜就有多可怜。

　　随着过山车的速度越来越快，翻滚频率越来越大，林小兵明显感觉到潇蔷薇手心里全都是汗，尖叫声从未停止，明显是第一次玩儿过山车。

　　"糟糕……"感觉胳膊有两片温软的东西贴上，林小兵下意识地想缩回手，可已然来不及。

　　两排洁白的贝齿咬下，林小兵终于感受到了铁牛的痛苦。

　　"松口……"这丫头越咬越来劲，林小兵想挣开，但又怕弄伤这到处都嫩生生的姑娘，所以只能咬牙坚持。

　　"哈哈，美女加油，咬死这丫的……"毕竟还算有点体能，适应了一会儿后，伊云龙似乎适应了失重感，一睁开眼就看到香艳的流血事件，随即哈哈狂笑起来，"现在知道什么叫最难消受美人恩了吧？好好享受吧小子……"

　　"闭嘴。"收也不是，不收也不是，林小兵只好跟着人群大声惨叫……

　　十分钟后，过山车停下，林小兵的血已流到保险杠上，还不待他叫痛，潇蔷薇反倒率先哭了起来。

　　"你没事吧？"把潇蔷薇扶下来，林小兵无语地道，"我都没哭你哭什么呀？"

　　"担心你咬我，我怕疼，所以先试着哭一下。"潇蔷薇魂都快被吓没了。

　　"别哭了，我不咬你。"

　　"真的？"

　　"废话，我从来不咬女人……"人美牙也快，林小兵手肘上已经有了两排深深的烙印。

"好吧，那我为你处理一下。"去控制室要了个大号创口贴，潇蔷薇帮林小兵贴了上去。

"现在我终于知道什么叫不是一家人不进一家门了。"回过神后，伊云龙笑得直不起腰，"你们两个都是属狗的。"

"闭嘴。"

很默契地一人一拳，伊云龙惨叫一声后就成了熊猫眼。

"你真的没事吗？"为了表示自己的歉意，潇蔷薇特地去买了三只冰激凌。

"放心，真没事。"事到如今，林小兵知道说什么都没用，还不如大度一些。

"没事就陪我去玩那个吧！"顺着潇蔷薇的玉指看去，林小兵喉间立刻发出咕嘟一声，而伊云龙则留下一句上厕所就直接开溜。

潇蔷薇指的地方，正是那个高高的蹦极台。

"站住！"林小兵想跑，但胳膊被一把抓住。

"潇蔷薇，你不是认真的吧？第一次玩儿这些刺激的游戏对不对？"林小兵无语地道。

"看出来了？"

"能看不出来吗？"林小兵挥了挥他受伤的手，潇蔷薇的神色一下就暗淡下来，然后底头走开。

"别介呀，怎么说生气就生气了呢？"美女脸一变，林小兵反倒觉得是自己理亏了。他倒是不怕所谓的蹦极，只是搞不懂这个装大胆的大美女为什么会如此折磨自己。

"我爸爸也是军人，他是个狂热的极限运动爱好者，我十二岁生日那天他带我来这里，说是要带我玩过山车和蹦极，结果才买了票就发生了大地震，他被部队紧急招回，第一时间投入到一线灾区，后来发生了严重的意外，他再也没能回来。"

"你干什么……"

潇蔷薇满脸都是泪水，林小兵将另外一只手送了过去。

"如果这样能让你心里好受些就动口吧。"似乎有同病相怜的感触，林小兵坚定地道，"我父亲也是军人，而且他在我刚出生不久就为国捐躯了，我特别能理解你现在的心情。"

"笨蛋，咬一次就够了，让你一辈子忘不了我。"拉起林小兵，潇蔷薇冲向蹦极台，"带我去蹦极。"

所有装备上身后，潇蔷薇却死死抓着林小兵，说什么也不敢往下跳。

"美女，这里是全世界最先进、最安全的蹦极台，你只管闭上眼睛往下跳即可，不会有事的。"潇蔷薇数次站到边缘蹦极失败，工作人员也是相当无语。

"骗人，这么高跳下去怎么可能没事？"自从爸爸离开，潇蔷薇就梦想着有朝一日能完成他没能带自己完成的壮举，可当真正面对的时候，她突然发现这似乎是个遥不可及的梦想。

"要不我先示范一次给你看？"了解了潇蔷薇的心思，林小兵把与她的距离拉近了很多。

"嗯。"面对林小兵坚定的眼神，潇蔷薇下意识地点了点头，第一次直面多年的梦想，她可不愿这么轻易就放弃。

蹦极装备换到林小兵身上，他随意活动了几下关节后就跳了下去，不光如此他还在空中摆出各种造型，赢得下方观望的人一阵喝彩。

"怎么样？我没骗你吧？来吧，跳下去就给你发个女英雄勋章。"林小兵返回蹦极台，工作人员又开始给潇蔷薇做工作。

"去吧。"

"好，这次我一定成功。"放开林小兵，潇蔷薇穿戴好装备后重新站到台前，深呼吸，三、二、一！结果这丫头大叫一声后不是向前，而是向后直接冲过来抓住林小兵的双臂，看样子是真的吓坏了。

"美女，你恐怕还没有准备好玩儿蹦极，要不下次再来吧？"后面还有客人等着，工作人员不得不放弃潇蔷薇。

"不行，今天我一定要跳下去。"

"那就过来跳呀！"

"等会儿……"

一个赶时间做生意，一个打死不跳，最可恶的是还赖着不走，实在没辙的工作人员决定出绝招。

"你们干什么？"工作人员给两人换上了一套很特别的装备，潇蔷薇不解地道。

"这是双人蹦极绳，他们想把我们绑在一起跳，我看还是算了吧，下次有机会再来。"身为资深玩家，林小兵自然认得这套装备。在整个蹦极过程中两个人的身体都会紧紧地贴在一起，而且这套装备还是一个非常尴尬的体位。

"不行，今天我一定要跳，来吧，双人就双人。"看到这身装备，潇蔷薇已经想到林小兵的顾虑，"我一个女孩子都不怕你怕什么？"

"我倒是不怕，主要是怕你觉得自己吃亏。"

"吃亏就吃亏吧，就当是咬你的补偿了。"嘴上虽然说得很麻溜，潇蔷薇的脸却已经红了起来，毕竟这还是她平生第一次如此近距离地与男孩子贴在一起。

"要不还是算了吧？"感觉到潇蔷薇身体僵直，林小兵也被她弄得紧张起来。

"不行，必须跳。"俊男美女肚子贴肚子地被固定在一起，实则已远超潇蔷薇的极限。

"既然如此，那就尽情地拥抱吧。"俊男美女站在跳台边缘你侬我侬，检查好所有装备的工作人员帮了个小忙后两人就飞了下去。

"啊……"感觉着耳边呼啸而过的空气，潇蔷薇双手不顾一切地抱住林小兵的脖子，双眼紧闭，脑袋拼命地往他怀里钻，每回弹一次就抱紧一分，画面要多香艳就有多香艳……

"天哪，来个闪电劈死我吧……"女神已投入别人的怀抱，正在下面观看的伊云龙痛心疾首。

"你还好吗？"体验了一次从未有过的双人蹦极，静静挂在水面上，寒风习习，林小兵却感觉全身燥热。

"我很好，谢谢你让我实现了多年的愿望。"完成爸爸遗愿，潇蔷薇眼里瞬间充满泪水。

"如果叔叔泉下有知，也一定会为有你这么优秀的女儿感到骄傲的。"

"哦!"

工作人员递杆过来,潇蔷薇才从回忆中惊醒,感觉着林小兵某些诡异的变化,脸蛋瞬间就成了一只红苹果。

"你别乱想……我们只是……"实在找不到什么合适的词汇,潇蔷薇只好将头扭向一边。

"我……"装备被解开,林小兵站到船上,感觉到某个地方不对劲,林小兵留下一句"在岸上等你"后就一头扎进了水里。

"傻小子。"见混世魔王这般模样,潇蔷薇又不自觉地笑了起来。

这个世界果真奇妙,每天都有意想不到的事情发生,可无论未来如何,林小兵三个字已经深深刻在了一个情窦初开的少女心上。

"蔷薇你没事吧,是不是林小兵欺负你了?我帮你收拾他。"事到如今,伊云龙已断绝了其他念想。

"他没欺负我,是我把他欺负了。"为避免尴尬,潇蔷薇迅速恢复了美美的淑女模样,"时间差不多了,我们回去吧,被卫兵发现就完蛋了。"

"嗯。"莫名其妙地被美女借用了一次,林小兵突然变得害羞起来。

三人返回利剑基地,见两人扭扭捏捏的样子,伊云龙非常识趣地退到了一边。

"那什么……能告诉我你的手机号吗?"分别在即,林小兵觉得两人似乎不该就这么断了联系。

"小样儿,有本事你强忍着别问呀!"知道林小兵不能随便带手机,潇蔷薇拿出在娱乐场弄来的笔,把自己的手机号写在了他的手上。

"千万别洗掉了哦!"

"我会牢牢记在这里。"林小兵指了指自己的脑袋。

"傻瓜,走吧,再不回去就真要穿帮了。"

成功混回利剑基地,潇蔷薇转眼就被一群同学掳走,害得她不得不手忙脚乱地比着各种凌乱的手语,奇怪的是林小兵竟然能读懂她的意思:手机号码永远不变。

15　见印见人

"别看了，美女已经都走远了。"虽然心里满满的都是失落感，但兄弟似乎有成功的希望，伊云龙只得在心里安慰自己。

"傻蛋，走着……"哈哈笑着，玩尽了兴的坏小子跑向宿舍。

推开宿舍的门，营长和兄弟们一脸诡笑地坐在里面。见两人身穿便装，脖子上挂着大学生代表证，傻子都能猜到是怎么回事。

"不地道，太不地道了，出去玩儿竟然不带兄弟们，找揍吗？"营长说完，所有人呆了一秒后纷纷大笑起来。

虽然采购的私货被搜刮殆尽，但林小兵很是高兴，还时不时地把手抬起来加深记忆。

此刻林小兵才明白，高中毕业那会儿根本就不是什么所谓的爱慕，充其量就是一种盲目崇拜而已。

"你搞什么？"弄好个人卫生躺在床上想心事，伊云龙这家伙却一直唉声叹气，林小兵相当无语地道。

"我干什么你不知道吗？正在想我的蔷薇女神呀！"伊云龙大声叫嚷着道，"部队本来就缺女人，好不容易遇到个如此漂亮的，竟然被你这家伙先下手为强。我心里苦，叹几声气还不行吗？"

"这个怎能怪我呢？是人家挑明了说是身高问题嘛……"荣城离林小兵服役的兵城相隔近千公里，就算喜欢潇蔷薇也不违反相关规定。

"你竟然也用这个问题来歧视我，还是不是兄弟？"林小兵说得很委婉，可还是狠狠地扎伤了伊云龙脆弱的"小心肝"。

想想也对，对于一个男人，还有什么比被女神因身高问题一票否决更悲催的事呢？

"随你怎么想，反正我也蛮喜欢潇蔷薇，有本事你就来抢，咱哥俩公平竞争。"林小兵是个逻辑性很强的人，与狗血剧里那些把爱的女人让给兄弟，自己却躲在角落当苦 × 的人是有本质区别的。我的就我的，谁抢断谁腿。

"拉手就拉手，咬就咬了吧，你们两个竟然当着我面玩儿双人蹦极？"

"好吧，双人蹦极我也勉强忍了，但现在连她的电话号码都不给我，你就跟我谈公平竞争？"伊云龙越想越气，所幸就冲过来掰林小兵的手，结果被一脚就踹了回去。

"末日呀……"说也说不通，打又打不赢，伊云龙只得倒在床上唱痛哭的人。

"傻蛋。"有些事林小兵会让，但在这件事上他绝对不会让步。

接下来的几天，没有比赛的林小兵带着潇蔷薇到处观看比武，两人穿着便服，看上去倒也没什么违和感。

两人全程用英语交流，从中国国学聊到西方文学史，从韩国老公聊到美国队长，总之是天上地下无所不谈，感觉一分钟都不愿浪费。

伊云龙虽然也时不时来乱个场子，但他那诡异的计算机英语根本就插不上嘴。

通过几天的相处，林小兵和潇蔷薇彼此已经有了更全面的了解。

最吃惊的当然要数潇蔷薇，她完全没想到林小兵的英语水平竟强到这般程度，连她这个外国语学院的高材生、校长御用美女翻译官也有点儿跟不上节奏。

最无语的是林小兵似乎还是个上知天文下知地理的百事通，虽然很多东西无法考证，但潇蔷薇能感觉到自己喜欢和这个阳光帅气、有点儿像爸爸的大头兵待在一起。

"这样不好吧？"看台最后一排，潇蔷薇悄悄拉住了林小兵的手。

"我一个女孩子都不怕，你怕什么？"都说男孩应该主动点儿，可潇蔷薇发现林小兵任何事都能夸夸其谈，但单独面对自己时立马就会变得胆小如鼠。

潇蔷薇是不知道，林小兵被高中班花送的那巴掌的阴影还在，不敢轻易冒犯而已。

"哦，那好吧。"发现自己似乎真的没有那么多观众，林小兵便心安理得地反拉起温软如玉的小手。

通过这几天的交流，林小兵内心深入那块从未有人到过的禁区似乎出现了一个古灵精怪、不乏军属气质还知识渊博的女孩身影。

"明天团队大比武就要开始了。"美好的时光总是过得很快，想到即将到来的分别，林小兵心里有种莫名的伤感。

"我知道，到时候我一定会找个最有利的位置观看你的表演。"潇蔷薇明显没理解林小兵的话外之意。

"团队项目结束后我会去参加一个考核，然后可能很长时间都见不到你。"面对满脸阳光的潇蔷薇，林小兵很多话都难以启齿，但又不得不去面对。

"你会离开蓉城吗？"林小兵目光闪烁，潇蔷薇终于意识到接下来要发生的事。

"我现在无法回答任何问题，因为我是军人。"

"一个个都是这样，坏蛋，你们都是坏蛋。"爸爸生前最常说的一句话从林小兵嘴里说出来，潇蔷薇的情绪瞬间崩溃。

"还不快去追？"两个原本还卿卿我我的扎眼货突然跑了一个，正在后面和一个娇小玲珑的可爱女生讨论人生理想的伊云龙无语地道。

经伊云龙提醒，慢半拍的林小兵立刻追着潇蔷薇跑了过去。

"你没事吧？"一间用于攀爬训练的小楼里，潇蔷薇对墙呜呜哭泣，林小兵不知所措地站在她后面。

"要你管，要你管……"连续重复了三次要你管，潇蔷薇突然扑到了林小兵怀里，呆了三秒后，林小兵终于鼓起勇气抱住了佳人。

幸好现在所有人都在观看各种比武，不然就尴尬了。

两人就这样抱了不知多长时间，潇蔷薇的心情总算平复，只见她泪眼婆娑地看着林小兵道："你是第一个走进我这里的男人，答应我无论去到哪里都要好好活着，只有活着你才有机会再见到我。"潇蔷薇指着自己的心动情地道。

"我答应你，一定会好好活着。"不光是为了爱情，还为了家人，林小兵无论遇上什么事都肯定会坚强地活下去。

"嗯！"

猝不及防间，林小兵的嘴被两片温软的唇吻住，一股从未有过的晕眩感袭来，他下意识地伸出双手，但潇蔷薇已经调皮地跳开。

"别胡思乱想，只是先给你尝点儿小甜头，大学毕业还有两年半，那时无论你在哪里，在做什么，都要来蓉城找我，我会把最美好的自己送给你。"

潇蔷薇抬起手指了指自己的右肘后跑掉，留下一头雾水的林小兵待在原地。

看了一眼右肘上的牙印，林小兵明白了潇蔷薇最后那个动作的意思：见印见人。

第二天一早，团队大比武开始。在林小兵看来，这本身就是军队版的野外 CS，不同的是这里用的是最高科技的模拟装备。

对抗用枪能模防陆军各种制式枪械，发射与其有效射程相对应的透明光束，击中对手穿着的感应服后电脑就会根据中枪部位判定其阵亡与否。

对抗战场随机抽取，有丛林、街道、楼道、山地、沙漠等。事实证明，这种小规模的特战化对抗战，对于团队的配合默契度要求非常高。

猎豹大队派出的是一支整编的特战小队，拥有完备且强大的参透组、爆破组、突击组、电子战士、狙击手等作战单位，在任何地形中与任何队交手，无一不是残忍碾压。

兵城分战区虽然有林小兵这个神枪手和伊云龙这个电子战士，但由于与队友们从来没配合练习过，其他人被歼灭后他们两个就成了被围攻的对象。

虽然不至于迅速落败，但也只能坚持到第二轮八强时就惨遭猎豹小队碾压，最终取得第五名。

可即便如此，这也已经是兵城分战区有史以来最好的团队大比武的成绩。

"太变态了，猎豹小队根本就是不可战胜的存在。"电子监听和远程狙击都遭到强有力的反击，伊云龙垂头丧气地道。

"小规模战斗就是如此，每个队员都必须发挥其最大的作用，任何位置出现纰漏都会遭到毁灭性的打击。"林小兵以前跟着老爸玩儿过些特种战法的兵棋推演，对这种小规模协同作战有一定的研究。

"此战虽败，但你小子可是让我大开眼界了。"

伊云龙虽然在战场上没有什么明面上的战斗力，但他却能通过军用计算机侵入对方无线电指挥系统，实施监听定位，实时为林小兵提供对手的埋伏位置，进而展开精准射击。

就是这样的一个诡异的组合，却消灭了其他分战区代表队不少有生力量和重要目标，大大减轻了队友们的压力。

毫不夸张地说，第五名的团体成绩里有一半是他们两个的功劳。

"说得还有几分道理。"

"型男，你怎么老是神出鬼没的？"赵青突然出现在两人身后，林小兵无语地道。

"我是型男，肯定会在该出现的时候出现。二十分钟后离开，去参加入队考核，通过就留下，没通过就滚回兵城。"

"是。"

"激动个毛？有你什么事？"赵青话才落地，伊云龙就突然来了个标准军礼，林小兵无语地瞪着他道。

"不好意思，忘了告诉你，本人也被猎豹大队看中了。"

"是这样吗？"伊云龙一脸得意，林小兵震惊地看着赵青。

"你觉得他不够资格吗？"

"当然够格。"确定型男说的是真的，林小兵用力地点头，"伊云龙能用高科技手断入侵和干扰敌人通信网络，窃取重要情报，他在战场上的作用绝对要强过一个狙击手。"

之所以惊讶是因为突然，自从与伊云龙一同经历了团队比拼，林小兵已彻底为这家伙神鬼莫测的本领折服。

"电子战士和狙击手都是现代特战中的重要兵种，谁更重要倒是没什么可比性，但只要默契配合，战场就是你们说了算。"

林小兵和伊云龙在团队项目中表现出电子战士和狙击手严密配合、伺机清除目标的战法给了赵青很大的启示，他决定专门写一份战术报告，希望更多的人能验证该战法的各种可能性。

"保证完成任务。"齐齐行了个礼，两个坏小子齐声吼道。

"别忙着保证，先去把该料理的事料理好，千万别伤了人家姑娘，更不能留下什么小尾巴……"

身为猎豹大队长，林小兵和伊云龙那些小动作肯定逃不出赵青的耳目，但蓉城即不是两人的服役部队驻地，也不是猎豹大队基地驻地，他们和那两个女孩儿的关系倒没违反任何部队条例。

"是。"被赵青识破，两个坏小子扭头就跑。之前通过潇蔷薇暗中帮忙，伊云龙竟然真的和那个可爱女孩热乎起来。

"真的要分开了吗？"战区大比武结束，选手们跟随部队离开，偌大的利剑基地逐渐空旷起来。

林小兵、潇蔷薇、伊云龙及他的小可爱丁思瑜四个人坐在草皮上，追忆最后的美好时光。

学生代表团已集合好，领队已开始催促，估计他们也说不了几句话了。

"下午就要离开，去个全新的地方。"与家人分别不同，林小兵感觉心情怎么安抚都无法平静。

"那你们两个要相互照顾，别忘了蓉城的我们……"

"你们两个到底走不走？"

领队再次催促，潇蔷薇拿出一枚勋章道："这是爸爸留给我的，我一直贴身带着，今天送给你，你一定要安全回来见我。"

"我……"还没等林小兵说完，女孩已捂面跑开，边跑还边比划着只有林小兵看得懂的古怪手语。

"走吧，去猎豹大队建功立业，让她们为我们而骄傲。"

"正解。"回头最后看了一眼，林伊二人坚定地走向他们新的战场。

有赵青运作，伊云龙的私人物品也被带到了利剑基地，背上行囊，两人登上了猎豹大队那辆造型怪异的军绿色客车。

"董哥好，铁牛哥好，大家好……"

"众位前辈好。"

车子缓缓驶出利剑基地，林小兵和伊云龙连忙上烟套近乎，大部分人都在各种比武中见过，倒也不特别陌生。

"少来这套，想成为猎豹队员还早着呢，老实站着。"嘴上虽这么说，但董建东还是伸手接过了他们手里的烟。

"就是，如果无法通过考核，怎么来的就怎么回去，谁也帮不了你们。"铁牛这话倒不是危言耸听，猎豹大队一直遵循"宁缺毋滥，逢进必考"的原则，而且绝对不存在放水一说，否则以猎豹队员的待遇恐怕早就人满为患了。

"可不就是吗，就是因为心里没底，才来特意来向诸位大哥讨教猎豹大队的考核内容究竟是什么吗。"

林伊二人都很清楚，猎豹大队的考核肯定困难重重，没机会来就算了，要是机会到手后还被赶回去，肯定会被兄弟们打死。

"不好意思，这是军事机密，不便透露。"

铁牛说完，网灵便打了个响指，所有车窗前均降下一块黑色遮挡物，驾驶室后面也有一块大的将车厢隔断，整间车厢里瞬间一片黢黑。

"几个意思？都不带开灯的吗？"将伊云龙推进一个无人的角落，林小兵本能地感觉到情况不妙。

"啊……"果不其然，声音还没落地，林小兵脸上就重重地挨了一拳。

"小兵哥，你没事吧？啊……"伊云龙才开口就得到了林小兵同等的待遇。

一腿踹飞揍伊云龙的家伙，林小兵捂住他的嘴，在其耳边示意别出声后强行将他塞到了椅子下面。

忍痛又挨了两拳，林小兵横着撞向一大堆人，至少有六七个瞬间人仰马翻，他也混迹于其中。

四周伸手不见五指，此时已经没人能靠眼睛分辨出谁是谁。

不明白这些家伙为什么会突然暴走，林小兵只知道猎豹大队的考核估计已经开始，而且是实打实的搏斗，根本没有一点儿手下留情的意思。

所有人都在黑暗中摸索，没人发出半点声响。

向前挪了一步，林小兵的手突然被人握住，对方在他手掌不同位置戳了三下，而后将手掌摊开顶在他的手前。

瞬间反应过来，林小兵趁机抓住他的手，一记擒拿手放倒，接着胸口上一拳，使对手暂时说不出话后，用标准的四川腔大声喊道："林小兵在这里，手势暗号没对上。"

受老爸影响，林小兵能够熟练地说出周边三省的大系方言。

随着林小兵的叫喊，无数黑脚黑拳从四面八方袭来，可怜的猎豹队员几声惨叫后就昏了过去。

"停。"

铁牛第一个反应过来："灯还没亮，说明我们搞错了对象，林小兵还在我们中间，所有人小心。"

铁牛说完，车厢里的气氛又紧张起来。心明手快的林小兵立刻抓住旁边人的手，然后按照刚才被他暗算那个家伙的手法在对方手掌里点下暗号，整个过程没有露出任何破绽，毫不知情的猎豹队员随即就将另一半回应暗号点上了林小兵的手掌。

此时车厢内的灯突然就亮了起来，身着迷彩的赵青拍着手从车头的位置走了过来。

"林小兵已成功获取两组手势对接暗号，第一场考核通过。"

"考核，这就开始了吗？"灰头土脸地从座位下方爬出来，眼睛肿了一边的伊云龙龇牙咧嘴地道。

"当然，从你们上车那一刻考核就开始了，这还只是道开胃菜而已，恭喜你们已经通过。"赵青满意地给了林小兵一拳道，"表现不错。"

赵青在前面通过红外线摄像头完整地观看了这场短暂且惊心动魄的一战，其主要是考验新队员面对突发事件时的应变能力。

事实证明，林小兵不但脑子转得快，还能在保护人质安全的同时制造混乱，进而乱中取胜。

对于林小兵来说，现在的伊云龙就是一个不折不扣的累赘。

"都愣着干什么？不知道输掉该怎么做了吗？"赵青一声巨吼，猎豹队员们纷纷趴在车厢里做起俯卧撑。

"哥们儿没事吧？"

赵青返回前方座位，林小兵这才看清楚，被他拉出来垫背的是网灵那个带着眼镜的小弟乐章。

乐章也是个电子战士，怪不得林小兵如此容易就能得手，如果遇到的是铁牛或董建东，他瞬间就会被反制。

"废话，能没事吗？"感觉浑身每一块肌肉都在酸痛，乐章无语地道。

"活该，谁让你这么心急把前段暗号暴露的？"乐章的电子战技术不错，就是体质还很弱，网灵一直都有在加紧操练他。

"黑灯瞎火的谁知道谁是谁呀？况且这家伙竟然会四川话，哪里有点新兵的样子？"会说各大方言本身就是特种兵的必修科目，谁也想不到林小兵竟然连此技能也要自带。

"他是个怪胎，不能以常人的眼光来理解。坐吧，你们现在已经勉强有资格和我们坐在一起了。"

董建东挥了挥手，林小兵扯起惊魂未定的伊云龙就坐了过去。

赢就是赢，输就是输，没有人还记得刚刚发生了什么。

"别紧张，这只不过是道开胃菜而已，正餐还没上呢！"伊云龙给网灵留下了深刻印象，于是隔了几个人给他扔了瓶水。

"我们电子战士也要像他们一样冲锋陷阵吗？"对于一个超级黑客而言，伊云龙相当不屑于动手动脚的活计。

"看看他你就知道了。"铁牛指了指鼻青脸肿的乐章道，"猎豹大队要求每个队员随时都能转变身份，顶替任何一个队友的位置。简单点说，就是突击队员可以随时变成爆破队员，狙击手也可以随时变成医务兵，总之哪里需要就顶去哪里。"

"懂了，不过有一点可以确定，要是我挂掉的话肯定没有人能顶上我的空缺……"气氛有点小紧张，伊云龙来了个黑色幽默。

"确实如此，所以我们电子战士至少要学会保护自己，上了战场后每个人都有自己的使命，生死就在一瞬间，没有人能腾出手来，一切都得靠自己。"

伊云龙如果能加入猎豹大队，那他就是电子战小分队的七号队员，而且算是除了自己外技术最好的一个，网灵觉得有必要好好培养一下。

"明白，我要加强训练，不能再当你的累赘了。"伊云龙感激地给了林小兵胸口一拳。

"但愿如此。"

林小兵扫了一圈后弱弱地问道："说得这么威猛，莫非你们都上过真正的战场吗？"

"你是想问我们都杀过人吗？对不对？"猎鹰人如其名，就像一只随时可以发起攻击的鹰，总是能抓住最精准的东西。

林小兵对此不置可否。

"这个必须要等你通过所有考核才有资格知道。"猎鹰讲完第二句话后又开始闭目养神。先前一战他一直坐在那里没动，林小兵怀疑要是他加入的话，自己多半瞬间就会"壮烈牺牲"。

"这么紧张干什么？"林小兵和伊云龙东张西望，坐如针毡，董建东奇怪地看着两人。

"能不紧张吗？"林小兵无语地指着四周道，"窗户都还没打开，鬼知道你们会不会走着走着又要幺蛾子，我得做好准备。"

"小兵哥，他们再要幺蛾子的话你也不用分心保护我了，就算死我也要把这些家伙的肉咬下一块。"林小兵在保护自己的过程中挨了好几下，伊云龙心里非常过意不去。

171

"傻蛋，以你现在的体能，就算他们把手伸到嘴边你也没机会咬，过意不去就好好从最基础的练起，有朝一日让他们遇到我们就想绕道走。"对于兄弟，林小兵从来就没有累赘一说。

"说得好，但要想不成为团队累赘就必须自己足够强大。"铁牛瞪着伊云龙道，"不管你电子战技术多牛×，但有一点你要记住，战场上一发子弹就能要了你的小命。"

"嗯。"面对所有人坚毅的目光，伊云龙郑重地点了点头。

"安心休息吧，开胃菜你们已经吃下，不会再有第二次了。之所以不打开车窗是因为你们两个还不算正式的猎豹队员，猎豹基地的位置对于你们来说还是机密，等通过考核后就不会这样了。"虽然已是身经百战的老猎豹，但网灵毕竟是高科技文化人，说起话来相对要柔和一些。

"真的？"面对劣迹斑斑的铁牛和董建东等人，林小兵实在难以相信他们会如此友好。

"爱信不信，反正当这辆车停下来的时候你们两个的'好日子'就要开始了。"瞪了林小兵一眼，铁牛和董建东都将靠背放平，搞得他们身后两个猎豹队员敢怒不敢言地换了座位。

由此可见，这两个家伙在猎豹大队里也是十足的恶霸。

"他们好像都睡着了，要不要乘机报仇？"几分钟后，车厢里鼾声四起，伊云龙眼神邪恶地道。

"白痴，他们都在装睡。"

"你怎么知道？"

"特种兵是不允许打鼾的……"

林小兵的话才落地，大半车猎豹队员就突然纷纷活了过来，打牌的继续打牌，聊天的继续聊天，丝毫没有因为刚才的装睡诱敌而感到半分尴尬，可想而知，他们的脸皮是厚到了什么程度。

"看来是真的不会再搞幺蛾子了，我休息你放哨。"听意思是下车后就要开始奔波，林小兵决定先养精蓄锐。

"好，你醒了换我。"虽然有心提升实力，但伊云龙此刻还必须依赖林小

172

兵，否则以自己这小身板在刚才的开胃菜中就已经挂得连渣儿都不剩了。

"不用，下车前不准叫我，也不准闭眼。"

"为什么？"

"因为你休不休息本质上对接下来的考核没有什么影响。"

"好吧，你赢了……"

"这小子也太夸张了吧？"

"肯定是装睡。"

"但这装得也太像了吧？专业级的呀！"

……

林小兵说要睡觉，猎豹队员们便故意加大了车厢内的分贝及嘈杂程度，可这小子却说睡着就睡着，似乎根本不受外部环境影响。

"他不是装睡，是真的睡着了，而且很沉，看来是掌握了一套非常有效的睡觉方法。"近距离观察了下林小兵，猎鹰下定论道，"无论多么恶劣的环境都能快速入睡，对于狙击手来说非常重要，只有保持清醒的大脑及良好的身体状态才能完美地执行狙杀任务，不得不说，林小兵有成为天才狙击手的潜质。"

"那是，小兵哥本来就是天才……啊……"

林小兵睡得正爽，伊云龙反倒嘚瑟起来，结果被铁牛迎头扫了一劈头："好好放哨。"

"大个子，我记住你了，总有一天我会让你知道我的……好处……"铁牛突然扭过头，伊云龙连忙改口。

"小样儿。"

"这些人都是贱皮子，你越软弱他们就越欺负你，必须让他们知道你的厉害他们才会老实。"林小兵正在舒服地睡大觉，伊云龙却被猎豹队员轮番"欺负"，网灵实在看不下去就把他叫了过来。

"道理我懂，可我这二十多年都扑在电脑上，日后恐怕再怎么练都不是他们的对手了。"谁拳头硬谁说的算的道理伊云龙当然懂，但现实是他觉得自己这辈子恐怕都无法与这群肌肉男对抗了。

"我们是电子战士，电脑才是我们的武器。"伊云龙虽然还不算猎豹队员，但乐章知道他的技术要强过自己。

"可电脑又无法去打人。"

"猎豹大队的电脑不但可以打人，还可以杀人，等你正式加入后就明白了。"优秀的电子战士可是比将军还稀缺的人才，网灵小队长可不想伊云龙被这帮粗鲁的家伙随便逗着玩儿，"休息会儿吧，下车之前没有人会碰你。"

"嗯。"

网灵一看就给人一种稳重感，又累又痛的伊云龙终于可以放心地眯上一小会儿。

猎豹基地离蓉城几百公里，位于深山老林之中，客车把他们送进原始森林五六公里，猎豹队员就被两架武装直升机接走了，可怜的林小兵和伊云龙却被扔在森林边缘。

"你听明白型男的意思了吗？"直升机飞走，客车离开，林伊两人一人拎一个迷彩包，样子要多搞笑就有多搞笑。

"别傻愣着，赶紧走，那些家伙随时都可能杀回马枪。"

进入原始森林时，赵青给林伊二人分别发了一个包，说是猎豹大队原本要先考专业技能。比如，林小兵这种战斗队员要先通过格斗和射击，而伊云龙这种电子战士则要先通过电子战技术，但由于两人在战区大比武中表现抢眼，所以专业技术考核被跳过，直接进入第三关——综合技能考核。

名字听起来很霸气，其实就是林小兵和伊云龙要带着这两个包，从这个地方开始，徒步两百公里，十天内到达包里那张地图上画红圈的位置。

期间还有猎豹队员的围追堵截，逾期未到或中途被抓都算失败，用铁牛的话来说就是：怎么来的就怎么滚回去。

16　取长补短

　　扯着伊云龙向丛林深处跑了三公里，终于找到了一个天然石洞，两人钻进去安顿好后林小兵示意他检查手上的包，看看型男都给准备了些什么。

　　"我这是一台军用电脑！"伊云龙打开包包就傻眼了。

　　"这玩意能啃着吃吗？"林小兵感觉这种情况下电脑还不如一个打火机重要。

　　"这是我的武器，存在就必定有其道理。"嘿嘿笑着的伊云龙将电脑收了起来。

　　"好吧，但愿如此。"无奈地摇了摇头，林小兵打开自己这个明显比伊云龙大了好多的迷彩包，依次将里面的物品摆了出来，开山刀、野战刀、指北针、水壶、打火机、盐、单兵干粮、单兵帐篷、手枪、卫星电话及地图。

　　"手枪是真子弹，莫非型男要和我们玩儿真的？"伊云龙翻看了下手枪无语地道。

　　"真你个头，整个考核过程只准肉搏，手枪是给我们防身用的。这一带是连绵起伏的崇山峻岭，野兽横行，型男是怕我们葬身狼腹，这上面还特别强调不准用手枪打猎。"林小兵从枪套里抽出一张纸条后接着说道："水和单兵干粮和盐只够我们用一天，所以正式行动之前必须先搞到足够的粮草。"

　　"了解，但这部卫星电话是几个意思？"

　　"用来投降。"

　　战刀交给伊云龙，开山刀握在手里，把手枪固定在腰带上，林小兵将其他所有装备放回包里后道："你还是给我解释下电脑能干什么吧。"

现在唯一的优势是敌明我暗，林小兵必须全局掌控所有可用优势。

"用处大了。"说到电脑，伊云龙总是能说个不停，"这是我军自行研发的军用笔记本电脑，具有运算速度快、待机时间长的特点，可以直接连通军方 BD 系统，调集军用卫星对指定区域进行通讯压制或信号定位，入侵敌方主机等。"

"厉害。"林小兵连连竖起大拇指，此刻他终于明白这台小小电脑蕴藏着的巨大能量，"那现在开机，看看这个地方到底有何古怪。"

"这可不行。"林小兵指着地图上红圈中的目的地，伊云龙无语地道，"我们有电脑，网灵和乐章他们同样有，而且我们现在势单力薄，一个不小心就会被他们反定位，直接暴露自己，不到万不得已千万不能开机。"

"懂了，电脑前的我就像肉搏时的你，都起不了任何作用，我们只有取长补短才有机会获胜。"

"话是这么说，但要是实在没办法的情况下你就别管我了，以你的实力，没有我的拖累成功率会高出很多。"伊云龙非常清楚，关键时刻他绝对不会拖累林小兵。

"傻蛋，哥从来就没有丢包袱的习惯。"确定没有遗漏任何物品后，林小兵嘿嘿笑道，"女孩儿一起追，猎豹大队也要一起进，走吧，去搞点儿粮草。"

"你好像什么都懂，到底是不是新兵？"从石坑里出来，林小兵砍了根树枝边走边消灭痕迹，伊云龙无语地道。

"嘿嘿，小时候经常跟老爸去户外露营探险，这些都是基本常识，慢慢你就懂了。"拿出地图和指北针，林小兵测出他们此刻偏离目的方位六十余度，暂时不用担心猎豹队员找上门来。当务之急是找到充足的食物，因为一旦开始跑路，就再也没有喘息的机会了。

"跟紧我。"看了眼地图，林小兵一头扎进丛林。虽然绕了些，但这个方向是可以绕回正途的。

一路劈砍，两人深一脚浅一脚地踩在枯叶上前进，几分钟后，林小兵如愿地看到了地图上的这条小溪，随后在一个低矮处找到了想要的东西，只不过难度似乎比理想中要大上一些。

"这是什么？"伊云龙好奇地盯着地面杂乱无章的印记道。

"猎物，把野战刀给我，解条鞋带下来。"

砍了根手臂粗、一米长的木棍，削平一个面后，林小兵将野战刀用长长的战靴鞋带绑了上去。

"走吧，哥带你去狩猎。"

"到底是什么？"

"到了你就知道了。"

说着，林小兵猫着腰钻进了茂密树林。

"你到底在找什么？"跟着林小兵在丛林里钻来钻去，还不准使用开山刀，伊云龙无语地道。

"闭嘴。"钻出一片灌木丛，林小兵一眼就看到了他的目标。那是一个由两头成年猪、三头半大猪及几头小猪组成的野猪家族，正在前方的空地上啃食野草。

"这就是你说的猎物吗？"看到一群面目狰狞的野猪，伊云龙一下就蒙了。

"这得用手枪吧？放心，我一定会保密。"林小兵坚定地点头，伊云龙嘿嘿笑道。

"我林小兵绝对不干违背这里的事，好好待着。"指了指自己胸口，林小兵提着自制的木棍刀爬到一棵大树上，这是通往小溪边的必经之路，野猪家族吃饱后一定会从这里过去喝水。

林小兵静静地蹲在两米来高的树枝上，十来分钟后，肚子已圆滚滚的成年母猪一声尖叫后率队向这边走来。

无论多肥美的草地都有瘦马，无论多团结的野猪群都有不听指挥的愣头青，一头半大野猪磨磨蹭蹭地留在后面乱拱，林小兵即刻就选定了目标。

野猪大部队已经从林小兵脚下经过走向水边，那头半大野猪终于舍得摇头晃脑地跟了过来。

将老爸当年的行动在大脑里默默过了一遍，林小兵瞅准时机跳了下来。锋利的野战刀自上而下，精准地刺入了野猪脖子，可怜的野猪原地挣扎了几下便没了生气。

　　"哇，小兵哥你真是太帅了。"全程目睹了林小兵击杀野猪的过程，伊云龙的血液都要开始燃烧起来。

　　"别瞎激动，先把鞋带系起来，免得被摔死。"将鞋带扔给伊云龙，林小兵扛起这头七八十公斤的野猪离开。

　　那个野猪群虽然受到惊吓逃跑了，但难保不会有其他猛兽闻着血腥味而来，所以林小兵决定找个安全的地方处理猎物。

　　"懂了。"三下五除二系好鞋带，伊云龙嘿嘿笑着跟了上去。此刻他才发现，跟着林小兵混真是太有意思了。

　　向下绕开野猪家族的喝水处，林伊二人从小溪中央往下走了一公里后找到个平整的大石头，然后把野猪放了下来。

　　"这个我知道，在水里走不会被敌人发觉我们的痕迹。"走上岸来，伊动云龙嘿嘿笑道。

　　以前倒也参加过一些野外生存训练，但那都是带齐了所有装备和粮草，一大堆人呼啦啦地进行的，和大学生郊游差不多，这么实打实的丛林生存实战伊云龙也是第一次经历。

　　"知道就行了，去找些干透了的树枝来生火，尽量不要弄出烟。"说着，林小兵开始用野战刀给野猪剥皮。内脏和脚是不要的，让其顺水飘走。

　　猪头直接劈开后，就着钢盔和溪水把猪脑花煮熟，让两人美美地尝了个鲜。

　　把大腿肉和里脊烤成肉干，分别装在两个包里，这一路上的干粮算是充足了。

　　除此之外，林小兵还提炼了两袋猪油，一来可以补充些盐分，二来还可以用来点火照明。

　　"我们是要趁夜行动吗？"整理好场地，四周已一片黢黑，可伊云龙的兴奋劲儿依然没减。

"没有必要，时间很充裕，我们先跟铁牛他们打场心理战。今晚就在这里休息，研究下推进路线，明天一早动身。"十天走两百公里，时间并不是很急，林小兵希望准备得再充分一些。

"好的，老规矩，你休息，我放哨。"面对真正的丛林生存考验，伊云龙必须完全听从林小兵的安排，如果只有他一个人的话估计是寸步难行。

"不用放哨，现在赌的是铁牛他们找不到这里，万一找到，就算他们迁回到脚边你也未必能看到。两人都睡，养足精神，明天全力投入战斗。"就着火光，林小兵开始研究地图。

从这里到达目的地有很多种走法，但无论怎么走都要经过一个叫黑竹岭的地方，因为目的地就在黑竹岭后方五十公里处，两边都是海拔三四千米的高山，绕或爬都至少需要六七天，根本就不可能按时到达目的地。

"绝对是故意的，型男真卑鄙，枉你给他取了个这么拉风的名字。"伊云龙体能不咋地，但地图还是看得懂的。

"先别纠结了，想过黑竹岭也要先到得了才行！"此地离黑竹岭一百五十公里，期间必定已经被布下天罗地网，林小兵知道接下来必须步步为营。

"也对。"林小兵撑起单兵帐篷，伊云龙无语地道，"两个大男人挤一个单兵帐篷会不会太那个了？"

"不然你想怎样？要不你睡外面？"把包当枕头，林小兵认真检查每一个角落。

"算了，还是一起吧，不过我这个人有个毛病，晚上睡觉手喜欢乱摸……"

"哪只手碰到我就砍掉哪只手。"瞪了这家伙一眼，林小兵相当恶心地把开山刀压在包的下面。

"嘿嘿，开玩笑的，我睡觉老实得很。"钻进帐篷后，伊云龙占据了有利位置。

"傻蛋。"

把火堆浇灭，林小兵也进入帐篷。虽说挤了点儿，但两个人侧着身子就可以做到互不侵犯。

"你把火堆弄熄不怕野兽来吃我们吗？"外面一片黢黑，阴风阵阵，伊云龙无语地道。

"放心，这顶军用帐篷是特制的，除非遇到黑熊那种庞大的肉食动物，其他诸如野猪和狼什么的都不可能瞬间破开。有手枪在你怕个屁。"林小兵非常清楚，比起老爸说的那种作战环境，眼下的境况已称得上是天堂。

"蛇虫鼠蚁什么的根本就爬不进来。"

"这么说我就放心了。"伊云龙直接把身体侧立起来道，"猎鹰说你会一种能快速入睡的方法，是不是真的？"

"他什么时候说的？"林小兵明显被伊云龙的话惊到。连这个都知道，猎鹰也太夸张了吧！

"就在你在客车上睡觉的时候。"听出林小兵果然有睡觉方法，伊云龙一下就来了劲，"赶紧教我。"

"真想学？"林小兵从来就不是吝啬之人，兄弟有求，他必然不会藏私。

"必须的呀！"伊云龙激动地坐起来道，"你是不知道，我们搞程序的经常熬夜，越熬越睡不着，越睡不着越熬。别看我样子老，其实我真的只有二十多岁。"

"看出来了，你小子这就是在透支生命。"林小兵无语地道，"我的方法说起来很简单，但想出效果可不容易，你自己先试着练练吧，看能坚持多久……"

"的确是够简单的……"听了林小兵的方法，伊云龙躺下后就开始实战，结果直到林小兵睡了近一个小时，他才改用数羊的方法成功睡着。

"这两个小家伙跑到哪里去了？怎么踪影全无？"

根据考核规定，林小兵和伊云龙有一个小时的安全时间，这时间刚到，铁牛、董建华、猎鹰及网灵组成的四人小组就第一时间杀了回来。

至于其他从利剑基地返回的人则和其他猎豹队员一起分布于路线上最重要的节点，早早就为被考核者设下了天罗地网。

"是呀，按理说他们的速度不可能这么快，你到底有没有监测到伊云龙的电脑信号？"激动万分地来捉林小兵，结果人家消失得无影无踪，铁牛也是一脸无奈地瞪着网灵。

"别吵了，伊云龙开机的话我会第一时间通知你们。"打开显示器看了一眼，网灵重新将电脑合了起来。

"你倒是说句话呀？"顺着最有可能的几条路线追了几个来回，都没有发现任何蛛丝马迹，董建东瞪起猎鹰来。

"林小兵肯定没这么容易被找到，如果我是他的话，现在最科学的做法应该是偏离正确方位，找个绝对安全的地方先弄到足够的食物，好好睡一觉，其他的睡醒了再议。"拿出地图，猎鹰以他们此刻所在的位置为圆心画了个圈道，"他们两个此刻绝对在这个范围之内。"

铁牛、董建华、猎鹰和网灵四个人组成的队伍叫雷霆小组，是猎豹大队最强大的特战小分队，没有之一。

雷霆小组执行过很多次死亡级任务，立下赫赫战功，但猎鹰和网灵两个月后就要去参加中国最神秘特种部队的考核，铁牛和董建华明年也就到了猎豹大队的服役年限，所以雷霆小组急需新鲜血液，而此刻正被他们追击的林伊二人无疑就是最佳人选。

17　插翅难飞

"天就要黑了，你给我们画这个有什么用？"铁牛莫名其妙地看着猎鹰以及这个更加莫名其妙的圈道。

"一路上都是我们的人，但却没有人任何消息传来，说明林小兵和伊云龙必定是猫在什么地方睡觉。"猎鹰依旧舞弄着他的笔和地图，一副沉稳的样子。

"现在我们有两种选择，一种是和林小兵一样，就地安营扎寨，等天亮后继续沿着最有可能的路线推进找人。另外一种是四个人分头行动，从四个方向在这个范围内寻找，最迟明天天亮前肯定能找到蛛丝马迹。"

"我个人比较倾向于第二种方法，必须要压榨出他们两个的最大潜力。"既然要考核，董建东就觉得不能放水。

"老董的话很有道理，只要暴露出来，伊云龙才会被破开机，这才是电子战士的战场。"网灵摸了摸自己的电脑道。

"说得好像很有气势的样子，别忘了一旦分开的话你小子就是最大的BUG，万一被林小兵遇到你肯定是挨揍的命。"网灵的体能虽然要强过伊云龙这种电子战士很多，但毕竟主要的精力还是放在电子战方面，要是在不准用枪的情况下遇到林小兵，还真就只有挨揍的命。

"这个不用你们担心，我是文明人，如果真的遇到林小兵，也会用比较文明的方式解决。"

"行了，既然如此，那我们就此分开，无论是谁遇上林小兵都不准轻举妄动，别自以为是，伊云龙虽然弱了些，但毕竟也是个老兵了，趁我们和林小兵单挑的过程中抢个闷棍肯定没题。"猎鹰虽然不怎么爱说话，但却实打实的是雷霆小组组长，关键时刻，所有人都得听他的指挥。

"好吧，我走这边。"

"我这边。"

"网灵你就走这边吧，小心野猪多。"

猎鹰难得来个冷笑话，铁牛和董建东哈哈笑着离开，唯有网灵一脸无语地呆立当场。他这么聪明的人自然能看出兄弟们已经将林小兵最有可能出现的方位选走，他自己这个与目的地相反的方向，根本就没有遇上目标的可能。

"竟敢小瞧我？总有一天要让你们知道老子的厉害。"嘴巴虽硬，但网灵还是小心翼翼地将手枪握在手里，看来猎鹰的警告效果相当之好。

雷霆小组四个人成扇形在这一带搜索林小兵，可原始森林这么大，而且到处都是无法通过的低矮灌木丛，四周一片黢黑，想在如此恶劣的环境下找到两个人无疑是大海捞针。

天空逐步放明，铁牛、董建东和猎鹰都已将自己负责的区域搜索完毕，当然是连林小兵的毛都没见到一根。

"还有两公里，顺着这条小溪走两公里就完成任务了，老子今天一定要睡饱了再继续任务。"连续折腾了一晚上，网灵此刻已经筋疲力尽，由于他的主要工作就是用电脑盯着伊云龙，所以倒也不必跟着铁牛他们到处跑，找个安全的地方把电脑设定成目标预警模式就可以安心睡觉了。

"说好的野猪呢？出来呀，老子的子弹已经饥渴难耐了。"走过前面那道河湾就完成任务了，网灵已经完全放松警惕，说话的声音也随之大了起来，一个人走在如此阴森的树林里，要是不找个方法减压的话人是会疯掉的。

"完事。"一个箭步跳过河，网灵预想中那种荒凉的草坡并未出现，因为那里竖立着一顶单兵帐篷。

"什么？"这么低概率的中奖事件发生在自己身上，网灵扭头就跑，结果下盘一个不稳，整个人就被摁倒在地。

网灵大声自语的时候林小兵就醒了过来，就着灌木丛为网灵表演了个请君入瓮。

"你干什么？"伊云龙兴奋地去夺取网灵手腕上的身份识别表，识别表一旦离开对应人的身体，那就证明此人已经"牺牲"。

"干掉网灵呀！"发现入侵者是网灵，伊云龙比中了六合彩还高兴，"只要他牺牲掉，那整个雷霆大队里就没有人能与我对坑，那样的话我就可以开机，扫描所有猎豹队员的动向了。"

"这小子想法真好，很有前途哦。"身上的即时通信装备已经被林小兵第一时间抢走，网灵知道自己这次真是在劫难逃了，不过伊云龙的话似乎又给了他一线希望。

"你闭嘴，有点俘虏的觉悟好不好。"瞪了煽风点火的网灵一眼，林小兵无语地道，"莫非你真的以为整个猎豹大队只有网灵一个电子战高手？我敢保证你只要一开机就会把我们暴露给铁牛等人。"

"那怎么办？"经林小兵一说，伊云龙似乎也觉得自己有点鲁莽了。

"先别杀网灵，用他的电脑登录系统，先搞清楚他们的兵力部署。"

扯过网灵的军用电脑，伊云龙嘿嘿笑着打开，强行用他的指纹和视网膜解开第一道安全设置，一大串串密码手动输入框显现在他眼前。

"傻眼了吧？"伊云龙吃瘪，网灵哈哈笑道，"这道密码一共有十六位，而且是动态的，半个小时就会变一次！"

"半小时已经足够了。"面对实打实的肉搏，伊云龙只有举手投降任人宰割的命，可面对电脑，他立刻就成了一个飞扬跋扈的侠客。

取下脖子上挂着的那支造型古怪的优盘，密码破解程序自动运行，看着屏幕上那来回跳动的数字，林小兵终于设身处地地感受了一下这神秘的电子世界。

观摩了一下伊云龙的破解程序，网灵满意地点了点头道："你这个程序的确在半个小时内就能破解我的密码，但我和铁牛他们约定过，十五分钟主动报一次平安，要是不报的话就等于被俘，到时候他们立刻就会关闭我的所有权限。"

"那我们还剩多少时间？"

"十分钟。"网灵嘿嘿笑道，"离我最后一次跟他们联系已经过去五分钟，如果不关闭我的识别表，他们认定我被俘后立刻就可以通过识别表定位我的位置，到时候大部队一来你们就插翅难飞了。"

"闭嘴。"

"别这么看着我，我尽力。"嘴上虽这么说，但伊云龙心里却苦闷无比，十分钟破解十六位的密码，真当我是世界第一黑客吗？

"加油，我相信你能行。"把网灵的识别表绑在一根枯木上扔到小溪里，林小兵嘿嘿笑道，"十分钟已经够你的识别表漂很远了吧？"

这个识别表具有良好的防水设计，就算在水里泡上一整天也不会有事。

"林小兵，你这个险恶的人。"网灵想不到，原本起打算打击他们信心的话竟然反被利用。

"闭嘴，再出声就让你尝试一下俘虏真正该有的待遇。"

伊云龙噼里啪啦地向电脑里输入各种筛选排除数据，额头上已出现密集的汗珠，林小兵知道他此刻已经全身心投入到密码破解中。

"臭小子，做人留一线，日后好见面，你有没有想过万一要在同一个战壕里战斗呢？"林小兵说着就要真的动手，网灵只好打起人情牌，以他这小胳膊小腿的估计还经不住林小兵一拳。

"明白就给我老实闭嘴，等我们搞到你们的兵力分布蓝图后就会放了你。"

"可只要他们知道布防图泄露的话立刻就会改变策略。"十六个密码框已经过半填入了正确答案，网灵知道伊云龙这小子果然就是个电脑天才。

第九分钟，所有密码破译完毕，伊云龙顺利进入网灵的电脑，打开军用卫星，屏幕上瞬间跳跃着上几百个光点。

"你们到底派了多少人来抓我们？"看着必经之路上那些密集的人员分布，林小兵大脑开足马力开始记忆，而伊云龙则傻傻地用火炭在地图上东标西画，样子相当搞笑。

一分钟后，整个兵力分布图已经印在林小兵脑中，而伊云龙则还在发了狂地涂鸦。

"好说，除了一支在外执行任务的中队外，其他人都来了，差不多两百人。"网灵刚说完突然被踢出线，电脑显示器上出现大量乱码，明显网灵被俘的事已然暴露。

"以猎鹰的速度你们最多还有五分钟。"由于识别表还在开机状态，网灵现在还不算牺牲，只要顺着小溪找回来，他就又可以投入战斗。

"五分钟已经够做很多事了。"嘿嘿笑着，林小兵用网灵的皮带将他捆了起来，而后捂上他的眼睛带着伊云龙顺溪而下，正式开启跑路生涯。

……

"我真是乌鸦嘴。"网灵被俘的消息很快传遍整个战场，猎鹰、铁牛和董国华三人同时向一个地点奔去，可赶到目的地时，除了被绑得严严实实的网灵外，哪里还有林小兵的半点影子。

"我现在没牺牲，我告诉你们……"

"行了。"猎鹰抬了抬手道，"系统刚刚发生提示，你的识别表已经关闭了。"

"该死的林小兵，好可恶。"网灵非常清楚，一定是林小兵追上那个木块后"搞死"了自己。

"你自己回临时指挥所吧，抓林小兵的事就交给我们了。"根据规则，"牺牲"掉的队员是不可以向队友提供任何情报的。

"抓到后替我好好照顾他。"收拾起所有东西，网灵就此结束了他的考核战场，虽然心里相当不爽，但林小兵的睿智和伊云龙强大的电子技能已经将他深深打动。也只有这种人才，才有资格加入雷霆特战队，不是吗？

"这里没有他们明显的离开痕迹，看来是走水路了。"四处观察了一圈，董建东确定地道。

"可要是他们走这个方位的话会不会离目的地越来越远。"林小兵的做事风格出乎所有人意料，铁牛也无语地道。

"伊云龙破开了网灵的电脑，获取了我们的布防图，就算型男要及时调整也要至少要三十分钟才能部署完毕，林小兵用这三十分钟已经可以做很多事了。"林小兵虽然是个新兵，但却让猎鹰产生了棋逢对手的感觉，"不用沿河追了，我们返回正确道路，运气好的话还可以抓他个正着。"

"先是一个南辕北辙，接着又是一招声东击西，这小子果然有点意思。"

"别吵了，孙猴子再狡猾也逃不出我的手掌心。"

"竟然把自己比喻成佛祖，你敢不敢再无耻点？"

"有种你再说一句？"

"说又怎样，有种你跑赢我。"嘴上虽然斗着，但三人脚下可都没有停下，幽灵般穿梭于树木之间，速度快得令人乍舌。

"可惜了，我只记下了三分之一，要不我用我的电脑登录吧？没有网灵在，他们应该没那么容易识破我的电子伪装。"

"暂时不用，你的电脑必须要到万不得已的时候才能开机，这可是我们两个最后的保命符。"好好的地图被他画得黑麻麻一片，林小兵无语地道："赶紧擦了吧，所有布防信息都在我这里了。"

"不可能吧？"见林小兵指了指他自己的脑袋，伊云龙一下就无语了，"那么大的信息量，这么短的时间内你就能记得住？"

"马上你就知道了。"拿出地图比对了一番，林小兵坚定地道，"正前方有两个猎豹队员，左侧十五米的地方还有两个，我们从他们中间的空隙穿过去。"

林小兵也能想到赵青会改变布防，但这也得有个过程，他必须要用这个时间差尽量跑得远一些，否则猎鹰他们很快就会追上来。

"听你的。"关于跑路节奏，伊云龙只能对林小兵马首是瞻。

"看到没有，这就是实力。"由于对整个布防图有了全面记忆，林小兵绕过第一组暗哨时就采取匍匐前进的方式，硬是生生从这支猎豹小队的鼻子下成功突围。

"老大是搞什么，为什么非得要我们改口叫他型男，好好的布防说变就变，该不会是逗我们玩儿吧？"

"据说这次考核的对象特别有能耐，他们抓了网灵后用他的电脑得到了我们的布防图，所以老大才急着改变策略。"

"型男，他还真是不知道脸红。"

成功突破两道布防，猎豹队员们的部署果然有了变化，要不是林小兵反应快把伊云龙快速抓进了灌木丛，他们此刻恐怕就要和对手直接碰面了。

前方传来猎豹队员的对话，而且几乎是踩着林小兵和伊云龙的脑袋走了过去，吓得两人大气都不敢出。

林小兵知道，攻破网灵电脑的效果已经用完。

"别发牢骚了，铁牛说目标可能已经突破了我们的多道防线，都把眼睛瞪大点，免得到时候丢人。"

"有道理。"

听对方少说也有七八个人，林小兵很清楚此时出去必定是百死无生，于是打了个手势后带着伊云龙退了回去。

"型男好可恶，竟然这么快就改变了布防。"退到两层防线之间的安全点，伊云龙无语地道。林小兵一直不同意开电脑，否则也不至于如此被动。

"这么大的原始森林，我就不信他们都能守得连只苍蝇都飞不过去，换条路走。"搞了大半天才走了十余公里，林小兵也是相当无语。

检索脑中的布防数据，结合地图，林小兵很快规划出第二条行动路线，此时太阳已经偏西，正是一天中最热、精神最为松懈的时候，他必会趁此机会再突破几道屏障。

"确定这边人少吗？"

"无法确定，总之多走一步就离目的地进一步，型男是铁了心要整死我们，必须坚决粉碎他的奸计。"

"说得倒是很有气势，可为什么你身上好好的，而我身上全都是伤？"林小兵冲在前面屁事没有，反倒是后面的伊云龙一身的划伤，他对此非常郁闷。

"因为我懂得避让，多来原始森林转转你就明白了。"

前方就是布防没调整前两个猎豹队员驻守的地方，林小兵示意伊云龙找个地方躲起来后一个人低身推进。

和想象中一样，这里果然是人影全无，但中间一棵大树下方依稀可以看出有人待过的痕迹。

走出前方的双胞树，林小兵本能地感觉不妙。猛地蹲下身子，顺势一个前滚，一个身形高大、穿着迷彩、脸上画着油彩的猎豹队员落到地面。要是林小兵反应慢上半拍，此刻恐怕就起不来了。

"有点儿意思。"林小兵身手敏捷，双胞树后随即又出现一个猎豹队员，"这么多条路不走偏偏往这里钻，看来今年运气不错，要通知他们已找到目标吗？"

"不用，这个交给我，你去找另外一个，到时候直接扭送给队长，让他知道谁才是真正的型男。"

"有道理，狼多肉少也只能吃独食了。"林小兵钻出灌木丛的时候就落入了这两名猎豹队员的视线，之所以迟迟不动手，是想等另外一个被考核者出来与他汇合，要不是突然被察觉，他们可能还不会动手。

"你就是林小兵吧？"一个猎豹队员去找伊云龙，留下的这个来到林小兵面前嘿嘿笑道。

身为精英部队成员，他们除了骄傲外就只剩下自信，当然这种骄傲和自信都是建立于实力的基础之上的。

"没错，我就是林小兵。"这一战已不可避免，林小兵放下包后与这个猎豹队员对视。

"是你自己投降还是我过来把你打投降。"由于被考核者人数少，被抓即为淘汰，所以没必要佩戴识别手表。

"你刚才犯了一个致命的错误。"林小兵转了转脖子道。

"什么？"猎豹队员猫看老鼠般看着林小兵，在他们的印象中，被考核队员除非成功逃过所有眼线，否则被发现的无一都是考核失败，这也正是猎豹大队一直只有小几百人的原因。

林小兵懒得开口，直接用一记正踢回答对手。

"来得好。"

猎豹队员都是身经百战的特种兵战士，实力自然非常强悍，一声大呵后接着转身，反向一记旋风腿送出。林小兵早料有此一着，向前一字马放平身体，双手顺势抱住猎豹队员空中的左脚，借力起身一记扫蹚腿击中对手独立中的右脚。

下盘重心不稳，猎豹队员顺势倒地，林小兵原地一个三百六十度转体压

189

脚直接命中其胸口，猎豹队员闷叫一声后左手已被制住，其戴着的识别表也被瞬间取了下来。

"现在知道你犯了什么错误了吧？"林小兵可没有直接关闭识别表，"弄死"这个猎豹队员不但会暴露自己的位置，刚才去抓伊云龙的那个也会有所防范。

"别他娘的啰嗦，有种直接干掉我，绑人算什么本事？"见林小兵解下自己的鞋带绑自己，猎豹队员立刻就联想到了他的意图。

交过手后，猎豹队员才真正相信了赵青说的这小子很强是什么意思，早知如此，他就不该和同伴分开，而是联手先拿下这小子再说。

"别着急，你现在活着比'死了'更有用。"捆好此人，往其嘴里塞了一块棉布后林小兵抢了根木棍爬上了后面五米外的一棵大树。抓到伊云龙后那个猎豹队员自然会过来，林小兵根本没必要去找他。

"放开我，有种再单逃一次。"才在树上坐了五分钟不到，伊云龙骂骂咧咧的声音就传了过来，看他鼻青脸肿的样子，林小兵差点笑出声来。

"闭嘴，我一只手就把你打成这样了，你还好意思跟我提单挑？"

"那是我状态不好，有种再来一次。"

"滚犊子。"

这个猎豹队员明显是东北人，当他看到树后面的同伴状况不对时，一切都已经来不及了，先是胸口上重重挨了一飞腿，接着又是一闷棍，而后人就失去了意识。

"小兵哥，我就知道你不会那么容易被抓住。"林小兵强势出场，伊云龙小脸瞬间就乐开了花。

"别吵了，赶紧办正事。"

合力把昏过去的人搬过来，林小兵没收了他们的无线通讯装备，而后把野战刀放到五十米外的一棵树根边对醒着的一个猎豹队员道："我知道你能从这里挪过去拿到野战刀割断鞋带，那时我们已经走远了。另外还要告诉你个事，我不会关闭你们的识别表，只会把它们藏在半径五十米的范围内，能找到的话你们俩是可以继续来找我的哦。"

18　地下工事

"林小兵，你这个家伙，千万别落在我手上，否则一定剥了你的皮。"这小子身手了得，头脑睿智，恐怕不是那种随随便便就能打发的角色，猎豹队员只得边奋力向五十米外的匕首挪动，一边恶狠狠地瞪着两人离开。

"这样会不会太简单了？"离开猎豹队员的视线，林小兵就把两只识别表挂到了一棵树上，伊云龙无语地道。

"越简单的地方就越难找，他们一定会认为我把这东西埋在土里。"

"有道理。"

嘿嘿笑着，两人一头扎进树丛，人虽被控制，但识别表没关就没人知道这两个猎豹队员已遭到暗算。

等他们解开鞋带，步行找到其他同伴时，林伊二人早就不知跑到什么地方去了。

型男此次虽然投入了几百兵力，但这片原始森林实在太大，兵力只能设在一些关键地带，而且人数也有多有少，有些地方有一整支小队，有些地方却只有两三个人，甚至一个人的都有，比如此刻在林伊两人前方二十米外烤野鸡的这个。

"野鸡啊，看上去好好吃，要不要干一票？"伊云龙看着油光闪闪的野鸡直流口水。

"算了，别找事，每个猎豹队员都不好惹。"目前的主要任务是突围，不到万不得已，林小兵绝对不会与猎豹队员正面冲突。

"那就再绕过去吧。"可能是前方没传来什么异常，林小兵又成功突破了一条防线，而且他发现越深入敌后，其防线与防线之间的距离就越长。

"天快黑了，今天成功推进三十公里，已超额完成任务，后面那两个家伙估计就快要与大部队联系了，太急功近利反而会遭到伏击，今晚就在这里安营，明早再作打算。"

"在这里？和这个猎豹队员一起吗？"伊云龙瞪大了眼睛。

"那是必须的，没听过最危险的地方反而是最安全的地方吗？"林小兵诡异一笑，示意伊云龙盯着这里后开始在四周观察，他转了一圈后发现这个猎豹队员的帐篷搭建在西侧三棵长成三角形的大树之间，而且三角树四周还藏着几只小小的红外线发射器。

看来一个人驻守的地方就有不一样的装备，要是伊云龙那个马大哈跟着来，此时恐怕已经暴露了。

小心翼翼地围着三角树走了一圈，林小兵在北侧五米的地方找到一个天然土坑，里面堆满了枯叶。

下去后枯叶直接没齐腰部，林小兵判断土坑整体深度达三米以上。

"好地方。"

返回去示意伊云龙继续盯着正在吃烤鸡的猎豹队员，林小兵带着单兵帐篷回到土坑。

将枯叶全部赶到一边，林小兵把单兵帐篷搭建在坑底，而后又将枯叶全部推到帐篷靠墙的一面高高地堆积起来，之后才过去将伊云龙叫了过来。

"你不是吧？竟然把帐篷建在敌人眼皮子底下？"看到林小兵的"杰作"，伊云龙一下就蒙圈了。

"别啰嗦，赶紧进去，等猎豹队员回来就白费心血了。"懒得跟这家伙解释其中的奥妙，林小兵带上水壶和肉干，将其他东西全部埋在枯叶下，而后轻轻钻进了帐篷。

枯叶具有很强的可塑性，林小兵在里面晃动了几下帐篷后，原本就堆积其上的枯叶纷纷滚下来，瞬间就将这顶小小的单兵帐篷埋了起来。

"别说，我突然觉得这个地方真的安全了。"做完这一切，两人已身在叶下。

"那是，最绝的是枯叶具有很强的透气性，我们就算在里面待三天都没问题。"

"可我现在想方便该怎么办？"

"你……"林小兵抡起拳头，但又怕暴露，只好忍下一口气，"大的小的？"

"大的……"

"什么？"就算暴露林小兵也要狂揍这家伙一顿。

"和你开玩笑的，一点幽默细胞都没有！"伊云龙瞪了林小兵一眼，无趣地打开了他的电脑，吓得林小兵一阵凌乱。

"放心，卫星信号接收器已被我拆了，这玩意现在就是一单机电脑。"

"那你就不怕关键时刻没电？"通过这两天的跑路，林小兵发现伊云龙除了不会真刀真枪地打架外，体能还算不错，否则背这么多东西狂奔三十余公里，普通人根本就不可能完成。

"放心，来的时候我把网灵电脑上的电池也顺了过来。"伊云龙拳头是弱，但脑子一点也不笨，肯定不会干有损大局的事。

"这还差不多。"这家伙早有准备，林小兵放心地瞟了一眼他的电脑屏幕道，"这是《亮剑》吗？"

"是。"

"我喜欢这部剧，快给我也看看……"抢过一边耳机，林小兵和伊云龙莫名其妙地欣赏起电视剧来。

"就这个鸟不拉屎的地方也能捉到目标？真是痴人说梦，不就是赢了队长两盒烟吗？至于给老子穿小鞋？"吃完美味的烤鸡，黑熊舒服地站在他的帐篷前伸懒腰。这里是防御区边缘，再出去就会被隔绝于山脉之外，他已不抱任何抓捕林小兵、赢得三天休息大奖的机会的希望了。

这猎豹大队什么都不缺，唯独缺休息时间，如果能睡上个囫囵觉那根本就是金不换的美事，休息三天的话直接就等于过大年了。

要是黑熊知道他的"三天奖励"此刻正在他眼皮底下看电视剧的话，必定会气得当场吐血三升。

"你们两个搞什么鬼？"一路追踪林小兵过来，猎鹰、铁牛和董建东三人迎头撞上两个被林小兵夺了通信设备和识别器，正在往一个面防点赶的猎豹队员。

"遇到林小兵了？"两人低头不语，铁牛已看出端倪。

"遇到了……"两个队员一五一十地将遭遇说出来，董建东一时冲动就揍了他们一顿。

"不管怎么看我们，麻烦猎鹰组长把我们的识别表找出来，我们必须要活剥了林小兵。"

雷霆小组不属于任何中队，隶属于猎豹大队长，只接受赵青的命令，所以其他队员对他们是又敬又怕。

"很同情你们，但自己的事自己解决，我只能说你们的识别表在高处。"瞪了这两个自大的家伙一眼，猎鹰三人继续追击林小兵，同时把这道防线遭到攻击的事发布出去，特别示意这条线上的人加强戒备。

耳机公共频道播出猎鹰组得到的最新情报，整个战场再次沸腾。在此之前除了参加过战区大比武的十几个人，根本就没有人真信赵青的话，都觉得他调这么多人来抓两个人实在是小题大做。可现在目标一路高歌猛进，在这么严密的防守下推进了这么远，其本身就已是整个猎豹大队的耻辱。

"不会吧？真的朝我这边来了？"本以为与大奖无缘，混吃等死的黑熊听完播报后一下就活了过来。他将吃剩的鸡架扔到眼前这土坑里，哈哈笑着将分布于帐篷四周的红外线发射器拆下来，摸黑横向装到了前方的必经路段，配合前期就安装在防线后方的几处，无论两个小家伙从什么方向来都逃不过他的法眼。

"莫名其妙。"

"傻蛋。"

"邻居"突然跑到坑边乱喊乱叫，着实把林伊两人吓了一跳，直到他转叫为笑，不知向坑里扔了个什么东西后狂笑着离开，两人才又心安理得地开始看剧。

"知道我为什么喜欢看《亮剑》吗？"此时此刻，伊云龙终于知道了林小兵的厉害，这个地方绝对是最佳的躲避地点。

"因为你和李云龙只相差一个字？"这家伙一抬屁股林小兵就知道想拉什么屎。

"还能不能愉快地玩耍了？"感觉自己是透明人，伊云龙相当无语。

"小样儿，你们差的可不光是一个字的事，赶紧点开始，等不及了……"

"我发誓，林小兵和伊云龙绝对没有突破我的防线。"黑熊前面这道由三个猎豹队员组成的防线处，小组长白鲨拍着胸口向猎鹰保证。

"我从来都只相信眼睛。"打了个手势，铁牛和董建东开始搜索，一分钟不到就被找出了端倪。

毕竟要防着猎豹队员，林小兵不可能在渗透过程中消灭所有痕迹，这些东西根本逃不出铁牛等人的法眼。

"很明显，他们已从你眼皮下轻松过关了。"

"该死的林小兵！"事实摆在面前，除了这句话外似乎也没更好的说辞。

"下一道防线怎么说？"猎鹰已对这里完全失去兴趣。

"黑熊说林小兵绝对没有从他那里逃走。"

"有没有告诉他白鲨也这么说？"林小兵一如既往的狡猾，几乎牵着所有人的鼻子走，猎鹰此刻终于有了压力，好久没有这种感觉了。

"说了，他说他整条防线都有红外线报警探头实时监控，天黑前还检查过一整条防线，可以确定如果林小兵没改道，就绝对没有从他那里过去。"铁牛把黑熊的原话说了出来。

"黑熊做事一向靠谱，他说没过去就是没过去。"想了一下，猎鹰皱起眉，坚定地道，"把人放走了，不能这么便宜你们，去把辛巴带来。"

"带辛巴？"猎鹰说完，别说是白鲨等人，就连铁牛这个林小兵的死对头都无语了，"你疯了吧？型男调集这么多人来抓林小兵，还无耻地将原本的目的地黑竹岭向后移了五十公里，其难度已经是普通队员的五倍以上了，现在连辛巴也掺和进来，不是成心不给人活路吗？"

"虽然我一向喜欢和铁牛顶，但猎鹰你这次的确过了。林小兵又不是超人，怎么可能搞得过辛巴？"辛巴是条纯种苏格兰边境牧羊犬，也是猎豹大队在役的唯一军犬。辛巴正值壮年，全军军犬大比武冠军，立功无数，是猎豹大队第一得力助手，就算是在智商排名世界第一的边境牧羊犬中也堪称极品。

　　"是有点过分了，辛巴一出，林小兵必死。"虽莫名其妙就被耍了一道，但白鲨也算是认可了他的实力，用如此手段搞新人确实过分了。

　　"看你们一个个，怎么突然都变成圣人了？先前不是说要最大限度地压榨林小兵的潜力吗？何况现在招的是普通猎豹队员吗？不是，我们现在考核的是猎豹大队最精锐的雷霆特战小组成员。"他们的表情猎鹰早已想到，于是瞪了所有人一眼继续冷冷地道，"林小兵实力有多强你们不清楚，我也不清楚，甚至连他自己都不清楚，所以需要用辛巴来验证，真以为'猎鹰'这两个字有那么好得吗？"

　　"是谁这么嚣张？竟然敢抢你的代号？"猎鹰在猎豹大队已经是神话级的人物，白鲨对他最后这句话相当敏感。

　　"是他自己提出来的，只要林小兵加入猎豹大队，就把'猎鹰'这个武装代号送给他。"

　　"如此说来，我也觉得是该把辛巴带来了。"使了个眼色，白鲨带着他的两个兄弟离开。

　　"接了辛巴后直接去黑熊那里汇合。"

　　"收到。"

　　话毕，两组人马分头行动，林小兵和伊云龙的命运再次不确定起来。

　　"抓到你了！"猎鹰想试试黑熊的红外线装备，故意没提前告诉他要来，这家伙得到终端报警后提着甩棍就躲到了预定埋伏点，待三人靠近后直接跳出来就死命砸了下去。

　　虽然黑熊的动作快如闪电，而且还是夜里偷袭，但诡异的却是他被猎鹰一记侧踢击中，横飞了三四米远。

　　事实证明，猎鹰的反应和出手速度比闪电还快。

"死了没有？"黑虎整个人都塞在一个灌木丛里，铁牛和董建东蹲到他旁边可怜地道。

"滚一边儿去……老子好好的……"看清来者，黑熊吐了口水，深深吸了几口气后才算缓过来，"猎鹰你这家伙，差点弄死老子。"

"好像是你先攻击我的吧？"

"谁叫你们来也不提前通知一声，不知道会弄出人命吗？还不赶紧扶我起来，两个傻蛋……"

出师不利，黑熊拍着胸口艰难地爬了起来。

"小熊熊存货不错嘛！"用手电筒全面检查了一圈，确实没有人离开的迹象，四个人就心安理得地在三角树与林伊二人藏身的土坑之间开始烧烤。

黑熊这两天运气不错，用扣子连抓住了三只野鸡和四只野兔，正好可以好好享用一番，猎鹰三人自打开始抓捕林小兵以来就没好好吃过东西了。

"这样大张旗鼓地搞烧烤会不会太高调了，万一林小兵这时候过来不就露馅了吗？"胸口还在隐隐作痛，黑熊不满地瞪着猎鹰，无奈拳头没人家硬，只得忍气吞声。

"放心，林小兵虽说入伍不久，但种种迹象可以看出他是个丛林生存经验丰富的家伙，这样的人一般都不会在夜里行动，因为森林里的毒蛇猛兽也会在夜里出来觅食，一个不小心就会把小命丢掉。"

"理论上是这么说，但万一林小兵就是要和我们玩儿心理战呢？"这是黑熊的地盘，要是能在这捉住那两个小子，大奖就属于他了，"而且你们把他说得这么牛×，那他一定懂得对付夜里那些动物的方法对不对？"

"玩儿心理战也没关系，辛巴马上就会来了，到时候管他是什么妖魔鬼怪都必将无所遁形。"

"牛牛说的不会是真的吧？"铁牛说完，黑熊一下子就完全康复了。

"当然是真的，白鲨他们三个已经去基地了，我叫他们天亮前必须把辛巴带到这里。"猎鹰示意所有人把鸡屁股和头都扯下来留着，这可是辛巴最喜欢的东西。

"好卑鄙，好无耻，好下流，好凶残，我好喜欢……"确定猎鹰真要这么干，黑熊不得不连续为猎鹰点了二十多个赞，如此说来林小兵就真是插翅难飞了，大奖非己莫属了。

"他们说的辛巴是什么鬼？"黑熊等人开始架火烤东西时，坑里的林小兵和伊云龙就已知道猎鹰铁牛及老董来了，细听他们谈话，原本就被吓得不轻的伊云龙更是心惊胆战起来。

"辛巴是狮子王的名字，爱吃鸡头鸡屁股，此物一出我们就无处遁形，而且还要人亲自去带来这里。综合所有信息，基本可以判断辛巴是条狗。"林小兵何等聪明，很自然就脑补出了辛巴的真实身份。

"狗？"虽说是轻声交流，但伊云龙的嘴已张到不能再大了。

"准确地说是条军犬，猎豹大队的军犬肯定不是一般军犬可比的，所以他们才会如此自信。"

"猎鹰这家伙真是太无耻了。"此刻伊云龙才算是看出来了，那个不爱说话的家伙的权力要比普通猎豹队员大很多，"我们现在该怎么办？"

"我怎么知道？有猎鹰铁牛老董三人在上面，出去基本等于送死，简单点说，我们被困在这里了。"其他人还好说，说到这三个人，林小兵连争取一下的信心都没有。

"你竟然跟我说被困？"伊云龙无语地道，"先前你不是说这里是最好的地方吗？"

"这个你后来也同意过的呀！"伊云龙发狂，林小兵嘿嘿傻乐，"傻蛋，别纠结了，船到桥头自然直，管那么多做什么？大不了就拼个鱼死网破。何况不藏在这里，如何能听到他们如此精彩的对话？假如不提前知道辛巴的存在，我敢保证我们两个会死得更惨。"

"你倒想得开。"

"那是必须的，我可是林小兵！"上面已进入享受阶段，喷香的味道飘到枯叶下面，引得林伊二人不由自主地拿起了一块坚硬的猪肉干。

"我发誓，无论能不能加入猎豹大队，老子都要吃十只烤鸡。"

"别发牢骚了，给我讲一下黑熊这种野外红外线报警装置的工作原理，听他们的意思，这一片恐怕都被那玩意包围了。"林小兵虽然知道这东西的作用，但却不知道工作模式。

"不管是室内还是室外，这东西的工作原理都大同小异，两个红外线探头之间连结着一跟红外线，这些探头又通过无线协议与黑熊手中的报警器连通，只要有东西把红外线拦断，就会发出警报声。"难得林小兵认真一次，伊云龙给他科普。

"原来如此，既然有无线传输，你是不是可以捕捉到他的信号，让报警器停止工作或乱工作什么的？"林小兵虽然不懂高科技，但却懂得利用身边的条件逃跑。

"阴险！"绕了半天，伊云龙终于搞懂了林小兵的小心思，"这台军用电脑的无线网卡不但可以连通天上的 BD 卫星，还有捕捉周围信号的功能，破解黑虎的报警盒倒是不难，抓一个信号包来然后逆向伪装进入即可夺取控制权，这件事的难度其实还是开启无线网卡后会不会被猎豹大队的其他电子战士抓住。"

"你说过只要网灵挂掉就没有人能识破你身份的。"

"可你也说过猎豹大队绝对不止网灵一个高手。"

"我相信你。"

"我也相信你。"

"别啰嗦了，现在已经到了考验你的时候，等天亮辛巴来了我们就会成为瓮中之鳖，与其坐以待毙还不如放手一搏。"

伊云龙突然不自信起来，林小兵相当无语，猎鹰三人追了自己一天一夜，身体一定有点累了，今晚的值班任务必定是黑熊的，这家伙太过依赖红外线报警器，只要搞定这玩意，倒也不是没有逃脱的机会。

"这可是你说的，到时候暴露了可别怪我。"进退都是死，伊云龙只得听从安排。

"放心，我最多在被抓之前暴打你一顿。"仔细听着上面的声音，林小兵也暗暗发誓完事后一定要吃个够。

"真他娘的爽。"吃了一只鸡和一只兔子，铁牛舒服地拍着圆滚滚的肚皮道，"追了一天两夜，还真有点儿累了，值班的事就交给你们了，辛巴到之前不要吵我。"

"我也是。"

"交给你了。"

不用刻意分配，猎鹰三人组各自选了处风水宝地后便搭建起单兵帐篷，气得受伤还得值夜班的黑熊直接将留给辛巴的鸡屁股塞到了嘴里。

无论雷霆小组的智商多高，丛林战经验多丰富，也不可能算出林小兵和伊云龙早在三个小时前就神不知鬼不觉地睡到了黑熊旁边，离他们刚刚烤鸡的地方不过三米之遥。

时间一分分过去，凌晨三点半，林小兵使了个眼色，伊云龙就准备开启无线网卡和伪装数据包生成器。

伊云龙的伪装程序是通过使用网灵的电脑登录到 BD 系统专属的猎豹专区时，看到有五个成员在密切注视着这一带的情况后专门编写的。

其奥妙之处在于该软件可以向专期内发射一个伪装成卫星信号的数据包，骗过防火墙进入专区后就可自动检测出那五个电子战士有没有下线睡觉的，如果有的话伊云龙就可以伪装成正在睡觉的猎豹电子战士进入猎豹专区，进而可以开启军用电脑自带的抓包程序击破黑熊的红外线报警器。

"来吧，让我们放手一搏。"

"别这么看着我，我不会这个，如果你是另外一层意思的话我也不好那口！"见伊云龙奇怪地看着自己，林小兵下意识地向外靠了一点。

"所有程序端口和入侵程序我都设定完毕，按下回车键电脑就会进入工作状态。"

"按回车我会，只是不懂为什么非要我动手？"林小兵的手指戳在回车键上，但就是不按下去。

"因为这样假如失败的话都是你一手造成的。"话毕，伊云龙在林小兵的手背上敲了一下，电脑随即开足马力运行起来。

百分之五、百分之十、三十、五十……数据包生成完毕；下一步，伪装进入猎豹专区服务器，总进度条读数继续，百分之六十、八十……

"为什么这玩意儿不动了，是不是电脑被我们看剧看坏了？"当进度条读数卡在百分之九十九时，林小兵的心都快跳到了嗓子眼。

"别二了，电脑好好的，估计是网灵牺牲后他们将防火墙提升到了最高级别，现在所有数据都在等待安检筛选，就像你坐飞机安检一样，此刻退出必定会被按倒在地。"

"能不能讲点听得懂的？"林小兵听着伊云龙的专业术语就感觉一阵云里雾里，脑袋直晕。

"二十秒后如果进度条还没到百分之百，你就可以掀开枯叶自己跑路了。"

"那你怎么办？"伊云龙说得洒脱，但林小兵知道他心里其实非常紧张。

"假如入侵失败，我的猎豹考核也就结束了。"专区防火墙已锁定鼹鼠数据包，十数秒后就会出结果，伊云龙对照着他从不离身的手表开始倒数：十、九……三、二、一……倒数最后一秒时进度条还是没反应，林伊二人已彻底绝望。

"你走吧。"此时此刻伊云龙终于解脱，"入侵失败，这里几秒钟后就会暴露给正在值班的电子战士，猎鹰等人一分钟内就会知道我们这个近在咫尺的藏身之地。"

"我说过这辈子都没有丢包袱一说。"林小兵可以失败，但绝不食言，"要走一起走，要守一起守。"

"你这何必呢，我逃不掉……"伊云龙的话都还没说完，总进度条突然有了动静：百分之百。

"几个意思？"林小兵想说又不敢确定，只好一脸呆萌地看着伊云龙。

"成功了。"伊云龙双拳下摆，一张老脸已经蹴得完全挤在一起，"数据包已成功混入猎豹专区服务器，等其反馈回消息后就可以进入下一步了。"

"如此说来到目前为止我们已经成功了一半？"

"不是一半，是百分之八十五。"

"不会吧？太夸张了吧？"要不是邻居不好惹，林小兵和伊云龙真想大声叫出来。

"最难的一关已过，我已取得进入猎豹专区服务器的通行证，只要那六个电子战士中有一个没在线上，我就可以堂而皇之地变成他，混进去查看型男的实时布防图。"

伊云龙神秘地看了林小兵一眼接着说道，"你知道这意味着什么吗？"

"什么？"从生到死地来了一次，林小兵到此刻都还处于蒙圈状态。

"意味着只要你今晚能把我弄出去，那我就能把你送到黑竹岭。"伊云龙诡异地笑道，"他们哪个方位有人我们随时都可以知道，试问谁能捉住我们？"

"虽然事情绝对没有你想象中的那么简单，但只要你能摆平这该死的红外线报警器，我保证把你安全地从这个地方弄走。"黑熊的红外线探头隐藏在周边密林之间，一个不小心就会把所有人惊醒，这才是阻挡林小兵离去的罪魁祸首。

"来了。"和伊云龙想象中的一样，最难的一关顺利通过，伪装成正常数据包的鼹鼠数据包很快给他反馈回信息：只有两个电子战士值夜班，而两台电脑都处于无人触碰的待机状态。

"就你了。"将鼹鼠发回的信息破译出来，伊云龙一眼就看到了乐章的名号。

通过乐章遗留在服务器里的残留数据，伊云龙成功得到他登录 BD 系统的用户名，而后用破译软件计算密码。

十分钟后，伊云龙再次回到了 BD 系统猎豹专区熟悉的管理界面。

切一大半屏幕给林小兵速记型男最新的布防图，伊云龙用一小块界面启动了信号捕捉单元，十秒钟不到就抓到了五十多个由红外线探头发给报警器的数据包，于是他故技重施地伪装了过去。

一分钟后，黑熊手中的报警器就成了伊云龙的牵线木偶。

"好了，红外线还在，但报警器已经不会响了，现在的问题是除了黑熊在旁边的三角树帐篷里外，根本就无法确定猎鹰那三个家伙此刻睡在什么地方。"清除所有留在专区服务器上的痕迹后，伊云龙悄然退出 BD 系统，并关闭电脑，一切都做得神不知鬼不觉。

"你出去后跟着我匍匐推进就行，目标是西面的山脉。"那里就是一个绝境，要是林小兵选择了此方位，就算林小兵撒欢了的走恐怕也要半个月后才能走到这里，所以猎鹰根本不可能在这个方位设伏。

"你疯了吗？爬山的话我一个月都到不了目的地。"既然有机会逃脱，伊云龙自然要争取留在猎豹大队。

"爬几百米而已，躲开猎鹰的布防后横着往回走，返回杀野猪的小溪边重新选条推进路线。最新的布防图在手，我们可以轻松绕过所有屏障。"

"辛巴呢？没考虑在内吗？"伊云龙懂林小兵的意思，但那条狗一直是他无法解决的难题。

"这正是我要退回小溪边的原因。"林小兵正儿八经地拍了拍伊云龙道，"你的任务完成得相当漂亮，接下来就看我的了。除了手枪、打火机、野战刀、单兵干粮及你的电脑外，所有东西全部留在这里。"

要想神不知鬼不觉地离开，林小兵必须要舍去大部分东西，包括好不容易搞到的野猪肉。

19　金蝉脱壳

"确定连帐篷也不要吗？"

"闭嘴。"

黑熊就在左边十米的帐篷里盯着他的报警器，透过帐篷布还能看到里面微弱的红光，伊云龙匍匐前进中还在纠结帐篷的问题，林小兵真想一脚踢爆他的脑袋。

"闭嘴就闭嘴……"

身上什么都不用带，平时也练过铁丝网匍匐推进，伊云龙倒也跟得上林小兵。

一钻进灌木丛，一只隐藏中的红外线探头就骨碌碌地滚了下来，着实吓了林小兵一身冷汗。

"看我干什么？怎么下来的怎么塞回去即可。"

"算你狠。"粗鲁地将探头塞回去，两人一头扎进密林之中。

林小兵说得一点没错，特种兵睡觉果然都不会打呼噜，虽然知道有三个人就睡在附近，但两人硬是一点儿声音都无法听到。

和预料中的一样，靠山的一面果然无人看守，毕竟假如不是提前躲在这里的话，林小兵也绝对不可能从山上爬到这里。

正要开始匍匐爬山，脚突然被伊云龙抓住，林小兵扭过头愤怒地瞪着他道："搞什么？"

顺着伊云龙惊慌失措的眼神看去，林小兵看到一条手臂粗的小蟒蛇正在上山的这条必经之路上睡觉。

"赶紧走，这就是条大蚯蚓！"伊云龙脸色煞白地向后退去，林小兵不得不爬回去将他按住，"这小东西叫缅甸蟒，性情非常温顺，不咬人，在同类蛇里他现在就是不满两岁的小屁蛇。"

"蟒蛇还不咬人？你骗小孩呢？我天生就怕爬行动物，我肯定是过不去了，小兵哥你赶紧走，我自己另想办法……"

"你有个屁的办法。"伊云龙边说边向后退，而且力度越来越大，林小兵不得不一掌把他砍昏过去。

用电脑包背带将伊云龙固定在自己身上，林小兵像骡子般手脚着地驮着他一步一步向山上爬去，经过小缅甸蟒时还提起他的尾巴挪到一边儿，小家伙扭头看了他一眼，然后连姿势都懒得换就继续睡觉。

夜黑风高，四下空寂，打死早已醒来、正坐在帐篷里思考如何抓捕林小兵的猎鹰也不会想到，正主在他们四个人的包围圈里待了近十个小时，而且还堂而皇之地从防卫严密的红外线矩阵中逃了出去。

"小家伙，赶紧给老子醒过来。"驮着这么大一个人硬爬了两百多米，到了安全地带，林小兵直接把伊云龙扔到了地上。

"猎鹰哥、铁牛哥、董哥，我自首，别打脸！"人才醒来，伊云龙就开始四处求饶，气得林小兵直接踹了他屁股一脚。

"傻蛋，你好好的，老子把你弄出来了。"

"小兵哥？真的是你！"缓过神来，伊云龙一脸兴奋。小时候被蛇咬过，他一直就没战胜过对其的恐惧心理，况且是乍看到那么"大"一条蟒蛇，他的精神直接就崩溃了。

"不是我还有谁？赶紧走，必须在辛巴赶到之前到达小溪边。"林小兵背着电脑，两人横向顺着山体开始反向迂回。

遭此一遇，伊云龙已百分百确定林小兵说的"绝不丢包袱"绝对不是一句空话。

此时无声胜有声，伊云龙终于明白，只有自己坚强起来，才有可能不拖林小兵后腿。

想了近两个小时，天空逐渐放明，猎鹰终于拿出了一套捉拿林小兵的行动方案，白鲨带着辛巴也如约到达。可还不待与猎鹰铁牛等人亲热一下，这条身形匀称的军犬就示意白鲨解开绳子，而后就直接扑向了五米外的那个土坑。

人类的鼻子没什么感觉，但辛巴却能在二十米开外就闻到这里面散发着浓烈的烤肉香。

"什么东西？"辛巴拖出一只行军包，所有人当场就傻眼了。

不祥的预感笼罩上心头，猎鹰打了个手势后白鲨三人组立刻下去将枯叶清理干净，一顶"可爱"的单兵帐篷就显露了出来。

随着深入打捞，一大包烤肉、一柄开山刀等物逐一呈现在众人眼前。

"到底是怎么回事？"这次黑熊都有点儿蒙圈了。

"很明显，林小兵和伊云龙在我们到达之前就住到了这个坑里，离你不过几米。"现实很残酷，铁牛郁闷地道，"而且他们全程听到了我们昨晚的对话，由于担心被辛巴抓住，所以趁夜逃走了。"

"不可能，且不论是什么时候躲到这里的，他们绝对不可能在不惊动我的情况下逃脱，当我这整整三层的红外线报警系统是假的吗？"黑熊根本不信有人能在不触发警报的情况下脱身。

"你还是先去确定一下你的报警器还会不会响吧！"和网灵混了这么多年，董建东也明白一些电子战方面的知识，他们曾经在一个贩毒集团的地下堡垒里抓过一个大毒枭，那里面密密麻麻的红外线列阵就是被网灵直接从主机不声不响地干掉的。

"啊……林小兵、伊云龙两个小家伙，我要杀了你们！"

旁边传出黑熊的惨叫，猎鹰知道不祥的预感已经应验，于是打了个手势，带着所有人直奔山脉一侧，其他三个方位都有人驻守，只有这里才有机会逃走。

"果然是这里！"看着地面的爬痕一直延伸向山腰，傻子都知道是怎么一回事了。

"时间不长，他们应该跑不远，辛巴已从帐篷里确定了他们的气味，追吧！"白鲨拉着蠢蠢欲动的辛巴过来说道。

"黑熊，别懊恼了，伊云龙是仅次于网灵的超级黑客，搞掉你那报警器比喝一口水的难度大不了多少。这次也怪我疏忽，压根就没想到林小兵如此狡猾，竟然采用置之死地而后生的战略，不光是你，我们所有人都被他耍了。"

"越来越有意思了，现在我终于相信你说林小兵实力强到连他自己都不是太清楚是什么意思了。"林小兵一次又一次地突破极限，白鲨小组也被深深地震撼了。

"清楚就好，现在黑熊你们四个带着辛巴去追林小兵，有消息第一时间通报。"

"收到。"打了几个手势，四人一犬向山上爬去。

身为猎豹大队最强的特种战斗队员，猎鹰、铁牛和董建东都非常清楚，对于特战高手来说，军犬的作用仅限于出其不意，一旦暴露的话就有很多方法可以躲避其的追踪，甚至直接弄死，这也正是经费充裕的猎豹大队也只养辛巴一条军犬的原因。

"伊云龙能击破红外线报警器，证明他已经开启了计算机，但电子战小队那边却没有做出任何反应，证明他们根本没有发现伊云龙。"猎鹰何等睿智，单单以林小兵从眼皮底下逃走一事上就联想到了很多东西，"往大胆处想，最新的布防图估计又暴露了。"

"我马上通知道型男。"

"没必要，假如伊云龙真的能侵入猎豹专用服务器，那就算型男调整布防也同样会再次暴露，少了网灵似乎还真没人能制得住这小子。"董建东正要按下通信开关，猎鹰把他叫停，"虽然这只是一场考核，但也一定要按照实战来搞。假如林小兵和伊云龙是我们的敌人，在对他们完全不了解的情况下，我也不可能联想到电子战线已全线崩溃，电子战就让电子战士们自由博弈，谁输谁赢全凭本事，假如我们提醒自己人，那就是人为降低我方难度，乐章那几个小子就不知道自己的真实水平到了哪里。"

"话是这么说，可假如林小兵真的得到我方布防图，那还有个屁的搞头呀？这么大的森林，他直接就可以神不知鬼不觉地钻空子，我们的人于他俩来说根本就是摆设。"铁牛虽然觉得猎鹰的话很有道理，但就这么认输他心里的确不甘。

"摆设就摆设吧，要的就是摆设。"虽然总是慢一步，被林小兵牵着鼻子走，但自打与他对上后，猎鹰的开口次数明显增多，"凡事都是一柄双刃剑，林伊二人可以绕过所有地方，但有个地方绝对绕不过去。"

"黑竹岭。"铁牛和董建东齐声道。

"没错，与其跟在他屁股后面跑，还不如直接到黑竹岭等他。"看着眼前这座直通黑竹岭的山脉，猎鹰坚定地道，"黑竹岭两侧都是这种连绵不绝的山脉，唯有黑竹岭直通目的地，走其他地方都绝不可能在规定时间内到达目的地，假如林小兵能在我们的眼皮子底下穿过那条狭窄通道，那他们就有足够的资格接替我和网灵的位子了。"

"既然如此，那就把所有人都召集到黑竹岭，反正留他们在外面也是白费力气。"想到日后可能要与林小兵一同执行任务，董建东也觉得该更严格一些。

"黑竹岭就那么屁大点儿地方，调这么多人过去干什么？留着，这样才能给伊云龙造成无人发现他入侵猎豹主机的假象，抓这两个坏小子我们三个足矣。"

"铁牛言之有理，何况型男还把第七中队配置在黑竹岭，人员根本就不是问题，这件事的难点在于我们根本找不到人。"看了看识别表，猎鹰嘿嘿冷笑道，"现在我们要做的是拉开距离，从三个不同的方位返回黑竹岭，到第七中队后让第七中队的人离开三个，让伊云龙无法判断我们三个去了哪里。"

"有道理，现在林小兵伊云龙正忙着跑路，根本没时间看电脑，正是我们行动的好时机。"

"那就黑竹岭见吧。"

话毕，雷霆小组剩余三人就地解散，分头奔向黑竹岭。

"能不能休息会儿，我都快累趴了。"一路狂奔，伊云龙已经到了身体极限。

"不能。"林小兵边跑边扯着这家伙道，"我们在山上耽误了不少时间，那条军犬估计已经追来了，还有四公里，到了河边就安全了。"

"那条河又不流向目的地，怎么个安全法？"话虽如此，伊云龙还是在咬牙坚持。费了九牛二虎之力才逃出猎鹰等人的包围圈，他现在绝对不会轻易放弃。

虽然速度慢了很多，最后几百米还是林小兵背着伊云龙过来的，但当他们到了溪边还没有传来狗叫声后，他心里的巨石终于放了下来。

"这是做什么？"见林小兵突然跳到一片低矮植物里打滚，伊云龙不解地道。

"别啰嗦，赶紧跟着做。"

"哦。"

跟着林小兵滚到地上，伊云龙才发现这种植物奇臭难忍。

"这是什么玩意，好恶心。"把全身上下滚臭后，林小兵揪了几把往脚踝上绑。

"恶心就对了，这叫臭灵丹，可以完全掩盖我们的气味。"林小兵指了指眼前的小溪道，"沿着这条小溪全都有臭灵丹的存在，辛巴根本找不到我们。"

说话间，两人已准备就绪，林小兵打了个手势后两人就钻进了旁边的丛林，找了一个很粗壮的树爬了上去。跑了这么长时间，两人需要用单兵干粮补充体能，而后重新弄到足够的粮食再行突围。虽然被兜兜转转地耽误了两天时间，但由于掌握了新的布防图，他们依然有充足的时间去完成任务。

"这个位置好，可以看到我们出来那个地方，我倒要看看辛巴到底是个什么鬼，猎鹰他们哪来的信心。"所谓站得高看得远，坐在树枝上的林伊二人边吃干粮边看风景。

"那是，也不看看是谁选的地儿。"虽然困难重重，但总算是有惊无险，林小兵心里对丛林战已经有了更深层次的理解。

"没错，小兵哥就是所向披靡、无坚不摧的宇宙第一猛男。"

"算你小子还有点眼力见儿……"面对如此明显的反讽，林小兵竟然毫不客气地应了下来。

"好吧，算你赢了，脸皮厚的见多了，但这么厚的我还是头一次见到！"

"再说一次试试，信不信哥一脚把你踹下树去？"

"别闹，来了！"林小兵提起脚，对面丛林里突然窜出一条黑白相接的狗，后面还跟着四个大汉，伊云龙无语地道，"这就是他们说的辛巴吗？怎么感觉跟我家的土狗差不多？"

"你懂个屁，这可是牧羊犬，智商排名世界第一。"辛巴出现的那一刻，林小兵已经想到猎鹰这家伙有多无耻了，占尽优势还调军犬，若非意外发现的话那就真是百死无生了。

"这么牛×？那会不会发现我们在这里？"听林小兵这么一说，伊云龙似乎对那条"土狗"也感兴趣起来。

"怎么可能，它再怎么聪明也是一条狗，绝对不可能应付得了臭灵丹，因为这玩意鼻子越灵就越臭。"

"牛×。"比了个大拇指，伊云龙开始仔细观察辛巴的动向。

从战区大比武到猎豹考核，两人已积累了深厚的战友情，这种感觉只可体会，不可言传。

"臭灵丹！"看到这片被滚成平地的臭灵丹，黑熊和白鲨等人一下就蒙圈了。

辛巴转了几圈后果然可怜兮兮地望着众人，其表情明显在说：我也无能为力了。

"该死的林小兵，真的确定他是新兵吗？为什么做事风格如此凶狠？"

"毛的新兵，根本就是个不折不扣的小滑头。"虽然从未正面交锋，但白鲨已从各方汇总上来的战报给林小兵下了定论。

"在这么多猎豹队员的布防下钻来钻去两天都还安然无恙，这小子是

很牛 ×。"

"别啰嗦了，还是想想接下来该怎么办才是正事。"观察一下四周地形，黑熊无语地道，"看这样子辛巴也没什么作用了，是继续追击还是原地搜索埋伏？"

"肯定是追。"白鲨冷冷地道，"已经过去两天，而且一路上还布满我们的人，林小兵的时间越来越紧，他此刻必定正向黑竹岭迂回，通往那边的通道就这么几条，我们四个一人一条，迅速展开追击。"

"目前也只能这样了。"黑熊同意白鲨的策略，"最糟糕的情况无非就是去黑竹岭守着，除非那俩小子长了翅膀，否则绝不可能完成任务。"

"长了翅膀他们也飞不过去。"对了下表，白鲨郑重重申，"章鱼和大鸟都被林小兵干掉了，所以无论是谁见到他都不要轻举妄动，他可是雷霆小组的备选人，实力强一点儿也不奇怪，每隔十分钟联络一次，使用猎豹动态口令。"

"收到。"

确定好所有细节，四人分头行动。所有人心里都暗暗发誓，抓住林小兵后一定要请他吃餐大的。

"他们走了，是不是该下去了？"那条可爱的"土狗"果然失去了作用，伊云龙对林小兵直接佩服得五体投地。

要是伊云龙知道林小兵有个自小就带着他各种搞的超级特种兵老爸，心里自然就会平衡一些。

别的父母早早就为孩子报各种英语班、音乐班、美术班等，还美其名曰不要输在起跑线上。但山鹰和别的父母完全不一样，他认为父母能给孩子最好的财富就是一个健康强壮的身体，缺了这个，就算其能造出宇宙飞船也没有意义。

"老实呆着，傻蛋。"

"你才是傻蛋。"把电脑包抢来挎上，伊云龙挥着拳头抗议。

懒得理这家伙，林小兵一动不动地待在树上。十分钟后，刚刚才离开的四人一犬突然又从四面八方冲了出来，确定目标没在这里后才又重新冲进树林。

"这也太卑鄙了吧？"看了这些人的举动，伊云龙终于知道自己多幼稚了。

"对付卑鄙的人，就必须比他们更加卑鄙才行。"林小兵嘿嘿笑道，"下去吧，这次他们是真的走了。"

从树上下来，林小兵开始在树林中寻找猎物，只有充足的食物才是成功完成任务的保障。

所谓不是冤家不聚头，虽然已经换到了小溪的另一面，但还是让林小兵找到了先前那个野猪家族的踪迹。

和上次一样，又一头稍小一号的半大野猪成了盘中餐。林小兵也发现自己干这种事是越来越纯熟，根本不会给猎物带来多少痛苦。

饱餐一顿，烤好肉干，时间已经是下午四点，本以为林小兵会直接出发，可这小子却找了个地方睡起大头觉来。

"小兵哥，我们不用赶时间吗？"时间一分分过去，伊云龙不得不出言提醒。

"现在不赶，晚上赶。"虽然没有帐篷，但林小兵依然觉得躺在草皮上相当舒服。

"晚上赶？你不是说丛林中赶夜路不安全吗？"面对前后矛盾的决策，伊云龙感觉大脑一片混乱。

"先前说晚上危险是因为我们不知道猎豹队员躲在什么地方，现在知道了，自然就不危险了。"危急时刻，林小兵更加懂得审时度势的道理，"晚上行动之前你必须再开一次电脑，以确保型男没有再次改变布防。"

"肯定不会，我抹除了所有痕迹，乐章他们肯定发现不了我进去过。"对于自己的领域，伊云龙一向都信心满满。

"乐章他们发现不了不代表其他人联想不到，还是谨慎一些为好。"虽然才正式和猎鹰交手两天，但林小兵已深刻体会到这些家伙的可怕，要不是占了一步先机，恐怕早就栽在他手里了。

"好吧，等吃下午饭时再混进去看一眼。"通过两天的奔波，伊云龙对林小兵的话已到了盲从的地步，"不过我非常奇怪，你是怎么记住这么大一张地图的数据的？"

"这个不知道该如何跟你解释，看过《最强大脑》这个综艺节目吗？"

"看过，你这么一说我好像明白一些了，你的脑力完全和那些变态有得一拼呀！"比起爆表的武力值，林小兵强大的脑力更是让人叹为观止。

"其实人类大脑的潜力是非常巨大的，我只是天生比普通人能多使用一点儿而已。"在哈佛大学这两年，林小兵也读过一些大脑领域的专业书籍，对这方面也有一些了解，"只要从小训练，大部分人都可以成为所谓的少年天才。"

"少年天才都容易陨落，还是自然发育的好点。"伊云龙在复旦读到硕士，自然听闻过一些天才少年班的小天才们的结局。

"是呀，过早把大脑开发殆尽，就意味着人已生无可恋……"

虽然话题越扯越远，但闲着也是闲着，林伊二人聊得相当开心。

下午六点，正常情况已是晚饭时间，林小兵预选好两条线路后，伊云龙便按下了开机键。

在土坑里是没办法，但在这里如果入侵失败的话还可以溜之大吉，等猎豹大队的人赶来，他们早就不知逃到哪里了。

潜伏到猎豹专区门外，伊云龙向里面的"鼹鼠"发出指令，两秒钟后，一条加秘信息通过回路成功反馈，上面是正在线上值班的成员名单。

"倒是有两个电子战士没在线，但乐章这小子正在值班，终于有点儿挑战难度了。"将数据编译过来，伊云龙嘿嘿笑道。

"不行就不要勉强，我们还有时间，一旦暴露就得不偿失了。"现在掌控的这份布防图非常重要，林小兵可不想打草惊蛇。

"放心，我自有对付他的方法。"破解开一个不在线的电子战士的用户名和密码，伊云龙从 U 盘里植入了一个程序。

"这个进度条又是什么意思？还要再伪装一次吗？"有了上回的经历，林小兵看到正在读数进度条就头皮发麻。

"怎么可能，'鼹鼠'一直好好地待在猎豹专区服的务器里，这是一个超级隐身程序，骗网灵可能不行，但骗乐章肯定足够了。"那个"鼹鼠"程序包一直没被消灭，本身就能说明很多问题，但伊云龙还是决定进去会会乐章。

"那你试试，不行就立刻退出来。"伊云龙如此有信心，林小兵自然乐意让他动手。

"放心，我自有分寸。"隐身程序植入成功，伊云龙登陆猎豹专区，除了乐章外，里面还有两个电子战士，不过三人对横空出现的异物丝毫没有反应，由此可见他们根本就没发现隐身中的伊云龙。

"你们发现什么东西了吗？"神秘的猎豹基地，地下电子战指挥堡垒里，乐章眼前一花，感觉像是被什么东西触碰了一下。

"什么东西都没有，怎么了？"

"我这也什么都没发现。"

"可我总感觉被什么东西动了一下？"自己的电脑确实没有任何异常，但那种感觉是如此的真实，令他不得不提高警惕。

"我看过了，屁东西都没有，估计是你小子憋太久，想女朋友了吧？"

"其实有时候五姑娘也是不错的选择哦……"

"你们两个傻蛋给我闭嘴……"虽然系统一切正常，但乐章还是决定启动防火墙隔离系统进行一次全面扫描。然而，林小兵已经利用这十来秒的时间快速对比了一遍布防图，发现完全没什么改变后，伊云龙就迅速清除痕迹退了出来。

"找到鬼了吗？"

"我看这小子就是一只大头鬼。"

乐章扫描完毕，两个电子战士已在他们的电脑上看到了结果。平时部队出去执行任务，如果不需要电子战士随行，他们就在这个地下电子堡垒里调动 BD 卫星，为兄弟们实时提供战场上的一切必要信息。

"没道理呀，明明感觉有什么东西的！"系统里干干净净，乐章揉了揉眼睛呆立当场。

"傻小子。"乐章一副走火入魔的状态，两个兄弟也懒得再打击他。

"乐章这小子果然有点儿本事，要是再晚两秒出来就被他抓住了。"几乎是顶着防火墙的余光出来，伊云龙嘿嘿笑道，"这么短的时间你到底有没有看清楚？"

"一模一样。"林小兵点了点头道，型男的新布防一点儿都没有改变。

"没改变不是好事吗？为什么你的表情看上去很不高兴的样子？"伊云龙不解地瞪着林小兵道。

"凡事都有两面性，我们想到的未必就是真相。"摊开地图，林小兵指着红圈前方的黑竹岭道，"无论如何，这个地方都是个天堑，我们两个想突破这里比登天还难。"

"那有别的选择吗？"伊云龙弱弱地问道。

"没有。"林小兵坚决地摇头。

"没有就先到了黑竹岭再说。"

"也只能这样了。"

……

用鞋带把烤肉或绑或挂地在身上固定好，喝饱了水再把水壶灌满，此时天色已渐渐暗了下来。

准备好这一切后，林伊二人便一头扎进了树丛之中。

"前方五十米的地方有一个暗哨，向两边延展一百多米都有人，我们从东侧这条河突围。"

"不是说河边有个人吗？难道就不怕被发现？"通过这几天的奔波，伊云龙觉得体能和丛林生存技能都提升了不少。

"地图上说这条河水深两米左右，水流平缓，足够我们蒙混过关了，关键是你得会游泳。"林小兵这张是军用地图，上面标注了很多东西。

"放心，老弟家住长江边。"

"这就没问题了。"嘿嘿笑着，两人向河边迂回过去，过程中遇到几棵毛竹，正好可以派上大用场。

"准备好了吗？"

"走你。"

自小在长江长大，伊云龙的水性肯定没问题，何况这河水就两米来深，水流又平缓，根本就没有多少挑战性。

先下水试探了一番，而后含了根竹管在嘴里，用布块塞住鼻子，林伊二人各抱上一块石头，前后沉到水底。两人差不多都是一米八上下的个头，腿踩在水底后竹管刚好可以延伸到水面。

连走带漂地向下移动，两人就这样堂而皇之地从正趴在河边岩石上警戒的猎豹队员身旁溜了过去。

天已蒙蒙亮，离林伊二人开始行动已过去十个小时，两人利用这段时间或绕或钻，不动声色地躲过了猎豹大队的三道防线，整整推进了三十五公里，说起来比过去两天加起来都多。

"你这个脑袋真是太给力了。"事实胜于雄辩，伊云龙已被林小兵精准的记忆力折服，"天还没有完全亮，还要继续突破吗？"

"不用，前面短距离内没有合适的休息点，今天就在这里安营，晚上继续。我先睡，你放哨。"按照这个节奏很快就能到达黑竹岭，林小兵可不着急赶路。

"晚上不用放哨，白天却要放哨，这是什么道理？"伊云龙不解地道。

"晚上只有毒蛇野兽并不可怕，可怕的是白天的人。"成功突破几重防线，林小兵嘿嘿笑道，"瞪大眼睛看好了，就算飞来一只蚊子也要辨出公母。"

"辨你个头，有蚊子专门捉去咬你……"说话间，林小兵已呼呼地睡着了，惊得伊云龙目瞪口呆。

白天睡觉，夜里行动，而且每次行动之前伊云龙都会进入猎豹专区服务器，让林小兵快速确定一下布防图是否有大的变动。

自打第一次失败后，乐章似乎就再也无法产生那种有鬼混进来的感觉，猎豹大队的布防在林伊两人面前一览无余。

通过五天五夜的坚苦推进，两个满脸沧桑的家伙已来到黑竹岭外围，只要离开前面这片灌木林就可以进入狭长的竹岭通道。

前几天伊云龙用 BD 卫星看过，黑竹岭内一共有三十二个猎豹队员，连日数量都没发生过改变，所有人都分布在那条狭窄的通道里，除非能上天遁地，否则两人根本过不去。

"有什么对策？"看着显示器上密密麻麻的光点，伊云龙无语地道，"三十多个猎豹队员控制了整个山沟，除非我们有翅膀，否则不可能过得去。"

"确定无法找到四周的小道吗？"看似成功了四分之三，并且还知道敌人的方位，但就是没有击破最后一道屏障的方法，睿智如林小兵也是心力交瘁起来。

"这个真无法确定！"伊云龙无奈地摇摇头道，"黑竹岭两侧山脉上全部都是遮天蔽日的大树，你要卫星怎么帮你找路？"

"既然看不到路，那就启动卫星继续扫。"

"都说了没法扫，没路，你小子是不是用脑过度傻了？"伊云龙看着一脸坚毅的林小兵无奈地摇头。

"人们从来都说自古华山一条道，但华山周边的当地驻民是知道华山其实是有别的小路可走的。"

"有事说事，别云里雾里地绕。"伊云龙一时搞不清林小兵到底想表达什么意思。

"路可能隐藏在树下，但小村庄总不能不见阳光吧？我就不信这么大的一片山脉会没有一两个原住居民。还有三天时间，我要你扩大扫描范围，搜索周边的村落。"林小兵绝对不会放过任何一种可能。

"说得好像有点儿道理。"

伊云龙强化了那个隐身软件，只要防火墙扫描系统一启动，他的电脑就会自动清除痕迹断网退出，失了先机的乐章等人更是无从查起。

"来吧，让我们看看附近有没有人在这里居住。"

一道接一道的命令输入，强大的 BD 卫星开始搜索周边区域，十分钟后，几间隐藏在右侧山脉六百来米高的一处平地上的几间房屋形建筑出现在屏幕上，距离两人十一公里。

"还真有！"看到那几间隐藏在崇山峻岭中的房屋形建筑，伊云龙惊叹地道，"如果能找到原住民说不定还真能帮我们找一条捷径绕过黑竹岭。"

"所以说中华民族是世界上生存能力最强的民族，无论是繁华的纽约还是黑山老林都能顽强地生存下去。"为伊云龙强悍的电子战技术点了个大大的赞，林小兵看了下地图道，"走这个方位可以避开防线，然后直奔目的地。"

"走你。"

一路相互扶持来到这里，林伊二人已建立起超强的信任纽带，林信认伊的电子战技术，伊信任林的武力值和脑力值，双方互补长短才能战胜一个又一个艰难险阻。

成功绕开防线，林伊二人直奔目的地。先前还有点儿担心那会不会是已经荒废的住房，可当看到一条用石块铺成的林间小路的后，两人暗暗欢呼了一声后便冲了上去。

光滑的石台，整洁的路基，两边的草树也修剪得很有章法，一切都示意着这是一个有人居住的村落。

虽然被累得气喘吁吁，但伊云龙还是跟着林小兵跑上了这片隐藏于林间的平地。

绕过最后几棵树，林小兵惊奇地看到这是几间用石头堆砌起来的房子，它们之中大部分都已经荒废，只有其中一间还挂着彩旗，一个白发苍苍的老头坐在房前，一切都显得如此宁静。

"老爷爷，你好，你知道除了黑竹岭外还有别的路绕到山后面去吗？"时间紧迫，林小兵直接上去询问。

"小同志，不用这么大声，我耳朵好得很。"见到两个一身邋遢的家伙，老人家并没有半点儿意外，"顺着你们上来的路走就能去到山后面，这条小路就修在黑竹岭上方，路程都差不多。"

"谢谢老爷爷，这个给您。"

留下两块莫名其妙的肉干，林小兵和伊云龙准备开跑，结果老人家哈哈笑道："老头子我不喜欢吃肉，不过你们屋里那三个战友我倒是蛮喜欢的……"

"跑……"

老人家的话还没说完林小兵就本能地感觉到危险，可伊云龙这家伙天生少根筋，等他有所反应时人已被摁倒在地。

"抓到你了。"

随着铁牛爽朗的笑声，林小兵已陷入了猎鹰和董建东的包围。

"小子，怎么不跑了？"三下五除二把伊云龙的手绑起来，铁牛堵住了林小兵身边唯一的缺口。

"我说过，永远不会丢包袱。"

"傻×，你这是在断送自己的前程。"伊云龙虽然感动，但却为林小兵不值，以他的机敏和谨慎，完全可以为逃出包围圈拼上一次。

"闭嘴，你这个傻蛋。"瞪了伊云龙一眼，林小兵转了一圈后道，"三位大哥怎么会预先等在这里？"

就像猎鹰想不到林小兵会预先躲在土坑里一样，林小兵也绝对想不到猎鹰会预先躲在这里。

"因为这里是你们唯一的生路。"猎鹰嘿嘿笑道，"网灵挂掉后，猎豹电子战士中基本就没有人是伊云龙的对手了，从那时起，我就一直以伊云龙可以随意使用 BD 卫星为前题思考下一步的行动。可即便如此，而你们通过黑竹岭的可能性依然是零，而只要你能想到用卫星扫一下就可以轻松找到这里，所以我断定你们一定会来这里寻人问路。"

"厉害。"面对如此强大的对手，林小兵输得是心服口服。

"你走，别管我了。"被捆坐在地上，伊云龙无语地道，"我已经跑不了了，你还有机会的……"

"你恰好说反了！"董建东嘿嘿笑道，"一路神不知鬼不觉地参透到黑竹岭，还能找到这里，证明你已经在电子战场上击败了所有猎豹电子战士，所以从这一刻起，你伊云龙已经正式成为猎豹队员，至于林小兵嘛，就只能说是悲剧了。"

"真是这样吗？"伊云龙难以置信地道。

"就是这样，你的实力已足以证明一切，所以老实待在那里，看我们如何收拾林小兵。"铁牛扭了下脖子嘿嘿笑道。

"收拾你个头。"一声大呵,已无所顾忌的伊云龙蹭地站了起来,就近一口咬在了铁牛的屁股上……

"啊……为什么受伤的总是我……你这家伙……"叫骂着,铁牛扭过身一掌拍昏了伊云龙,瞅准此大好时机,林小兵冲过去一记飞脚把他踹翻,接着拿出最大的速度冲下了山坡。

"追。"

一声巨吼,猎鹰和老董两人立刻追了上去,三人速度之快令人咋舌。

"这俩小子不错。"用他为数不多的牙齿咬了一口肉干,老人家立刻痛得龇牙咧嘴。

"我一定要打死你们两个……"先是左边大腿被林小兵咬,现在是右边屁股被伊云龙咬,铁牛感觉自己真是倒了血霉,现在追林小兵已经不现实,他决定把伊云龙弄醒好好教育一下。

一边跑一边把身上的烤肉等向后扔去,林小兵一口气跑到石板路上,猎鹰和董建东穷追不舍,双方距离一直保持在六七米之间。猎鹰几次抄近道都被林小兵快速突围,气得董建东在后面破口大骂,要他站住自首,否则抓住后打断一条腿。

"当我是傻瓜吗?站着才会被打断腿呢!"大叫着,林小后脚下又加了一把力。

打架他不是猎鹰、铁牛和老董中任何一个的对手,但说到跑步,他还真不怕任何人,十六岁时就基本能与老爸跑成平手。

在一次体检中,老妈的医生朋友还调侃说他双腿与身体的比例要比常人大很多,要是个女孩儿,就凭这双大长腿就可迷倒无数少男。

"这小子怎么这么能跑?"距离被慢慢拉开,董建东无语地道,"铁人三项的时候怎么没发现?"

"傻蛋,铁人三项是他没技巧,现在才是他真正的奔跑实力。"林小兵跑得比兔子还快,猎鹰和董建东都已拿出最大速度,可还是不够,两人心里都相当无语。

"那现在怎么办？再这样下去恐怕真要被他穿过去了。"那个老头虽然猥琐了点儿，但说的话倒是真的，这条小路确实直接通向山后。

"你盯死他，我从前面岔道下到黑竹岭，有那架大陡坡，林小兵一定跑不过我，到时候我就在路口堵他。"硬追不是办法，熟悉这里所有地形的雷霆组员决定采用策略。

"好主意，你去吧，我绝对不会放过这小子。"身为铁人三项冠军，董建东竟然追不到林小兵，可想而知他心里是多么的苦闷。

"老董，猎鹰去哪里了？"一边跑还能一边关注后面的情况，可想而知林小兵是有多能跑。

"马上你就知道了，现在你眼前只有两条路，第一，投降。"

"我选第二条。"林小兵毫不犹豫地抢答。

"第二条也是投降，你除了投降还是投降。"不似格斗和射击，谁强谁弱全凭实力，跑步除了需要长期的训练外还要一定的天赋，之所以欧洲人和非洲人普遍比亚洲人跑得快，就是因为他们脚长。

追不上林小兵，董建东就算有通天的本领也无济于事。

"想让我投降，你还是先抓住我再说吧。"跳上一个台阶，林小兵一眼就看到了前方那架成六十度角的大台阶石坡，瞬间就明白猎鹰那家伙多半是从那条小路下到黑竹岭，而后直接在山后面这条小路的尽头等着自己。

"跑呀，你继续跑，我没问题的……"跑到林小兵后面四五米的地方，董建东嘿嘿笑道。虽然有点儿累，但他还依然保有一半以上的体能，情况要比林小兵稍好，收拾他已经足够。

"嘿嘿，董哥，大家自己人，放个水吧？"继续跑肯定是死路一条，林小兵必须改变策略。

"放水没问题呀，你过来，我让你放个够。"林小兵的小心思自然逃不出董建东的双眼。

"那就是没得商量啰？"

"当然有得商量，你靠近我一点，我们好好商量……"

"当我傻呀。"瞪了他一眼，林小兵转身就跑，蓄势待发的董建东自然是不紧不慢地跟上，丝毫没注意到林小兵手上已多出一块圆石。

远远看到一个弯，林小兵加快速度，董建东也迅速跟上，经刚才那一耽搁，猎鹰铁定能超前赶到路的尽头，到时候脱掉衣服点天灯……

"啊……"心里想着美事，结果在过弯时没注意脚下，董建东一脚踩在个圆圆的石头上，圆石前滚，人重心不稳后倒，重重地砸在了石板上……

虽然也经常练平倒铁背功，但这前冲的力量加上猝不及防，董建东瞬间就被摔了个七荤八素。

当然，最可怕的还是要数急冲回来的林小兵，只见他高高跃起后单膝直接命中胸口，董建东惨叫一声后喷出一口口水。

"好家伙，敢暗算我，老子一定要剥了你的皮……"连番遭到重击，董建东非常悲剧地被林小兵制服反绑，比起身上的伤痛，被新人暗算才是其最大的耻辱。

"想剥我的皮还得等你抓到我再说。"捆住董建东的手，林小兵嘿嘿笑道，"我猜翻过前面这架坡就可以见到猎鹰了对不对？加油，我相信你能行的。"

带上董建东的的单兵电台和耳机，林小兵哈哈笑着往回跑，他要从猎鹰离开那条岔道进入黑竹岭，跟猎鹰打个时间差来突破这道天险屏障。董建东双腿虽然能动，但双手被绑着，根本就不可能再跑得起来。

"是块好料，希望你能挺过最后一关。"见林小兵蹦蹦跳跳地离开，董建东无奈地摇了摇头。这小子实力强悍，诡计多端，让人防不胜防，的确是块难得的好料。

折返到猎鹰离开的那条小路，林小兵一路狂奔而下。没有伊云龙这个千里眼顺风耳，他必须靠自己一个人完成接下来的任务。

"铁牛哥，你没事吧？"走在离开石屋的路上，伊云龙弱弱地道。

"我没事，但再多一句嘴你事就大了。"原本是要暴打这臭小子一顿的，可见他弱成这个样子，估计也经不起自己的一拳半脚，想想还是强忍了下来。

"铁牛哥你也别生气，刚才我那是太急了，我怕林小兵被你们捉住……"

"闭嘴，你咬我的屁股竟然还叫我不生气，可能吗？"铁牛瞪着伊云龙恶狠狠地道，"最可恶的是你还害老子被林小兵那小家伙踹了一脚，要不是我……"

砂锅大的拳头再次抢起，但看到弱不禁风的目标，铁牛又硬生生地忍了回去。

"我知道我错了，牛哥你真别生气，不如给我讲讲山上这大爷是怎么回事吧？"这么荒凉的地方竟然住着一个老人，伊云龙感觉相当诡异。

"他是这个山村最后一个卫道者。"喝了口水压压火，铁牛淡淡地道，"这个石村的来源已无从考证，猎鹰我们几个也是在一次常规拉练时遇到这老人家，进而得知了黑竹岭上竟然还有条小路的事，不过你别高兴得太早，林小兵绝不可能逃得过猎鹰和老董的追击。"

"逃得过逃不过两说，但他们两个想抓住林小兵也绝非易事。"伊云龙嘿嘿笑道，"不瞒你说，我们能安全走到这里靠的不是别的，正是林小兵的脑子，这个跟你说你也理解不了。"

"再说一次试试？我的拳头肯定可以理解。"

"啊……"见铁牛青筋鼓起，伊云龙理智地选择闭嘴。

小道果然直通黑竹岭底部，一口气跑下来，林小兵没见到任何猎豹队员，耳机里不时传来各种信息，他基本可以判断猎豹队员们已经知道目标已被雷霆小组抓捕，现在都已撤离黑竹岭入口处向这边走来。其中最惨的无疑是乐章那几个电子战士，可谓一败涂地，此刻正被大伙在公频上狂批。

可劲儿灌了几口水，林小兵不敢多做停留，找准方向就向黑竹岭外狂奔而去。

比起陡峭的半山小道，下面就平缓多了，而且中间一米来宽的路面明显被改造过，奔跑速度比上面快了可不是一点半点。

穿过最后一片茂密的竹子，眼前豁然开朗，不用地图林小兵都知道自己已冲出黑竹岭，只要沿着前方那条河推进，四个河湾之后就是考核目的地……

223

才想到这里，林小兵就惊奇地看到一个身影正从右侧小道高速窜下来，不是猎鹰还能有谁？

打死林小兵都想不到猎鹰这么快就会下来，于是撒腿就跑，结果才跑到河边，还没能如愿跳到河里就被一记飞腿踹倒在沙滩上。

按照约定，老董和猎鹰会每隔十五分钟联系一次，结果这家伙迟迟没有音信，猎鹰在公频发布联络暗码也没无回应，再加上石路上也一直不见林小兵踪影，于是他立马判定老董出了问题，林小兵可能已从下面逃窜。最终几乎和林小兵一起冲到了黑竹岭出口。

林小兵一直在拼命奔波，而猎鹰却在石路尽头埋伏休息了近二十分钟，此消彼长之下，林小兵跑不过就是很正常的事了。

"啊……"避无可避，林小兵知道今日唯有硬拼，只见他一记勾拳打出，猎鹰巧妙地让开后一记漂亮的旋风腿袭来，林小兵下意识地出手去挡。

动起手来林小兵才知道，这家伙无论是射击还是格斗，都是他们三个里最强的，没有之一。

旋风腿威力太大，根本无法阻挡，林小兵的手臂被巨力带着，重重地砸在了脸上。虽然地上全是沙子，但他还是被砸得眼冒金星。"

"好。"

猎鹰一击撂倒林小兵，刚刚从黑竹岭里出来的猎豹队员们纷纷围了过来。

"你就是林小兵呀？够狡猾的，害我们白等了这么多天。"

"是呀，可算抓住了，也没长三头六臂呀！"

眼前的猎豹队员越来越多，但林小兵已顾忌不了，抢起拳头就冲向猎鹰，结果又被踹了一脚，半个身子直接掉到了河里。

噗嗤喷出一口血水，林小兵再次奋力站起，这次已经没有人再嘲笑他了，因为他手里抓了个石头，再次向强大的敌人发起攻击。

这次猎鹰没再踹他，只是在其脖子上力度适中地来了一下后将其弄昏。

"可惜了这棵好苗子，真搞不懂型男这家伙这次为什么把难度搞得这么大。"

"是呀，听说飞鸟黑熊他们都在这小子身上吃了大亏，连辛巴都上了，却依然拿他没办法。"

"要是照他这个标准，猎豹大队恐怕直接就可以改成雷霆大队了。"

林小兵倒下，猎豹队员们纷纷发出感慨。

"这次招的本来就是我雷霆小组的成员，难度大是必须的。"示意医务兵过来把林小兵放到单架上，猎鹰接着说道，"另外是谁告诉你们他没通过考核的？"

"莫非通过了？"所有人都被猎鹰的话惊到。

"当林小兵跨出黑竹岭的一刻，他就已经是我雷霆小组的正式成员。"

正如猎鹰所说，冲破黑竹岭正是型男给林小兵画定的界线，那个红圈只是猎豹基地的位置而已。

只是这件事只有型男和猎鹰两个人知道而已。

"既然如此，那你最后打他这顿算什么？"

"什么都不算，纯属切磋……"

"林小兵在哪里？让他滚出来受死……"猎鹰话才说完，双手被捆的董建东终于从石路上下来，整个人看上去就像一只企鹅，样子要多搞笑就有多搞笑。

"考核圆满结束，所有人返回基地。"随着铁牛和伊云龙下来汇合，耳机里传来大 BOOS 型男的声音，一群人便轰轰烈烈地带着两个新队员返回基地。唯有铁牛和董建东两人绷着脸走在最后，无论结果如何，他们都不可能让林小兵过上好日子。

20　猎豹基地

"这是哪里？发生了什么？"

睁开眼，林小兵看到自己身处一间别致的石屋，三米来高，十来平米，四面都有窗户，三面环林，一面环水，可谓是一块风水宝地。

狭小的房间里摆着两张床，伊云龙的电脑被扔在旁边的床上，外面传来不知是谁的惨叫，林小兵一口气喝完桌上的水后感觉身子已不再那么飘。

"算他们还有点儿人性，就算淘汰也没直接把人抬走。

"猎鹰这家伙真是太变态了。"扭动脖子，林小兵感觉脸和胸口还火辣辣的痛。跟铁牛对打他还有下口机会，但跟猎鹰打，根本就连还手之力都没有。

感觉外面的惨叫声越听越熟悉，林小兵跺了几下脚后推开了这扇长得跟石头一样的门。

走到门外，林小兵一下就被眼前的景象惊呆。目光到处，无一不是巨大的天然岩石，每个岩石上都有窗户，看样子都是被直接从中间凿空的建造风格。

外部没有丝毫人为的痕迹，假如不是直接进入，就算临空飞过也无法知晓这个迷宫般的岩石窝里竟然藏着如此乾坤。

走了好几圈硬是没绕到发出惨叫声的地方，林小兵索性爬上了较高的一块岩石上。

不看不知道，一看吓一跳。映入林小兵眼帘的全部都是挺拔粗壮的岩石群，其面积恐怕达十亩以上，一大群人聚集在最中央两个篮球场大小的平地上，其中一个被关在笼子里，不是伊云龙是谁？

"你们在干什么？"

找准方位，林小兵很快来到空地上，一两百号人正在搞露天烧烤，忙得不亦乐乎。可怜的伊云龙被关在正中央的一只大铁笼子里，最可笑的是笼子里还爬着几条无毒也无攻击性的白菜蛇，伊云龙就这样在笼子里被蛇赶来赶去，哭得一把鼻涕一把泪，样子要多搞笑就有多搞笑。

"烧烤呀！没看到吗？"林小兵出现，型男哈哈笑着过来搂起林小兵道，"再来迟一会儿你连渣都吃不到了。"

"小兵哥，救命，救命……"林小兵从笼子旁边经过，双眼通红的伊云龙奋力将手从笼子缝里伸出来，嗓子都已叫得沙哑不堪。

"怎么回事？他们怎么知道你怕蛇？"林小兵根本不用问就知道这是怎么回事，一个猎豹队员如果连蛇都无法克服，那未来根本就不可能顺利完成任务。

"是我告诉他们的，型男把我们两个的整个逃亡过程都套了出去，还用蛇吓我，你赶紧把我救出去，什么狗屁队员我也不当了。"

"过分了，型男你们太过分了！"瞪了伊云龙一眼，林小兵端起地上小半篮白菜蛇直接扔进铁笼子后笑道，"要这样玩儿才有意思！"

"啊……林小兵，我要和你绝交！我要杀了你……"身上被直接挂了几条蛇，伊云龙瞬间崩溃，扯起蛇身用力摔在地上，场面简直是惨不忍睹。

"型男，不是说外人不准进入猎豹基地吗？为什么我会在这里？"林小兵已从这坚固的防御体系中看出这里正是猎豹基地。

"外人肯定不准进来，不过你已经是猎豹队员了，在这里一点也不奇怪呀！"

型男装傻充愣，一副很奇怪的表情看着自己，搞得林小兵的血液再次燃烧起来。

"你说什么？我也是猎豹队员了？不是说要到达你指定的那个圈吗？"

"没有呀，我当时只说你能冲出黑竹岭就算考核过关了，是你自己记错了吧？"

"冲出黑竹岭就过关？那猎鹰和我的最后一战算什么？难道他也会记错吗？"型男说完，林小兵果然立刻爆炸。

"这个我也不太清楚，不过据他说是和你切磋一下。"型男指了指右边第三个烧烤位道，"他们就在那里，要是你想切磋回来正个好机会。"

"啊……猎鹰，我跟你……"怒气冲冲地冲到猎鹰身边，所有人都觉得林小兵又要挨一顿胖揍，结果这家伙过来后死死拽住猎鹰道，"大哥，我对你的敬仰如滔滔江水连绵不绝，如……"

"林小兵，你的节操哪里去了？"

"就是，战场上那股子杀气呢？"

林小兵突然出抱大腿的绝招，所有猎豹队员差点把吃下去的东西都喷出来。

"你们一个个都闭嘴，正所谓识时务者为俊杰，你们心里都巴望着我再被猎鹰打一顿吧？我林小兵是这么傻的人吗？猎鹰大哥说是切磋那就是切磋，以后我林小兵就是猎鹰大哥的小弟，谁跟他过不去就是跟我过不去……"开玩笑，猎鹰的拳头比铁牛和董建东还硬，林小兵这么滑头的人怎么可能跟他硬碰硬地对着干。

"林小兵的节操已经被辛巴吃了，你们赶紧放我出来弄死他……"铁笼子里的伊云龙正疯狂地和一大堆蛇肉搏，那场面真是惊天地泣鬼神，既恶心又刺激。

"傻蛋，这些蛇都没有牙齿，你好好练胆，连条蛇都搞不定还怎么当猎豹队员？"这小子也蛮可怜的，林小兵不得不出言相帮一下。

"别管他，来个鸡腿，你是凭实力进雷霆小组的，没必要如此油嘴滑舌。"给林小兵夹了只鸡腿，猎鹰算是正式接纳林小兵。

"是，刚才是太激动了。"林小兵已经看出猎鹰如此酷的人肯定不喜欢奉承，于是连忙转移话题，"雷霆小组是什么样的存在？听上去很牛×的样子。"

"不是很牛×，是相当牛×。"新老队员间已进入融合阶段，型男过来嘿嘿笑道，"简单点儿说，雷霆小组就是你眼前的这四个人——猎鹰、铁牛、老董和网灵，组长是猎鹰。现在加上你和伊云龙已达六人编制，不过猎鹰和网灵很快就要去一个传说中的地方，你和伊云龙就是来接替他们位子的。

"雷霆小组不属于任何猎豹中队，直接听丛猎豹大队长，也就是我的指挥，执行的是最高难度的任务，所以你们两个必须尽快适应起新的角色。"

"是。"没有任何调侃，林小兵这次是真实地感觉到了肩膀上的重担。

"来吧，你们这些恶心的东西，老子不怕你们……"正所谓物极必反，和这么多蛇待在一起，伊云龙的精神早已崩溃又复原了好几回，很明显他此刻正处于良好的恢复期，正一手抓着一条蛇尾巴来回搏斗。

"林小兵，可敢进来一战？"左右手各抓着一条蛇，伊云龙摆出黄飞鸿的造型。

"算了，我投降……"自报家底根本就是作死行为，林小兵脚底抹油开溜。

"原来猎鹰哥才是真正的 BOOS，失敬。"给猎鹰加满水，林小兵一脸媚笑地道，"上次战区大比武时，我就觉得猎鹰哥气势不凡，一口唾沫一个钉……"

所有人都盯着自己，林小兵感觉实在编不下只好闭嘴。

"小滑头，不就是想说猎鹰这个代号的事吗？拐弯抹角搞个毛，有事直说，以后要是再这样是要挨罚的。"

"是。"猎鹰没忘这茬，林小兵轻松了一大截。

"别高兴得太早，如果型男觉得你无法肩负这个代号，我就是想给你也没辙。"

"是，我定让型男心服口服。"

"别拍胸口了，赶紧吃，吃好了带你去练几枪。"面对林小兵，猎鹰仿佛看到了刚刚加入猎豹大队跟着上一代猎鹰学习时的自己，天不怕地不怕，觉得自己一个人就能解决所有事情。

"嗯。"狼吞虎咽地吃下几块烤肉，林小兵跟着猎鹰来到北侧一间非常大的石屋，这明显是人工建的，只是造得和岩石的颜色比较相似。

办好手续，林小兵跟着猎鹰进入石屋，下一秒就被眼前的景象惊呆了。

这是间军火库，从中国制式枪系到欧美 M 枪系，从德系到苏 AK 系，从小到大，从短到长，从手雷到地雷，从冲锋枪到突击步枪，可谓是琳琅满目，应有尽有。

"这里怎么样？"林小兵的样子就和自己刚进来时一模一样，猎鹰嘿嘿笑道。

"壮观。"猎鹰下意识地咽了一口口水道，"这么多武器，够装备一个团了吧？"

"算你小子还有点儿眼界！"猎鹰嘿嘿笑道，"我们猎豹大队属于特种作战部队，在战区享有各种优先权，从武器到经费都相当充裕，否则你以为战斗力会平白无故地从天上掉下来？"

"这倒也是，任何收获都是与投入成正比的。"身为经济学高材生，林小兵当然明白这个道理。

"挑一把，这就是未来与你并肩作战的伙伴。"

"这就是传说中 KUB88 狙击步枪？"猎鹰打开一只箱子，林小兵的瞳孔立刻放大开来，里面赫然排列着三把狙击步枪，两新一旧，样子要多拉风有多拉风。

"有见识，玩儿过？"猎鹰拿起那把旧的，感觉就像在抚摸情人。这可是与他一起战斗了多年的战友，在他眼里，这把枪是有生命的。

"没玩儿过，但了解过一些。"林小兵也拿了一把，金属的质感立刻传遍全身，优美的线条加精美的设计，这就是人与枪的第一次亲密接触。

"这的确是 88 狙，也就是你所说的 KUB88 狙击步枪，乃我国独立研发设计的新一代狙击步枪，使用 5.8 毫米机枪弹，具有口径小、威力大、精度高的特点，有效射程 800 米，弹容量 10 发。普通射手能在一百米内击中硬币，熟练射手能打断牙签，训练有素的枪手可以确保 600 米首发命中头部，1000 米距离可百分之百穿透 A3 钢板。"简单介绍了下手中的武器，猎鹰拿了几只弹匣后带着林小兵离开，"你是一流狙击手，我对你现在的要求是800 米能击中目标头部。"

"是。"

虽然第一次接触这种全新的枪械，但所谓万变不离其宗，只要调整好枪械，计算出弹道，林小兵确信自己能驾驭任何一款狙击步枪。

绕出基地来到河边，猎鹰指着河湾上方的一道水坝道："坝脚水面上飘着人头大小的东西看到没有？"

"看到了。"在这块平整的岩石上架好狙击步枪，林小兵已从瞄准镜中发现目标。

"这里距离目标刚好 800 米，正式射击前你可以先找个合适的地方调整枪械。"每个人的射击习惯都不一样，特别是从事高精度射击的狙击手，更是要注重与枪械的磨合。

"收到。"

随便找个近处的目标开了一枪，林小兵感觉 88 狙的后坐力和声音都要比 85 狙小，整体设计更加符合人体工程学原理，总之就是用着更顺手。

虽然准确击中了试射目标，但离林小兵预定的着弹点还是有些偏差，于是他试着调整瞄准镜，一共试了五发子弹才达到其想要的弹道角度。

"不错。"正所谓行家一出手，就知有没有。猎鹰已从林小兵一次次的调试中看出这小子要比自己刚来时强了很多，"开了这几枪有什么想法？"

"越先进的枪械，构造越简单，越容易上手操控。这算不算想法？"这就是林小兵对比 SVD 狙击步枪、85 狙击步枪及 88 式狙击步枪得出的大体结果。

"算，当然算，能说出来的都算。"猎鹰心里再次受惊，感慨这小子果真是个天才，竟然能在这么短的时间内就说出了武器的进化规律，"准备好就开枪吧，目标和战区射击比武时的一样，大小和人头一样，击中即会爆出彩沙。"

"收到。"

比起 85 狙的 4 倍光学瞄准镜，88 狙击的 16 倍高精度瞄准镜就高端太多了，800 米外的人头在 85 狙下只有一个黑点，但在 88 狙下就变得差不多和五六十米外的人头一般大小。

"距离 800 米，风向北，风力 1.5，弹道修正 1.5 个自编度，三连发。"

修正好弹道参数，林小兵扣动扳机，子弹破膛而出。第一发没中，第二发没中，第三发没中。

三发子弹都从目标下方飞过，林小兵目瞪口呆，他根本不敢相信会是这样的结果。

"很意外吧？"林小兵惊得一句话都说不出来，猎鹰却是一副早知如此的表情。

"是呀，这么好的枪为什么会出现这种结果呢？"

85狙都能击中800米的目标，88狙反而没击中，林小兵真是百思不得其解。

"你的所有弹道参数都算得很准，唯独少了一项要素——空气湿度。"这正是猎鹰今天带林小兵来这里的目的，他要在自己离开猎豹大队前教他一些前人的宝贵经验。

"空气湿度？"林小兵若有所思地点了点头。

"没错，就是湿度。"猎鹰嘿嘿笑道，"和子弹打到水里就会改变弹道一样的道理，河面上的空气湿度远远大于其他地方，足以影响到长距离飞行的子弹，这么说你能明白吗？"

"明白。"

响鼓不用重锤，林小兵已经完全明白猎鹰话里的意思：空气中含水重，阻力会增大，远距离飞行后就弹头就会被压低，所以要调高出弹弹道。

"距离800米，风向北，风力1.5，弹道修正1.5个自编度，三连发，空气阻力大，每发向上调高1个自编度……"找到原因，林小兵直接向他自创的弹道方程里加入了个阻力活动项，得到全新的弹道后他再次扣动扳机。

第一发不中，第二准确命中目标，目标瞬间爆出一团彩沙。

"好啊。"

成功击中目标，林小兵终于明白，目前这种情况下的空气湿度需要向上调整2个自编度。

"还行，把左边那个也爆了，只准一发子弹。"林小兵领悟能力之强令人乍舌，但为了避免这小子骄傲，猎鹰并不想表现得过于夸张。

"收到。"再次计算弹道参数，子弹破膛而出，800 米外的目标应声爆出一团令人炫目的彩沙。

　　"继续下一个步骤。"

　　猎鹰对着耳机说了一声，林小兵惊奇地看到水坝左侧的目标突然顺着河流漂了下来，由此可见这些射击头靶是有人在控制的。

　　"移动目标？"看着在河面上缓缓漂流的目标，林小兵无语地道。

　　"莫非你以为所有目标都是定在那里让你射吗？"猎鹰嘿嘿笑道，"这和打飞碟靶的原理差不多，你先试一次。"

　　"好的。"锁定正在缓缓移动的目标，林小兵又开始重新计算参数。

　　"风向北，风力 1.8，弹道修正 1.8 个自编度，向上调高 2 个自编度，目标移动状态，预计速度 7，向前调整个 7 自编度……"

　　射击这种移动目标与其说是用子弹去击中目标，还不如说是让目标来撞子弹。林小兵要先判断出目标的移动速度和路线，然后把子弹射到目标前方的必经之点，并让双方在同一时间内撞到一起。

　　设置好移动着弹点，林小兵扣动扳机，子弹呼啸而出，遗憾的是竟然早了一瞬而没入水中。

　　"知道你错在什么地方吗？"第一枪就能打得如此接近，猎鹰再次被这小子打击到。要知道当初这速度差的计算问题一直是卡在他喉咙里的一根刺，不是目标移动速度或路线算错，就是计算速度过慢，等他算出正确的着弹点后目标已进入另外一种速度期间了。

　　要知道猎鹰当初可是花了整整半个月才基本解决了这一问题，但林小兵却第一枪就差点打到，用铁牛的话说就是真他娘的打击人。

　　"知道，是目标移动速度估算错误。"猎鹰是不知道，林小兵的心算速度已经达到常人难以理解的地步，计算着弹点时间差，只要再往他的弹道方程里加入目标移动速度和子弹飞行速度就行。

　　深吸一口气，猎鹰努力让自己淡定下来道："其实你手里这个瞄准镜是可以测算物体移动速度的，就是十字线左下方那些刻度，每个刻度为五米，数秒就可以得出正确的速度值。"

"懂了。"重新锁定目标，林小兵很快得出正确的移动速度，一枪打爆了漂移中的目标。

"搞定，接下来搞什么？"虽然才正式入队一天，但林小兵已从猎鹰这学到了不少干货。他非常清楚，经验这东西都是一代又一代的人传承而来，别的地方根本无从接触。

"什么都不用搞了，你把那些目标全部打爆，然后把枪交回仓库即可。"

顺着猎鹰的手指看去，猎鹰看到河面上密密麻麻飘来二三十个头靶目标，基本是一发子弹一个目标才能完成任务。

"是。"郑重地向猎鹰行了个军礼，林小兵心怀感激。

"开始吧。"给林小兵回了个礼，猎鹰望着天边的红霞道，"这里没有演习，每天都是现场直播，你必须时刻做好见血的准备。"

"见血？"林小兵还没反应过来，猎鹰就离开了射击点。

重新锁定漂流而下的目标，林小兵终于反应过来猎鹰所说的见血是什么意思了。

"大哥放心，我会把敌人的脑袋如同这些目标一样打爆。"一发子弹一个目标，林小兵用实力向所有人证明着他的优秀。

这种88狙每开一枪，磨损加子弹就相当于五十块钱，普通部队每扣一次扳机都要慎之又慎，但林小兵却能可劲地打，可想而知战区对猎豹大队的战斗力是多么重视。

最后一个目标爆开，林小兵满意地看着被染得五颜六色的河边，他没有浪费一发子弹，对得起所有对自己满怀期望的人。

"我是人民子弟兵，我要保护我的人民。"握紧钢枪，林小兵终于开始明白这句写在两个老爸唯一一张合影上的话。

把枪交回枪库，林小兵特意问了下管理枪库的兄弟，得到的答案是：除了训练时间外，只要猎豹队员愿意，随时可来取枪训练，子弹管够。除了实战任务外，训练用弹必须把弹壳统统拾回来才能交差。

除了奢侈，林小兵已找不到合适的字眼来形容猎豹大队。

"林小兵那家伙在哪里？我要用这条蛇干掉他。"脖子上跨着条手臂粗的白菜蛇，被放出铁笼的伊云龙上窜下跳地寻找着林小兵。

"他在河边，要打架就去河边找他，顺便把自己洗一洗，真是脏得够可以的了。"猎鹰掐着鼻子跑开，伊云龙甩着蛇冲向河边，哪里还有半点怕蛇的样子？

"你确定要这么做吗？"伊云龙找到林小兵时并没有想象中那般火大，倒是林小兵看到他了脖子上的白菜蛇后就动了歪脑筋。

刚好野战刀也还在手，两人跳进河里把自己洗干净后，林小兵就着河水把白菜蛇杀掉打理干净，而后带回了先前的烧烤区。

可能是抓林小兵累坏了，所有队员都特能吃，天都黑了，依然有很多队员围着烧烤摊烤各种东西。

"林小兵，你们俩要烤死蛇吃吗？"

"懒惰到这种程度？"

"真有创意……"

林小兵提着打理好的蛇身进来，猎豹队员们纷纷爆笑调侃起来。

"你们闭嘴，这可是好东西，待会别来抢。"示意伊云龙去清理那只待宰的鸡，林小兵打来一锅干净水后就着雷霆小组的烧烤摊加大火力开煮。

"这个有什么说法吗？"见林小兵像模像样地将白菜蛇一段一段地切进锅里，铁牛凑过来猥琐地道。

"现在是煮蛇，一会加入鸡后，这就是一锅经典的龙凤汤。"这种白菜蛇本来就是一种最常见的饲养形食用蛇，乃是在野外露营时老爸最爱的一道菜，林小兵自然也是做得相当地道。

"龙凤汤？听上去很带劲儿的样子。"由于董建东的声音过大，立刻就引起了旁边几桌人的注意，大家纷纷围了过来。

"干什么？一个个都想干什么？"猎鹰等人都还没开口，赵青倒是先冲过来呵斥起来，"刚才是谁说林小兵懒得烤死蛇吃的？都滚回去。"

"老大，刚才好像就是你笑得最凶吧？"网灵阴阳怪气地来了一句，所有人立刻哈哈笑了起来。

"胡说，我怎么可能如此肤浅？"瞪大眼睛威胁了网灵一眼，型男紧贴着林小兵嘿嘿笑道，"菜名听上去就相当霸气，味道是不是也特鲜美？"

"鲜美？"林小兵一边控制着火候一边斜视了型男一眼道，"老大你真的是有点儿肤浅了，龙凤汤除了鲜美外还有美容养颜、除湿散淤的功效，这在古代可是皇帝才能吃上的大补菜肴。"

"哇，那真是太棒了，想不到这些蛇竟然还有如此功效，扔掉真是太可惜了。"

林小兵把老爸忽悠老妈的那番说辞抖出来，型男等人的口水都快流出来了。

过了一会儿，伊云龙提着整理好的鸡过来，时间正好赶上，林小兵几刀切成块后连同生姜和盐等简单的配料一同倒进锅里开煲。

耐心是美德，龙凤汤靠的主要就是火候控制，火大了蛇肉容易焦，小了容易老，只有用中火保持恒温才能煲出鲜嫩可口的肉汁。

三十分钟后，龙凤汤大功告成，林小兵揭开锅盖，一股浓香四溢开来，要不是型男猎鹰等人震慑着，其他人恐怕就要直接扑过来抢食了。

自己打了一碗汤，并特意弄了几块蛇肉，林小兵揪着伊云龙退到一边，其他人则依次排队分食，无奈狼多肉少，除了周围几桌的队员分到一碗外，其他人均空手而归。

"鲜……"

"香……"

"嫩……"

"软……"

"爽……"

龙凤汤下肚，型男、猎鹰、铁牛、老董和网灵各说了一个相当押韵的字。

"俺虽然在猎豹大队干了这么多年厨师，但这也是第一次喝到如此鲜美的汤，林小兵，你来炊事班吧，我这炊事班长的位子让你。"喝了林小兵精心煲制的美味，就连炊事班长都折服了。

"一边儿去，我是狙击手，不是厨师……"炊事班长说完，林小兵一下就急了。

"狙击手危险，随时可能丧命，厨师多好？安全，待遇好，最关键的是吃得多，你看我这身材……"

"看出来了。"林小兵看着厨师长的水桶腰无语地道，"这么好的待遇你老人家继续干着就好，我志不在此。"

"傻小子，整个就一缺心眼儿。"游说失败，厨师长郁闷地将最后一块鸡肉吃了下去。

"真的要吃吗？"所有人都已碗底朝天，唯有伊云龙端着满满的一碗龙凤汤在纠结。

"必须吃，你表面是克服了恐蛇症，但如果不加以巩固的话可能会反弹，彻底根治的方法就是直接把蛇吃到肚子里。"

"非也，正所谓物极必反，凡事都不能过于激进，伊云龙第一天就能做到不怕蛇已经难能可贵了，现在就要他吃蛇确实有点强人所难，大家兄弟一场，这个就交给大哥代劳……"铁牛说着就要伸手去接，结果生生被伊云龙瞪了回去。

"一边儿去，就算是毒药小爷今天也要喝下去。"话毕，伊云龙仰头咕嘟咕嘟地将整碗汤喝了下去，最后的蛇肉也被他嚼了两下咽下了肚子，表情之痛苦令人乍舌。

"傻蛋，你这就是暴殄天物。"抢过最后一块鸡肉，诡计失败的铁牛郁闷地离开。

"你也好不到哪去。"瞪了铁牛一眼，型男对林小兵诡笑道，"既然不愿意当厨师，那就把烹饪方法交给厨师长，也可让兄弟们都有机会都尝尝这龙凤汤，你小子该不会藏私吧？"

"怎么可能，难得兄弟们看得起，我高兴都来不及呢，怎么可能藏私？"

林小兵现场把煲龙凤汤的要诀交给厨师长，这家伙便迫不及待地煲了起来，味道虽然比林小兵做得差了点，但已基本满足在吃方面绝对不挑剔的猎豹队员。

"哈哈哈，我现在终于知道退伍后该去干什么了。"吃着自己做出来的美味，炊事班长哈哈大笑道。

"干什么？"型男下意识地道，他做的味道虽然比林小兵做的差了点，但也基本可以上得了台面了。

"我要去开个馆子，主菜就是这龙凤汤呀。"

"切。"

此刻所有战友都觉得炊事班长在说笑话，可他后来还真的回老家开了一家餐馆，生意可谓是相当红火，此乃后话，现且不提。

欢迎烧烤会一直持续到晚上九点，再有一个小时就是强制睡觉时间，林小兵揪着还在疯狂吃龙凤汤的伊云龙返回石屋，世界一下就安静下来。

虽然身处郊野，但林小兵却感到前所未有的满足和安然。

梦里，林小兵见到了两个老爸，见到了老妈和妹妹，还有死党和新训期间的战友。虽然入伍才几个月，但他已经有了天翻地覆的变化。

"我是人民子弟兵，我要保护我的人民。"手握钢枪，林小兵终于可以理直气壮地说出这句话。

关也关了，砸也砸了，吃也吃了，现在的伊云龙已不再惧怕蛇，但为防止他的胆子大过头分不清毒蛇和菜蛇，型男还是半夜派了两个队员过来将他叫走。

猎豹基地身处丛林腹地，最多的无疑就是各种蛇，正好可以当成活教材来完成伊云龙的猎豹第一课。

21　全新挑战

第二天一早天才蒙蒙亮，林小兵就被直升机的呼啸声吵醒，接着猎鹰就敲响了他的房门。

"有任务。"

猎鹰神情严肃，林小兵二话不说就跟了上去。

来到昨天那间武器库，林小兵跟随猎鹰进入左侧隔间，里面摆放着一排各种码数的迷彩、战靴和腰带等，都是标准的战斗装备。

"别愣着，赶紧挑一套换上，马上就要出发。"

"是什么样的任务？"林小兵学着猎鹰的样子换装，往脸上涂油彩，心里满是激动。

"别多问，一会儿告诉你。"换装完毕，两人来到武器间。猎鹰拿了一把MP5冲锋枪及一把沙漠之鹰手枪，为林小兵选了一把苏制SVD狙击步枪。

"有什么用得顺手的手枪吗？"猎鹰边往武装袋里塞手雷边道。

"沙鹰我也蛮喜欢的。"学猎鹰放了一把沉重的沙漠之鹰到武装带里，林小兵还是忍不住问道，"为什么选的都是国外枪系？这次是不是玩儿真的？"

"我说过，雷霆小组没有彩排，每天都是现场直播。"带上伪装网、望远镜和充足的子弹，猎鹰坚定地道，"这次是一个实战任务，任务地点有点儿特殊，所以选用国际装备，你是主狙击手，也是唯一的狙击手，成败全在你一念之间。"

"是。"无数次梦想着上阵杀敌，可当梦想成真时，林小兵发现自己竟然有点儿紧张。

"走吧。"简单地帮林小兵收拾了一下，两人登上早已等在停机坪上的武装直升机。

"真拉风。"第一次乘坐这种电视上才能看到的直升机，林小兵兴奋得左顾右看，甚至跑到驾驶室里参观，还向机师提出要亲自驾驶。

"你小子别在这磨蹭了，这玩意又不是过山车，是谁想上就能上的吗？猎鹰叫你回去，赶紧滚。"每次有新人都会遇到各种奇葩请求，直升机师只能一个劲儿地把林小兵往外面撵。

"猎豹大队是战区级特种部队，队员必须要会我们现役的所有车辆驾驶，比如常规军车、步兵战车、坦克、装甲车等等，总之能在陆地跑的军用装备都会教你。但如果你想学直升机、船只舰艇等高级海空装备的话，就必须进入最高级别的特种作战部队才行。"见林小兵比自己第一次坐直升机时的要求更过分，猎鹰不得不像老猎鹰提醒自己一般提醒他。

"就是大哥马上就要去的那支特种部队吧？"此刻林小兵隐隐觉得，猎鹰接下来要去的极有可能是两位老爸曾经服役过的那支部队。

"这个不可说，但以你小子的实力，相信用不了几年就可以知道。"鼓励了林小兵几句，猎鹰拿出一份简报交给他道，"这次任务的目标叫白狼，他是金三角地区最庞大势力红头衫下属的一个罂粟基地头目，十天前他在向中国运送毒品的过程中撞到我边防军两个战士，将其残忍杀害。根据我方可靠情报，白狼今天中午会去 LW 参加妹妹的婚礼，所带之人正是那天残杀我边防战士的亲卫队，我们今天的任务就是伏击白狼，将他和他的亲卫队全部消灭，以震慑其他不法分子，让其知道解放军不可犯。"

看着两个死状惨烈的边防战士，林小兵的斗志被瞬间点燃，逐一将白狼及其九个亲卫队员铭记在心。

"直升机会把我们投放在离伏击点二十公里的地方，我们徒步进入金三角三不管地带，目标车队出现即采取行动，还有什么问题吗？"猎鹰想不到第一次带新人出任务竟然比自己第一次出任务还要紧张。

"暂时没有。"这种事明显不是心理素质好就可以硬撑过去的，对于一个从未杀过人的人来说，这永远是一道难以跳过的坎。

"五分钟后到达目的地，准备速降。"

"一会儿你学着我的样子做，顺着绳子滑下来就可以。"猎鹰指了指绳子道，"我们的装备质量非常好，不用担心。"

"我知道。"

咽了口口水，林小兵戴上墨镜。这副眼镜不但可以防风，还具有防偏光、防强阳光及一定程度防闪光弹的功能。

绿灯亮起，猎鹰扔下速降绳后迅速滑下二十米高的地面，这一带全是大树，直升机不可能飞得过低。

"老爸放心，我一定能成功完成任务。"也不知是对哪个老爸说，林小兵扣好八字环，双手抓紧速降绳迅速滑了下去。这是攀岩速降的基本技能，他当然有接触过。

两人速降到地面，直升机迅速飞离。不用考虑其他，林小兵跟着猎鹰一头钻进密林，此刻天已大亮，光线充足，正是在林中行进的好时机。

虽然两人的体能都很好，但由于树密林深，等他们到达指定伏击点时已经是早上十点半，离目标预计出现时间还有不到二十分钟。

架好 SVD 狙击步枪，林小兵开始观察地形。这个一号狙击点是块岩石，正下方就是一条笔直的林间道路，来到岩石这正好成一个大拐弯通向远方。

"白狼的车队会从你正前方来，有三辆皮卡车，不知道他在哪一辆车，你打算怎么做？"战场就是最好的训练场，实战才是让一个人快速提升的最佳路径。

"先把车队弄停，然后按照主次目标攻击。"紧张中又带着些许镇定，林小兵已无法形容自己此刻是什么样的心情。

"有点儿道理，但你要记住，最好的时机是把敌人压制在离你六百米到七百米之间的距离，既在你 SVD 狙击步枪的有效射程内，又在贩毒分子 AK47 的有效射程之外，只有在保护好自己的前提下才能更好地打击敌人。"

虽说大部分都要林小兵自己实践，但必要的战场经验猎鹰肯定会提前告诉他，"另外皮卡车上可能有机关枪，这也是你要重点防御的目标。"

"是。"敌人还没出现，林小兵手心里已全部是汗。

"我现在应许你紧张，但当敌人出现在狙击镜里的那一刻，你就必须冷静下来，否则不但会害死你，还会把我也一起害死。"

"你不和我一起吗？"猎鹰边说边退，林小兵不解地道。

"你有你的任务，我有我的任务，到时候看清楚点儿，别把我给毙了，我看好你。"说着，猎鹰幽灵般消失于丛林之中。这种伏击战一个狙击手足矣，两个的话，在这种大树林立的环境下会放跑很多敌人。

"好吧，相信我能做到。"调试好单兵电台，林小兵打开SVD狙击步枪标瞄准镜测算最佳射击距离。

耐心是美德，标记好最佳射击点，林小兵打开狙击步枪保险静待目标出现。

虽然不知道猎鹰躲在哪里，但林小兵知道他一定有更加重要的事去做。

二十分钟后，林小兵先是看到远方一阵尘土飞扬，接着就是三辆银灰色皮卡车进入视眼。

"目标出现。"林小兵通过耳机将消息传给猎鹰。

"准备好了就开火。"

"收到。"

"一千米、九百米、八百米……"当隐隐听到皮卡车引擎的声音，林小兵知道目标已接近最佳射击距离。

猎鹰估计的一点没错，最后一辆皮卡车上果然架着一台恐怖的M60机枪。这可是世界上最著名的人肉收割机，射程远，威力大，子弹密集，配上数百发的弹链，想想都让人头皮发麻。

"七百五十米、七百三十米、七百二十米……"第一辆皮卡车进入最佳射击距离，林小兵已瞄准了正在开车的光头，他的旁边和后排都不是白狼，看样子正主坐在后面两辆车里。

"距离700米，风向东南，风力1.3，修正1.3个自编度，目标移动状态，速度30，向前调整速度差……"

说时迟，来时快，第一辆皮卡车进入700米射击距离时，林小兵电光火石般算出了弹道参数，死死地锁定了目标脑袋，可直到最后的第三辆车也进入射程，他还是没能扣动扳机。

脑袋虽然和头靶一样大小，但却是条活生生的人命，林小兵一次又一次地在心里对自己说我能行，但手指头似乎有了千斤重，说什么都不听他的指挥。

知道林小兵此刻正是进行剧烈的思想斗争，猎鹰也一直保持通信静默状态，没有林小兵的火力压制，他的任务根本就无从谈起。

"我能行，我一定能行。"深吸一口气，林小兵再次锁定目标，结果临射击时却突然又泄气地软了下来，而此时第一辆皮卡车已经进入六百米的范围。

"我是人民子弟兵，我要保卫我的人民。"就在林小兵心理临崩溃时，两位老爸照片上的那句话如清心咒般在脑子里响起。

一股前所未有的力量从灵魂深处流向四肢百骸，林小兵突然平静了下来，先前那种迫切要求自己杀人、完成任务的戾气已荡然无存，此刻他心里唯有这身军装所赋予的使命。

再次计算好狙击参数，林小兵的子弹终于破膛而出，击破皮卡车的前挡风玻璃，直接命中里面的大光头。

光头驾驶员瞬间毙命，皮卡车如同脱缰的野马撞在旁边的大树上，后面的两辆皮卡由于跟车过近追到了一起。毕竟谁也不会料到，在这鸟不拉屎的地方竟会遭到攻击，也幸好林间道路车速慢，否则林小兵都不用再继续后面的任务了。

"小心，有埋伏，正前方，机枪扫射……"白狼坐在第二辆皮卡车后排，战场经验丰富的他立刻就判断出哪里出了问题，第一时间做出部署。

"用机枪扫我，想得美！"两个小弟应白狼的吼声爬到后面那辆皮卡车厢上，结果还没理顺弹链就被一枪爆头。另外一个则被击中脖子倒地。

"是狙击手在我们正前方，用车子当掩体，不要乱动。"九个亲卫瞬间死了三个，白狼知道再多的人出去也是送死，于是下车，在三辆连在一起的皮卡车之间躲避。

"说了不要动那两个解放军，现在报应来了，我们今天一个都跑不了。小三，哥对不起你。"亲兄弟死在自己的眼前，一长毛呜呜地哭了起来，可谓相当影响士气，白狼提起AK47毫不犹豫地打穿了他的心脏。

"谁他娘的再叽叽歪歪这就是下场。"震住所有人，白狼恶狠狠地道，"敌人只有一个狙击手，现在我点燃皮卡车，都趁着浓烟逃到树林里就没事了……"

"这可不一定……"

林小兵终于扣动扳机，原本就埋伏在最佳射程内的猎鹰一直迂回于车队两边，白狼在车窝子里"开会"时，他就已到了最佳位置，在白狼爬向皮卡车油箱盖时一跃而出。

MP5冲锋枪细小而强大的子弹呼啸而出，白狼剩余的六个亲卫队小弟瞬间就被打成了筛子。事实证明，MP5冲锋枪绝对是近身战斗、短兵相接时的必胜神器。

"白狼，规矩你懂，只要敢动一下你就倒霉了。"沙漠之鹰瞄准唯一的幸存者白狼，猎鹰冷冷地道。

"不试一下怎么知道呢？"身随话转，白狼的AK47已扭转枪口对准猎鹰，可还没来得及扣动扳机，沙漠之鹰狂暴的子弹便已呼啸而出，一下就把白狼的右手打得只连着一点儿皮肉，由此可见沙漠之鹰的威力是有多么变态了。

"啊……"

大声惨叫着，白狼倒地晕了过去，猎鹰上去用腰带帮他强行止血后让林小兵过来汇合，同时呼叫了武装直升机。

"留着这家伙干什么？"见白狼还活着，还没缓过神来的林小兵不解地道。

"他是红头衫的中层人物，知道不少红头衫组织的秘密，活的更有利于我们搞到该组织的情报，为将来将其彻底铲除更有用处。"从林小兵开枪的那一刻起，猎鹰就已把他当成了真正的战友，"你比我强，要知道我第一次执行任务时，硬是到最后一刻都没敢开枪。"

"其实，我到现在脑袋都还处于蒙圈状态……"林小兵不好意思地道。

"没关系，你是真正的天才狙击手。"

武装直升机呼啸而来，接上三人后迅速离开，仿佛什么都没有发生过。

直升机先把猎鹰和林小兵送回基地，之后带上猎豹大队专职医生离开。白狼身受重伤，要是死掉的话就失去了该有的价值。

"别多想，回去再睡一觉吧，晚点儿会有专门的人和你谈话。"林小兵表现出色，但这种事对于每个人来说都是个坎儿，处理不好是会影响一辈子的。

"和我谈什么？"

"去吧，用你那种独特的方法睡一觉，醒来就知道了。"把林小兵送回石屋，猎鹰返回猎豹指挥中心。他要把整个任务过程详细地跟型男及心理医生讲，以便对林小兵进行及时的心理辅导。

"好吧，睡觉就睡觉！"返回石屋，伊云龙正呼呼大睡，昨晚翻了一晚上蛇，他直接就被累坏了。

衣服都没脱，林小兵直接和衣而卧运起睡觉大法，很快进入睡眠状态。虽然有梦，但并没有出现被他击毙的那几个罪犯的镜头，而是清纯美丽的潇蔷薇一个劲儿地对他笑，他在后面怎么追都无法追上。

"啊……你是谁？"

也不知睡了多长时间，林小兵被伊云龙尖锐的叫声吵醒，这家伙像见了鬼一样地看着自己，林小兵跳起来给他脑袋上来了一下道："傻蛋，连你小兵哥都认不出来了吗？"

"林小兵？"过来在林小兵脸上用力扭了几下，伊云龙无语地道，"真的是你，怎么会搞成这个鬼样子？"

"你也比我好不到哪去。"林小兵瞪了花脸猫般的伊云龙一眼道，"别瞎嚷嚷了，先去河里洗个澡。"

猎鹰在回来时的直升飞机上交代过，关于任务的事对谁都不准透露半句，必须一辈子烂在肚子里。

"神神叨叨的，都不知道你整天在搞些什么！"林小兵不想多说，伊云龙也不便多问，于是拿了一套干净的迷彩后跟着林小兵离开。

"你是？"打开石屋门，林小兵竟然看到一个身高一米七以上，皮肤白

245

皙，留着个波波头的大美女站在门口，虽然身穿一身戎装，但却丝毫无法掩盖其傲人的身材和气质。如果说潇蔷薇是一朵清纯浪漫、灵动四溢的蔷薇花，那眼前这个绝对就是一朵光芒四射、热力逼人的玫瑰，强势到让人无法直视。

"是什么呀是，首长好。"看到大美女肩膀上的少校军衔，反应迅速的伊云龙立马隔着林小兵来了个军礼。

"你这表情的意思是很奇怪这里会出现女人吧？"仿佛能看穿一切，美女少校一开口就火力十足。

"报告，是很意外，而且还很奇怪竟然会有如此年轻的少校。"回过神来，林小兵径直说出心里的想法。

这个少校虽然打扮得很成熟，但林小兵已看出其不会超过二十五岁。

"说什么呢你？"拉了林小兵一把，伊云龙无语地道，"首长别生气，这孩子刚刚受了点儿刺激，脑子出了问题。"

"我就喜欢直爽的人，肯定不会生气，而且我只是少校，你左一句首长右一句首长叫不合适。"少校美目瞪了伊云龙一眼道，"我和林小兵有事要谈，你该干啥就干啥去。"

"首……我……你……"美女少校下逐客令，伊云龙根本不知道自己到底错在哪里。

"你好林小兵，我叫舒筱云，很高兴认识你。"

"不好意思，我手脏。"晃出两只沾满泥土的手掌，林小兵瞪了一眼正在远处做鬼脸的伊云龙道，"我是该称呼舒少校还是舒医生？"

结合今天发生的种种，林小兵已大体猜出来者身份。

"来之前型男说你是个非常聪明的家伙，当时不信，现在我信了。"指了指林小兵，舒筱云呵呵笑道，"没错，我就是猎豹大队的专职心理医生，想和你谈谈今天执行任务的事，方便吗？"

越是聪明的人就越难搞，舒筱云临时改变了一下战术。

"方便是方便，不过我这一身臭汗反而会让舒医生不方便。"睿智如林小兵，自然接触过些心理学方面的东西，他非常清楚舒筱云此次来的目的，假如不好好配合，将来能否摸枪都说不准。

"没关系，当兵的太干净了反不自然，我们就在你屋里谈。"

进入林小兵房间，舒筱云拿出一只大笔记本后开始提各种心理测试问题，比如开车在路上遇到一条小狗和一个人必须撞一个怎么办之类的，林小兵用脚都能想到她是在测试自己是否有心理扭曲倾向。

这个问题林小兵之前也纠结过，但击毙光头驾驶员那一刻他就明白了：此杀人非彼杀人。甚至可以理解为此杀人即救人，如果今天不杀这个罪犯，那明天就会有更多无辜的人被该罪犯杀死。

想通这层关系，林小兵心里的淤积已被他自行清除，舒筱云来进行的这次心理辅导其实根本就没有必要，何况以林小兵的脑力，普通心理医生的思维根本就跟不上他的节奏。

硬着头皮回答了一百七十多个问题，期间林小兵还故意答错了几个无关紧要的，假如搞成满分的话反而会让人觉得不正常。

"舒医生，我的情况严重吗？"问题问完，林小兵一脸无辜地道。

"以目前的情况看一切正常。"舒筱云满意地合上笔记本道，"总之你要记住，穿上这身军装你就是军人，军人的天职就是保家卫国，谁敢危害我们的国家你就要坚决消灭之。枪虽然是你开的，但你代表的却是国家，所以不用有什么心理负担，如果有的话，你可以随时到南边的医院心理咨询室找我。"

"是。让舒医生费心了。"

林小兵的情况比预期要好很多，舒筱云倒也省了不少工夫。

"再见。"

虽然职责所在，但这家伙身上的气味实在太浓了，在林小兵的心理评估页上打了个高分后，舒筱云匆匆撤离。

身为猎豹基地唯一的女性，舒筱云可是有着无可比拟的人气，有一次型男因为体能训练方面的事训了她几句，结果她眼泪一掉，型男当晚就被七八个猎豹队员罩着麻袋暴打了一顿，至今为止这都还是猎豹基地的一桩悬案。

好不容易才把美女医生哄走，林小兵感觉比中午的一战还累，并不是他天生就是杀人狂，主要是脑力过于发达，自己把自己治好了而已。

"人呢？人呢？"出去把自己洗干净，回来就没了美女少校的踪影，伊云龙无语地瞪着瘫软在床的林小兵吼。

"她是医生，在南边，想的话就去找。"林小兵无力地甩了甩手，此刻他只想打发走这家伙，好好去清洗一下。

"去就去，告诉我她的名字！"在这个血气方刚的地方还能见到如此靓丽的风景，伊云龙决定就算装病也要结交。

"舒筱云，去吧，我一定不会告诉蓉城那个可爱妹子的。"去招惹如此强势的女人，林小兵猜伊云龙绝对是自找苦吃。

"算你识相。"瞪了林小兵一眼，伊云龙向南边冲去。

弄走伊云龙，林小兵带了一套衣服打算去河里把自己清理一下，不说别人，连他自己都有点儿受不了自己了。

"哥几个干什么去？"出来就遇上两个带着洗浴工具的战友从树林那边回来，林小兵殷勤地上去打招呼。

"看在你小子的龙凤汤还不错的份儿上就告诉你吧，从这里进去，一点钟方向走十分钟，有一池天然温泉，自己去吧，小心蛇。"

"放心，我不是伊云龙，我喜欢蛇，谢了。"哈哈笑着，林小兵急速冲进树林。

"这小子不错。"

"嗯。"

猎豹大队从来都是个凭实力说话的地方，林小兵在入队考核时就表现优异，而且他首战告捷的消息已在队里传播开来，队员们都已开始慢慢接受这个新的猎鹰。

按照战友提示，林小兵一路狂奔，果然在一个小悬崖下方找到了一池温泉。

"大自然真是太神奇了，简直就是鬼斧神工呀！"热气腾腾的泉水从地下冒出，一面清亮的瀑布从悬崖直接灌入，冷热交替之间形成五彩缤纷的绚丽，漂亮得让人窒息。

迅速扒光自己，林小兵直接把自己浸入水里，出热水的地方奇热无比，瀑布落下处又是冰凉状态，其他则是四五十度的恒温，最难得的是还有一条小小的沟渠引流，一切看上去都是如此和谐。

感觉着水里浓烈的硫磺味，林小兵知道这个温泉有着强烈的杀菌作用，对各类皮肤病有良好的治愈效果，根本就是一处可遇不可求的极品疗养胜地。

兴奋地游到瀑布后面，林小兵发现这里的水面下方十来公分处有块平整的大石头，上角落还有一个凸起，刚好可以当成枕头，明显有人为加工的痕迹，看来是猎豹队员们特意弄来睡着泡澡的石床。

"既然如此，那我就不客气了。"嘿嘿笑着，林小兵爬上石床，把脑袋卡在石枕头上后整个人就处于良好的平衡状态，真是要多舒服就有多舒服，根本不需要睡觉大法就轻轻松松地睡了过去。

舒筱云从林小兵房间出来觉得身上有一股怪味儿，正准备趁午睡时间去泡个温泉除味，谁想又被伊云龙缠上，跟他扯了好半天蛇的问题，好不容易才将其骗走，她便迫不及待地赶到了温泉。

开玩笑，舒筱云怕蛇在猎豹基地是出了名的，而且经型男的鉴定：没治。连自己都治不好，舒筱云又怎么可能帮得到伊云龙？

跑到温泉边看了一下，一个人都没有。舒筱云立刻跑回一百米外的树林里，把她的少校军服挂在必经之路的那棵树上，如果有人来看到的话都会原地等待，假如谁敢在这种地方冒犯舒医生，那可是死罪。

处理好善后事宜，舒筱云磨磨蹭蹭地脱光自己，而后温柔地钻进了温泉之中。

"不知道会便宜哪个臭家伙……"抚摸着自己的美体，舒筱云心里幻想着将来那个得到自己的好运男。

突然感觉什么地方不对劲，舒筱云猛一转身，一声尖叫便传了出来。瀑布下面正站着一个狂喷鼻血的家伙，不是中午才见过的林小兵是谁？

原来，舒舒服服地睡了一觉后，林小兵神清气爽地便从瀑布后面出来，可映入眼帘的却是一个美得炫目的胴体……

舒筱云的尖叫声震动了整个山谷，林小兵狂抹两把脸后便迂回上岸，抱起自己的衣服溜之大吉。

此时不走，必是死路一条。

"林小兵，你死定了……"舒筱云双手捂着关键部位想追，结果却看到林小兵也是一丝不挂，下面还挂着个甩来甩去的东西，羞得她直接把整个人浸到水里，直到憋不住气才露出头来。

"非礼勿视！非礼勿视！什么都没看见！什么都没看见……"重复着两句话试图催眠自己，林小兵返回石屋，结果被等在这里的铁牛和老董抓了个正着。

"你神神叨叨地念个什么？"林小兵魂不守舍地回来，铁牛无语地道。

"就是，你小子确定是真的没事吗？该不会是我家舒舒的分打错了吧？"

"谁家的舒舒？你再说一句试试？"老董才说了一句，铁牛就立刻顶了上去。

"我家的，就我家的，怎么了？你能把我怎么着？"在这个问题上，老董从来都没让过半步。

"反了你了！"一句不和，两人就扑过去前拳脚相加起来。

"他们怎么了？"刚好把伊云龙带过来，网灵不解地道。

"我也不是很清楚。"林小兵咽下一口口水，什么都不敢说。要是让他们知道刚刚才把他们的舒舒看了个精光，那自己也就白活这么长了。

"疯子，我们先走吧，猎鹰已经在武器库等着了。"对于这两个家伙的劣迹，网灵早就习以为常。

"是又有新任务了吗？"说起武器库，林小兵一下就来了精神。

"说得好像你出过任务一样。"不明就里的伊云龙瞪着林小兵道。

"闭嘴。"

同时瞪了伊云龙一眼，网灵和林小兵一同走向武器库，气得他跟在后面干瞪眼。

22　疯狂行动

"猎鹰哥，这是要出新任务吗？"进入武器库，伊云龙不出意外地大叫起来。

"铁牛和老董呢？"示意伊云龙别瞎激动，猎鹰并没有直接回答林小兵的问题。

"他们两正在外面亲热，一会儿就好。"网灵嘿嘿笑道，他对这种事早已习以为常。

"两个白痴。"猎鹰无奈地摇摇头道，"随着你们两个的加入，雷霆小组已经有了新变化，今天是一次实战演练，以便提升我们的配合默契度。"

"能实到什么程度？"听说又是演习，伊云龙一下就来了兴致，在兵城分战区时他就受够了那种你追我赶的模式化游戏。

"除了不能杀人外，一切都是实的。"猎鹰很能理解伊云龙，"猎豹大队从来不玩虚的，雷霆小组更加不会。"

说话间，铁牛和老董已经到来，猎鹰也懒得理会他们脸上的伤，直接摊开一张地图道："我们基地正东八十公里处有一座国家安全部门建立的监狱——A监狱，专门用于关押各种重大间谍罪犯。"

"国安部门的人誓言旦旦地说A监狱是世界上最高科技、最安全的监狱。我不信，正好他们刚刚往里面关了一个向国外势力出卖国家机密的败类，我们雷霆小组的任务就是把这个败类请来猎豹基地'做客'。"

"劫狱？"猎鹰说完，林小兵和伊云龙齐声吼道。

"别说得那么难听好吗！猎鹰组长只是想帮兄弟单位验证一下他们的监狱是不是真的能关得住人，要知道间谍可都不是省油的灯呀。"

"没错，既然是兄弟单位，这点儿小忙我们是义不容辞的……"听到如此刺激的事，铁牛和老董哪里还有半点儿不快。

"驻守 A 监狱的有多少人？他们并不知道猎鹰老大的意图，我们也不能带枪支武器对不对？"从几人简单的描述中，林小兵已经脑补出很多东西。

"让他们知道还叫实战演习？"猎鹰目光深邃地道，"A 监狱刚刚才建成，还处于试运行阶段，现在里面大概有一百来个狱警和各类管理技术人员，而且他们的武器也要三天后才能到位，我们正好利用这个空当帮他们找找监狱漏洞，顺便磨合新人。"

"听上去好像很有搞头的样子。"和这些疯狂家伙时间呆长了，网灵也早已变成凑热闹不怕事大的主儿。

"既然如此，那就跟着几位大哥长见识了。"

"嗯。"

随着林小兵和伊云龙点头，雷霆小组全员完成统一战线，而后就是先取各类装备。

枪支弹药肯定不能带，除了网灵带了台电脑及各种奇怪的辅助装置外，其他五人分别背了一只大包，比如林小兵背上的就是一些绳子、铲子、钳子之类的破拆装备。

一切准备就绪，雷霆小组六个人悄然离开猎豹基地。

A 监狱建在猎豹基地门前这条河下游，众人在岸上推进了五公里后就各自抱了根木头跳进河里开始漂流。

无论是城市建筑还是秘密基地的建设都离不开水源，这根本就是没得选择的路径。

每漂流二十公里就上岸休息一个小时，以避免手脚被泡僵，其他人倒没什么，只是伊云龙会被一些偶尔路过的水蛇惊得手忙脚乱，不过比起以前的恐蛇症，这已经有巨大进步了。

"怕个毛，只要你别主动触碰，水蛇通常不会主动攻击人，而且你身上穿的是高科技数码迷彩作战服，仿人体皮肤设计，防水透气，普通蛇根本咬不进去。"每个人都有自己的弱点，网灵倒不会笑伊云龙。

"话是这么说，但这玩意在水里可比在陆地上可怕多了。"

"傻蛋。"

一路调侃伊云龙，众人连夜漂流到天亮时刚好到达预定登录点，此地离A监狱还有七公里，马上就要进入其监控范围。

"看你的了。"

猎鹰打了个手势，网灵从包里拿出一个样子有点像蛇的东西，放到地面后就顺着草皮爬进了树林。

"这是什么？"林小兵下意识地道。

"应该是种侦查机器人。"伊云龙无语地道，"可我有点儿不理解为什么非要造成蛇的样子？"

"因为这种造型有利于行进和伪装。"网灵嘿嘿笑着把已连接上蛇型机器人的电脑塞到伊云龙手里道，"接下来的事就交给你了，要是在外围就暴露的话你就死定了。"

"收到。"接过电脑，伊云龙熟练地操控着机器蛇向丛林内部推进，在三百米的地方发现了监控探头阵列，密密麻麻的样子，根本就是个立体监控列阵。

"就是你了。"挑了一个关键阵位，伊云龙控制着机器蛇围着安装该探头的树转了一圈，而后如愿找到了一根数据线。

近七公里的距离，无线视频传输根本不可能实现。

简单研究了一下机器蛇的使用说明，伊云龙输入几条代码后，机器蛇口的位置便露出两块锋利的刀片，精准地切开了数据线表皮。

几秒钟后，该探头监控到的实时画面便传到了伊云龙的电脑上。

"你现在在做什么？"伊云龙又输入一条莫名其妙的代码，林小兵不解地道。

"录像。"伊云龙嘿嘿笑道，"屏蔽这个探头前我要先录一段它在监控区域的录像传到A监狱的监控系统端循环播放，以欺骗监控管理员。"

"牛。"林小兵毫不吝啬地为伊云龙竖起了大拇指。

录了十分钟，伊云龙顺着探头数据线，利用机器蛇把这段录像传到了 A 监狱的监控主机上，将与其相对应的监控界面不动声色地替换掉，两个睁大双眼瞪着大屏幕的监控管理员硬是没有看出任何问题。

"搞定。"屏蔽此监控探头，伊云龙嘿嘿笑道，"现在就算我们在这个探头监控区域内跳舞都没问题了。"

"行个屁，网灵只需要你一半的时间就能搞定。"

"一半？你太看得起这小子了，网灵最多用三分之一的时间。"虽然对伊云龙的表现很满意，但铁牛和老董一向都以打击人为乐。

"别吵了，准备行动。"攻破第一道立体监控探头防御列阵，猎鹰带头突击，伊云龙让机器蛇继续向前侦查后，合上电脑跟了上去。

"这两个家伙就是闲着蛋疼，瞎恶心人，你别往心里去，就算我来也只能做到你这种程度，毕竟录像环节是急不来的。"成功穿越第一道屏障，网灵示意伊云龙将机器蛇收了回来。这玩意虽好用，但身处不明环境，一切还是小心为妙。

通过第一道屏障，六人得以安全地走了六公里后前方豁然开朗，一片大约两千平方米的斜坡出现在眼前，除了零星的几棵爬地松外，全部都是草坡，一座诡异的建筑存在于斜坡中段。

此刻猎鹰六人正好位于斜坡顶端，可一览下方全貌。

"你确定这里真的是 A 监狱吗？"拿出望远镜，林小兵发现这是一间四五十平米、两层高的木质小楼，还有十来头正在啃草皮的羔羊及三头黄牛，随便拍张照片都是可当电脑桌面，任谁看到都会说是一个羊圈。

"千万别被表象迷惑，国安的人之所以敢宣称 A 监狱是世界上最安全的监狱，就是因为其是一个地下堡垒，整体建筑就在我们下面这个山头内部。"

"怪不得这个山头上都不怎么长树，想必下面全都是岩石。"

"这里地势要比那条河低，四号输电线路也正好从这里经过，饮水和供电都不是问题，的确是个建造地下工整的好地方。"

平时虽然各种不靠谱，可一旦投入正事，铁牛和老董绝对是两个强大的战友。

"据说下面都是坚硬无比的花岗岩，树根本长不下去。"

"你小子到底知道多少？能不能一次性说出来？"猎鹰挤牙膏般一点一点往外挤，网灵第一个跳出来反对。

"没有了，我知道的就这么多，现在和你们一样，一无所知了。"猎鹰摊了摊手，一脸无辜地道。

"如此看来这间木楼就是 A 监狱的出入口，里面必定是防卫森严，恐怕没有多少机会。"说着，伊云龙拿出那条可爱的机器蛇道，"要不让它过去侦查一下？"

"不行，在没搞清楚状况的情况下千万别动用任何高科技装备，包括我们的单兵电台也要关闭，所有通讯都要回归原始状态。"

随着猎鹰的命令，所有人迅速关闭了身上的所有高科技装备。这些玩意虽然好用，但也容易暴露，特别是在这种被高科技包围的地方，反而用最原始的通信方式最为安全。

"正所谓狡兔三窟，这么严密的地方绝对不止一个出入口，围着山头找，一定会有所有收获。"面对如此简单的外围防御，林小兵也觉得不可贸然行动。

"有道理。"猎鹰点头同意林小兵的观点，"现在分头行事，我、网灵和林小兵向南搜索，铁牛、老董和伊云龙向北搜索，找到任何端倪都停止行动，等待别外一组的人前去会合，没找到就直接在西边碰头。"

六人此刻处于山头东侧，猎鹰如此分配并无不妥，而且一边带一个新人也符合磨合队伍的初衷。

"那就别磨叽了，出发吧。"扯上伊云龙，铁牛和老董向北迁回，猎鹰也带着林小兵和网灵向南迁回。

走出二十来米，林小兵感觉脚下有轻微的震动，伏耳倾听，他果然听到下面有流水的声音。

"什么情况？"猎鹰和网灵靠过来询问。

"他们的入水管在这里。"林小兵指了指脚下道。

"果然如此，你小子耳朵够贼的。"给林小兵点了个赞，猎鹰示意继前进，现下的首要任务是找到别的出入口，入水口暂时不用考虑。

A 监狱所在的山头占地面积大概两千平方米，猎鹰三人很快就绕到了南面，进而向北面进发。走出一排低矮的灌木丛，网灵突然叫停两人。

"怎么了？"

"金属感应装置。"灌木丛外的平地上有一块块突起的黑色金属，网灵伸开双手示意两人向后退去。

"这玩意有什么用？"猎鹰和网灵都神情严肃，林小兵知道问题有点儿严重。

"那地上那玩意叫金属感应系统，只要战靴踩上去，鞋底的钢板就会触发报警装置。"

"这么厉害？如此看来这条金属感应带应该就是我们想找的秘门了。"第一次接触到这么多先进的防御武器，林小兵感觉非常新奇。

"有可能。"顺着金属感应装置形成的阻拦带看去，猎鹰看到靠近山体处有一排排枝繁叶茂的雪松，里面似乎还有一段狭长的进深。

"他们来了。"探测隔离带宽达十米，此地又不能高声喧哗，猎鹰三人只能站在两丛灌木间拼命挥手。

"他们三个是不是疯了，挥手是什么意思？"铁牛第一个发现了对面的异样。

"有陷阱。"只需要一点儿提示，伊云龙便发现了地面的异常，并示意两人往后退去。

"是金属感应系统。"伊云龙可能不知道地下这东西是什么，但铁牛和老董可相当清楚。

猎豹基地外围就有几个地方安装有这东西，只要入侵者带有枪支武器就会第一时间报警，同时采取强电攻击，可谓是一道非常厉害的防御屏障。

"好了，算这小子还有点灵性，走吧，林小兵跟我过去侦查一下。"

"可以过去吗？"学着网灵的样子脱鞋脱裤，林小兵下意识地道。

"金属感应装置只对金属起作用，只要身上没有任何金属就没问题。"

"这个我可以。"脱得只剩裤衩，林小兵跟着网灵进入金属感应区，除了凉飕飕的微风外，似乎真没有引发什么不良反应。

一路向前走去，轻手轻脚地绕过雪松，一道黑色钢板制成的铁门呈现在两人面前。

　　"走吧，可以退出去了。"仅仅只看了一眼，网灵扭头就走。

　　从外面也看不出什么东西，见网灵脸色巨变，林小兵随即也退了出去。

　　"什么情况？"网灵一句话不说地穿戴衣服，猎鹰不解地道。

　　"让他们绕回出发点吧，待会儿再说。"事情比预想中困难很多，强大如网灵也感觉陷入僵局。

　　猎鹰打了几个手势，对面的铁牛和老董便带着伊云龙原路返回。

　　所谓学习无处不在，林小兵自然是将猎鹰的这手势及所代表的意思都记了下来。

　　"什么情况能把你小子吓成这个样子？"众人返回出发点，猎鹰再次开口。

　　"那里的确有道门，而且是一道防核爆门。"似乎是怕林小兵和伊云龙不理解，网灵接着说道，"这种门大概有半米厚，整体全用高强度钢打造，外面无任何接口，必须要从里面才能开启，就算没有外面的金属探测系统，我们带的破拆装备根本就无法撼动该门。"

　　"难怪敢号称世界上最安全的监狱，果然有点儿名堂。"羊圈木屋这边必定是见光死，而后门又打不开，铁牛无语地道，"要不找个地方挖洞吧？"

　　"这主意好，你先去挖，挖通了过来通知我们。"

　　"凭我们手上这点工具想挖通花岗岩层恐怕也是十年后的事了，后会无期。"

　　"一群傻蛋，一点儿幽默细胞都没有。"

　　"别闹了。"示意三个老家伙闭嘴，猎鹰向林小兵和伊云龙道，"你们是新人，脑子灵活，有什么想法尽可说出来。"

　　"你先说。"林小兵知道，此次能否完成这个疯狂任务明显要靠网灵和伊云龙。

　　"既然这是一个以坚石为骨架、高科技为灵魂支撑起来的监狱，那只要把我送进去，找个数据接入点，侵入核心数据库，就可以关闭金属探测系统，开启那扇夸张的防核大铁门，控制监控系统寻找犯人关押在哪里等。"前半段慷慨激昂，伊云龙在后半段软了下来，"但很明显，这种接口必定是在 A 监狱的地下工事里，想完成上述动作必须把我送进去。"

"我负责把你弄进去，你负责弄坏他们系统，然后弄走犯人。"林小兵所说的正是猎鹰所想到的方法。

"你打算怎么把他弄进去？"林小兵斗志满满，猎鹰饶有兴致地道。

"水源。"林小兵目光坚定地看着入水口的位置道，"他们此刻正在抽水，我们想办法把水弄停，A 监狱里面必定会派人出来修理，然后就没有然后了……"

"确定要这么做？这期间可有很多技术难题需要解决，一个弄不好就会被人捉去打个半死。"

"莫非队长还有更好的方法吗？"伊云龙已经知道网灵同时还是猎豹大队电子战小分队长。

"暂时没有。"网灵无奈地摇头。

"想法是疯狂了点儿，但这本来就是个非常疯狂的任务，既然如此，那就按照林小兵说的来。先破坏入水口，而后我们四个在大铁门那边等着，等你们关闭金属探测系统，开启大铁门后我们再从那里进入。"

"看好你们。"

"疯狂吧，兄弟。"

猎鹰拍板，铁牛老董和网灵附意，林小兵的行动方案获得通过，于是一行人顺着埋藏于地下的水管一路找到了河边。

这是间十来平米的抽水房，有四组探头全方位、无死角地盯着这间小房子，被伊云龙用机器蛇如法炮制屏蔽掉，为了安全起见，这里每个探头的录像时间都加长到了二十分钟，四个探头成功被屏蔽掉时已经是近两个小时后。

"好了，过去……"猎鹰比了个手势，一行人依次来到抽水房边。

"里面那玩意是红外线感应器，好多，看来又得费一番手脚。"透过窗户看到里面密密麻麻的红外线发射器，伊云龙无语地道。

"不用那么麻烦，把帐篷从这里扔下去即可。"来到抽水房外面的进水池，林小兵看到一个粗大的漩涡转来转去，加上巨大的轰鸣声，证明此刻的确正在抽水。

"好办法。"示意铁牛把单兵帐篷交给林小兵,其他五人随即退到探头监控范围之外。

抽水设备出问题后就要立马恢复监控探头,否则 A 监狱的监控中心必然会发现探头无法操控进而发现端倪。

用野战刀把厚厚的帐篷划成两半,从进水池上方的钢筋缝隙塞进去,看着其被漩涡吸下去后,林小兵才狂奔到预定的藏身点。伊云龙按下回车键后,四个监控探头随即恢复。

"十、九、八、七……"林小兵数到一,抽水机果然吭哧吭哧地乱响一通后就停止了工作,抽水房里瞬间闪现出阵阵红光和急促的报警声。

"探头在动,他们正在查看外围环境,很快就会有人出来了。"林小兵用望远镜死死地盯着抽水房四周的监控探头。

"先回去,看他们是否真的从羊圈里出来,等其修好抽水机返回时再行动手。"猎鹰说完,一行人迅速撤离,很快就埋伏到了先前的那个最佳观察点。

差不多过去了五分钟,那间木屋里果然有了动静。两个穿着灰白色工作服的人从一楼走出,手里还分别提着一只木箱子,典型的技术工种。

"果然是这里。"两个目标出现,林小兵非常兴奋地道。

"看清楚他们的动作没有?"

"看清楚了,电梯就在木屋正中间,平开门。他们脖子上戴着的应该就是身份识别牌。"拿着高倍望远镜,林小兵将一切都看得清清楚楚。

"不是我泼冷水,在这种地方身份识别牌不可能通行无阻,少了指纹和虹膜你们基本是寸步难行。"身为前辈,网灵不得不再关键点提醒一下后辈。

"这个你有什么解决方案吗?"林小兵瞪着伊云龙道。

"有,不过要先抓住这两个修理技师才行。"曾经以为一辈子都不可能用上的技术全部在这里发挥巨大作用,伊云龙觉得猎豹大队果然是更适合自己的平台。

"既然如此,那就准备行动!"看得出两个新人已完全准备好,猎鹰一声令下,铁牛和老董立刻就隐入了丛林,抓人的事自然由他们两兄弟负责,伊云龙则为机械蛇换上最后一块电池后操控着其从草皮下钻向木屋。

这里是正常出入口，必定是监控探头的重点防御区。

第一个就隐藏在门口那棵雪松上，被机械蛇轻松搞定。

第二个在木楼二层，虽然伪装成木头的样子，但还是逃不过伊云龙的眼睛，从草坡下找到数据线，十分幸运的是这次找到的可不光是一根数据线，而是一小捆，差不多有十根左右。

毕竟都是密集监控出入口的探头，如果各走各线的话就得往地下工事钻很多孔，统一布线无疑是最佳选择。先前屏蔽第一个探头时伊云龙就试过，监控数据线是独立存在的局域网络，与A监狱的数据主机虽有连通，但却是单向设置的，也就是说监狱主机可以控制监控主机，但监控主机却无法向监狱主机发送任何数据。

当铁牛和老董押着两个修好抽水机的技术员回来时，伊云龙也已将木楼内外的所有监控探头搞定。

"你们是什么人？疯了吗？"被莫名其妙地抓来这里，见到六个身穿作战迷彩，脸上画得如鬼一般的家伙，两个A监狱技术员一下就蒙了。

"好说，我们是兄弟单位的，特意来帮你们检查一下A监狱是不是真的安全。"猎鹰说话间，林小兵和伊云龙已经开始脱衣服，他们得换上两个技术员的服装才能往里面混。

"部队上的吧？"一号技术员无语地道，"大家自己人，别闹了，赶快放了我们，我通知监狱长摆几桌美食为几位打打牙祭，你们训练也蛮辛苦的。"

"就是，不带这么玩儿的。"原来是自己人，二号技术员也松了口气，要是被敌人抓住的话小命就真难保了。

"打个屁的牙祭，赶紧把衣服脱下来，小爷要进你的A监狱参观一下。"

"不会要玩儿真的吧？"见林小兵和伊云龙脱光衣服，技术员一下就傻眼了。

"废话，你以为我们跑这么远来陪你玩过家家？赶紧脱，免得受皮肉之苦。"

"你们不会天真到认为凭这身衣服和这张卡就能混进去吧？"铁牛抡起拳头，两个技术员乖乖地开始脱衣服。

人为刀俎，我为鱼肉，就算不妥协人家也能自己动手，关键是保护好心里的秘密不透露即可。

"这是我们的事，不用你们管。"把两个技术员的衣服换上，伊云龙还强行用电脑自带的指纹采集器和摄像头采集了两人的所有指纹和虹膜。

"他们的鞋子上有芯片，估计木屋里也有金属探测系统，必须把鞋也换了。"观察了一下，还是让网灵发现了端倪，"只要穿着此鞋，金属探测系统就不会报警。"

"你们到底是什么人？到底想干什么？"这六个人一个比一个专业，技术员终于有点儿急了。

"说了是来帮忙的自己人，老实待着，否则让你们尝点儿苦头。"

换上带芯片的鞋，把电脑藏在工具箱里，林小兵和伊云龙大模大样地走向木屋。

……

"他们真的能行吗？"两个新人离开，老董相当没底气地道。

"至少到目前为止做得很出色，走吧，去后门等着。"猎鹰比了个手势，四个猎豹队员押着两个技术员走向西南方向的大铁门。

"行个屁，A 监狱内部机关重重，弄不好会连小命都搭进去，到时候你们几个就等着坐牢吧。"确定这六个家伙是部队上的，技术员说话也坦荡起来。

"就是，哥几个是不是觉得部队太枯燥，来这里找乐子呀？"

"基本就是这个意思，就想验证你们对外宣称世界上最安全监狱是不是真的靠谱。"虽然这 A 监狱防守相当森严，但雷霆小组至少能拿出三种以上的入侵方案，其中一种就是林小兵和伊云龙正在执行的这种，在所有方案中这也只算得上中等级别。

"傻蛋，你们一定会后悔的。"对方能准确地找到这里，又知道领导讲过的话，还穿着中国特种兵专用迷彩战斗服，已基本确定是自己人，两个技术员所幸就安定下来，也免遭皮肉之苦。

"游戏才刚刚开始，不要着急。"来到大铁门前，一行人安静地等待结果。

猎鹰的单兵电台处于开机静默状态，如果伊云龙成功侵入 A 监狱的主机，他们便可开启无线电进行实时交流。

23 完全失控

一路安然地来到木屋，林小兵果然看到进入里间的木质地板上镶嵌着一排排的金属探测装置。一脚踩上去，除了鞋子里传来微微的颤抖外并没有任何异样。

"速度。"

对视一眼，两人一步跨上电梯平台，在一根木柱上成功找到呼叫电梯的刷卡磁头。

林小兵用野战刀劈开外面的木头，里面果然出现了钢管，不用说，钢管里必定就是伊云龙梦寐以求的能连通监狱核心主机的数据线。

拿出便携式氧焊，林小兵开始切割钢管。

"77，78，报告你们的位置。"刚刚点火，耳机里就传来一个询问的声音。

该耳机是从技术员身上弄来，询问他们的自然也是地下工事里的人。

"刚刚排除故障，正在返回的路上，供水系统是否恢复正常？"林小兵先前已听出其中该技术操着一口东北腔，于是硬着头皮应答。

"已恢复正常，请立刻返回。"无论多好的通信装置，从地面到地下的传输肯定会失真，况且林小兵在新训时期又与同班的东北兵操练过，蒙混过关并不是多困难的事。

"收到。"切断通信，林小兵重新点火，氧焊从侧面切入，两三分钟就打开了个一公分宽、三公分长的口子。

这个军用便携式氧焊火焰很短，并不会伤害到里面的数据线。

"厉害。"比了个大拇指，伊云龙用小电筒照射，果然发现了里面的电源线和数据线。

刷卡磁头要验证持卡人员身份，需要去核心主机数据库里调取数据，伊云龙要的就是这样一个入侵端口。

迅速拿出电脑，伊云龙拿着个锋利的剪刀形镊子伸进钢管后切入数据线，直到电脑上的网络链接提示灯变绿才停止用力。

成功找到端口，伊云龙傻笑着启动那个连 BD 卫星系统都能侵入的超级隐身软件，开始破解 A 监狱核心主机最高权限管理员的登录名和密码。

"防火墙不错，怪不得敢称世界上最安全的监狱。"伊云龙通过扫描发现，这个核心主机的防御级别竟然比 BD 卫星的也弱不了多少，要不是事先有充足的准备，此刻还真是拿这玩意毫无办法。

进度条读取速度很顺利，五分钟就完成了，以超级管理员身份隐身登录，伊云龙就这样神不知鬼不觉地控制了整个 A 监狱强大的核心主机。

"这是干什么？"现场被伊云龙采集指纹和虹膜，林小兵不解地道。

"覆盖。"

哈哈笑着，伊云龙进入核心数据库，找到相应技术员的指纹、虹膜及照片数据后用林小兵直接覆盖替换，他摇身一变，就代替了这个技术员。

"现在可以刷卡叫电梯了。"随着伊云龙的指示，林小兵用识别卡在磁头上刷了一下，地下便传来轻微的震动，木质地面随即向两边打开，一架几乎与地面保持平整的板车式电梯出现，一个立式话筒样的东西立在中间，音箱里还传出请验证指纹的声音。

"看你的了。"

"相信你。"

将大拇指在指纹识别器上扫了一下，音箱里传出认证成功的提示，林小兵便开始缓缓下行。

根据计划，伊云龙将在木屋里通过电脑控制堡垒内部监控及核心主机来支持雷霆小组的行动。

电梯开始下行，两侧坚石一闪而过，林小兵才知道先前看到的只是冰山一角，地面上突出来的这个山头只不过是电梯井的前端而已，建筑主体其实还在山头之下。

"可以开启无线通话了。"林小兵进入地下工事，伊云龙开启无线电与猎鹰取得了联系，"金属探测器已关闭，铁门马上打开。"

"收到。"

入侵成功，伊云龙自己编写的强大软件已完全读取了核心主机的操作方法，甚至还自动克隆了个超级管理员，同时改掉了原超级管理员的登录密码。

"厉害。"即便冷静如猎鹰也不得不为这两小子兴奋一次。

"走吧，马上就可以进 A 监狱了。"猎鹰一行人大包小包地在踩在金属探测系统上，这玩意如哑了一般，郁闷得两个技术员直骂娘。

根据核心数据库中的 A 监狱平面图分析，牢房位于整个地下公事的最下面三层，所以伊云龙直接把林小兵送下去的同时，便关闭了所有通道的防冲击门，也就是说，这个监狱里忙忙碌碌的工作人员此刻还不知道被关在了各自的活动区域内。

"配电中心在堡垒中间，里面三个人，控制那里我们就等于赢了一半。"打开笨重的大铁门，伊云龙把猎鹰等人引了进来，"进门后直走二十米，左转向下两层，而后向右直走五十米就是配电房，到了我会开启配电房门。"

"铁牛和网灵去处理配电房即可，我和老董能帮上什么忙？"A 监狱的高科技部分已被伊云龙完全控制，猎鹰等人信心满满，那两个技术员则被他们捆在了外面。

"大部分人都被我关在各自的活动区域内，只要电力不断他们就没辙，现在最大的麻烦是底部牢房里一共有十五个手持甩棍的值班狱警，林小兵五秒后就会遇上两个，所以你们要下去帮忙，三个打十五个，赢了就可以大摇大摆地带着犯人离开。"

"有挑战，我喜欢。"由于只有一部电梯，伊云龙必须等林小兵出去后才能让电梯回来载猎鹰和老董。

"不早说。"人都已跨出电梯，伊云龙才说马上就要遇到两个，林小兵也是醉了。

"你是哪个部门的？跑来这里干什么？"不待林小兵看清这个灯火通明、上下六层的巨大监狱，两个身穿特警服、手提甩棍的狱警就走了过来。

"给排水的，刚才出去修机器，头有点晕就莫名其妙地坐到这里来了。"林小兵利用挂版上的信息胡扯，这里面有十五个狱警，他们必须等猎鹰和老董下来再行动手。

"给排水的人能到得了这里？是电梯坏了吗？"业务不熟害死人，打死林小兵也想不到会出这种纰漏，"你是佟冬冬？那你知道我是谁吗？"话随人至，识破林小兵身份的狱警仰头一甩棍就对准林小兵的脑袋砸了下来。

"既然如此，那就战吧！"戏已经没法演了，林小兵只得开打，只见他一个闪身避开甩棍，然后一记扫蹚腿将其撂倒，接着背上一脚后那人就基本失去了战斗力。

"臭小子。"

同伴被拿下，另外一个狱警冲过来的同时吹响了脖子上的哨子，接着整个区域里铃声大作，一群预警从各个岗位向下涌来。

"下面发生了什么？"

"好像是有人入侵，不过似乎只有一个人。"

"这也太夸张了吧？"A监狱核心指挥室里，监狱长伸出头看到下方一个勇猛的家伙正和三四个狱警游斗。

"赶紧叫其他人下去帮忙，我倒想看看这是何方神圣。"刚刚才说全世界这里最安全，结果就有人堂而皇之地闯到了最底层，监狱长瞬间有种想吐血的感觉。

"三部电话都失效，无线电也无法工作。"监狱长助手惊恐地道。

"那就跑过去喊人！"就好像被鱼刺卡住喉咙，监狱长一声怒吼。

"报告首长，门打不开了，指纹失效。"

"不可能！"

怒吼着，监狱长亲自来试，结果最高科技的防冲击门纹丝不动，根本就不给他这个 A 监狱最高首长面子。

"怎么会这样？"监狱长此刻终于意识到了问题的严重性。

"首长先别着急，下面有十五个人在值班，这小子翻不起风浪。"混乱了一瞬间，助手立刻冷静下来，"其他人似乎也被锁了，我看多半是核心主机出了问题，当务之急还是赶紧用超级管理员登录系统，看看到底出了什么问题。"

A 监狱除了上面突起的山头电梯井外，下面其实就是个巨大的圆柱体形建筑，上面三层是各类工作人员的办公和休息区，下面三层是牢房，彼此都能看到，而且由通过特制的防冲击钢材门连通着。此刻一眼看去上三层一片混乱，但却没有一个人下去帮忙，足以证明是控制整个堡垒的核心主机出了问题。

"怎么了？"监狱长满头大汗地拍打键盘，助手上去询问。

"超级管理员账户出了问题，无法登录。"正所谓物极必反，事态越来越严重，监狱长和助手都慢慢冷静下来。

"是有人入侵了主机，锁死了所有人，现在唯一的办法就是切断电源，强行让监狱回归机械模式，我们就能出去了。"助手看着下方那些已被十多个狱警逼入死角的入侵者道，"这家伙来头不小呀，竟然连我们的主机都能搞定，估计还有别的帮手。"

"枪都不带就来闯 A 监狱，当然有来头。"拿出两面小红旗在外面比划一番，收到配电中心的回应后，监狱长赶紧找出钥匙，一旦断电立刻开门冲出去问个究竟。

"切断电源。"

"来不及了。"收到监狱长的命令，配电中心里的工作人员立马着手断电，结果原本无法开启的门忽然打开，一个张牙舞爪的大汉挥舞着拳头冲了进来，三下五除二就将配电中心里的几个工作人员打趴在地。

这些人都是文职工作者，怎么可能是铁牛的对手？

"把配电中心里的人弄出来，我把门锁上你们就可以去帮助林小兵了。"人虽然身处室外，但伊云龙对里面却了如指掌。

"收到。"

把电力管理员押到外面捆起来，铁牛和网灵冲向电梯。

"小子，乖乖蹲在地上，免得被活活打死。"打倒四个狱警，林小兵也被十多个人围在了一个角落，身上挨了好几棍，要不是底子够硬，此时他恐怕已经昏倒了。

"投降？哥的字典里就没有这两个字。"林小兵此刻占据了一个凸出的岩石空间，勉强还能苦苦支撑，所谓双拳难敌四手，何况人家是二三十手，而且还都是受过训练的国安级狱警，要不是刚开始就撂倒了两个，其根本就取不到如此战果。

"那就把你打投降。"顶上一声吼，一高高壮壮的狱警从岩石上跳下来，一脚踹击中林小兵后背，他猝不及防之下就被摔了个嘴啃泥。

"揍他……"

就在值班长准备群殴一顿入侵者时，电梯门终于打开，两个一脸画得像鬼的家伙跳出来，二话不说就冲了过来。

"还有两个，弄死他们……"值班长一声令下，狱警们又一窝蜂地冲向新的目标。林小兵这边眨眼就只剩下刚刚从高处跳下来，此刻正坐在他脑袋上的大块头。

"最讨厌别人坐在我的脑袋上。"一声大喝，林小兵四肢撑地，成跪趴姿势，接着一个侧甩，硬生生就把大块头甩了出去。

实力不弱的大块头自然不甘心地再次攻来，双方拳头交锋在一起，他才终于知道错了，但已经来不及，胸口被踹了一脚后便失去了战斗力。

随着猎鹰和老董的加入，双方的战局就成了焦灼状态，狱警虽也不弱，但他们面对的可都是战区最重量级的精英特种兵，他们打人两三下没事，但被人打上一下就基本失去了战斗力，根本就不是一个级别的较量。

电梯再次打开，铁牛和网灵加入战团，而后局面就成了一边倒状态，转眼间十五个狱警就全部趴在地上，看得上方所有人都目瞪口呆，但却都无可奈何。

"为什么还没断电？"林小兵押着犯人出来，监狱长面无表情地道。

"配电中心那边已无响应，估计已经挂了。这些是什么人？雇佣兵吗？"监狱长助手无奈地道，"想不到这家伙竟然如此值钱，看来我们对他还是不够了解。"

"如果是雇佣兵的话我们此刻全部都死了。"看着下方几个龙精虎猛的家伙，监狱长趴到窗边大声吼道，"你们几个家伙哪个单位的？有种报上名来。"

毕竟是 A 监狱的最高首长，眼界还是有的，下面的战斗看似惨烈，但自始至终都没有人员阵亡，加上几人服装，监狱长已看出很多端倪。

"好说，我的小组拉练路过此地，一时好奇就想进来看看，惊吓到首长了，真不好意思。"

"早就猜到你们是军方的人，赶紧放我出去，否则让你们吃不了兜着走。"猎鹰来了个标准的军礼，监狱长总算松了口气，"还有你把我的犯人带出来是什么意思？"

"放你们出来我们才会吃不了兜着走对不对？"猎鹰走到犯人面前踹了一脚后道，"听说这家伙出卖国家机密，我最恨这样的人，特地进来揍他一顿。现在所有愿望都达成了，我们也该走了，系统十分钟后会恢复正常，再见。"

"不是说要把犯人带到基地去吗？"猎鹰说走就走，林小兵不解地道。

"你白痴呀？带去基地是要管饭的。走吧，训练效果已经达到，还是赶紧脱身的好。"五个人坐着电梯直接到达顶部与伊云龙汇合，而后从预定路线撤离。

十分钟后，A 监狱系统恢复正常，大批狱警冲杀出来，但哪里还能见到雷霆小队的半点踪迹。

"别再让我见到你们，否则……"

"否则怎样？"监狱长面无表情瞪着助手道，"五六个人就把我们这个号称世界上最安全监狱打得一败涂地，今天来的要是一伙敌对势力，那我们已经全军覆没了，最可笑的是连死了都可能没人发现。"

"首长，这伙人明显不是普通人，有电子战高手，有格斗高手，每一个细节都非常到位，而且我们所有设备都还处于试运行状态……"

"别说了。"打断助手，监狱长无奈地道，"输就是输，没什么好狡辩的，向上面报告吧，我一人承担所有责任。"

"首长，说不定我们的人可以把他们抓回来的……"

"可能吗？"监狱长加大分贝反问道，助手无力地低下了头，想在莽莽丛林中抓几个特种兵，根本就是天方夜谭。

"真过瘾，我猜国安的人现在已经被气疯了。"一路顺河而上，所有人都士气高涨。

"瘾是过了，现在还是好好想想回去后的检讨怎么写吧！"猎鹰非常清楚，无论结果如何，检讨都是避免不了的。

"我的姑奶奶，你火急火燎的是要干什么？"猎豹大队第一大美女，也是唯一的一个美女舒筱云哭丧着脸到处乱钻，型男第一个就急了。平时说几句就遭黑手，像今天这么火大还不直接被搞残废？

"林小兵在哪里？赶紧把他给叫出来，否则别怪我不客气。"哪还有心情泡澡，舒筱云穿上衣服就冲杀出来，但林小兵正好被猎鹰带去执行疯狂任务，扑空后就直接杀来找型男。

"原来是林小兵呀！"矛头不是针对自己，型男终于舒了口气，"他已经是雷霆小组正式成员，有高度的自主训练权，如果没在基地就是被猎鹰抓到外面训练了，不会再有第三种情况，他怎么惹你了？要不我帮你问一下？"

"赶紧的。"莫名其妙就被看了个通透，气头上的舒筱云誓要把林小兵大卸八块。

拿了部单兵电台呼叫雷霆小队，没得到回应，型男一脸无奈地道："他们出去训练经常这样，电台静默，除非主动联系我，否则我也没办法，你倒是说说林小兵把你怎么着了？"

"也没什么，就是我给他的心理估分出了点问题，这小子还不适合出任务！"开玩笑，舒筱云怎么可能把这种事说出来。

"小舒你开玩笑的吧？"型男一头雾水地道，"每个猎豹队员都有专门的电子心理档案，你也算是老猎豹军官了，开出的心理鉴定书那就是军令，怎么能朝令夕改，何况数据都录入数据库了，你想改也改不了呀！"

"其实问题也没那么严重，就是有点儿小纰漏，只要稍加引导就可消除。"气急必乱，舒筱云此刻就是这种状态，感觉到借口确实太不专业，于是连忙改口，"等林小兵回来后立刻让他来见我，我要给他好好引导引导。"

"是。"

能让猎豹大队长在猎豹基地为其敬礼，可想而知舒筱云的人气有多高了。

"这女人是怎么回事？筋搭错了吧？"舒筱云离开后，型男总算松了口气。

"女人嘛，每个月总有那么几天不舒服，你不要太在意。"

"说得好像很懂行的样子，她来的时候你死哪里去了？"型男瞪着这个不成器的通信助手道。

"不是想给你们留点儿私人空间吗！"助手嘿嘿笑道。

"算你小子懂事……"通常来说，恋分为明恋和暗恋，铁牛和老董那种就是疯狂变态的明恋，而型男这种就是润物细无声的暗恋。

"那是，你那点儿小心思我最懂……"

第二天中午，还是不见雷霆小组踪影，舒筱云又来找上门来，虽然状况比昨天好很多，但眼睛里还是藏不住愤怒。

就在型男打算盘问其到底什么事时，两架武装直升机就飞了进来，型男一眼就看到战区四号首长，随行的还有一位牛 × 闪闪的一级警监，两位将军级人物同时出现，金灿灿的将星立刻就把型男的眼睛闪得一片迷茫。

"首长好。"两位首长下停机台，型男和舒筱云立刻迎了上去。

和雷霆小组直属猎豹大队长一个道理，猎豹大队是直属于战区最高层的部队，而四号首长就是赵青的直接领导，至于随行的这位一级警监什么来头暂时还不太清楚。

"好，不用客气。"没理型男，四号首长嘿嘿笑着对舒筱云道，"筱云呀，在这群大男人中待烦了吧？烦了就说，我立马把你调回蓉城。"

四号首长目光锐利，一眼便看出舒筱云眼里的不快。

"首长，筱云同志可是我这上下几百号人的心理依靠，你把她弄走的话我这兵真的是没法带了。"

"不是兵没法带，是你小子舍不得吧？"

"首长，我……"

"哈哈，想不到大名鼎鼎的赵大队长也会脸红，真是稀罕事。"一级警监爽朗地笑起来，气氛也随之缓和不少。

"筱云去忙你的，待烦了就给我打电话，蓉城欢迎你。"

"是。"

礼了个礼，舒筱云敬了个礼后离开，四号首长原本灿烂的脸一下就垮了下来："赵青，你小子到底想干什么？"

"什么干什么？还请首长明示。"顶头上司脸变得太快，型男一时跟不上节奏。

"你少装蒜，老实交代问题。"训练了几句，四号首长对旁边的一级警监道，"老黄有什么话就直接问，不用给我面子。"

"没那么严重。"一级警监拿出只手机点开一张照片交给型男道，"麻烦赵大队长看看这几个是不是你的人？"

"的确是我的人，他们干了什么？"虽然照片上的五个人脸上画的跟鬼一样，但型男还是一眼就认出正是猎鹰和林小兵那几个人，而且他们四周横七竖八地躺了一大片穿着特警服的人，看来这次犯的事可小不了。

伊云龙虽然切断了 A 监狱里的无线通信，但却阻止不了监狱工作人员用手机拍照。

"其实也没什么，就是他们拉练经过我部 A 监狱时进去溜达了一圈，把犯人拉出来打了一顿后离开……"

一级警监说完，型男感觉全身都在冒冷汗。如此说来这位警监首长是国安系统的人了。

一级警监说得轻松，可型男已听出其中的厉害之处，要知道前段时间国安还自夸世界上最安全的 A 监狱已正式投入使用，这才几天就被雷霆小组端了，真是打脸啪啪啪呀，干得漂亮！

"你这什么表情？黄警监问你话呢！"型男表情诡异，四号首长连忙出言呵斥，要是让这家伙笑出来就难堪了。

"太过分了，这几个家伙怎么能干这种事呢？我立刻把他们捉回来严加审问……"

"得了，想笑就笑吧，发生如此丢人的事，该哭的是我们……"警监首长何等人精，自然知道这两个家伙的真实想法。

"首长误会了，我不是那样的人……"四号首长把脸扭朝一边，型男硬着头皮撑。

"你就是那样的人。"警监首长瞪着型男道，"赶紧把他们弄回来倒是真的，我有很重要的问题要问他们。"

"是。"为避免自己笑场，型男迅速转身跑掉。

"这小子实在太不像话了。"型男离开，四号首长表情尴尬地道。

"你也不是什么好人。"丢了这么大的脸，警监首长无语地点了根烟。一支特种兵小组就能轻松击垮投入巨额资金打造的 A 监狱，本身就是个值得商讨的大问题。

"老家伙，就数你最鬼。"话题说开，气氛反而融洽起来，"走吧，带你参观下我这猎豹基地，看看与你的 A 监狱有何不同的地方。"

"正有此意。"

"原地待着，直升机马上就到。"舒筱云要求联系不上，但首长要求，型男肯定能强行呼叫雷霆小组并实时查看到他们所处的位置，要不然有重大任务时可就抓瞎了。

"收到。"

"什么情况？报应这么快就来了吗？"猎鹰示意原地休息，铁牛凑上来

272

问道。

"嗯。"

"什么报应？"猎鹰点头，伊云龙不解地问道。

"你们两个策划攻破 A 监狱的报应呀，现在他们的人已经在猎豹基地了，你们两个马上就要倒霉了。"虽然型男什么都没说，但猎鹰已脑补出所有问题。

"大哥这话的逻辑性有问题吧？"猎鹰说完，林小兵不高兴了，"我们两个是奉命行事，下命令的人是你好不好？顶雷也是你先上吧？"

"这小子太不像话了，我是组长，只负责领功的，顶雷的事肯定要你们上好不好？"只有真正融入这个群体的人，才能见到猎鹰的真实一面，"要不然我们来个公平投票，同意林小兵和伊云龙顶雷的举手。"

猎鹰的话才说完，铁牛、老董、网灵三个人的手一下就举了起来。

"四比二，就这么定了，直升机马上到，你们要做好心理准备呀！"

"这不公平，你们明显欺负新人！"四人一脸贼相地相地看着自己，伊云龙总算看清了他们的本质。

"回答正确，新人就是拿来欺负的。"网灵嘿嘿笑道。

铁牛等人表面虽然粗枝大叶，但本质却心细如尘，林小兵和伊云龙是不清楚，这件事看似严重，实则在型男甚至是战区直属首长眼里，这都是一次非常漂亮的攻坚战，以弱胜强，一举粉碎国安部门号称地球最安全监狱的安逸表象，其本身就是大功一件。

送功劳都要让人心里不爽，绝对只有这几朵奇葩才干得出来。

"好吧，只要几位大哥高兴，这雷我顶了。"确定几个家伙是铁了心要把自己推出去，林小兵索性就坦荡起来。

"有胆识，就这么定了，这本来也是你们策划的行动方案。"

调侃着，武装直升机呼啸而至，载上雷霆小组后返回猎豹基地。

"你好猎鹰，久闻大名。"雷霆小队归来就被直接叫到了会议室，众人在这里见到了四号首长、一级警监及型男。

"多谢首长夸奖。"

273

猎鹰敬了个礼后退到一边,警监首长接着说道:"今天贸然到访主要目的就是要感谢雷霆小组,你们今天这一棍子把我们直接打醒,让我们明白A监狱根本就关不住人。"

"首长过奖,我们只是想找个实战训练对手,给首长添麻烦了。"话锋一转,猎鹰指着林小兵和伊云龙道,"这次行动全部都是由他们两位新队员策划实施,我们四个都只是辅助而已,首长有问题直接问他们就可以。"

"厉害。"走到林小兵和伊云龙面前跟他们握了握手,警监首长嘿嘿笑道,"长江后浪推前浪,有你们这样的强兵,试问谁还敢犯我中华?"

"首长就不用说客套话了,有什么问题只管问。"

"真是跟谁像谁,这才来几天,耿直样儿已活脱脱是猎鹰二号了!"听说雷霆小组赤手空拳地端掉了A监狱,四号首长心里其实是倍儿爽的,可要顾忌警监首长的情绪,他又必须拿出非常生气的状态。

"谢谢首长夸奖,猎鹰一直是我的楷模,我一直视他为目标。"林小兵不卑不亢地说出想法。

"这话我只赞同一半,你可以把猎鹰当成楷模,但不能当成你的终极目标,我看好你……"

"行了,我这还有正事呢!"打断四号首长,警监首长一脸严肃地道,"你们两个端掉了A监狱,能不能告诉我,我们输在哪里?"

警监首长说出来此的终极目的,这么大投入建起来的监狱,放弃是绝对不可能的,唯一的方法就是找到失败原因,亡羊补牢,重新来过……

"这个问题只要一句话就可以说清楚。"似乎预料到警监首长会有此一问,林小兵胸有成竹地道。

"什么话?"

"高科技。"伊云龙接住警监首长的话道,"A监狱过于依赖高科技技术,这东西就是一柄双刃剑,方便自己的同时也可以方便敌人,早上的一战就是最好的说明。"

"有道理!"林小兵和伊云龙的话虽不多,但却完全点醒了警监首长。

所有人都被自己引以为傲的高科技系统锁住,这难道还不够说明问题吗？

"是呀，这混小子带了一台电脑就把你的 A 监狱搞得天翻地覆，未来要是关进重大国际间谍犯，那境外势力随便派支雇佣兵小队来就能把你搞死。"警监首长虚心求教，四号首长自然也不再藏着掖着。

"这正是我所担心的，所有才特地跑来向几位当事人求教，现在我心里已经有了整改的思路，等整改完成后还会要请雷霆小组去考验一次，必须要能把你们全部干掉，A 监狱才可正式投入使用。"

"如果这样的话首长可要有无限期延长的心理准备了，因为雷霆小队可是无孔不入的。"型男说完，所有人都哈哈笑了起来。

搞清楚症结所在，两位大首长飞离猎豹基地，临走时四号首长还悄悄给型男比了个大拇指，表扬的意思非常明显。

"干得漂亮。"把四号首长的动作还原出来，赵青嘿嘿笑道，"其他人下去好好休息，林小兵留下。"

"队长，你把我留下做什么？"型男一脸坏笑地瞪着自己，林小兵预感不妙。

"我为什么把你留下你会不知道？"身为猎豹大队长，型男当然会使敲山震虎之计。

"我应该知道吗？"型男邪恶地看着自己，林小兵立马就心虚地想到了舒筱云，但他还是本着"让子弹多飞一会儿"的警惕性硬着头皮死撑，"可我真的什么都不知道呀！"

越是强势的女人自尊心就越强，打死林小兵也不信舒筱云会把那种事说出来。

"好小子，都会玩心理战了！"林小兵敢和自己对视，型男知道第一步已经失败，于是笑眯眯地搂起他道，"别怪老哥没提醒，是关于舒筱云的事，你一定要充分意识到问题的严重性，否则会出人命的。"

"老大别吓我，我胆小。"型男使出连环计，林小兵就更加确定他一无所知，无非就是舒筱云找自己没找到而已。

"有点儿意思，看来你小子是打算死撑了！"林小兵果然不上当，型男瞪着他冷冷地道，"今天舒筱云怒气冲冲地来找你，有种不把你生剥誓不罢休的架势，你敢说这还没事？"

"这个我真不知道，要不你现在就带我去见舒医生，看看她到底是怎么说的？"林小兵知道不搞出个所以然，型男是绝对不会善罢甘休的。

"也好，不过我不方便露面，跟在你后面随便听听就好……"女神此次过于反常，型男必须弄出个所以然来。

"那你可要藏好了，千万别露出马脚。"是福不是祸，是祸躲不过，林小兵知道这件事必须要有个妥善的处理。

"走着。"虽走成一排，但林小兵知道自己是被型男无形中的大手押着走的。

"舒医生，你找我什么事？"进入舒筱云办公室，林小兵先入为主地道。

"你还敢……"正要跳起来掐死这家伙，突然发现林小兵的手势不对劲，舒筱云连忙改口，"其实也没什么事，就是你那天做的心理测试出了点儿纰漏，需要重新做一遍。"

"现在就要做？改天行吗？现在我全身臭烘烘的，怕是会影响舒医生的心情。"舒筱云双眼冒火，林小兵知道留在这里必死无疑。

"也好，你先回去，晚饭后你再来一次。"确定型男就在门外面，舒筱云也不敢强留林小兵。

"敢透露半句就割掉你舌头。"

看到舒筱云电脑屏幕上的这几个字，林小兵拼命地点头，他的判断一点没错，最不想泄露此事的正是她本人。

"听到了吧？什么事都没有，就是那天的心理测试问题，小事！"退出医疗区，林小兵无辜地道。

"最好是没有问题，不然让你小子吃不了兜着走。"威胁了林小兵一下，型男哼着小调离开。

"我看想兜着走的人是你自己吧？"瞪了型男背影一眼，林小兵摇头晃脑地走向温泉，虽然发生"恐怖"事件，但他绝对不会放弃那个疗养胜地。

"小兵哥，型男还把你留下来特别表扬吗？"从医疗区绕过来，林小兵就撞上了伊云龙。

"表扬个毛，差点被他弄死。"林小兵无语地道，"你抱着这么一大堆东西要去哪里？"

"这些都是干净衣服，你的和我的都在了，游泳去，本来是想叫猎鹰他们的，可这些家伙一转眼就没影儿了。"

"想知道他们在哪里就跟我来。"瞪了伊云龙一眼，林小兵带着他向温泉走去。

"哇，你们几个家伙竟然不带我！"见到如此壮观的温泉，伊云龙直接抱着干净衣服就跳了下去。

"傻蛋。"除了这两个字，林小兵已没有更合适的词来形容伊云龙。

"林小兵，不错呀，这么快就知道这里了？"把一条腿放在伊云龙背上，将他死死压在水底，铁牛哈哈笑道。

"第一天来就知道了。"林小兵看着正在铁牛脚下死命挣扎的伊云龙无语地道，"你是打算杀了他吗？"

"怎么可能，憋气可是猎豹队员的必修科目，以这小子的身体状况，先来一分半钟，以后再慢慢加。"伊云龙拼命挣扎，铁牛不为所动，硬是把他压在水里一分半钟才把他放了起来。

"谁？是谁把我踩在水底的？站出来，老子保证不拍死他……"铁牛移开脚后迅速游到一边，憋疯了的伊云龙抬起头来找人，手上还攥着一块脚掌大的石头。

"没有压你呀，是你自己太兴奋了扎猛子吧？"老董说完，所有人都哈哈大笑起来。

"都严肃点儿，别以为我好欺负。"扫了一圈，伊云龙最后把目光锁定在林小兵身上，"小兵哥，告诉我是谁？"

"我也不知道呀！因为我和你一样，一下来就被人压到水里了，就像这样！"话毕，林小兵直接把脸埋到了水里，然后放松身体，人随即就开始随波逐流起来。

一分钟，两分钟，时间一秒秒过去，可林小兵还是一动不动地漂在水面，吓得伊云龙石头掉了都不知道："这家伙不会是死了吧？"

"死你个头，这是才是正宗的闭气功，根据林小兵的体质，三分钟应该没有问题。"

"已经三分钟，打平老董了，你小子要是还活着就摇一摇左手。"时间一长，谁都无法安心。

林小兵把左手抬起来摇了摇，但却并没有起来的意思，所有人都非常吃惊。

"整整四分钟，厉害，已经打平铁牛，再坚持下去的话就达到猎鹰的水平了。"林小兵大喝一声后起来，网灵激动地跳过来踹了伊云龙一脚后道，"看到没有？人家这才叫闭气功，你才这么一会就憋不住了？我都替你丢人。"

"憋不住就憋不住，我也看不出这玩意有什么用。"伊云龙明显还在捉拿踩自己的人，悄悄蹲下水去把石块重新摸了起来。

"傻蛋，闭气的作用可大了，当你被敌人勒住脖子，或者摁到水里的时候你就知道了。"话毕，林小兵迅速扒光自己，游到瀑布后面的石床上躺了起来。

"总之我不管，谁再用脚踩我我就拍死谁。"伊云龙舞出石块，引得所有人哈哈大笑。

"混小子，不想被人欺负就强大起来，在猎豹大队混光靠电脑是不够的，必须要让所有人知道我们电子战士的拳头也很硬才行。"语重心长地拍了拍伊云龙后背，网灵双手使劲又将他按了下去……

"队长你这家伙，搞不过他们我还搞不过你了？"又被网灵按了一分钟，伊云龙彻底爆掉，可跳上去时却又被一个侧摔砸到水里，其结果自然又是一分钟。

"怎么着？不服气这里的人你随便选，打赢了随你按。"

铁牛和老董站立起来，伊云龙的火一下就灭了，于是连忙改脸哈哈笑道："几位大哥这都是为小弟好，根本不存在谁欺负谁的问题……"

"不错，实力不如人就要提高个人觉悟，否则总是会吃亏的。"哈哈笑着，伊云龙又被按了下去。

24　惨烈牺牲

　　林小兵和伊云龙在猎鹰的带领下干得热火天，远在他们曾服役的兵城旁边的西南口岸城市 × 城，却正在发生着令人痛心的一幕。一大排警车停在澜沧江边，近百个武警严阵以待，一个年轻女人带着个三岁上下的小女孩在江边哭泣，几十条快艇在江面来回穿梭，大批潜水员上上下下，一副忙碌不堪的景象。

　　"还没找到吗？"站在高处的市公安局长一脸严峻地道。

　　"谈何容易，这里已是澜沧江的最后一段，过了前面那道渠就出了国境线，该叫湄公河了，我看悬……"缉毒大队长聂景辰站在局长旁边说道。

　　"你竟然跟我说悬？"公安局长指着那对可怜的母女道，"你叫我怎么跟她们解释？"

　　"就算找到了，首长好像也无法解释吧？"

　　"你……"

　　"找到了，尸体找到了……"就在局长准备发飙时，江面终于传来好消息，两个潜水员拖着一具黑色袋子出来，那对母女立刻就发出了撕心裂肺的哭声。

　　"第几个了？"人虽然找到，但公安局长的心情却越来越沉重。

　　"加上一号和二号，这已经是这个月来第三个被沉江的卧底警员，由于四号此时还处于外围状态，到此为止，我们打入红头衫贩毒组织的卧底已全部牺牲。"

“查出是哪里出问题了吗？”

“目前还不清楚，但红头衫能在这么短的时间里把我们的三个卧底揪出来，必定是某个环节出了问题，否则这帮畜生绝不可能做得如此彻底。”面对惨烈的结果，突刺行动的两个直接领导心情异常沉重。

“是呀，突刺行动一直只有我们两个人全盘知晓，省厅虽有备案，但卷宗一直处于密封状态，究竟是哪个环节出了问题呢？”听着家属的哭声，聂景辰百思不得其解。

“这个暂时无法得知，不过前段时间军方抓到红头衫下属的一个罂粟基地头目，叫什么白狼，他为了保命交代了个重大情报，说是红头衫的二号人物大毒枭黑狐狸有个拥有中国合法身份的儿子叫冷军，前段时间在蓉城飙车肇事，被判了半年，还差三个月出狱。”

×市公安局长年与金三角的红头衫贩毒组织战斗在第一线，上面有专项行动肯定要优先考虑局长的意见

“省厅专门为此成立了专案组，基本意思是放长线钓大鱼，借冷军直接向红头衫高层扔个‘雷’过去，你有什么合适人选？”。

“省厅对这个‘雷’有什么要求？”总算听到一点儿振奋人心的消息，聂景辰瞪大眼睛道。

“首先要身手好、脑子活，最关键的是底子要干净，还不能沾染太多组织气息。简单点说就是想找一个敏捷、反应快、信仰坚定且与冷军年纪差不多的新人。”

盘踞在金三角的红头衬贩毒组织常年向围边各国输送大量毒品，中国就是最重的重灾区，没有之一，彻底打掉该组织已成为全国缉毒战线的统一目标。

“专案组的思路是正确的，老外勤们都太专业，做事通常滴水不漏，这是他们的优势，但同样是他们的劣势，稍有不慎就满盘兼输。”

失去了那么多老伙计，聂景辰算是看明白了，现在的红头衫已今非昔比，他们似乎能感觉到人身上的异味，老人们身上那股十米外就能被闻到的警气根本就是送死。

"我是问你有没有合适的人选？"聂景辰答非所问，局长瞪着他道，"专案组已经联系周边各国警方，准备制订一个彻底消灭红头衫的计划，现在就等着我们的'雷'呢！"

"没有。"聂景辰非常确定地道，"现在的新警员都是从公安大学毕业的，能考上公安大学的都是成绩优异的天之骄子，最可怕的是近些年毕业的多半是独生子女，来当警察除了威风外就图个待遇好。

"首长觉得这些家族里的独苗苗会愿意去金三角玩儿命？而且就算有人愿意去也得要他们有那水平不是？这些学霸从小学到高中都在课本里煎熬，体能锻炼基本停滞，到了公安大学后又忙着考研或风花雪月，就算有那么几个优秀的也早早被各大部门弄走，回来的都是普通学员，要他们如何能担负得起如此重大的使命？"

"我就不信偌大的 × 城就找不到一个合适人选！"聂景辰说完，公安局长一下就怒了。

"不瞒首长，能肩负这个重任的人我们确实没有，假如有的话恕我不认识……"死了这么多人，聂景辰真是不敢随便选人了。

"那你小子就打算让我如此跟专案组首长汇报？"聂景辰说没有，那多半就是真没有，公安局长无语地道。

"我们的确有不起这种人才，但部队可能会有，要不我去分战区问问？"事态发展到这种局面，聂景辰也只能死马当活马医。

"我不管你用什么方法，一个月内必须给我找到最佳人选，否则等冷军刑满释放就什么都来不及了。"尸体已打捞上岸，局长狠狠地瞪了聂景辰一眼后前去查看。

"就知道威胁我，有本事你自己找一个呀！"牢骚归牢骚，但聂景辰还是跟了上去，处理完这里的事后他必须马不停蹄地去 × 城分战区求援。

"泡个澡都能泡个半死，我也是服了你个傻蛋。"轮流闷了伊云龙两次，猎鹰铁牛等四人提前离开，还说要林小兵和伊云龙今晚好好休息，明天还是实战磨合训练。

"你还好意思说？我被欺负的时候怎么不见你出一句声？"猎鹰等人离开，伊云龙一脚把林小兵踹下石床自己躺了上去。

"傻蛋，你傻呀？雷霆小组现在可是一个整体，谁实力弱就活该挨欺负，我没加入他们就算你命好了，你还敢奢望我帮你？"说着，林小兵站到瀑布下面承受巨大的冲力道，"看到没有，只要你有这实力，谁他娘还敢欺负你？"

"算了，你这就是个怪胎，我还是从最基础的练起！"翻过身来，伊云龙趴在石床上做俯卧撑，大半个身子都浸在水下，要多幼稚就有多幼稚。

猎鹰说是实战训练就真是实战训练，绝对不掺半点儿假。攻破 A 监狱后他又带着雷霆小组去离基地最近的县城，把县公安局的五台警车不动声色地"开"出来，顺手打掉了长期在该县欺行霸市的黑社会组织，在老巢里缴获大量枪支毒品，活捉该黑帮所谓的十八罗汉及老大。

将所有犯人和赃物装在警车里，又神不知鬼不觉地把警车开回原处后，雷霆小组悄然离开，四周有三条看似凶神恶煞的土狗，林小兵真心搞不懂猎鹰是怎么做到让它们变得像鹌鹑一样乖的。

另外还有件事，林小兵自打那天被型男押去见了一次舒筱云后就再也没敢主动现身。

"猎鹰大哥，我们是要去哪里训练？"闹腾完那个县城，雷霆小组今天一大早又被猎鹰带了出来。

"一会儿你们就知道了，先去拿装备，这次可是要动真格的。"吃过早餐，雷霆小组六个人在其他猎豹队员羡慕的目光中走向装备室。

"哈哈，老大你这什么表情，准备在这里欢迎我们吗？"来到武器库，型男丧着脸站在门口，猎鹰嘿嘿笑道。

"欢迎你个头，我是来给你转达一封慰问信的。"型男拿出他那支整个猎豹大队唯一能上网的手机，点开一个微信页面道，"JH 县公安局发布的感谢信，感谢那个做好事不留名，一举消灭其县内黑社会团伙的团伙。"

"没说警车的事？"看着转载率高得吓人的朋友圈，林小兵也是醉了。

"说了，但是是内部通报，你们几个做事悠着点，我给你们擦屁股都擦烦了。"收回手机，型男继续说道，"今天准备去哪里折腾？"

"可可西里。"猎鹰语不惊人死不休，"可可西里无人区隔壁腹地出现了一伙盗猎团伙，见什么杀什么，现在已经找到十一具牧民尸体，藏羚羊骨架更是数不胜数，据说警方和当地合法武装都拿他们无可奈何，我想过去看看。"

"听上去好像很有意思的样子！"猎鹰说完，型男的眼睛就亮了起来。

"怎么着？感兴趣？"

"是该出去活动一下了。"型男扭了下脑袋道，"自打你小子把大队长的挑子撂给我，老子就没怎么动过了，难得有新人一起，随你们走一趟吧。"

"没问题，原本我还打算半个小时后出发，但可以专门为你延长二十分钟，把你的工作交代清楚，别一天到晚的被人催，影响心情。"型男每次出动卫星电话都会响个不停，猎鹰最烦的就是这个。

"放心，这次铁定不会再有人找我，十分钟就搞定。"无论到了什么位置，型男始终都没忘记自己是个战士。

"你不是吧？你现在可是猎豹大队的核心，你确定要跟他们去可可西里拼命？"型男把想法说出来，大队政委单玉江一下子就装出一副公事公办的表情道，"首长就要有个首长的样子，别再整天打打杀杀的了。"

猎豹虽然只是支大队，但却是团级编制，型男和单玉江都是中校，所以称首长倒也没什么不妥。

"老子是来通知你，不是来跟你商量的。"单玉江依然婆婆妈妈，型男一下就火了。

"激动个屁，我说过不让你去吗？"单玉江瞪了型男一眼道，"JH县那事也是猎鹰他们干的吧？"

"这还用说？"型男得意地道，"除了他们还有谁能干得如此干净利索？"

"懂了，那我就知道报告该怎么打了。"给型男点上一根烟，单玉江突然笑眯眯地道，"老政委调走后我来猎豹基地也大半年了，都没怎么摸过枪……"

"别客气，随便摸……"型男截断单玉江的话并掏出自己的随身手枪道，

"如果觉得一把不过瘾的话你可以随时去武器库的呀，你有这个权利……"

"闭嘴。"型男顾左右而言其他，单玉江恶狠狠地瞪着他道，"老子要实战，不想玩儿单机。"

"就你？"型男一脸无奈地道，"不是哥瞧不起你，等你能一口气跑五公里的时候再跟我谈实战的事，可可西里无人区那是开得玩笑的吗？体力不行随时能要了你的小命好不好？"

开玩笑，单玉江可是大名鼎鼎的国防生，虽然工作也有些年头了，但一直都是搞政工工作，深受上层器重，要是在猎豹大队被玩儿坏了，型男知道自己一定会被首长枪毙。

"可伊云龙体力也不怎么样啊？"单玉江依然不依不饶。

"他和你不一样，这次主要就是训练他和林小兵。别磨叽了，以你现在的状况肯定去不了可可西里，顶多下次他们再搞什么简单点儿的实战训练时让你去感受一下。"确定这家伙不好敷衍，型男不得不让一步，"再说要是我们两个主管都离开基地也太不像话了，对不对？"

"那就这么说定了，下次必须让我去。"确定自己去可可西里多半也是拖后腿的命，单玉江最终妥协。

"没问题，乖乖在家守着，回来给你带特产。"

"赶紧滚吧，带多少人去就带多少人回来，少一个我就灭了你。"自身不够硬，单玉江暂时还只有羡慕嫉妒恨的命。

"放心，一个都少不了。"终于搞定单玉江，型男急速冲向武器库。

型男前脚才离开，一个穿着数码迷彩、背着医药箱、英姿飒爽的女兵随即出现，铁牛和老董立刻就眉开眼笑地围了上去，伊云龙也蠢蠢欲动，结果被人一脚踹回来。猎鹰一脸鄙视，唯有林小兵一人如坐针毡，就想找个洞逃跑。因为来者不是别人，正是被他看光了的大美女舒筱云。

"滚一边儿去。"舒筱云左一脚右一脚踹开铁牛和老董，站到林小兵面前道，"你这个表情是什么意思？看不起我对不对？"

"没有，舒医生误会了，我只是有点儿搞不清楚你这身装扮是何用意？"

林小兵只好硬着头皮撑，"如果是要跟我们一起去可可西里的话会不会太危险了？"

"我明白你的意思，所以一早就做了准备。"现在还不是算账的时候，舒筱云从兜里掏出两本证道，"一本是心理医师执照，一本是普通西医医师执照，莫非你觉得去可可西里都不用带医生的吗？"

"……这个……"

林小兵被说得无言以对，猎鹰开口应道："舒医生可是我们猎豹大队的双料医生，尤其精通高海拔病症治疗，是我们此行的最佳保障。"

"厉害。"猎鹰说完，伊云龙比出个大拇指道，"医生是必须要有的，但去可可西里首先要有体力吧？万一把我们的大美女累坏掉可就……"

"啊……"伊云龙的话都没能说完，肚子上就挨了舒筱云一拳，然后被连根拔起，扛在香肩上转了两圈后直接扔到了旁边岩石上。

"小样儿，敢小看我，老娘来猎豹大队时你才穿上军装呢！"

"是小弟有眼不识泰山，求舒姐原谅。"本以为终于可以不用垫底，打死伊云龙也想不到美娇妹竟能秒变女汉子。

"知道错就好，猎豹大队就算是只老鼠都会打架，以你目前的身手，炊事班小鬼都能分分钟打趴你。"

管理员打开库门，猎鹰带着六人鱼贯而入。

"林小兵拿 KUB88 狙击步枪，手枪自选，伊云龙除了带电脑外，武器和网灵舒筱云一样自选，铁牛老董照旧。"进入武器库，猎鹰有条不紊地安排着每个人该带的武器装备，"据说这伙人有三十来人，子弹够用即可，但其他辅助装备一定要带齐。单兵电台、卫星电话、防风火柴、固体酒精、帐篷、睡袋、氧气、单兵干粮、盐、水壶、野战刀等都是必需品，其他装备根据各自需要酌情增减。"

"报告猎鹰队长，型男请求入队。"型男急匆匆地冲进来，正好赶上分配结束。

"入队。"

"不是吧？猎鹰哥你竟然可以给型男命令？"看到这诡异的一幕，林小兵无语地道。

"这有什么？"铁牛拿起他心爱的九五式突击步枪嘿嘿笑道，"型男以前本来就是雷霆小组组员，后来当上猎豹大队长才退出的，现在他要重新加入雷霆小组参与任务肯定要自降身份，接受猎鹰组长的指挥。"

"老子重申一下，猎豹大队长原本该由雷霆小组长接任，我是被这家伙硬生生推上去的。"型男狠狠地指了指猎鹰道，"想当年，老子也是猎豹大队叱咤风云的爆破精英，好好的手艺就这样被你们生生弄废了，要是没这档子事，超级特种兵的名额会有你的份？"

"我性格太独，不适合当大队长，既然你回来了，那就老规矩，暴力部分就交给你了。"雷霆五巨头重聚，猎鹰对此次任务信心满满。

"没问题。"型男笑眯眯地看了舒筱云一眼后对网灵道，"你就不用去了，第一中队可能要出任务，需要电子战高手支援，那几个盗猎分子伊云龙足以压制。"

"真的假的？"网灵无语地瞪着型男道，"我有老婆的，对你没什么威胁，你应该把铁牛和老董都弄走才对的吧？"

型男暗恋舒筱云在猎豹基地已经是公开的秘密。

"说什么呢你？叫你滚你就滚，信不信揍你？"

"就是，说话越来越没规矩了。"

"懒得跟你们这帮俗人计较，老子回去睡觉。"铁牛老董气势汹汹地过来，网灵摇头晃脑地离开，严格说来，队伍里的确没必要带两个电子战士。

"型男，虽然你是大队长，但说好公平竞争，谁也别想以权谋私。"

"铁牛的意思就是我的意思。"老董也表明立场。

"老子要是以权谋私，你们两个臭小子现在就该叫大嫂了。"

"他们三个在说什么？我怎么一句听不懂。"刚刚蹲在一边舔伤口的伊云龙不明就里地道。

"没你事，换装去……"三大巨头正在为美人顶牛，林小兵扯起伊云龙就走，要是让他们知道温泉那事的话，他绝对会被"三牛分尸"。

"三个傻蛋。"三个大男人当面争自己，舒筱云又羞又气，只得瞪了他们一眼后离开。此刻要是说错一句话,三人必定会立马打起来。

"说你呢傻蛋!"

"明显在说你!"

"美女说的是'三个傻蛋'。"战争终于没有提前爆发,猎鹰看了看表道,"离出发时间还有十分钟,速度点儿。"

对于这三个顶了不是一天两天的家伙,猎鹰早就习以为常。

"傻蛋。"彼此留下两个字,三大巨头开始换装。

按照猎鹰的要求,林小兵首先拿的自然是他那把调试好的88式狙击步枪,除此之外还选了一把六/四微声手枪。这次属于境内打击不法分子,带的都是国产武器。

子弹方面,林小兵带了四个88狙弹匣,四十发子弹。五个六/四微声手枪弹匣,共三十五发子弹,其余林林总总的东西装在一起也有整整一大包。

"有眼光。"

伊云龙拿了一把05式微声冲锋枪及一把六/四微声手枪,林小兵赞叹地道,"带四个弹匣,关键时刻换给我用。"

05式微声冲锋枪口径5.8毫米,弹容50发,可杀伤150米内有防护的目标,火力强大,射速超快,精度一流,是短兵相接时的胜利保障。

"没问题,正好把你的88狙给我过下瘾。"带上两块电脑电池,伊云龙也是背了一大包。

"没问题了……"

虽然猎鹰、型男、铁牛和老董四人最后动手,但却比林小兵、伊云龙和舒筱云三人先装备好,大美女的武器和伊云龙一模一样,是05式微声冲锋枪与六/四手枪的最佳组合。

猎鹰的是03式自动步枪,铁牛和老董的是都是九五突击步枪,至于型男就暴力了,直接扛着一架恐怖的80毫米单兵多用途攻坚火箭发射器,配上两枚弹头及腰围上的一圈手雷,他的装备质量估计是别人的两倍以上。

所有人装备完毕,新雷霆小组七个人成功登上直升机,飞向西域戈壁。

25　西域戈壁

　　武装直升机的空间虽不小，但塞了这么多人和装备及可爱的辛巴后已经是拥挤不堪，面对三个对自己虎视眈眈的男人，舒筱云再三考虑后，坐到了猎鹰和林小兵之间。

　　"本机将要飞向高海拔地区，你们三个家伙要是敢乱来的话可是会机毁人亡的，记住没有？"起飞之前，机师特地跑来后面打预防针，面对三个有前科的家伙，而且与药引同行，爆发的可能性已大大增加。

　　"放心，要是他们三个敢乱来我就叫辛巴咬他们。"也不知为什么，整个猎豹基地里，军犬辛巴最听舒筱云的话，完全就是指哪咬哪。

　　"那就交给舒医生了。"向三个惯犯比了个老实点的手势，机师返回驾驶室，这次涉及高海拔飞行，对人和飞机都是巨大的考验。

　　随着安全门的关闭，直升机缓缓升起，猎鹰摊开地图对林小兵和伊云龙道："首先声明，这次可不是什么训练，而是一次实战任务，我们要面对的是三十余个穷凶极恶的盗猎分子及世界上最恶劣的自然环境，具体情况舒筱云同志为他们讲解一下。"

　　"是。"虽然一心想收拾林小兵，但比起那三个烦人的家伙，舒筱云还是乐于接受任务，转移视线，"可可西里无人区又被称为人类禁区，位于藏北地区，面积有六十万平方公里，平均海拔五千米以上，整片土地上除了高山湖泊草原和野生动物外几乎荒无人烟，盗猎分子之所以如此嚣张就是依仗可可西里恶劣的自然环境，所以我们此次任务的难点是如何找到他们，你们两个第一次去高海拔地区执行任务，一定要注意以下几点……"

听舒筱云讲了一大堆，林伊二人总算对接下来要面对的处境有了一定程度的了解。林小兵还好一点，毕竟底子摆在那里，而且本来就生长在云贵高原，虽然没有青藏高原高，但也大体了解是怎么回事，而伊云龙就不一样了，表面虽然在强装镇定，但心里其实相当紧张。

"其实你也不用怕，有我们和舒医生在，肯定不会有事。"林小兵踹了伊云龙一脚，两人便龇牙咧嘴地笑了起来。

"没有一个正常人。"向里面挤了挤，舒筱云靠在机壁上休息，只见她把辛巴搂过来道，"盯着他们，要是谁敢乱来就咬谁大腿。"

"汪汪汪……"辛巴摇着尾巴回应，显得相当人性化。

"话说猎鹰大哥，你是如何做到让那个土狗乖乖听话的？"美人就靠在身边，林小兵却坐如针毡，只好没话找话。

"这是他的独家秘籍，我们多少年的老兄弟他都不传授一点儿，你就别天真地认为他会教你了。"

"就是，我们可是凭他这个特殊本领完成了不少大事。"

"要是他肯传授的话这绝对已经成为军中一大绝招。"型男铁牛老董一人一句，明显对猎鹰的作风很不满意，虽说是情敌，可一旦投入到任务之中他们三个就是最完美的协同作战单位，所以这也是猎鹰敢把舒筱云带着一起去的原因。

"一群傻蛋，再说一次，这个是我的天生技能，就好像一个人的长相一般，完全没有可借鉴性。"猎鹰的童年有着很特殊的经历，旁人根本无法理解狗不咬他的原因。

"藏私就藏私，不用找借口，反正这件事上你做得很不厚道。"

"附意。"

"附意。"

每次说起这茬，三人都是众口一词地说猎鹰藏私，他也只能无奈地表示默认。

长途飞行是件很辛苦的事，但有型男铁牛等人的相互顶牛作乐倒也不显无聊。

"这架直升机真厉害，在如此高海拔地方都还如此平稳。"通过六小时的飞行，降落了三次进行加油，此时已深入青藏高原，根据腕表显示，飞机正处于海拔三千七米的上空飞行，而且读数还在不断攀升。

"那是，这架可是我军现存不多的黑鹰直升机，我军唯一的美国货，能良好地适应高原地区环境。而且这条航线是我军航空军用生命为代价开辟出来的，当年试飞从一千七百米开始，逐步向高原推进，到了标高三千米以上时发动机功率急剧下降，导致飞机升力不够。这个问题一直经过好几个月的时间才被克服，最终黑鹰飞越了海拔五千二百米多的唐古拉山降落在阿里地区。我们今天能如此便利地过来执行任务，完全是托了前辈们的福，不然开车过来的话，至少要在路上颠簸三四天。"毕竟是当大领导的人，讲起军史，型男总是滔滔不绝。

"厉害，向前辈们致敬。"

经过十几个小时的飞行，雷霆小组被顺利地送到指定地点。此时目的地已是一片漆黑，在几个巨大火堆的照耀下，七个人迅速降到地面，一个班长上来敬了个礼道："报告首长，我是驻藏部队班长，奉命送车前来增援，请指示。"

"很好。"猎鹰看到前方两台性能强劲的皮卡车道，"辛苦你们了。"

"不辛苦，首长不远千里来帮我们打击犯罪分子，这些小事都是我们应该做的。"班长招了一下手，一个藏民打扮的小伙子走了过来，"他叫索朗，是个藏族大学生，会说汉话，半年前他的父亲被这个盗猎团伙杀死，他悄悄跟踪过那伙人，还差点丢了小命，有他做向导行动起来会方便很多。"

"你愿意当我们的向导吗？"猎鹰不善言词，这种与人打交道的事一般都是型男上。

"只要能杀死魔神，要我死都愿意。"索朗表情坚定，双眼在火光下熠熠发光，明显是抱了赴死的决心。

"放心，只要和我们在一起，就没有人能伤害你。"型男把他搂起来道，"现在我需要你把你知道的所有关于这个盗猎团伙的情况都告诉我，比如你所说的魔神是谁？"

"魔神就是这个团伙的老大，见过他真实面目的人都死了，我阿爸就是被他亲手杀死的，这伙人大概有三十来个，昼伏夜出……"虽然索朗说的大部分情报型男和猎鹰都有，但不难看出这小子肯定为此付出了不小的代价。

"后面这位哥哥比起魔神那些手下的枪法怎么样？"示意索朗坐下来，型男嘿嘿笑道。

"他真的是你们里面枪法最差的人吗？"第一次看到真正的百步穿杨，索朗的世界观已被完全颠覆。

"差不多，反正我这几个兄弟都有百步穿杨的能力，只要你能带我们找到魔神，我们就能像你家杀羊一样杀掉他。"铁牛这家伙已经把话说满了，型男也不好拆他的台。

"就连那个大姑娘也能百步穿杨？"索朗不愧是大学生，会用很多汉语词汇。

"大姑娘？"索朗说完，车上三人立马就哈哈大笑起来，"千万别被她的外貌给骗了，那个大姑娘一个人分分钟就可以把我们三个大男人撂倒。"

"这么厉害？"型男说完，索朗立刻瞪大眼睛，他想不到那个看似娇滴滴的大姑娘竟然如此凶猛。

"那是，我们这群人里就没有人敢惹她，所以你根本不用担心魔神那个家伙。"

"嗯。"眼见为实，索朗终于用力地点了点头。

"好了，那你现在可以告诉我为什么选这个地方为第一个落脚点了吗？"索朗为雷霆小组挑选的第一个落脚点是可可西里山脉南侧一个荒凉的山脉腹地，海拔4600米，根据猎豹资料库里显示那一片是藏羚羊的主要栖息地，另外还有雪豹、野牦牛、黄羊、棕熊、高原狼、草原雕等食肉动物和禽类，根本就是盗猎团伙的天堂。

"这里是魔神曾经的一个落脚点，我阿爸去采药为我阿妈治病的时候就是在这里遇到魔神并被他残忍杀害的，后来保护站的人去了，但没发现他们的踪影。后来我从这里出发，找到了他们的第二个落脚点，结果暴露，被逼跳下悬崖，幸好下面是条河，否则我已经去和阿爸见面了。"

"你很勇敢，但做事有点鲁莽了。"型男循循善诱地道，"你是受过高等教育的人，应该知道不与强敌硬拼的道理，假如你死了，你阿妈就没人照顾了对吧？"

"我知道，这个道理自打那次死里逃生后我就明白了，所以我就选择向保护站的人汇报，无奈他们的装备太差，而且人手不足，根本就找不到任何有用的线索。"说话间，索朗双拳紧握，似乎还沉浸在丧父的悲痛之中。

"正因为保护站的人搞不定，所以我们来了，只要你好好配合我们，魔神此次必定是死无葬身之地。"猎豹大队专属服务器与外界的情报、公安、国安、反恐、缉毒甚至是民政等所有国家分支系统都有连接，其中有一个实战任务选择界面，里面有各大单位挂了名但一时难以完成的事件，猎鹰的实战训练任务就是从这个界面里挑选的，这次他们主动出手协助打击魔神盗猎团伙，自然是得到了各大系统的全力支持。

"嗯，我相信你们，但魔神非常狡猾，通常是打一枪换一个地方，很难有人能找到他。"

"你的思路很正确，先带我们去你阿爸被杀害的地方，然后再去他们的第二个落脚点，剩余的事情就交给我们了。"既然选择了要接手此事，猎豹就要漂漂亮亮地将其完成。

"嗯。"在型男的开导下，索朗的信心已完全建立起来，"我一定会全力配合，但我要求亲眼看着魔神的陨落。"

"这个可以。"拿了一份单兵干粮给索朗，型男打开天窗，用望远镜和林小兵一起搜索两边的山丘。

可可西里面积达六十万平方公里，差不多有一个半云南省大，索朗指点的地点位于可可西里山脉南侧，皮卡车一直行进了五个多小时总算到达边缘地带，越是靠近这个地方山势就越是陡峭、越荒无人烟。

"车只能开到这里，接下来的路要靠脚了。"车子开到一个三面环山的小盆地里，索朗指着一条曲折盘旋的小路道。

"还有多远？"两队人马汇集到一起，猎鹰上来询问索朗。现在已经三点多，他必须考虑到要在天黑前返回。可可西里气候诡异，昼夜温差巨大，虽然是夏天，但夜里基本都是零下七八度，要是没有准确情报根本不适合晚上行动。

"不远，我两个小时就能走到。"索朗指着近在咫尺的一座山峰道，"就在这座山的半山腰上。"

"就这么点儿距离也要两个小时，小索朗，你体质太差了吧。"

"闭嘴。"猎鹰瞪了伊云龙一眼后道，"难道你没听说望山跑死马吗？而且这可是高原雪山，你小子五个小时能走到索朗说的地方算你牛×。"

"不可能吧？"根据索朗的描述，伊云龙感觉绝对不超过三公里。

"傻蛋。"猎鹰瞪了伊云龙一眼道，"型男、伊云龙、老董及舒筱云你们四个留在这里安营扎寨，我、铁牛、林小兵及辛巴跟索朗一起上去查看，尽量轻装上阵。"

"收到。"一旦投入到任务中，所有人都会二话不说地执行猎鹰的命令，绝对不会为了儿女私情有所芥蒂。

"真的不用我去吗？"身为随队医生，舒筱云必须要保证每个队员的身体健康。

"不用。"猎鹰指了指手表道，"这个据点已被废弃，我们就是去查看一些蛛丝马迹，让辛巴寻找一些气味而已，天黑前就能赶回来，没有什么危险性，你留在营地即可。另外，伊云龙你的工作从这一刻起也可以展开了，随时用卫星电话保持联络。"

"是。"知道自己去了也是累赘，伊云龙也懒得提出一起上山的要求，只得默默打开电脑，随时监控周边区域出现的可疑信号，除非一直用喊的，否则无论魔神是用卫星电话还是电台，都逃不出 BD 卫星的监控。

"出发吧。"

"小心点儿，有情况立刻通报，我和型男上去救你们。"

"没问题。"

带上武器、卫星电话、帐篷睡袋、单兵干粮和氧气。猎鹰、铁牛和林小兵三人加上辛巴，跟着索朗向山上进发。

"哥哥，你枪法真棒，可那位叔叔却说你是这群人里最差的一位，我根本不信。"走在上山的路上，索朗健步如飞，丝毫不受高海拔影响，可想而知这小子所说两个小时的分量了。

"差不多吧，这些人都非常厉害，剿灭魔神和玩儿没什么区别，关键的问题是能不能找到他们。"型男的话是开着公频讲的，所有人都听到了，林小兵也不去揭穿。

"放心，我一定能找到魔神。"找到就可以为阿爸报仇，索朗心里早已兴奋到了极点。

"你没事吧？"林小兵脚下有点儿飘，猎鹰停下来问道。

"我没事，可能是第一次到海拔这么高的地方，身体有点儿不适应，感觉胸口有点闷。"体质归体质，但海拔就是海拔，对于一个从来没有来过的人来说，这始终是个巨大的考验。

"没关系的哥哥，我们从这里绕过去，到达对面大石头后面的山洞就可以了。"

"你确定就是对面的山洞？"从这边望去，猎鹰果然看到对面那个山头中间果有个天然石洞，四周全是雪，说明那里已经是雪线以上。

"我死都忘不了，阿爸就是被魔神杀死在大石头上的。"每次看到这个地方，索朗都会忍不住流泪。

"别难过，我们报仇的时刻到了。"拍了拍索朗的肩膀，猎鹰用大拇指测了一下两地的距离后对林小兵道，"这里离对面直线距离大概只有五百米，你再向上爬五十来米就可以封住整片洞口区域，反正你的作用就是外围警戒，在这里和绕过去没什么区别。"

"这样不好吧？虽然有点儿不舒服，但我肯定不会拖后腿。"林小兵自然不会拿自己的身体开玩笑，真的纯属适应过程而已。

"别啰嗦了，任务过程中一切听从猎鹰的安排。"铁牛瞪了林小兵一眼道，"那个洞口面向这边，前面十来米就是悬崖，背后是山体，你过去了反而没有架狙击步枪的位置，你的任务就是在我们进洞侦察期间保证没有不法分子突然闯入。"

"真的是这个意思吗？"林小兵看向猎鹰，他非常清楚这两个山头之间看似只有几百米，但想走过去的话必顺着脚下这条小路先上而下再上，绕过两峰之间的悬崖才能最终到达。

"带你来的目的本就如此，执行任务吧。"对于狙击手来说，这边的确是个最佳的射击点，猎鹰并没有照顾林小兵的意思。

"是。"

敬礼后，林小兵把自己的野战刀交给索朗，改道向上爬去。现在对他还不是很了解，也不能给他更有力的装备。

奋力向上爬去，脚边已经出现零星的雪花，林小兵知道自己已经到了五千米的雪线位置。找了平整而坚硬的岩石，把单兵帐篷架在岩石后面的窄缝里，林小兵拿出氧气吸了几口，而后把88狙架在岩石上开始观察。对面的确实是一个天然石洞，洞口上方有一块巨大的岩石，除了前面有一片十来米宽的空地外，其他地方都是巨大的山体，根本就没有哪里比现在所处的位置更能监控上下左右四个方位。

"果然是个好地方。"就算按照索朗的惊人速度，至少也还要一个半小时才能到达对面。拿出一份单兵干粮，林小兵边吃边看风景，过得要多惬意就有多惬意。

耐心是美德，林小兵坐在岩石上看着对面，只是单纯看有没有人在洞外的话，他凭肉眼就可以。

时间一分分过去，离猎鹰三人到达对面的时间越来越近，林小兵时不时地用狙镜扫描一番，以确保绝对安全。

突然，狙击镜被一只手蒙住，林小兵闪电般抽出手枪，立刻吓得来者惊声尖叫起来。

"舒筱云，你是不是疯了，知不知道我差点杀了你？"看清来者，林小兵迅速调整枪口，要是遇上个马大哈的话现在已经出大事了。

"你才疯了呢，吓死老娘了。"就在刚才那一秒，舒筱云明显感觉到了一股死亡的气息。

"你不在下面待着跑到这里来干什么？"见舒筱云拍着胸口，林小兵无语地道。

"我来干什么你难道不清楚？"舒筱云奋力爬到岩石上，望着林小兵不怀好意地道。

"那天是个误会，我在石床上睡着了，谁知道一醒来就看到……"

"你还说！"舒筱云踹了林小兵一脚道，"那天我的确非常生气，连杀了你的心都有，但慢慢地就想通了，严格来说是我自己没检查清楚，跟你没多大关系，所以你以后也没必要故意躲着我了。"

舒筱云虽然有点任性，但绝对不刁蛮，想清所有环节后气自然也就顺了，就算吃亏那也是自己粗心造成的，和别人没有多大关系。

"明事理！"林小兵连忙伸出大拇指道，"舒医生不但人长得漂亮，而且知书达理，无论他们三个谁娶到你都人生赢家呀。"

最大的心结总算落地，林小兵使劲挤出几个赞美之词。

"少来这套，你们男人都是这个臭德性。"舒筱云瞪了林小兵一眼道，"别以为我这么说就会饶了你，要是你敢把那事向任何人透露半句，我绝对会割了你的舌头。"

"放心，今天以前我没说，以后也绝对不会说，这事从今天起就烂在肚子里了，假如世界上还有第三个人知道的话那一定是你说出去的。"

"一边儿去。"事情说开，舒筱云也随和起来，把林小兵拨开后就霸占了他的狙击步枪。

舒筱云用瞄准镜观看对面，林小兵连忙关闭保险后道："舒医生劳师动众地爬来这里就是为了跟我说这件事吗？"

"别臭美了，我是奉命来的。"虽然是个女孩，但舒筱云对各种枪械都很感兴趣。"猎鹰大哥太小心了，都说了我不会有事的。"舒筱云背着医疗箱，林小兵自然能想到猎鹰派她来此的目的了。

"要是真没事，那为什么我都爬到你身边都察觉不到呢？狙击手先生？"林小兵无言以对，舒筱云接着说道，"人的大脑在缺氧的状态下的判断力和五官感应都会减弱，只是你自己没发现而已。另外，根据高海拔作战大纲尽量不要单独一个人行动的规定，我上来也是很合理的，因为他们都在搭建临时营地。"

"原来如此，那就谢谢舒医生了。"

"好说……咦，怎么会出现两队人马？一方三个，一方五个，马上就要撞上了。"正在用88狙看对面的雪，舒筱云突然发现了情况。

"让开……"直接推开舒筱云，林小兵进入狙击位。

看清楚情况后，林小兵立刻掏出了卫星电话。

26 丧尽天良

"快接。"通过瞄准镜林小兵看到两队人马，其中一队是猎鹰、铁牛和索朗；另外一队则走在他们三个上方的冰川上，大概十来个人，几乎每个人手里都牵着一头强壮的牦牛；双方一上一下，最多不超过一分钟就会直接撞上。

"什么情况？"卫星电话开始震动，猎鹰第一时间把索朗扯住，压后的铁牛随即开始警戒。

"你脑袋上有东西，退到你们身后十米的凸出岩石下面。"

"收到。"打了个手势，猎鹰扯着索朗向后退去，铁牛则迂回到前方掩护。此刻双方几乎站在了同一水平线上，他们已经能听到上面唰唰的踩雪声，只要稍有不慎，战斗立刻就会打响。

"敌人十二个人，十头牦牛，全部是 AK47，牦牛背上都放着铁架，看来这些人是打算来这里驮什么东西，此刻他们就在你们头顶，是否采取行动？"林小兵通过耳机卫星电话把情况告诉猎鹰。

"暂时不要，静观其变，看看他们到底想干什么。"退到岩石下方，确定双方已经不会遇上，猎鹰轻声对林小兵道，"让型男和老董上来，伊云龙留在原地坚守阵地，你们几个走第二梯队赶来，照顾好舒筱云。"

"大买卖上门，猎鹰打算抓住机会，直接捣毁黄龙。"

"是。"把卫星电话交给舒筱云，林小兵密切注视着对面的牛队，他们的目的地果然果然是那个洞穴，看来里面藏着他们想要的东西，"打电话给型男，让他和老董马上来这里与我们集合，伊云龙驻守基地。"

"嗯。"舒筱云二话不说就拨通了型男的号码，顺便叮嘱他们要多带单兵干粮、氧气及酒精，还要把她的大医药箱也带来。

"我们要先过去与猎鹰汇合吗？"安排好一切，舒筱云轻声问林小兵。这已经不是她第一次参加实战，倒不存在激动一说。

"暂时不用，我们要在这里观察对面那伙人打算做什么，及时向猎鹰汇报。另外型男和老董要带这么多人的口粮，辎重肯定庞大，我得在这里帮他们分担一些。"接过卫星电话，林小兵重新接通了猎鹰。

"他们有人爬到洞口前的大石头顶上了。"死死盯着对面，林小兵实时向猎鹰汇报敌人的情况，"那个大石头好像是空的，顶上有个洞，有人下去了。"

"继续观察，不要挂线。"从背包里取出个望远镜，猎鹰带着索朗趴到一个雪堆后面道，"你可要看清楚了，这伙人是不是魔神的手下。"

"嗯。"把望远镜扣到眼睛上，索朗看到了高高站在大石头上的人影，"没错，就是他们。这个人是魔神的得力干将，那天追我时就数他最凶。"

"别激动，先冷静一下。"确定目标，猎鹰把索朗拉回岩石下道，"这伙人明显是奉魔神的命令来这里取什么东西的，只要跟着他们就可以找到魔神，你能不能控制自己的情绪？不行的话就下到营地里等我们的好消息。"

"我能。"索朗目光坚定地道，"我熟悉这一片冰川，有我在首长可以省不少事。"

"这个我相信，所以无论看到什么都不能激动，能做到吗？"考虑到可能要进入冰川，猎鹰也觉得带着索朗很有必要。

"能。"索朗用力点了点头，猎鹰给了他胸口一下，算是正式承认他的伙伴身份。

"看到了，是羊绒。"这伙人从大石头里一只接一只地扔下麻袋，林小兵已经从封口处看到白色的羊绒。

"这么多羊绒，这些畜生到底残杀了多少藏羚羊呀？"虽然没有望远镜，但舒筱云还是能凭肉眼看到那些人正往牦牛身上捆绑大量的麻袋。

"放心，这绝对是他们最后一次嚣张了。"通过瞄准镜，林小兵记住了每一张脸。接下来的时间里，他将用手里的钢枪结束这些人的罪恶人生。

型男和老董赶到时，不法分子已准备完毕，每头牦牛上绑着四大麻袋羊绒，一行十头牛缓缓向冰川深处走去。

经过型男和猎鹰的紧急磋商，最终决定由猎鹰带着辛巴及所有口粮先行跟踪，铁牛和索朗原地等待，型男他们带的东西实在太多，要是一直这样走的话，两队人不可能在不跟丢目标的情况下汇合。

"才来第一个落脚点就有收获，看来老天都无法原谅这帮畜生了。"背着自己的药箱和冲锋枪，舒筱云活脱脱变成了一个超级女战士。

"原不原谅他们是老天的事，我们的任务是送他们去见老天。出发吧，必须尽快与他们汇合。"虽然林小兵分走了一部分辎重，但三个人的压力依然很大。没办法，这些都是冰川行走必需品，什么东西都不能落下。

"给你，把这个喝了。"正式上路时，舒筱云打开一小瓶口服液给林小兵灌了下去。

"我也要。"

"还有我……"

型男和老董都张大嘴巴，舒筱云瞪了两人一眼道："你们两个比牛还壮，捧两口雪吃就可以了，不用浪费我的口服液，林小兵是第一次来海拔这么高的地方，有点儿特殊照顾是应该的。"

舒筱云呵呵笑着向前跑去，急得型男在后面大叫慢点儿。

当型男等人绕到对面石洞处与铁牛汇合时已经是近四个小时后的事了，身上背了这么多东西，而且路上有好几个不足一米的悬崖通道，能安全到达这里就已经算是非常强悍了。

"有什么发现？"进洞搓热身子，型男灌了几口烈酒后道。

"除了一些破被褥和藏羚羊骨头外，什么都没发现。"利用这四个小时，铁牛已将所有情况查看清楚，"这个大石头有明显的改造痕迹，中间是空的，里面有很多羊绒残留，看来已经不是第一次被用来藏东西了。"

打开卫星电话，型男看到屏幕上那个闪烁着的光点已经离这里有二十公里远了。

"对方有牦牛驮东西，猎鹰仅凭一双腿，现在肯定已经很累了。现在我最后强调一次，高原作战万分凶险，而且直升飞机也飞不到这么高的地方，也就是说，踏上这支冰川后，我们就失去了所有救援，牺牲的可能性非常大，现在我允许自愿退出，组织绝对不会追究任何人的责任。"

虽然知道没有人会退出，但该有的步骤一定不能省略。

"索朗，你不是军人，没有跟着我们涉险的义务。"没有人说话，型男笑眯眯地看向索朗，目前的情况下有没有他都没有多大关系。

"我要亲眼看到魔神死去。"索朗坚定地道，"如果首长觉得我多余的话可以把我当成一头牦牛来使，你们背多少我都背你们的两倍。"

"好小子，有点儿藏族人的气势。"确定没有人会临阵退缩，型男重新分配背包后踏上冰川向猎鹰追去。

虽然索朗主动要求背两倍，但型男还是将所有辎重平均分成五份，他、铁牛、老董、林小兵和索朗各背一份，这样每个人的负重就回归到了正常状态。

"大姐姐，从这里上去就是苦寒之地，我阿爸说过女人需要保护，要不你就别跟我们去了吧？"轻松背上行囊，索朗贴心地对舒筱云道。

"傻小子，我除了这个外，所有东西都被你们抢去背了，不用担心我。"舒筱云舞弄着她身上仅有的 05 式微冲道，"我是医生，要是不去的话你们生病受伤可就没救了。"

"原来大姐姐是医生，那真是太好了。"知道舒筱云的身份后，索朗一脸憧憬地道，"既然如此，那就走吧，我大概知道那位首长在哪里了。"

"你能看懂地图？"六个人绑在一条绳索上往冰川进发，型男问走在最前面的索朗道。

"当然，我大学就是地理专业的，理想就是当一名优秀的地理老师，可现在我已经很长时间没回学校了，估计是要被开除了。"

"放心，你是个好孩子，学校不会开除你的。"林小兵走在索朗后面，紧跟着他就是舒筱云，型男他们三个大汉殿后，无论遇到什么情况都能及时处置。

"可我现在又不想当老师了。"索朗边走边说话，一点也没有用力换气的迹象，由此看来这小子的确是一头强壮的高原牦牛。

"那你想当什么？"也不知舒筱云给自己吃的是什么，林小兵此刻感觉状态好了很多。

"当兵。"索朗目光坚定地道，"我要像大哥哥一样，当一个百步穿杨的神枪手，保护我们的高原精灵。"

"和我一样有志气，支持你。"身为投笔从戎的典范，林小兵肯定会支持索朗的想法。

"真会往自己脸上贴金，就不知道半点害羞。"踹了林小兵背包一脚，舒筱云用力往前扯，惹得后面的三个大汉哈哈直笑。

……

"还以为你们要上昆仑之巅呢！有种继续往上爬呀？"一直远远地跟着这支牦牛小队向上爬到海拔五千五百米的地方，猎鹰已经累得筋疲力尽，幸好这支小队穿过这条昆仑冰川余脉后就开始向下方走去。

手握北斗地图，猎鹰当然知道下面是个小盆地，面积635平方米，海拔只有两千一百一十米。由于四面环山，水源充足，下面孕育着一片珍贵的巨大雪松，传说里面住着熊神，故名熊神谷，当地人很少有人敢涉足。

阅读完这个地方的情况介绍，猎鹰也差不多缓过气来，对方的最后一头牦牛消失在转角时，他立刻动身跟了上去。身上带着BD卫星电话，型男他们可以随时精准地定位出自己的位置及走过的路线，误差绝对不超过两米。

"无论是魔还是神，雷霆小组注定就是你的终结者。"默念着，猎鹰跟着牦牛走过的路线深一脚浅一脚地跟了下去，丝毫没注意到他头顶盘旋着的一只老鹰。

下去的速度明显比上来时快了很多，而且越走越暖和，雪也越来越少，透过朦胧的雾气，猎鹰已经隐隐看到了小盆地里雪松的轮廓。

走在悬崖峭壁的小路上，猎鹰有种从天而降的感觉，从这里到底下盆地的直线距离有一千余米，路就在水桶般的山体上绕，掉下去的话可不是粉身碎骨那么简单的。

前面又是段一米半宽的山体栈道，猎鹰缓步地通过，就在他小心翼翼地走到中间的时候，枪声毫无征兆地响起，一发子弹飞旋而来，直接擦着左手肌肉穿过，悬崖上瞬间被染红了一片。

毕竟是久经考验的老特种兵，突然遭到攻击，猎鹰的大脑异常清醒，第一时间扔掉背包后冒着雨点般的子弹向前冲去。后面是个无遮无挡的弯道，退回去只会变成活靶子，他唯一的出路就是前方这个直接被从中间炸开了一条通道的岩石。

　　"想弄死爷爷，门儿都没有。"背脊又被子弹擦伤，猎鹰钻进岩石中间，来不及处理伤口，他单手端起 03 式自动步枪，露出个脑袋就直接击毙了五十米外那几个把他当鸟射的盗猎分子中的两人。

　　"隐蔽……"对方一露头就收割了两个手下的性命，盗猎小队长一下就傻眼了，只听他扯着嗓门喊道，"阁下什么来路？求财还是求货，尽可明说。"虽然已从对方的衣服中看出了点儿端倪，但盗猎小队长还是想试探一下。

　　扯出迷彩口袋中的绷带，猎鹰迅速包扎好左手和背部的伤口。刚才丢弃的背包里全是食物、水及帐篷等，至于最重要的武器和卫星电话，他自然是独立携带。

　　"求你的命。"大喝一声，猎鹰一个滚地而出，03 式自动步枪的子弹呼啸而出，尽数散落在盗猎小队藏身的乱石堆处。虽然大部分子弹都被遮挡，但其中还是有一发跳弹击中了一个盗猎分子的大腿。

　　"别叫了。"踹了受伤的小弟一脚，盗猎小队长示意所有人开火还击，无奈目标已经滚回岩石洞里，AK47 子弹尽数落在岩石之上。

　　"队长，这家伙太狡猾了，枪法又准又毒，我们怎么办？"感觉每一发子弹都从自己耳朵边飞过，副小队长已经被吓破了胆。这些人出来混无非就是为了钱，欺负手无寸铁的牧民凶残无比，真正遇到硬茬时其实比鹌鹑还要胆小。

　　"羊绒要紧，要是误了时辰我们所有人都得死，你在这里守着，要是他敢过来就直接扔手雷炸死他。"小队长把所有的手雷都留在腿部受伤的小弟面前道，"不要跟他硬拼，守住就可以，等我们把货交给魔神老大就回来救你。"

　　"大哥你不会骗我，一定会回来的对不对，我老婆可才刚刚怀孕……"

　　"放心，我们肯定会回来。"留下一把 AK47，小队长带着其余人马赶着牛队撤离，留下一脸茫然的伤者不知该何去何从。

　　"想走，没那么容易。"前方传来叮叮当当的铃铛声，猎鹰想强行突击，结果迎面飞来一枚手雷，吓得他连滚带爬地退了回来。

爆炸声震彻山谷，猎鹰知道强攻不是办法，于是便拨通了铁牛的卫星电话。

"猎鹰出事了。"

"出了什么事？"型男说完，所有人都着急起来。

"也没什么，就是不知怎么搞的被那伙人发现了，但一切都在他的控制中。"型男拿出电子地图道，"猎鹰怀疑魔神一伙人就藏在熊神谷里。现在做最新部署，我和铁牛去与猎鹰汇合，从山体小道一路向下打，林小兵、老董和舒筱云你们三个直接从这里下山，堵住熊神谷唯一的出口，假如魔神真在谷里，就给他来个瓮中捉鳖。"

"要封死熊神谷出口，林小兵一把狙击步枪即可。"查看了下电子地图，老董很快分析出所有端倪，假如魔神真在熊神谷里，那从山路下去就是攻歼战，自己不去的话雷霆小组的防御阵形就不完整，而且猎鹰那家伙的情况不明，搞不好会出人命的。

"没错，熊神谷出口就是一道狭窄的沟渠，两边都是高耸入云的冰川，只要我找个高点守着，就算是只苍蝇也别想飞出去。"看完这电子地图，林小兵目光坚毅地道。

"说实话，我们的确非常需要老董，你确定一个人能行吗？"林小兵毕竟还是新人，型男并不想把这么重的担子压在他一个人身上。

"他可不是一个人，还有我呀！"知道自己去只会影响进攻的节奏，舒筱云自然不会提出与攻坚小组同往，只见她把那只小药箱拿出来道，"这里面有很多特效药，关键时候一定用得上。"

"知道了，虽说一把狙击步枪已经足够封住出口，但还是要注意安全，关键时刻一定要听从林小兵安排。"

"是。"非常时刻，没有人能顾及得到儿女私情。

"首长，你们都有任务了，那我该做什么？"型男分配完毕，索朗一下就急了。

"你的任务是在这里看守装备，假如真的能把魔神堵在熊神谷的话我会打这个电话给你，到时候你就直接原路返回营地即可，假如魔神没在里面，那我们就会回来取这些装备，然后再去你指定的第二个落脚点。"由于是紧急奔袭，型男不可能让小组带太多东西，除了一天的单兵干粮和必备装备外，其他统统留在原地。

"这个给你，要是遇到坏东西的话就扣动这里。"型男给了索朗一把手枪，在这种地方谁也无法保证会发生什么。

"对了，长年在可可西里混的人都会养哨鹰，可以在藏身于上空警戒，那位首长说不定就是这样暴露的。"

"好小子，这个情报非常重要，大家从现在起要注意头顶上的鹰。"分配好任务，两队人马分头行动。他们手里的卫星电话内装有 BD 便携系统，具有强大的导航定位功能，而且防水防尘，超强待机，十五天内都不需要充电。

"舒医生，你慢点，小心摔倒。"背着轻便的行囊，两人的行动轻快了很多，根据电子地图显示，此地离熊神谷出口直线距离七公里，而且全部是下山路，应该可以在敌人出来之前到达。

"你说什么……"熊神谷下茂密的小森林里，一个长相彪悍、皮肤发红的大胡子狠狠扇了刚刚运羊绒回来的小队长一巴掌道，"你这个家伙，我要杀了你……"

大胡子拔枪，旁边一个光头连忙上去劝阻道："魔神老大别激动，只是死了三个人而已，羊绒好好的，没什么大不了的。"

该大胡子不是别人，正是令可可西里周边牧民闻风丧胆的盗猎团伙头目魔神，到此刻为止，他手上至少沾了十个牧民的生命。

"你懂个屁。"魔神把从上面掉下来的背包扔出来道，"这些都是部队上的东西，这家伙竟然把军方的人引到了这里，现在我们已经遇上了前所未有的危险。"

魔神边说边收拾东西，他是个极度小心且敏感的人，否则也不可能把场子做得这么大："都愣着干什么，赶紧收东西离开这里。"

"这么多羊绒怎么办？"加上最新运到的一批，熊神谷里已经聚集了价值上千万的羊绒。

"能逃过这劫再说吧。"魔神简单地背了个包就要走，他的十大亲随自然是跟他同进退，但其他近二十人却站在光头四周不肯离开。

"什么意思？"魔神扭头看了这群手下一眼道。

"魔神老大，不是我们不听命令，只是这些羊绒是兄弟们拼了一整年的命才换来的，我们宁愿死也不会放弃。"

"没错，追来的就一个人，我们这就上去灭了他。"

小队长带着五个人嗷嗷叫着上山，魔神无奈地看了光头一眼道："如果能活着出去，货款算你一半。"

也不管是否是自己多心，总之魔神就这样带着十个死忠于他的亲随极速向出口冲去，而光头则开始组织人手，把所有羊绒捆绑在二十头牦牛上，无论如何都不肯放弃这笔巨额财富。

"胆小鬼还想分一半？当我们是傻子吗？"瞪了魔神离去的背影一眼，光头对留下来的人道，"羊绒出手后我们兄弟平分，然后共创大业。"

"杀、杀、杀……"还有什么东西能比钱更加吸引这些盗猎分子的呢？

"小样儿，去死吧。"

被手雷轰炸回来，猎鹰把 03 式自动步枪的精度瞄准镜推上去，向后退去。选定一个开阔的路面把枪架好后大吼一声，留守的盗猎分子下意识地起身扔手雷，结果就是这半秒，眉心就被一发子弹洞穿。

成功击毙留守者，猎鹰占领了他们的阵地。别说，这还真是个好位置，通过乱石林立的掩体，就可直接封死上来或下去的通道，一侧高山，一侧悬崖，真是一夫当关，万夫莫敌。

现在型男他们还没到，猎鹰打算死守这里，只要林小兵能及时封住出口，魔神在里面的话就真是插翅难飞了。

"马三，那小子还在石洞里吗？"杀气腾腾地回来，小队长对着乱石坑里大喊，他们可没有雷霆小组那般现代化的通信工具，无法做到实时掌控。

"你小子倒是说话呀……"

副小队长巨吼，结果回应他们的却是一枚手雷。比起马三来，猎鹰可就太准了，先在他们拐角处上方的悬崖面撞了一下，而后向下滚落，直接在空中爆炸，效果如何还不是太清楚，但至少可以肯定有两个大叫着被震掉下了悬崖。

"我们马上就要和你汇合，有什么情况？"火速赶到猎鹰受伏处，型男通过卫星电话耳机跟猎鹰取得联系。

"没有情况，我在你们三点钟方向，正对面拐角处刚才还有几个人，现在已经没声了。"连着扔了两枚手雷，猎鹰也懒得下去查看，只要守住这里，就没有人能奈他何。

"收到，注意掩护。"打了个手势，型男率先出现，背上背着单兵火箭筒，手上提着手枪，样子要多狂野就有多狂野。

直接从猎鹰下方走过，型男三人绕过拐角，目光所到之处全是残肢断体，其中一个的脑袋被炸得四分五裂，场面要多恶心就有多恶心。

"没有活口但路已经被炸塌陷，采取向下速降方式。"熊神谷四周的环形山路就像弹簧般镶嵌于山壁上，直接可以用绳子从上面一环速降到下面。

"你没事吧？"猎鹰狼狈不堪地出现，铁牛无语地道。

"好着呢，外面安排得怎么样？"型男三人来到，强大的雷霆战队正式成型。

"放心，林小兵和舒筱云已经去了，如果魔神在里面的话肯定没得跑。"固定好八字环和安全绳，铁牛第一个速降，其余三人掩护。四人连降了六环，直到看见雪松树尖才停下来，开始步行向下推进。

"那只莫非就是索朗所说的哨鹰？"

沿着冰川连滚带爬地向下行进，林小兵和舒筱云已经能够远远地看到熊神领的出口。高空中果然盘旋着一只黑色老鹰，正缓慢地沿着出口区域飞行，平时可能不会发觉有任何不妥之处，可经索朗提醒，两人几乎已经断定这就是盗猎团伙饲养的哨鹰。

"就是这只坏东西。"把 88 狙架在一个岩石上，林小兵瞄准天上的哨鹰。

"距离 210 米，风向北，风速 5，修正 5 个自编度，目标呈环形移动状态，速度 10，向前修正 10 个自编度，三连发。"

计算好所有射击参数，林小兵扣动扳机，每隔半秒击发一次，三发子弹破膛而出，飞向天空中的哨鹰。

"yes。"第一发子弹就把哨鹰击落，舒筱云赞叹地道，"除了猎鹰外，你是我见过最好的狙击手。"

"谢谢夸奖。"成功消灭敌人眼线，林小兵快速向下奔去，哨鹰已经放在这个位置，证明敌人很快就会从这个地方出现。

"老大，哨鹰被人干掉了，出口果然有埋伏。"枪声传来，魔神等人远远看到哨鹰掉落下来，所有人终于彻底相信了他所说的话。

"向外冲，不要停留，散开一点。"料定对手的部署还未完成，魔神下令带着十个心腹同时向外冲去，他也没穿什么特别的衣服，倒也不会遭到重点关照。

"林小兵，你在干什么，他们冲出来了。"十多个人一窝蜂地向外冲出来，而林小兵还在狂奔，急得舒筱云哇哇大叫。

"我要到前面那个岩石去，其他地方都架不稳狙击步枪。"林小兵离他所说的石头还有十来米，但敌人却已经冲到中通道中间，再往前二十来米就有一条岔道，让他们逃进去就回天乏术了。

"想过去，没那么容易。"为了给林小兵争取时间，舒筱云突然跳起来，端着她的 05 式微冲向下扫射。虽然没多少准头，但胜在子弹多而快，而且从天而降，冲在最前面的两个一下就倒了霉，直接被子弹洞穿肩膀和耳朵倒在血泊之中。

"趴下。"舒筱云把自己完全暴露在外，自然成了敌人的攻击对象，无数子弹飞旋而来，其中一发直接穿胸而过。舒筱云仰天吐了一大口血后向后倒去。

"浑蛋，都去死吧。"通过舒筱云的舍命相搏，林小兵终于在最佳的狙击位上架好了狙击步枪。

一发子弹，一条人命。林小兵发泄着他的愤怒，冲在最前面的五个人瞬间毙命，后面的魔神和两个小弟立刻回撤，结果又被击毙两个，要不是林小兵枪里的子弹刚好打完，魔神一行人根本无法退进熊神谷。

"舒医生……"大声吼着，林小兵冲过去抱住舒筱云。

子弹直接从舒筱云胸口左边心脏的部位进入，从后背飞出，林小兵知道就算是大罗神仙转世也无法将其救活。

"舒筱云……"林小兵愤怒地抓住她的手，意外却在这一刻发生，他感觉舒筱云的手用力握了他一下。

"没死？"带着惊恐的心情，林小兵下意识地把耳朵贴近舒筱云心脏，而后他就听到了右边传来心脏微弱的跳动声。

"右置心位！"脑海里冒出这四个字，林小兵瞪大眼睛打开了她身上的大医药箱，迅速找到止血带后脱掉她的衣服将血止住，而后找到写着舒筱云的血浆后找准静脉直接压了进去。猎豹大队的血液存储袋都是特制的，只要打开阀门就会自动排空输血。

找到强心剂直接从胳膊注射，舒筱云原本苍白的立刻就有了少许血色。这些都是最基本的急救技能，林小兵跟着老爸自然也接触过。

拿出听证器放到心脏位置，虽然心率弱了一点，但并没有断停的现象。

"好事做多天不收，你真是太幸运了。"血已经止住，止血带两端并未出现鼓包现象，看来并未伤到动脉。林小兵的心终于安定下来，正要用卫星手机把情况告诉猎鹰和型男，脚下的大地突然动了起来，扭过头，他惊奇地看到白茫茫的一大片遮天蔽日地倾泻而下。

林小兵心里冒出两个毛骨悚然的字——雪崩。

根本来不及考虑其他，林小兵抱起舒筱云，抓了她的一袋血浆就跑。越往下雪就越少，但空气中却弥漫着一股潮湿的味道，原本明亮的熊神谷通道迅速暗淡下来，林小兵唯一的出路就是那条盗猎分子想走的狭小通道。

一个箭步冲进通道，铺天盖地的白雪几乎在同一时间填满了整个通道，大地似乎也被这皑皑白雪压得剧烈颤抖。

27　雷霆一击

大雪覆盖而下，潮水般涌入通道，林小兵抱着个大活人能快到哪里？没几下就被潮涌而来的雪流推着向前滑行。虽然雪崩被山势阻挡过后威力大减，但还是将他连根拔起，直接推着两人快速向前飞速滑行，要不是最前面刚好有块竖冰做挡板，他可能直接就被活埋了。

"你说什么？再说一次？"已经迁回到最下面一层，型男却听到了伊云龙传来的噩耗。

"林小兵和舒筱云所处的位置发生雪崩，他们的卫星电话信号消失……"伊云龙几乎是带着哭腔说出来，事情发生得太突然，他根本来不及发出预警。

"发生了什么事？"见型男脸色大变，铁牛和老董围上来道。伊云龙只连通了型男和猎鹰的电话，他们两个并不知道发生了什么。

"没什么，伊云龙说熊神谷里发现手机信号，根据截获的信息判断百分之八十有可能是魔神，因为他正在向外界传达巨额财产的藏匿点。"雪崩的威力型男和猎鹰都非常清楚，只有两种可能，活着或死了，而且无论哪种情况都没有必要急着去找，当务之急是利用这千载难逢的机会消灭魔神盗猎团伙。

"既然如此，那还等什么？干死这群畜生。"

"你们迁回到旁边下去，我要开火了。"前方五十米处的二十多头牦牛身上已经捆绑满了藏羚羊绒，可见遭屠杀的藏羚羊少说也有几千头。

取下背后的单兵火箭弹，型男瞄准那个光头所处的位置发射，当光头发现异常时人已被炸成碎片。

"行动。"

一枚火箭弹就解决了十来个盗猎分子，其他离得远的也处于懵懂失聪状态，受惊的牦牛四散逃跑，瞬间又踩死了好几个，还有几个离爆炸点近的举枪反抗，但很快就被枪法精准如手术刀的雷霆三人战斗小组逐一消灭。

平时杀人如麻，不可一世，现在瞬间就被消灭，对于这些穷凶极恶的盗猎分子来说，这无疑是最好的惩罚。

"我数到三，再不出来就往里面扔手雷，你知道我们的政策，没必要拼死抵抗。"根据伊云龙的提示，魔神藏身的树洞很快被围住，这家伙把手枪等物件从树洞递出来后就钻了出来，在死亡面前，没有所谓的强者。

"交给你了。"把魔神拷上交给猎鹰，型男示意铁牛和老董跟上，三人迅速向上绕去。

"搞什么，神神秘秘的？"之所以跟着型男出来完全是出于下意识地服从命令，铁牛和老董根本就不知道发生了什么。

"林小兵和舒筱云遇上了雪崩，生死未卜，我们得立刻赶去救援。"

"你……"型男说完，立刻就遭到铁牛和老董一顿暴击，之后三人才疯狂地向出事地点狂奔而去。

"型男你个家伙，舒筱云要是有什么三长两短我就切了你。"

"还有我，一定要让你一辈子娶不了媳妇。"

"再他娘啰嗦老子现在就切了你们。"身为猎豹大队长，于公于私型男都是最不愿看到这种事的人。

"当初就不该让我跟着你们来。"女神可能葬身雪域，老董一把鼻涕一把泪地道。

"要是不带你来你现在已经被埋在下面了……"

"胡说……老子绝对能把他们救出来……"

就算面对子弹也不会皱一下眉头的三个大汉竟然在这一刻哭得满脸泪水，可想而知他们的内心是多么的痛苦。

"有种你弄死老子！"推开前方堆积在身上的积雪，林小兵一头钻了出来，虽然狼狈地被冰雪推着走，但他一直都死命地抱着舒筱云，尽量不让她受到二次伤害。

一头钻出积雪，眼前一片黢黑，林小兵轻触舒筱云鼻头，发现她的呼吸又开始凌乱，于是摸索着把她平放在地，而后从口袋里摸出防风火柴，点亮一根后发现地上全是被雪流堆来的枯枝和石头，正好可以加以利用。

摸索着拾了一堆树枝点上，四周随即敞亮起来，林小兵此时才发现自己正身处一个洞穴之中，四周全是黑黢黢的岩石，顶上很高，隐约可以看到一丝光亮。

观察了周边所有情况，林小兵才意识到是雪流直接把自己推了进来，幸好雪流到了这里后彻底势衰，否则两人直接就会被拍扁在山洞的岩壁上。

空气不压抑，证明顶上的小孔具有良好的透气性，现在的问题是出口已被冰雪封死，两人已经被困在洞里，而且此刻她身受重伤，要是得不到及时的救治恐怕还是凶多吉少。

可能是经过刚才的波折，舒筱云又流了不少血，性能良好的军用止血带也被完全浸透，林小兵不得不将其拆除，用衣服堵住两边再绑上去，但血还是哗哗地往外流。

"拼了。"抽出六／四手枪取了四发子弹，林小兵小心翼翼地用舒筱云腰间的野战刀把弹头剥掉，而后脱掉她的衣服反过来放平，最后将火药洒在背部伤口上点燃。

一簇火光冲起，昏迷中的舒筱云一声惨叫后再次晕倒，可喜的是背部伤口已被烧焦沾在一起，血随即也被完美地止住。

小心翼翼地把舒筱云翻过来，林小兵打算如法炮制处理前面，无奈前面的伤口离她傲人的左峰仅有一厘米，假如用火药烧的话必定会留下无法换回的疤痕，这对一个漂亮女孩来说无疑是非常致命的。

考虑再三，林小兵还是没有下手，而是找来一捧干净的雪认真擦拭一遍伤口后重新用止血带扎起来，直到血流完全止住后才将拼了老命才保留下来的血浆注入了她体内。

舒筱云的呼吸重新恢复平稳，林小兵把自己的迷彩服脱下来穿到了她身上，而后将其平放在地。

舒筱云的衣服前后都已被血浸透，必须要烤干才能继续使用。

处理好伤者，林小兵开始开始盘点身上仅存的物资。六／四手枪一把，子弹三十三发，野战刀一把，防风火柴一盒，舒筱云脖子上还挂着一只水壶，口袋里有两块巧克力糖，别的就再无他物。

清理好所有物品，林小兵把舒筱云往火边挪了挪，在如此恶劣的环境下要是着凉或发烧，是会出大问题的。

拾了一根粗壮的枯树枝点然，林小兵开始观察这个洞穴，面积大概五十来平米，四周都是光滑的石壁，顶上的洞穴大概离地面七八米高，以他现有的装备根本没有爬上去的可能，况且就算爬上去也无法通过那个大腿粗的孔洞。

自己和舒筱云失联，伊云龙肯定会第一时间发现，林小兵根据时间测算救援小队不会这么快到来，于是他索性老老实实地待着，以免把敌人招来。

回头走向火边，林小兵惊奇地发现地上战战兢兢地蹲着两只赤麻鸭，看来被雪流赶进来的可不只他们两个人。

赤麻鸭并不算什么保护动物，而且人工饲养的多得是，正好可以用来当粮食储备，等舒筱云醒来后就可以为她补充营养。

枯树枝虽然不少，但林小兵并不知道要在里面待多久，为避免后期挨冻，他把舒筱云的迷彩服烘干，换回自己的衣服后便将明火熄灭。

接下来会发生什么还不知道，林小兵只知道假如真的要死人的话，自己一定要死在舒筱云前面。

虽然高寒地区专用的迷彩服和里面的保暖内衣都具有很好的保暖性，但也架不住一大堆积雪在旁边，火一灭温度就直线下降，而且舒筱云暂时还不能移动，他只好侧躺在她靠近冰雪的一面，尽量把身子贴近保证她的体温。至于那两只赤麻鸭倒是不用担心，到了这个几乎全密闭的地方，就算长了翅膀它们也飞不出去。

"是这里吗？你确定是这里吗？"来到林小兵信号消失的地方，型男三人看到的是一大片的皑皑白雪，熊神谷原本的出口已被彻底填满，雪面已经和出口右侧四五十米高的悬崖持平，假如真被埋在下面的话就真是十死无生了。

"林小兵，舒筱云，你们在哪里？"

"回答我们。"铁牛和老董边喊边向天空狂开枪，但被型男及时止住。

"两个白痴，你们还想再来一次雪崩吗？"

"我不管，总之我一定要找到他们。"

"没错，就算是死也在所不惜。"

"白痴，老子说过不找了吗？"型男一人踹了他们一脚后道，"驻藏部队的救援大队已经向这里赶来了，现在我们从三个方向先找，希望能找到一些有用的线索。"

虽然都不愿相信，但看到如此惨烈的场面，三人的心已经凉到了极点。在这种场面下失联，基本就意味着永别，生还的可能性已经小到可以忽略不计。

"林小兵，舒筱云，你们在哪里……"商定临时方案，三人立刻就开始从三个方行搜索，辛巴似乎意识到了什么，也开始疯狂地奔跑叫喊起来，无奈雪崩威力太大，一切的痕迹都已经荡然无存，无论它的鼻子多灵都无法嗅出半点端倪。

可能是狂奔了这么长时间，林小兵已经很累，把舒筱云的头轻轻揽入怀里捂好，确定没再继续出血，他便开始睡觉，无论身处多么恶劣的环境都要保持良好的身体状态，这一直都是老爸在强调的最重要生存法则。

在这暗无天日地方，根本分不出什么白天黑夜，也不知睡了多久，林小兵感觉怀里的人动了一下，于是连忙醒来。用一直攥在手里的火柴点了一堆火，林小兵看到舒筱云正瞪大眼睛看着自己。

"这里是哪里，地狱吗？"

胸口挨了一枪，舒筱云知道自己连个留遗言的时间都没有就要死去。爸爸妈妈，再见了，女儿下辈子再来孝顺你们，这辈子最遗憾的事就是连个男朋友都没交过……

"不是地狱，你这么好的人就算死了也能进天堂。"舒筱云的声音虽然还很虚弱，但林小兵知道情况还没到最糟糕的时候，"这里是人间，我是林小

313

兵，你没事。"

"没死。"舒筱云下意识地想动手，无奈却没有半分力气，还引得全身肌肉酸疼。

"你别动。"林小兵连忙把舒筱云的人放在他肚子上道，"子弹从你左胸穿过去，但你的心脏却长在右边，这个你知道吗？"

"当然知道。"人醒过来，舒筱云的大脑也逐渐活络起来，"只是没想到我会如此幸运。"

"你是怎么处理我的？不要错过每一个细节。"身为医生，舒筱云很容易就理解了林小兵的话，并且知道自己此刻的情况依然非常危险，随时都有再次晕倒的可能。

"我发现你没死后就为你注入了一袋血浆……"林小兵事无巨细地把整个逃亡和治疗的过程讲完，舒筱云原本暗淡的眼神终于恢复了些神采。

"怪不得我能这么快醒来，要是你没有采取正确的急救措施的话，就算没被击中心脏我也早因失血过多而死了。"舒筱云本来就是坚强的女孩，既然老天不急着收自己，那她就要想办法自救，"把我扶起来，你先用水壶烧些热水，然后把我扶在你怀里。"

"你可以起来吗？"林小兵边往水壶里塞干净的雪边道。

"躺着血液容易流到上面，不利于伤口止血，坐起来反而可以缓解血液流动速度。"

"原来如此，早知道我就不该让你躺着了。"林小兵一脸懊悔地道。

"你已经做得很好了。"舒筱云一脸无奈地道，"特别是你用火药烧伤口的做法，无疑是这种情况下最好的止血方法，谢谢你没烧前面，不然真是没人要了。"

当了这么多年双料军医，舒筱云能从每一个小细节看出深层次的意思，而且这种情况下也没有遮掩什么的必要。

"舒医生言重了，你可是猎豹大队第一大美女，喜欢你的人都可以组成一个加强连了。"

跑过去把两只赤麻鸭抓过来，绑好放在火边，林小兵小心翼翼地把舒筱云扶起来，坐到舒筱云身后，把她放在双腿之间，成了她可任意倚靠的靠背。

虽然姿势有点暧昧，但舒筱云自己说这是最有利于照顾她的姿势。

"这是什么？"看到两只赤麻鸭，舒筱云倒没去纠结加强连的事了，这种时候能活下来本身就是最大的幸福。

"这是我们唯一的食物了。"林小兵把开始冒气的水壶拿过来，将舒筱云的头放在臂弯里喂她喝水。别说，这种姿势还真是方便，只要身子一歪就可以平稳地把伤员挽好，喂水喂食都很方便。

"这里被封死了吗？"舒筱云喝了几口温水，感觉胸口火辣辣地痛。

"封死了。"林小兵无奈地指了指上面的洞孔道，"幸好那里有个小洞，否则我们可能连火都不敢点。"

"那就只能祈祷他们不要放弃我们了。"身为执业医师，舒筱云非常清楚自己的情况有多糟糕，身边没有抗生素，只要伤口发生一点点感染，整个人就会开始发烧，然后陷入重度昏迷，最后脑死亡。以概率学来说，这样的可能性已高达百分之七十以上。

"放心，有那三个家伙在，就算把整个山谷掀起来他们都不会放弃搜救。"林小兵尽量把表情做轻松一些，希望不要给她太多的压力。

"傻小子，你就别安慰我了，我在高原地区待了两年，比你更清楚现在的状况。"舒筱云重新靠到林小兵怀里，把后脑勺放在他肩膀上，这家伙立刻就变成了汽车座椅，"我接下来说的每一个字都非常重要，你一定要认真记清楚。"

"嗯。"此时林小兵除了点头似乎也没有别的选择。

"待会你杀一只鸭子，把血放在水壶里煮熟给我吃，我吃不了的你吃。"舒筱云此时只能把自己的生死完全系于林小兵一身，"可可西里的野生动物有很多寄生虫，不能生食，所以你适当的时候把鸭肉烤熟，一定要把我喂饱，因为四十八个小时后如果还没人发现我们，我的伤口就会发炎，接着发烧，胡言乱语十个小时左右，在此期间你一定要抱紧我，避免受寒，适当的时候可以用冷水敷我额头。"

"假如五十八个小时后还是没被人发现，我就会陷入昏迷，但不用担心，昏迷前期的十二个小时我是有意识的，但已不能正常进食，这时你就要把另外一只鸭子杀掉，直接把鲜血往我肚子里灌，这样就可维持十二个小时的生命，如果之后还是没被发现的话，我就会陷入重度昏迷。"

比起生命来，那点寄生虫已经显得不是那么重要了。

"重度昏迷？"林小兵有点拿不准这个医学名词。

"你想得没错，重度昏迷就是植物人。"舒筱云眼角滚出一颗泪花道，"如果没有得到及时救治，七十个小时后我就会变成植物人，再过十个小时大脑就会彻底死亡，也就是说从现在开始，我可能只有三天多点儿的生命。"

"不可能，就算我死也不会让你死。"林小兵想吼，但又怕动到惊到舒筱云，心里仿佛被灌进千斤水银般沉重。

"傻小子！"舒筱云叹了声气道，"你一定不能死，因为我还有很多话要你转告我的家人、朋友及战友，不过你现在得把刚才告诉你的那几个要点重复一下，我可不想提前死去。"

"嗯。"自打长大就没怎么流过眼泪的林小兵再也忍不住擦了擦眼角，"杀一只鸭子，把血放在水壶里煮熟……"

林小兵边说边做，舒筱云就这样靠在他怀里听，时不时地纠正些细节，当其说完时，鸭血已尽数流进水壶。这把军用水壶采用不锈钢制造，其本身就具有加热功能。

烧水烫毛是不可能的了，林小兵打算直接剥皮烤。

水壶咕嘟咕嘟地涨了起来，林小兵打开壶嘴下方的活扣，整个壶嘴就被卸了下来，水壶俨然成了一口小深锅。

冷的地方容易凉，感觉温度差不多后，林小兵暂时把烤鸭放到一边，而后单手撑着舒筱云让她从进食口咕嘟咕嘟地吃了起来。煮鸭血鲜嫩润滑，几乎不用嚼就可直接下咽，舒筱云一口气吃了大半锅才心满意足地停了下来。

"剩下的你吃了吧，不够的烤鸭子吃。"一锅热乎乎的鸭血下肚，舒筱云感觉体内终于有了一股暖流。

"够了。"林小兵两三口把剩下的鸭血吃掉后嘿嘿笑道，"我饭量小，你不用考虑我。"

"傻小子。"舒筱云呵呵笑了一声道，"趁我精神还好，我把想向家人和朋友说的话告诉你，你记忆力这么好，一定能全记下来的对不对？"

"我……当然能，舒医生尽管说，虽然一定用不上，就当是闲聊了。"面对如此境遇，林小兵也实在想不出什么高招。

"叫我筱云就可以，想不到陪我走完生命最后一程的人竟然是你。"眼里又泛起泪水，舒筱云接着说道，"你要告诉我的爸爸妈妈……"

舒筱云洋洋洒洒地说了一大堆想跟家人朋友说的话，林小兵直接就可以理解成遗言。

"你都记住了吗？"讲了这么多，舒筱云都不知道自己讲了些什么。

"当然，每一个字都记下来了。"林小兵点头说道，"舒医生，不对是筱云，你没有什么话对他们三个讲的吗？"

"有很多，但又不知从哪里说起。"提起那三个让人心烦的家伙，舒筱云一脸无奈地道，"我也曾试着在他们中间挑选一个，遗憾的是就是找不到那种感觉。"

"是什么样的感觉？"舒筱云虽然闭着眼睛，但思路非常清晰，林小兵知道她只是有点困了。

"就像现在一样靠在你怀里睡觉的感觉，亲切自然，不起鸡皮疙瘩。"

"哦，那可能是你受伤，感觉有点失灵了，等你伤好之后就好了。睡一会吧，型男他们再有一两个小时就可以赶到了，到时候我们想想办法，看看能不能引起他们的注意。"按时间推断型男等人也快赶来了，林小兵准备努力一下。

"嗯。"精神和身体都严重透支，舒筱云说睡就睡了过去，林小兵反手撑地，像汽车座位一样把身体后移，尽量让舒筱云睡得舒服一些。

28　全力搜救

　　虽然没怎么受累，但时间已经过去了两个小时，林小兵还是将舒筱云弄醒。她的呼吸虽然平稳，但身受重伤，长时间昏睡也不是件好事。

　　"什么时候了？"一觉醒来，舒筱云感觉又好了很多，但她知道这就好像死亡前的回光返照一般，都是假象，一旦出现症状，自己这部遭到重创的机器就会不可逆转地崩溃。

　　"你已经睡了两个小时了，感觉如何？"林小兵说着就把舒筱云放到臂弯里，同一个姿势这么长时间，想必她也很不舒服。

　　"感觉很不错，但现在有个让我很尴尬的问题，你要把我裤子脱了，然后轻轻抱到角落里，这种地方要是把裤子弄湿的话很容易结冰，一旦裤子与皮肤冻在一起就会发生不可逆转的悲剧。"身为有着良好经验的高原医生，舒筱云知道每一个细小的纰漏都可能要了自己小命。

　　"是挺尴尬的。"要对大美女做这种事，林小兵的表情立刻就不自然起来。

　　"你现在不要把自己当成一个战士，而是一名医生，而我就是你的病人，医生为病人做什么都是合理的，来吧。"舒筱云嘴上倒是说得头头是道，实则心里已经害羞到了极点，当医生时倒是两说，但那个地方可是绝对的禁区，这辈子都还没有男人触碰过。

　　"那好吧……非礼勿视、非礼勿视……"嘴里絮絮叨叨地念着，林小兵腾出一只手哆哆嗦嗦地解开了舒筱云的裤带……

把舒筱云抱到角落里解决好个人卫生，林小兵回到火堆旁帮她穿戴好。

"感觉好点儿了吗？肚子饿不饿？"气氛略显尴尬，林小兵没话找话地道。

"我倒是没事，但你最好让你的那个坏东西老实点……"重新靠在林小兵怀里，舒筱云立刻就感觉到了身下有个不守规矩的家伙，脸似乎刷一下就红到了脖子根。

"对不起，这家伙有时候特别不听话……"如此窘态，林小兵也不知该说什么好了。

"行了行了，我跟你开玩笑的，这只是男人的正常反应，说明你很健康。要是这样你还一点反应都没有，那只有两种解释：第一，我长得太丑；第二，你某些方面有问题。"毕竟还是心理医生，舒筱云很快就找回状态，知道有些时候把话说开了反而利于化解尴尬。

"筱云你真会开玩笑。"小兄弟似乎很兴奋，人又不能退缩，林小兵终于体会到了水深火热的含义。

"傻小子。"林小兵全身僵硬，舒筱云把头扭朝一边道，"你把我放平到地上吧，然后弄点动静出来看看能不能被外面的人知晓。"

"哦。"似乎拿到了命令一般，林小兵把舒筱云放平，把自己的外衣脱了盖在她身上后提着手枪来到通道下方，平静了好一会才正式让小兄弟冷静下来。

"有人吗？有人吗？我在下面。"深呼吸几下，林小兵大叫几声，而后对着脚下的泥土层开枪，遗憾的是六／四手枪的声音实在太小，还不如他喊的传播得远。

"怎么样？一点痕迹都没发现吗？"搜索了一圈，型男、铁牛和老董三人又回到起点，眼前已经是白茫茫的一片，根本没有半点生命迹象。

"什么都没有。"铁牛一脸茫然地道，"你的搜救队在哪里？"

"在山脚了，最多还要三个小时就能赶到，然后就会连夜展开搜救。"型男一脸憔悴，虽然不愿意相信，但他心里非常清楚，林小兵和舒筱云已经凶多吉少，"伊云龙调集BD卫星把方圆五公里的地方都扫了好好几遍，都没

319

有发现人的踪迹。"

"没找到就扩大范围，让他每一个角落都不要放弃。"

"敢吼我，你小子是活腻了。老子已经叫他扩大搜索范围，还专门多申请了五颗 BD 卫星，现在网灵也正同样带着电子战小分队全力搜索这片区域。"踹了老董一脚，型男恶狠狠地道，"辛巴哪里去了？"

"我怎么知道？打来到这里后就没了踪影。"发生这种事，任何人心里都不好受。

"那就换个方位继续搜索。"型男一声令下，三个人又开始行动起来，搜索行动必将受到限制。

"我发誓下次绝对不再带六／四手枪了，声音太小，根本无法用来求救。"重新把舒筱云扶起来，林小兵郁闷地道。

"枪是用来杀敌的，像我们这种情况毕竟是少数。"重新躺回林小兵怀里，舒筱云感觉整个人都轻松了一大截，"快把你的衣服穿上，夜里是非常冷的。"

"我不冷，衣服就给你盖着。"

"不行。"舒筱云奋力扭了一下脑袋道，"你好好的才是我最好的活路，听我的把衣服穿上。"

"你别激动，我穿就是了。"重新把衣服穿起来，林小兵无语地道，"这里面的柴火最多够烧十个小时，所以等我烤了这只鸭子后就得停火，到时候可能会很冷。"

"你先烤，我自有办法。"虽然要面对死亡的威胁，但舒筱云却感觉到一种前所未有的温馨，虽然不知道是不是如林小兵所说的受伤后遗症，她只知道这一刻自己很平静。

"哦，好的。"

把剥了皮的鸭子串在一根削尖了的树杈上，林小兵开始烤鸭，石洞内瞬间弥漫出一股久违的香气。

"好了，来吃烤鸭。"

林小兵撕了一块鸭腿放到舒筱云嘴里，可她却瞪大眼睛看着林小兵道："我现在说话都舌头打结了，你觉得我还有力气嚼碎鸭肉吗？"

舒筱云全身没有一丝力气，连说话都严重走音，哪里还有吃东西的力气。

"那怎么办？"林小兵倒从来没想过这个问题。

"看你就从来没照顾过人。"舒筱云无语地道，"先在你嘴里嚼碎了，然后直接用嘴喂给我吃。"

"这个……"

"我都要死了，你还顾忌这些呀？"舒筱云有气无力地道，"我必须在醒着的时候尽量地多吃东西，蓄积尽量多的营养，等昏迷后才可以尽可能坚持更长的时间。"

"我明白了，是我想太多了。"定了定神，林小兵开始把鸭肉放到嘴里咀嚼。

"傻小子。"

现在已经不是矫情的时候，身为医生，舒筱云必须要让自己活得久一些，身为一个洁癖强迫症患者，她闭着眼睛把林小兵直接用嘴喂进来的食物咽了下去。

当与舒筱云嘴唇相交的一刻，林小兵感觉被一阵电流击中，大脑一片空白，一种从来没有过的感觉传遍全身每一个细胞。

"傻小子，从来没吻过女孩子吧？"虽然面部肌肉无法拉动，但舒筱云还是做出笑的口气，省得林小兵尴尬。

"这个其实……"林小兵还真不知道该如何回答这个问题。

"别磨叽了，来吧，让你一次吻个够。"为了能多活一段时间，无论多恶心舒筱云都得把食物咽下去。

"嗯。"人家女孩儿大大方方的，林小兵意识到自己这死脑筋在关键时候就当机，于是定了定心神后继续工作，直到舒筱云吃饱才停了下来。

"我吃饱了，你也吃点吧。"天色越来越黑，舒筱云已经明显地感觉到伤口处传来阵阵刺痛，这正是发炎的预兆，她知道留给自己的时间不多了。

"我不饿。"林小兵小心翼翼地把剩下的大半只烤鸭收起来道，"好像越

321

来越冷了，你说的保暖方法是什么？"

"傻小子。"似乎除了这句，舒筱云再也找不到第二个可以形容林小兵想照顾自己却又不懂得掩饰的单纯劲儿，"先把我抱到避风的角落，然后把我们的迷彩服拉链解开，你的拉锁扣住我的拉链，我的拉锁也扣住你的拉链，让两件衣服连在一起，然后把我们的手都收到衣服里，再把袖子也收进来打结，你从正面抱紧我，我靠着你，你靠着石壁，两个人的体温加在一起就可以熬过寒冷的夜晚。"

在高原工作了两年，舒筱云非常清楚高海拔地区夜里的情况，如果保护措施做不好的话，第二天早上两个人都会变成冰块，自己死了不要紧，但她一定要让林小兵活下去。

"嗯，我知道了。"都嘴对嘴的喂食了，林小兵自然也不会再拘泥于男女之别。他抱起舒筱云来到先前发现两只鸭子的地方，这里三面都是石壁，空着的一面也有一小半凸出的石头，里面被隔成一个天然小空间，温度要比外面高上一些。

找了个舒服的地方靠好，林小兵按照舒筱云的吩咐行事，很快就把两个人变成了一对企鹅。

"你一定一点都感觉不到冷对不对？"说归说，但真正被林小兵只隔着保暖内衣抱住，坐在他双腿上，整个人和他紧紧贴在一起，特别是那个坏东西又有蠢蠢欲动的势头，舒筱云心里还是一阵凌乱。

"你怎么知道？"林小兵向前挪了一点，试图让舒筱云更加舒服。

"又是亲又是抱，现在还坐拥大美女，全身肯定热得要命，可别我还没发烧，你就先晕倒了呀！"要想化解尴尬，最好的方法就是把话说开，这一点舒筱云非常清楚。

"怎么会，我一定会好好把你安安全全的带回猎豹基地。"身处如此绝境，强如林小兵也不知道该如何应对。

"别装了，这个坏东西已经出卖了你。"舒筱云地趴在林小兵身上静静地道。

"这家伙，关键时刻就是不听话，丢死人了……"接二连三的出现窘态，林小兵也是无语了。

"说了这是正常反应，你不用觉得不好意思，我是医生，什么没见过？要是都这样了它还没动静，你这小子这辈子就没什么奔头了。"为了不让自己过早睡去，舒筱云必须不断地和林小兵讲话。

"这样呀，那我就放心了。"舒筱云不愧是心理医生，几句话就打破了林小兵的窘境。

"本来就该是这样。"舒筱云斜压在林小兵身上，伤口处的灼伤感越来越强烈，她知道自己的免疫系统已经和被感染细胞正式交火，接下来体温就会升高，假如得不到抗生素的及时增援，那自己就会按照步骤慢慢死去，"说起来我们两个还真是轰轰烈烈，第一次认识就被你看了个清凉，这次更直接，毫无秘密可言了，你说这是不是传说中的缘分？"

"也许是吧？"脸上还在发烫，林小兵有点吃不准舒筱云的意思。

"你竟然说也许？"舒筱云故作生气地道，"全身上下每一个地方都被你看光了，还被你抱去方便，连你嚼过的东西我都吃了，现在还被你贴身抱着，你竟然跟我说也许？"

努力保持清醒，舒筱云瞪大眼睛制造话题。

"可除了第一次外其他我的是照着你的吩咐做的呀？"虽然是在一个重伤的姑娘面前，林小兵感觉自己大脑还是不太够用。

"话是这么说，但我说的也是事实呀。"舒筱云正儿八经地道，"假如是在外界的话，这些事都只有夫妻间才可以做。"

"可我们这不是情况特殊吗？"跟舒筱云说话，林小兵发现原本的那点儿寒意都被完全驱除了。

"没什么特殊的，反正我身上哪哪都被你看过摸过了，你就要对我负责，假如能活着出去，你就娶我，不准反悔……"虽然舒筱云极力强撑，但毕竟体能有限，说着说着就趴在林小兵的身上睡着了。

"好好睡吧，很快我们就能出去了。"四周一片黢黑，空气中弥漫着冰冷的空气，林小兵把舒筱云完全拢向自己后全力开动大脑，冥思苦想逃出去的方法。

林小兵和舒筱云在地下洞穴内绞尽脑汁地求生，外界的搜救行动也随之展开。也不知是谁有如此能力，竟然调来了一架国产 AC313 大型直升机原地待命，这种飞机可飞越海拔高达六千米的地方，来这里救援自然是绰绰有余，同机而来的是一支高水平的医疗小分队，找到目标后就可以随时展开救援。

　　除了前期的救援大队外，其他各方救援力量也陆续赶来，各种生命探测仪、搜救犬等先进装备齐齐上场，可通过一夜的搜索，依然是一无所获，而且型男还根据魔神的交代把林小兵伏击他们的大致地点挖了个大坑，但那里已经被雪流完全冲了个干净，哪里还能找到半分痕迹？

29　神犬辛巴

熊神谷出口旁边五公里的乱石戈壁上，一条威风凛凛的牧羊犬坐在一块高大的岩石上，它脚下是一堆西藏毛腿沙鸡残骸，毛色虽然有点凌乱，但不可否认，这是一条极其通灵的神犬。

没错，这条牧羊犬正是猎豹大队唯一的军犬辛巴，它已从型男等人的行为知道与之感情最深的舒筱云失踪，于是第一时间以熊神谷出口雪崩区为圆心，逐步扩大范围绕圈搜索，已经工作了一个晚上，这只沙鸡是它埋伏了十多分钟才搞到的战利品，吃饱肚子后它狂啸几声后继续上路。

"什么时候了？"第二天一早，舒筱云醒来就发现林小兵平躺在地上，而自己整个人就这样压在他身上，坏东西紧顶着自己，双手还很自然地挽着自己臀部，造型要多诡异就有多诡异。

"你醒了？感觉如何？"舒筱云肌肉一紧，林小兵也随即睁开眼睛，似乎感觉到自己的状态，于是连忙把双手放了下来。

"非常糟糕。"舒筱云有气无力地道，"伤口现在就像被火烧了一样刺痛，大脑一片混沌，我怕是发烧了。"

"真的有点烫。"重新贴了一下脸，林小兵下意识地着急起来，"现在该怎么办？"

"急什么，我不是都告诉过你了吗？按照步骤来就可以了。"如此大范围的雪崩，被困在这么狭小的地下空间，舒筱云知道短时间内被找到的可能性基本为零，也就是说自己即将走到生命的尽头。

"我能不急吗……"

"你别激动，听我说。"舒筱云使劲把脸和林小兵贴到一起道，"自打穿上军装那天起我就想过战死，只是没想到在生命的最后时刻陪在我身边的人是你。经历了这么大的磨难与波折，从这一刻起，我舒筱云就是你林小兵的妻子了，答应我一定要把我的遗言带出去，亲口告诉我们的爸爸妈妈，能做到吗？"

身体已经撑到了最后时刻，要不了几个小时就会开始意识混乱说胡话，舒筱云必须要让林小兵有足够的勇气活下去。

"不可能，不可能，我一定不会让你死……"舒筱云越来越烫，林小兵却无能为力，他第一次感觉到如此无助。

"人都有一死，我这种死法也算是重于泰山了，不要为我难过。"放下死亡的恐惧，舒筱云拿出吃了那只鸭子蓄积的力量，搂住林小兵的脖子，抬起头深情地注视着他，不顾一切地吻了下去。

"筱云……"林小兵还没搞清楚状况，嘴已被舒筱云吻住，当颤抖的舌头触碰到一起的时候，林小兵感觉每个细胞都被闪电击中。

"感觉好点儿了吗？"舒筱云吻了两下就用光了力气，林小兵轻轻把她扶起。

"我没事。"舒筱云把脸贴到林小兵胸口上道，"我们这也算一吻定情了，你有一颗顽强的心脏，一定要带着我的遗言从这里出去，告诉所有人我已经是你的女人，叫他们不要惦记了。"

"放心，以后谁再惦记你我就灭了谁……"舒筱云身体越来越烫，意识开始混沌，嘴里不停地絮叨着爸爸妈妈一类的话语，林小兵知道她果然如预期的那样进入了胡言乱语的状态。

把剩下的半只烤鸭拿来，强行喂舒筱云吃了一些，林小兵自己也吃了几口后用两件衣服把舒筱云盖好，而后开始在洞内乱窜，试图找到新的出口，可一直持续到当天下午都没能如愿，可怕的是舒筱云已经停止胡言乱语，陷入了昏迷状态。

十小时，再过最后十个小时舒筱云就会变成植物人。林小兵不顾一切地捶打自己脑袋，此时一个六＼四手枪的弹夹从口袋里掉出来，林小兵的大脑似乎一下就被闪电击中，于是飞速找来野战刀，逐一把三十发弹头取出来，而后从数码迷彩内的高强度防水轻软塑料切了一块下来，将所有子弹的火药倒出来紧紧包在一起放到通气口下方。

"全都靠你了。"把最后一发子弹塞进手枪，林小兵瞄准了半个拳头大小的小炸药包。他决定制造一个大动静，就算无人能发现，也算是为舒筱云送行。

躲在舒筱云所处的三角地带，林小兵瞄准目标扣动扳机，巨大的爆炸声立刻响起，地面也微微颤抖了一下，遗憾的是除了一阵白烟冉冉升起外，外面此刻似乎并没人发现什么。

"对不起……"痛苦地跪到舒筱云面前，林小兵抱头痛哭。被困地底两天多，他终于明白人在大自然面前是如此的脆弱。

……

自打开始搜索，辛巴就从来没停下步伐，饿了就去抓各种动物充饥，累了就原地休息一小会，找舒筱云的信念从未停止。

就在辛巴准备去抓那只怪鸟的时候，它突然听到左侧传来一声闷响，接着脚下似乎动了一下，朝着声音传出的地方冲去，辛巴找到了一个冒出白烟的洞口。

"辛巴，是你吗？"外面突然传来熟悉的狗叫声，林小兵死去的心一下就活了过来。

"汪汪汪……"听到林小兵的声音，辛巴激动得围着洞口大叫，并试图把爪子把洞口再刨大一些。

"辛巴你不要乱来，马上去叫猎鹰来救我们。"就像天籁之音，林小兵从来没觉得狗叫如此好听过。

"汪。"似乎听懂了林小兵的意思，辛巴叫了一声后就疯狂地向大部队冲去。

"首长，你就别为难我们了，飞机卫星都来了，搜救部队也把地皮翻了三遍，我可以非常负责任地告诉你，他们两个已经被埋在雪底下了，现在正值夏天，雪很快就会融化的……"两天过去，搜救部队开始撤离，直升机也准备离开，型男死死抓住机师不准走。

"胡说，他们绝对不可能死的，求求你们多留一下……"

"对不起，首长，我们都需要执行命令。"

无奈地敬了个礼，机师准备登机，就在此时，消失了两天的辛巴狂吠着冲过来，早就对它熟悉无比的型男、铁牛和老董三人突然哈哈大笑起来，跟着辛巴疯狂冲了过去，其他救援人员见状纷纷跟上，医疗救援小组也重新下来跟了上去。

30　大难不死

"林小兵你还活着吗？"跟着辛巴一路狂奔了七公里才找到一个小口，型男立刻就闻到了淡淡的火药味。

"我还活着，但舒筱云的情况非常糟糕，急需治疗，你速度点儿。"听到型男的声音，林小兵哈哈大笑起来。

"明白，上面有支医疗小分队严阵以待，你现在要评估一下这个洞口可不可以爆破。"虽然不足百分之一的机会，但林小兵的确活了下来，这对所有搜救人员来说无疑是最大的鼓舞。

"下面全是岩石，你放心炸。"

"那你退开一点，五分钟后爆破。"事态紧急，型男决定用最简单暴力的手段把人救出来。

"收到。"冲回三角地带，林小兵抱起舒筱云大声喊道，"舒筱云，型男他们来了，我们获救了，坚持住。"

舒筱云虽然没能睁眼，但从她用力握住自己的手指可以判断出她是知道外界所发生的一切的。

随着一声巨响，洞顶被完美地炸出一个下水道口大小的通道口，AC313大型直升机立刻飞到通道口上方，用钢绳把医疗救援小队放了下去。

"别管我，快救舒筱云，她胸口中枪，现在已经发炎昏迷了……"见有两个医生向自己走来，林小兵大声吼道。

"已经有人在处理了，我看你的情况也不容乐观，还是先把你弄出去吧？"

"不行，舒筱云必须先出去……"

"好吧，你别激动，先喝点儿盐水。"示意林小兵平静下来，两个医生开始就地检查他的身体状况。

"心脏中枪还没死，这也太夸张了吧？"检查了患者的身体状况，几个医生都非常无语。

"夸张个屁，舒医生的心脏靠右，这一点儿也不奇怪。"真不愧是紧急医疗救援队长，这家伙很快就弄清了舒筱云的状况，连忙为她现场注射了一只特效针剂后通知机组放了一个特制担架下来。

"成功了，我成功了……"舒筱云被竖立着安置在担架上缓缓升空，林小兵在下面哈哈大笑，"舒筱云你没死，我们都好好的……"

"傻蛋。"利用舒筱云被飞机吊上去的空隙，型男打了一根绳子后，三人便速降了下来，"就知道你小子死不了。"

"你们干什么？他现在是伤员，别乱来。"型男三人轮流打了林小兵一拳，急得医生人哇哇大叫，"弄出人命你们几个吃不了要兜着走的。"

"他壮得跟牛犊子似的，哪那么容易死？"铁牛哈哈笑道。

"看着是不错，但可能只是表象，很多高原上的伤者都觉得自己没事，但一晕倒就再也没起来。"

被一群医生强行捆绑到担架上，林小兵无语地对型男等人喊道："那边有只鸭子，奖励辛巴的，谢谢他救了我。"

"知道了，安心去养病吧，早日归队。"

在春城林小兵的家里，林母抱着李小薇哭泣，山鹰不停地抽烟，没有人比他更清楚雪崩的威力，林小兵此刻恐怕已经和冷刺见面了。

"妈你别哭了，不是说还没最终下定论的吗？也许哥哥正在什么地方逍遥快活呢！"

"什么说不定，本来就是如此……"

林妈的话才说到这里，电话重新响起，李小薇闪电般冲过去，山鹰已经做好了听取噩耗的准备，结果这小妮子竟然发出一声尖叫，而后哈哈笑道：

"哥哥找到了，活得好好的，现在正和一个重伤的姐姐飞往蓉城战区准备进行进一步的检查。

"老婆你干什么？"李小薇说完，山鹰一下就有了中彩票大奖的感觉。

"还问我干什么？赶紧收拾东西去蓉城看儿子呀！"听到儿子还活着，林母瞬间雨过天晴。

"我早就说那小子不会有事，叫你别急的……"

"闭嘴，要是儿子有什么三长两短，我就和你拼命。"

林小兵被吊起的一刻，外面的救援部队立刻爆发出热烈的掌声。

向空中滑去，林小兵看到辛巴远远地蹲在一块大岩石上，林小兵比出个大拇指，它立刻叫了一声，其表情分明在说：这都不是事。

"这小子小日子过得真舒坦。"查看了一下地下洞穴，铁牛三个也算是初步了解了一些林小兵在地下这两天的生活状况。

"真羡慕这小子，要是换我在这里照顾女神就好了。"看着地上被嚼碎的食物残渣，三人已经脑补出很多东西。

"傻蛋，你能不把心里话说出来吗？"一人踹了老董一脚，型男和铁牛顺着绳子爬了上去。

医护人员登机，强大的AC313直升机平稳飞走，虽然强烈要求起来，但林小兵还是被死死地固定在医护床上，还挂了一瓶水。舒筱云静静地躺在他旁边，脸已经不那么苍白，从侧面看去，依然是美不胜收。

"放心，她的高烧已经退了下来，各项生命体征平稳，应该不会有生命危险了。"为舒筱云重新注射了一支针剂，救援组长嘿嘿笑道，"你处理得很好，否则舒医生根本撑不到现在，能不能跟我讲讲发生了什么？"

"你放我起来，我立马就告诉你。"被绑在床上，林小兵感觉浑身不自在。

"那算了，我过几天再听。"示意林小兵老实点儿，组长开始为舒筱云清洗伤口，一块块凝固的黑血被清理出来，可想而知这个强大的女人究竟忍受了多大的痛苦。

"就知道你这个臭小子没那么容易死。"林小兵和舒筱云成功被找到的消息传遍各大单位，一直驻守在临时基地里的伊云龙兴奋地吼了一声，接着人就呼呼睡了过去。林小兵失踪两天，他就两天没睡觉，此刻终于可以安心地去和周公下棋了。

　　"你这个表情的意思是人找到了吧？"返程的皮卡车上，魔神看着一脸兴奋的猎鹰道。

　　"找到了。"这家伙全身都被束缚，猎鹰也不介意跟他说几句话。

　　"死的活的？还是一死一活？"

　　"让你失望了，两个都活着。"看着天边的晚霞，猎鹰知道，一颗闪亮的军星已冉冉升起，大难不死的林小兵注定要成就他与众不同的军旅人生。